U. D. Müller-Braun
Das Auge des Adlers

U. D. Müller-Braun

Ein Eintracht Frankfurt-Krimi

SOCIETÄTS
VERLAG

Alle Rechte vorbehalten · Societäts-Verlag
© 2019 Frankfurter Societäts-Medien GmbH
Satz: Bruno Dorn, Societäts-Verlag
Umschlaggestaltung: Müller-Braun, Societäts-Verlag
Umschlagabbildung: shutterstock/fotolia
Druck und Verarbeitung: CPI books GmbH, Leck
Printed in Germany 2019

ISBN 978-3-95542-348-3

PROLOG

Ich konzentriere mich auf das Ticken der Wanduhr mir gegenüber. Unter ihr sitzen meine Eltern auf langen alten Holzbänken.

Während meine Mutter immer wieder unruhig hin und her rutscht und sich permanent das Taschentuch auf die tränennassen Augen drückt, hat Papa dieselbe Haltung wie immer angenommen. Stramm, gerade ... stark. So wie er es mir schon als Kind eingebläut hat.

Das hier ist keine Ausnahme. Es ist nur die Spitze des Eisberges. Das Ende einer langen Odyssee von immer wiederkehrenden Gerichtsverhandlungen wegen kleiner Vergehen. Und trotzdem ist das hier etwas anderes. Ich lese es in den geröteten Augen meiner Mutter und dem Zucken der Lider meines Vaters. Aber vor allem kann ich es in mir selbst lesen und spüren. In meiner Seele. Denn alles, was einst nur dumme Jugendstreiche waren, ist mit dem Tag vor zwei Monaten zu einer anderen Dimension herangewachsen. Einer grausamen, brutalen, die mein Leben für immer verändert hat.

„Zeuge Klemm, bitte", sagt eine Frau, schon während sie die riesige alte Holztür aufschiebt und ihre bebrillten Augen über die Bänke wandern lässt. Ich werfe einen letzten Blick auf die kleinen Zeiger und dann hinunter auf meine Eltern. Sie hatten die Wahl, hier zu bleiben und zu warten oder dem Gerichtsverfahren beizuwohnen. Ich bin froh, dass sie sich dazu entschieden haben, nicht mit in den Gerichtssaal zu kommen, denn so würde ich nicht auch sie anwesend wissen müssen, wenn ich unter Eid lüge.

Dass ich hier nur als Zeuge aussagen muss und nicht etwa auf der Anklagebank sitze, habe ich Mic zu verdanken. Michael, meinem besten Freund.

Ich sammle mich, stehe auf und folge der kleinen Frau in den Gerichtssaal. Hinein in Wellen von Blicken, die mich nackt und schuldig zurücklassen. Hinein in den Saal, der nicht nur Mics, sondern auch mein Verderben besiegeln würde. Wie auch immer man es dreht und wendet. Keiner von uns wird je wieder der Alte sein.

„Setzen Sie sich, Herr Klemm!", sagt der Richter und deutet mit seinen Augen auf einen Stuhl, der mir wie ein riesiges Podest vorkommt. Wie ein Pranger, der mich entlarven wird. Als Feigling, Monster ... als Lügner.

„Nennen Sie uns bitte Ihren vollen Namen, Ihren Beruf und Ihren Familienstand."

„Mein Name ist Severin Klemm. Ich bin ledig und Student der Germanistik", sage ich tonlos, beinahe wie auswendig gelernt. Oder so, als würde man ein Tonband abspielen.

„Sind Sie mit den hier Angeklagten verwandt oder verschwägert?"

Ich schlucke hörbar in diese bedrückende Stille hinein und wage kurz einen Blick auf meinen besten Freund Mic. Neben ihm sein Anwalt, den mein Vater ihm besorgt hat, und noch weiter daneben Kevin und seine Anwältin. Ein Schauer läuft mir über den Rücken.

Mic trägt ein ausgeleiertes, verblichenes Hemd und eine schlechtgebundene Krawatte, während Kev stolz sein Eintracht-Trikot präsentiert.

Ich selbst habe meinen besten Anzug angezogen – so wie es mir mein Vater beigebracht hat.

„Nein", antworte ich und wende meinen Blick wieder den stahlblauen Augen des Richters zu.

„Schwören Sie, die Wahrheit zu sagen und nichts als die Wahrheit?"

„Ich schwöre", gebe ich knapp zurück. So knapp es möglich ist.

Der Staatsanwalt erhebt sich und durchbohrt mich beinahe mit seinen Blicken.

„Den hier Angeklagten wird vorgeworfen, am Abend des 16. Februar 2008 am Spielplatz in der Hans-Sachs-Allee in Rostock einen Mann angegriffen und körperlich schwer verletzt zu haben." Er betätigt eine kleine Fernbedienung, und schon bevor ich auf die Leinwand sehe, weiß ich durch die Reaktionen im Saal, welches Bild mich erwarten wird. Mein Kiefer verkrampft sich, während meine Augen nur verschwommen und erst nach und nach das Bild des zugerichteten Mannes wahrnehmen.

„Laut Aussagen des Zeugen Michael Lampert und Überwachungsvideos von Ihrer Flucht zum Bahnhof Holbeinplatz waren Sie anwesend, haben aber einen Krankenwagen gerufen und sich dann von den Tätern entfernt."

Mein Blick verengt sich, während sein Finger weiter auf der Fernbedienung herumdrückt, als würde er damit in einer offenen Wunde herumstochern. Immer mehr Bilder prasseln auf mich ein und lassen meine Stimme heiser und rau klingen.

„Entspricht das der Wahrheit, Herr Klemm?"

„Ja", sage ich wieder so knapp wie möglich und schließe sofort wieder meinen Mund, um meine Zähne schmerzhaft zusammenzupressen. Wirklich gelogen war das nicht.

„Trotzdem sind Sie, Herr Klemm, laut Aussagen mit den beiden Angeklagten *um die Häuser gezogen* und anschließend mit ihnen geflohen, statt Erste Hilfe zu leisten. Ist das korrekt?"

In meinem Kopf beginnt sich alles zu drehen. Ich weiß, dass das hier nur der Anfang ist. Dass auch ich noch bestraft werde. Aber mit Sicherheit erwartet mich nicht die Strafe, die ich verdient habe.

„Der Mann, den Ihre Freunde zusammengeschlagen haben, hat sehr schlimme Kopfverletzungen davongetragen. Und da hat es Ihrer Meinung nach gereicht, zu sagen, sie sollen es doch bitte lassen?!", ruft der Staatsanwalt durch den Raum.

„Einspruch, Herr Vorsitzender!", meldet sich Mics Anwalt zu Wort, woraufhin der Richter nur ein „Stattgegeben" erwidert.

„Sie drei sind bekanntermaßen die jüngsten Mitglieder der sogenannten *Eintracht Eagles*, eines Hooligan-Clubs. Hatte die Tat etwas damit zu tun?"

„Sie wussten nicht, dass –"

„Ich bitte Sie, Herr Klemm! Der Mann trug die volle Hansa-Rostock-Montur! Erzählen Sie mir nicht, Sie hätten nicht gewusst –"

„Einspruch! Dem Zeugen werden Aussagen in den Mund gelegt!"

„Stattgegeben."

Meine Brust beginnt bitter zu brennen, während ich wieder einen raschen Blick auf meinen besten Freund werfe. Mic kommt aus ärmlichen Verhältnissen. Er hat nach seinem Hauptschulabschluss die Schule verlassen und lebt nun seit einigen Jahren von kleinen Jobs. Nur deshalb hat er entschieden, den Kopf für mich hinzuhalten. Er hat gesagt, meine Zukunft sei es, ein glorreicher Journalist zu werden, der in Kriegsgebieten vor der Kamera steht. Der die Machenschaften im Fußball aufdeckt und noch so vieles mehr. Er hat immer mehr an mich geglaubt als jeder andere. Und deshalb macht er das hier. Dabei wäre es nun an der Zeit aufzustehen und die Wahrheit zu sagen. Die Schuld auch auf mich zu nehmen. Oder vielleicht sogar nur auf mich, damit Mic eine Chance hat, aus diesem Sumpf herauszukommen.

Aber das tue ich nicht. Und auch Mic tut nichts. In diesem Moment schwöre ich mir, nie wieder auch nur einen Fuß in die Eintracht-Hooligan-Szene zu setzen.

Die Faust des Staatsanwalts landet unsanft auf dem Tisch und lässt mich zusammenzucken.

„Herr Klemm!"

1

FREITAG, 19. OKTOBER 2018, 20.10 UHR

SEVERIN

„Nächster!"
Ich sehe mich unruhig um. Es sind weder der Lärm noch die vielen Menschen, die mich so höllisch nervös machen. Nein, es ist mein eigenes Ich. Ein Ich, das ich eigentlich vor langer Zeit begraben habe. Ein vergangenes Ich, das, so oft ich es auch versucht habe mir einzureden, noch zu mir gehört.

Mir schießt ein Seminar aus der Uni durch den Kopf. Mein Zweitfach war Philosophie, und ein Kommilitone bestand während einer hitzigen Debatte darauf, dass man sich nie ganz von seiner Vergangenheit trennen könne. Er war der Überzeugung, dass man sie annehmen müsse, um der Mensch zu sein, der man sein will. Ich hielt damals vehement dagegen, obwohl ein Teil von mir genau wusste, dass er recht hatte und ich es einfach nicht wahrhaben wollte.

„Bestellen Sie jetzt was?", brummt ein bärtiger alter Mann hinter mir, die Eintracht-Kappe tief ins Gesicht gezogen, und schubst mich unsanft nach vorne.

„Wirklich freundlich", nuschle ich zurück und atme genervt ein, als mich die Augen der Rothaarigen hinterm Tresen beinahe zu durchbohren drohen. „Eine Bratwurst ... im Brötchen. Bitte", gebe ich halbherzig meine Bestellung auf und beobachte, wie sie eine der Würste in ein Brötchen schiebt und mir reicht. „Senf steht dahinten."

Ich habe keine Lust auf weitere Kommunikation und schon gar nicht auf unfreundliche Begegnungen, also nicke ich nur. Ich will einfach nur meinen Job machen und wieder nach Hause fahren.

Als ich jedoch gerade mein Brötchen genommen und der Frau ihr Geld in die Hand gedrückt habe, schiebt sich ein stämmiger, großer Mann an mir und dem Bärtigen vorbei und rammt mich regelrecht gegen die Theke, sodass mir das Brötchen aus der Hand gleitet und auf den Boden fällt. Na klasse.

„Können Sie nicht aufpassen?", dringt die monotone Stimme der Wurstverkäuferin an meine Ohren. Wut kocht in mir hoch, doch ich wende mich mit der mir wohlbekannten Mischung aus Zorn und Verschämtheit ab und sehe dem Mann hinterher. Trägt er etwa die gelbe Weste der Ordner, die um diese Zeit längst irgendwo in der Arena nach dem Rechten sehen oder an den Eingängen die Zuschauer kontrollieren sollten? Ich war zu lange nicht hier, weshalb ich meine Augen zusammenkneife, um die Beschriftung erkennen zu können. *SECURITY*. Ganz eindeutig einer der Ordner, aber was macht er hier draußen zwischen all den johlenden Fans? Ist etwa irgendetwas passiert, oder warum hat er es so eilig, dass er Zuschauer ihres Abendessens beraubt? Könnte natürlich aber auch sein, dass ich heute eine fette Aufschrift auf dem Rücken trage, man solle mich doch bitte ein wenig herumschubsen. Würde zu mir passen.

Ich verenge nachdenklich meinen Blick, lasse meine Augen noch ein letztes Mal über die unglaublichen Menschenmassen hier hinter der Haupttribüne wandern, bevor ich mich dazu entschließe, ihm nachzugehen. Aus dem Innenraum wabert bereits der mir immer noch so vertraute Gesang herüber … *Wir holen den DFB-Pokal und wir werden …* „Deutscher Meister!", höre ich mich selbst mit einem Grinsen im Gesicht skandieren. Ich hole mein Handy heraus, ignoriere die tausend WhatsApp-Nachrichten von Achim und werfe einen Blick auf die Uhrzeit. Viertel nach acht. In einer Viertelstunde geht das Spiel gegen Düsseldorf los. Als ich das letzte Mal hier war, stand der Gästetrainer noch auf unserer Seite. Jetzt spielt er mit seiner neuen Mannschaft gegen meinen Verein. Der Gedanke fühlt sich falsch an. Nein, nicht wegen des Trainers. Wegen mir. Obwohl der Verein immer ein Teil von mir sein wird, ist er jetzt nur noch ein Fußballverein, über den ich hin und wieder schreiben darf. Er gehört nicht wirklich zu mir. Nicht mehr.

Ich beschleunige meine Schritte, um den Ordner nicht in der Menge zu verlieren. Sein Auftritt hat mich neugierig gemacht. Die Schleuse, die er sich durch die Menschen gegraben hat, verschwindet schneller, als ich folgen kann. Trotzdem schlängle ich mich irgendwie hindurch und bleibe an ihm dran.

Presse, steht in fetten Buchstaben über dem Zugang, den er gerade passiert. Vielleicht hat er tatsächlich nur seine Einsatzzeit verschlafen und versucht jetzt auf kürzestem Weg an seinen Platz zu gelangen. Doch der Hüne stapft die Treppe hinunter und biegt zur Tiefgarage ab. Meine journalistische Neugier ist nun endgültig geweckt. Für einen Einsatz unterm Rasen ist der Bursche schließlich dreimal zu spät dran. Noch zehn Minuten bis zum Anpfiff. Da gibt es da unten nur noch eine Handvoll Nachzügler und unendlich viel Blech.

Verdammt. An der nächsten Tür erwartet uns ein Ordner. Er lässt den Kollegen mit einem fragenden Blick durch, und ich setze meine geschäftsmäßige Miene auf, als er mich anhalten will. Und tatsächlich wirft er nur einen flüchtigen Blick auf den Presseausweis, der an einer Kette um meinen Hals baumelt, und macht keine Anstalten, mich aufzuhalten.

„Wohl den Kuli vergessen", höre ich ihn hinter mir noch sagen. Klar, den imaginären Kuli in meinem nicht vorhandenen Auto. Autos können sich Leute leisten, die nicht wie ich dumme kleine Spielberichte schreiben. Aber das muss der Kerl ja nicht wissen.

Ich biege rechts ab, so wie der Ordner vielleicht 15 Meter vor mir, und folge nun lediglich dem Hall seiner Schritte. Sehen kann ich ihn im engen Labyrinth der Tiefgarage nicht mehr.

Etwas an all dem stimmt nicht. Mein Chef sagt zwar immer wieder, dass ich die schlechteste Spürnase der gesamten Hemisphäre hätte, was eine gute Story angeht, aber vielleicht ist das hier genau der richtige Zeitpunkt, um ihm das Gegenteil zu beweisen. Ein Ordner, der … ja, was? Der vielleicht einfach zu spät ist? Oder dringend nach Hause muss, weil seine Frau ein Kind bekommt und einfach nur eilig zu seinem Auto will?

Trotzdem ist es seltsam, dass es hier so verdammt dunkel ist. Zu dunkel, wenn ich mir die vielen Neonröhren über mir ansehe, die ausgeschaltet sind.

„Oh, Severin", raune ich mir selbst zu, als ich begreife, dass der Chefredakteur der *Frankfurter Post* sicher einen Grund hat, an meinem Riecher zu zweifeln. Mal wieder jage ich einem Phantom hinterher. Typisch.

Ein Schrei lässt mich zusammenzucken. Der Schrei einer Frau, der aus dem spärlich beleuchteten Nichts der nächsten Ebene kommt, lässt meinen Nacken prickeln und meinen Puls ins Stolpern geraten.

Die Gänge und Rampen strömen eine seltsame Atmosphäre aus. Warum ist hier niemand? Warum ist es so leer? Ich schüttle den Kopf, um wieder ein wenig klarer zu werden. Mich nicht von diesem flatternden Gefühl in meiner Brust ablenken zu lassen und so zu tun, als wäre ich hier in einem waschechten Hitchcock-Film gelandet. Natürlich ist hier niemand. Sie sind alle schon oben, und die, die hier arbeiten, sind wahrscheinlich irgendwo eine rauchen.

Ich laufe weiter. Eigentlich stolpere ich viel eher um die nächste Ecke und die nächste Rampe hinauf, diesen Schrei noch immer in meinen Ohren. Und ganz plötzlich steht da der Kerl in seiner schreiend gelben Weste. Ich hätte ihn fast über den Haufen gerannt. Seine Augen treffen auf meine. Grüne Augen, die entgegen meiner Erwartungen nicht böse, sondern eher panisch aussehen. Verängstigt.

Seine Lippen beben. Dann senkt er den Kopf Richtung Boden. Ich folge seinem Blick und brauche eine halbe Ewigkeit, um zu realisieren, was ich da sehe.

Wie von einer fremden Macht geleitet, weiche ich einen Schritt zurück. Weg von der blutüberströmten Frau zu Füßen des Ordners.

„Ich wollte das nicht", wispert er mit rauer, fassungsloser Stimme. Aber ich höre ihn kaum. Höre kaum noch das Tosen der Menge draußen, die mit dem Polizeichor das Eintracht-Lied angestimmt hat. Da ist nur noch das leise Wimmern der Frau zu seinen Füßen.

„Ich …", beginne ich zu stottern und weiche einen weiteren Schritt zurück. „Ich … hole Hilfe."

Der Kerl schaut wieder auf, greift sich kurz ans Ohr. Nestelt daran herum.

„Das wirst du nicht …" Jetzt hört er sich ganz und gar nicht mehr fassungslos an. Im Gegenteil. Seine Stimme ist bedrohlich. Er macht einen Schritt auf mich zu. Blut spritzt dabei von seiner Stiefelspitze auf den Boden. Das Blut der Frau, die gerade aufgehört hat zu atmen. Jede Faser meines Körpers schreit mich an, wegzurennen. Wieder zu Bewusstsein zu kommen. Das hier zu überleben. Und trotzdem ist es, als wäre mein Körper festgefroren. Zu Stein erstarrt.

„Was machen Sie hier unten?!", zerschneidet eine weibliche Stimme die Stille. Die Frau vom Wachdienst steht plötzlich vor uns.

Ich will sie warnen. Will ihr sagen, dass sie wegrennen soll, doch da tritt sie bereits wutschnaubend vor mich und realisiert erst viel zu spät, dass der Ordner ein Messer in der Hand hält und nun sie ins Visier genommen hat.

„Und warum sind Sie nicht draußen am Spielfeldrand?", fragt sie zornbebend und offenkundig genervt, bis ihr Blick hinunter wandert – dorthin, wo seine Schuhe blutrote Abdrücke hinterlassen haben.

„Passen Sie auf!", stoße ich hervor, als ich endlich meine Stimme wiedergefunden habe, doch da packt er sie bereits und rammt auch ihr das blutige Messer in den Bauch.

„Nein!", schreie ich und will auf ihn zustürmen. Ihn aufhalten. Aber es ist zu spät. Ihr Blut tränkt bereits das Weiß der hübschen Bluse, die sie unter ihrer blauen Weste trägt.

„Mich darf keiner sehen. Verstehst du?!", schreit mich ihr Mörder panisch an und lässt den Körper der Frau los. Er sinkt leblos zu Boden.

Mein Blick wandert zu seiner rechten Hand mit dem blutverschmierten Messer, das er jetzt bedrohlich auf mich richtet.

„Keiner darf mich sehen." Mit diesen Worten rammt er mir das Messer in den Bauch und zieht es sofort wieder heraus. „Niemand!"

Ich spüre den Stich kaum. Fühle den Schmerz nicht. Da sind nur diese unbändige Kälte und die Gewissheit, dass ich es mal wieder nicht hingekriegt habe. Mein Körper sinkt zu Boden. Meine Augen folgen noch dem Kerl, der wegrennt. Dann wandern sie zu den beiden regungslosen Frauen. Ich habe nichts getan. Ich war nutzlos. So wie damals.

Meine Hand wandert hinunter zu meiner eigenen Wunde, aus der viel zu viel Blut tritt. Es ist warm, und etwas in mir kann das erste Mal seit langer Zeit akzeptieren, wer ich einmal war. Die Vergangenheit erkennen und annehmen, die zusammen mit diesem Blut in meinen Adern fließt.

LYDIA

„Auf einen klaren Sieg", johlt einer der Männer hinter mir überschwänglich. Er gehört zu den Business-Typen, die extra für das Freitagsspiel eingeladen wurden, weil – wie es Jürgen Losert vom Aufsichtsrat nannte – „diese Kryptowährungen vielleicht ja wirklich die Zukunft sind und wir immer am Puls der Zeit sein müssen." Wer's glaubt. Im Gegensatz zu mir bleiben diese Gäste während des Spiels lieber in der Loge am Tisch sitzen, trinken Schampus und verfolgen das Spiel auf einem Flachbildschirm. Ich frage mich, warum sie nicht einfach zu Hause geblieben sind.

Ich stehe am Fenster und sehe hinab auf das echte Spielfeld. Der Lauteste von ihnen, einer mit einer extrem gegelten Tolle – wahrscheinlich keine 30, aber der Chef –, textet mich dabei ohne Unterlass zu.

„Glauben Sie mir, wenn Sie jetzt Bitcoins kaufen, dann lachen Sie über diesen Job in zwei, drei Jahren nur noch. Dann können Sie sich selbst ein paar Fußballer kaufen." Er erhebt die Stimme. „Oder, Jungs?", richtet er sich an die anderen gelackten Kerle. Aber bevor die *Jungs* ihm zustimmen können, redet er ohne Punkt und Komma weiter. Was mir durchaus gelegen kommt. Auf Gespräche dieser Art habe ich nun wirklich keine Lust. Und diese Sorte Möchtegerns konnte ich noch nie leiden.

„Kann schon sein, dass die Bitcoins nach ihrem Höhenflug erst einmal ein bisschen abgestürzt sind, aber letztes Jahr ist der Kurs förmlich explodiert. Von 1.000 Dollar im Januar ging es bis Anfang November rauf auf mehr als 10.000 Dollar. Schauen Sie mich an. In drei Monaten … zum Millionär …" Er lacht aufgeblasen und hält mir sein Glas entgegen. „Zum Wohl, Frau Heller …"

Er nervt. Gnadenlos. Aber was soll ich machen? Job ist Job. Da muss man sich auch mal auf die Zunge beißen.

„Fräulein Heller, kommen Sie rein. Setzen Sie sich zu uns! Hier spielt die Musik", fordert er mich auf. Breites Lachen ertönt. Das Lachen junger Männer, das nicht wirklich anders klingt als das alter reicher Männer, die denken, Frauen wären nichts anderes als eine Ware, die sie sich mit Geld erkaufen können. Jetzt eben mit Bitcoins.

„Schon mein Vater predigte", sage ich ruhig und langsam, während ich mich mit dem Sektglas in meiner Hand umdrehe: „Du siehst ein Spiel nur dann wirklich, wenn du die Schreie in ihrer Echtheit hörst, das Raunen der Menge, das dir einen Schauer über die Haut jagt und deinen Puls mit jeder Situation beschleunigt. Im Einklang mit anderen. Erst dann erlebst du Fußball in seiner reinsten Form."

Ich lasse meinen Blick umherwandern. Die *Herren* sehen mich belustigt an, als wäre ich ein dummes Gör, das sich gerade bei der Schultheateraufführung furchtbar blamiert hat. Wobei die meisten gar nicht zugehört haben.

„Von daher, meine Herren, gehe ich jetzt dorthin, wo ich den Fußball auch erleben kann." Mit diesen Worten hebe ich mein Glas leicht an und husche durch die kleine Glastür der Loge nach draußen in die milde Oktoberluft. Dringe ein in tosende Euphorie. Und wundere mich ein bisschen über mich selbst.

Ich weiß nicht, ob diese Art Menschen, die für drei Stunden hinter den Glasscheiben sitzen, verlernt haben, Fußball zu fühlen. Das Spiel zu erleben. Oder ob sie es noch nie konnten. Ob sie schon immer nur dem Geld hinterhergejagt haben und in ihren warmen gemütlichen Sesseln nie in der Lage waren zu verstehen, was das hier wirklich ist.

„Lyd! Hier ist ein Platz frei", ruft mir Tim zu, mein Kollege aus der Abteilung Spielbeobachtung und Videoanalyse. Er ist ein netter Kerl, den ich bereits von meiner Zeit an der Uni kenne. Nachdem ich erkannt hatte, was er draufhat, habe ich ihn zu einer Bewerbung bei der Eintracht angespornt. So konnten wir uns als Neulinge gegenseitig helfen. Allein, sich auf Anhieb in den Gängen und Räumen der Arena und den weitläufigen Katakomben zurechtzufinden, war abenteuerlich. Da tat es gut, sich nicht immer allein zu verirren. Und den Spruch über die Frauen, die eben einfach keinen Orientierungssinn außerhalb von Einkaufszentren haben, hat er sich auch gespart. Das war im Juli. Jetzt, fast vier Monate später, kenne ich mich ziemlich gut aus und verlaufe mich nur noch sehr selten.

„Kannst du mir erklären, über was die da eigentlich reden?", frage ich eher beiläufig, ohne wirklich eine Antwort zu erwarten und werde von Tim nicht zum ersten Mal gnadenlos überrascht. „Bitcoins – BTC. Das sind verschlüsselte Datenpakete aus Zahlen und Buchstaben. Für die einen ein anonymes Zahlungsmittel im Internet, das Systeme wie PayPal unnötig macht. Für andere ein alternatives Wertaufbewahrungsmittel. Für die da eine vermeintliche Goldader", doziert er mit einer eindeutigen Kopfbewegung in Richtung der Männerrunde. Ich nicke andächtig. „Das Problem: Bitcoins kommen wohl auch für illegale Zahlungen zum Einsatz, sagt man", schiebt er hinterher.

„Und wie werden Bitcoins gehandelt?", will ich wissen.

„Im Internet gibt es 60 bis 80 Umschlagplätze für diese Dinger. Tokio hat da ziemlich die Nase vorn. Und was Deutschland betrifft, Herford. Das liegt in der Nähe von Bielefeld", haut mir Tim mit einem Grinsen sein komplettes Wissen um die Ohren. Ich schaue ihn einen Moment lang von der Seite aus an. Erstaunlich, was in diesem Moppelchen mit Halbglatze steckt, geht mir durch den Kopf und gleich darauf bedauere ich auch schon, so etwas auch nur gedacht zu haben.

„Hand. Eindeutig Hand, du Penner!", schreit Tim in diesem Moment. Mein Blick wandert hinauf auf die Anzeigetafel. 18. Minute. Ein Tor, wenn auch durch einen Elfmeter, würde uns sicher guttun. Aber der Schiedsrichter lässt weiterlaufen.

„Lyd, war das Hand oder Hand?" Tim lacht rau und jetzt schon ein wenig heiser.

„Eindeutig Hand!", gebe ich amüsiert und ahnungslos zurück, als der Schiedsrichter plötzlich pfeift und das Signal gibt, dass er sich doch den Videobeweis ansehen wird. Er hat es wahrscheinlich genauso wenig gesehen wie ich.

„Du bist das Fußball-Orakel, Lyd!", ruft Tim und verneigt sich belustigt.

„Jeder hier hat gesehen, dass es Hand war, Blödmann", gebe ich beschwichtigend zurück, während der Schiedsrichter auf den Punkt zeigt. Jeder. Nur ich nicht. Weil ich ja in diesem Moment Tim angeschaut und ihn ein bisschen bewundert habe für sein geballtes Wissen über die Geheimnisse der virtuellen Welt.

Die 51.000 in der Arena – zumindest die weit mehr als 40.000, die es mit der Eintracht halten – johlen vor Vergnügen und in tiefer Vorfreude auf das erste Tor. Genau das Gefühl eben, das mein Vater meinte. Nur, dass ich nicht mittendrin stehe.

Mein Blick wandert hinüber zur Fankurve. Der Ball landet im Netz, und sie springen und schreien, als wären sie ein pulsierendes Ganzes. Glückseligkeit pur. 1:0. Dort drüben war ich schon lange nicht mehr und schon gar nicht so unbeschwert wie mit 15. Stattdessen bin ich heute stellvertretende Pressesprecherin der Eintracht. Die Menschen kennen mich. Zumindest kennen sie mein Gesicht und wissen, was sie zu wissen glauben. Und ich will nicht darüber diskutieren. Sinnlos diskutieren war noch nie mein Ding.

„Toooor!" Ich werde lautstark aus meinen Gedanken gerissen, blinzle, starre hinunter und dann wieder hoch auf die Anzeigetafel. 26. Minute. Also nur sechs Minuten nach Sebastians Handelfmeter haut Luca das Ding unter die Latte. „Das kann kein anderer", jubelt Tim, und ich werfe schnell einen

Blick auf den Fernseher hinter den Glasscheiben, um die Wiederholung zu sehen. Gacinovic nimmt links Kostic mit, der flankt herrlich ins Zentrum zu Jovic – und Luca haut den Ball per Seitfallzieher unhaltbar knapp unter die Latte.

„Geiles Ding!", johlt Tim. Bis auf die Gäste hinter mir scheinen jetzt alle im Stadion vom Fußballfieber gepackt.

„Der Funke ist übergesprungen", würde der Präsi sagen. Weitere sieben Minuten später macht Luca das dritte Tor. Dann ist Halbzeit, und die Fans skandieren vereinzelt: „Deutscher Meister wird nur die SGE!" Naja ... Das hat Papa '92 auch gehofft.

„Kommst du mit zu unseren VIP-Gästen?", holt mich Tim aus meinen Gedanken.

Wir beide sind quasi als Unterhaltungsprogramm für diese merkwürdige Delegation abgeordnet, die mich eher an die Zeitdiebe aus Michael Endes *Momo* als an Fußballfans erinnern und denen für das heutige Spiel die Loge zur Verfügung gestellt wurde. „Ein bisschen Smalltalk, ein bisschen Herumführen und nach dem Spiel zur Pressekonferenz mitnehmen", hatte uns Jürgen Losert für den heutigen Tag eingestimmt: „Alles mit der Chefetage abgeklärt."

Ich erhasche kurz einen Blick durch die Glastür, hinter der die Männer bereits mit der Verköstigung diverser Leckereien beschäftigt sind. Darauf kann ich echt verzichten. Also nestele ich meine Zigarettenschachtel heraus und halte sie in die Höhe. „Komme nach."

„Igitt", ist alles, was er dazu sagt, bevor er die Glastür öffnet und dahinter verschwindet. Ob er am Ende des Abends auch ein paar dieser Bitcoins in der Tasche haben wird? Ich muss über mich selbst lachen. Bitcoins in der Tasche haben. Damit kann ich Tim nachher ein bisschen auf den Arm nehmen.

Ich atme tief durch, während ich mir eine Zigarette anstecke und meinen Blick umherwandern lasse. Manchmal wünschte ich, ich könnte meinen Vater überreden, doch mal wieder mitzukommen. Ihm zeigen, dass ich genau da arbeite, wo er die vielleicht besten Stunden seines Lebens hatte. Und mit diesem Wunsch kommt die Erkenntnis, dass er wohl eher skeptisch auf das Innenleben der Haupttribüne reagieren würde. Er gehörte zu den Fans, die im alten Waldstadion mit dieser seltsamen Mischung aus Neugierde und Verachtung auf den berühmten Block 8, später eben auf die ganze Haupttribüne blickten. Er mochte die Anzugträger im Stadion nicht besonders. Und auch deshalb war die Arena für ihn immer nur das Waldstadion gewesen. So war er nun mal. Auch dann noch, als er längst dazugehörte.

„Lydia, kommst du mit den Gästen nachher zur Pressekonferenz?" Ich wende mich um und starre in die blauen Augen von Jürgen Losert. Ich lasse meinen Kiefer unruhig knacken, um mich zu beruhigen, bevor ich antworte. Jetzt nur nicht nervös werden. „Natürlich. Und ich werde den Herren auch noch ein paar Weisheiten aus dem Fußballlehrbuch vermitteln. Ist schließlich mein Job, oder?", sage ich betont lässig. In der Hoffnung, dass ihm noch keiner der Gäste meinen kleinen Monolog zum wahren Fanwesen unter die Nase gerieben hat.

„Pass nur auf, dass der Schuss nicht nach hinten losgeht. Sehr aufmerksam wirkst du heute nicht. Du musstest dir das 2:0 in der Wiederholung ansehen …"

„Ich –" Mein Klingelton hindert mich Gott sei Dank daran, ihm verbal irgendwelche abstrusen Ausreden zu servieren, während sich rote Farbe in meinem Gesicht breit macht. Warum musste ausgerechnet er das mitbekommen? Wütend nehme ich das Handy aus meiner Tasche, werfe Losert einen Blick zu, der ihm deutlich macht: *Entschuldigung, Telefon*, und hebe ab.

„Was ist?" Nicht meine netteste Anrede, aber die Wut in mir und über mich kocht zu sehr.

„Wir haben hier ein Problem, Frau Heller."

„Was für ein Problem?!", zische ich zurück und ziehe an meiner Zigarette.

„Ich ... Vielleicht ist es besser, Sie kommen selbst und schauen sich das an. Ihr Chef, Peter Staudinger, macht die Halbzeitinterviews klar. Der ist jetzt unabkömmlich."

„Können Sie mal aufhören, so kryptisch daherzureden? Was zum Teufel ist los? Und wo soll ich überhaupt hinkommen? Klare Aussagen, bitte!"

„Runter in die Katakomben. Die Parkflächen unter der Haupttribüne. Wir ... wir haben hier zwei Tote und einen Schwerverletzten."

„Was?!", stoße ich hervor und lasse beinahe das Handy aus meiner Hand fallen. „Ist das ein schlechter Scherz?!"

„Nein, Frau Heller. Leider nicht."

Meine Zigarette fällt lautlos zu Boden. Millionen Gedanken schießen mir durch den Kopf. Wie ferngesteuert zwänge ich mich an zwei Männern vorbei in die Loge und suche mit meinen Augen nach Tim.

„Mitkommen!", knurre ich ihm zu und verlasse den Raum durch die Vordertür. Ich bin nicht einmal in der Lage, ihm zu sagen, was vorgefallen ist. Wie soll ich auch? Überall um mich herum sind Menschen. Menschen, die das auf keinen Fall hören sollten.

„Lydia! Es geht gleich weiter. Was soll das?", versucht Tim hinter mir die Contenance zu wahren und mit mir Schritt zu halten. Er sollte wirklich mal ein bisschen Sport machen.

„Ruf Carlos an und sag ihm, dass wir gleich da sind. Bis dahin soll er das Protokoll befolgen. Keiner erfährt etwas. Absperren und niemanden durchlassen außer den Personen, die laut Protokoll befugt sind. Er soll außerdem alles für eine Evakuierung einleiten, falls es nötig wird. Und der Einsatzleiter der Polizei soll hier hinkommen."

„Was?!"

„Stell keine Fragen. Mach, was ich dir sage", überschlägt sich meine Stimme. So wie sie das meistens tut, wenn ich es gar nicht gebrauchen kann. Ich hasse diesen furchtbar hellen Klang. „Tu es einfach, Tim. Bitte!"

Ich gehe weiter. So schnell es eben möglich ist, ohne auszusehen, als sei ich auf der Flucht. Warum musste ich ausgerechnet heute diese dummen High Heels anziehen? Ich konnte nie wirklich gut auf den Dingern laufen.

„Haben wir eine Bombe hier, Lyd?"

„Sschh!", zische ich und werfe ihm einen vernichtenden Blick zu. „Nein, haben wir nicht. Und ich würde dich bitten, dieses Wort hier nicht so laut herumzuposaunen!"

Als wir nach gefühlten Stunden endlich ankommen, starre ich auf die beiden Frauen vor mir. Sanitäter und Polizisten sind bereits da und ... vor mir eine weitere Blutlache. „Was ist das?"

„Ein Verletzter. Er ist da vorne", sagt Carlos und deutet auf eine Trage. Ich starre ihn unverhohlen an. Starre Severin an. Severin, der einst ein Freund von mir war. Ein Freund aus der Uni. „Was hatte der hier zu suchen?"

„Frau Heller. Das können wir später besprechen. Wir wollten Ihnen nur die Chance geben, das ordentlich für die Öffentlichkeit vorzubereiten. Und Sie waren die Einzige, die ans Handy gegangen ist."

„Das ..." Mir versagt die Stimme. Ich habe keine Ahnung, was jetzt zu tun ist. Müssen wir das Stadion räumen?

Draußen bricht tosender Jubel los, als die Mannschaften zurück aufs Spielfeld kommen.

„Wo zum Teufel ist der Sicherheitchef?", schreie ich, um gehört zu werden.

Alle starren mich an, als wäre ich dieser Sicherheitchef. Dabei bin ich nur die stellvertretende Pressesprecherin. Ich habe verdammt nochmal keine Ahnung, was man tun muss, wenn ein Mörder im Stadion frei herumläuft. Genau vor diesen Momenten hatte ich panische Angst. Momente, in denen ich nicht wissen würde, was zu tun ist. Ich hasse sie … diese Hilflosigkeit.

„Carlos. Was empfiehlst du?", frage ich den Chef unserer eigenen 30-Mann-Security-Truppe und trete einen Schritt auf ihn zu, ohne die Leichen zu seinen Füßen zu beachten. Dann erst nehme ich den Uniformierten neben ihm wahr.

„Und Sie … Sie sind die Polizei. Was machen wir jetzt?"

„Wir müssen den ganzen Bereich absperren. Normalerweise darf keiner mehr rein und keiner raus. Aber das können wir mit 51.000 Zuschauern nicht machen. Also, wer hatte hier unten Zutritt?", fragt der Polizist mit einem beruhigenden Ton und schreibt etwas in seinen kleinen Block.

„Nur das Ordnungspersonal und der Vorstand", sage ich und denke nach. „Die Spieler natürlich und einige wichtige Sponsoren. Sie haben ihre Autos hier in diesem Bereich stehen. Die Liste der geladenen Gäste kann Ihnen der Kollege besorgen", deute ich auf Tim. Er ist kreidebleich und steht auf sehr wackeligen Beinen.

„Und die Presse?", fragt der Polizist.

„Nein", murmle ich irritiert: „Die Presse hat hier keinen Zutritt. Die parken auf Ebene zwei. Das ist weiter vorne. Wie kommen Sie darauf?"

„Das dritte Opfer … Um seinen Hals baumelt ein Presseausweis."

Severin. Ich schaue kurz hinüber zu ihm. Zwei Sanitäter versorgen seine klaffende Wunde. Was macht er hier? Hat er sich hineingeschlichen? Aber warum?

Lauter Jubel ist bis hinunter in die Katakomben zu hören. „50. Minute: Tor für unsere Eintracht", brüllt der Stadionsprecher und lässt uns alle für einen Augenblick innehalten, während aus mehr als 40.000 Kehlen ertönt … „Haller!"

Was soll ich jetzt tun? Wenn wir das Spiel unterbrechen, dann wird es wiederholt. Ausgerechnet ein Spiel, bei dem wir mit 4:0 vorne liegen. „Wie kannst du nur?", höre ich mich selbst ganz leise sagen. Dieser Gedanke ist völlig abstrus und unangebracht. Ich hätte nicht gedacht, dass ich jemals so etwas würde denken können. Aber Herz und Verstand wollen gerade jetzt nicht so recht miteinander.

„Wir werden das Ordnungspersonal daran hindern, nach dem Spiel zu gehen und …"

„Frau Heller, der Mann könnte da draußen weitere Personen töten. Vor allem, wenn er, wie der verletzte Zeuge gesagt hat, wie einer ihrer Ordner herumrennt und sich nahezu überall frei bewegen kann", wirft der Polizist, plötzlich doch außer sich, ein.

„Kann er?", höre ich mich fragen.

„Nein!", nimmt Carlos ein wenig Druck aus der Situation. „Die Ordner am Eingang zur Tiefgarage an der Otto-Fleck-Schneise haben den Mann nicht aufhalten können. Er ist in Richtung Bahnhof Sportfeld weggelaufen. Hier in der Arena besteht keine akute Gefahr."

Ich fahre mir angestrengt durch die Haare. „Gute Nachricht!" Denn sobald die Polizei eingeschaltet ist, entscheiden auch sie, was passiert. Da sind wir ganz schnell zweitrangig. Und der Polizist hat eindeutig klargemacht, was passieren würde, wenn der Kerl hier noch herumlaufen würde. Trotzdem sackt mein Kreislauf ins Bodenlose. Klar, das hier ist nicht meine Aufgabe. Das ist nicht meine Entscheidung. Es ist die des Sicherheitschefs und der Polizei. Trotzdem gebe ich über Funk die Order, die Tiefgarage komplett zu sperren. Erstmal jedenfalls. Keiner rein, keiner raus. Bis die Leitstelle der Polizei eine neue Order erteilt.

Ich stolpere ein wenig vor und beuge mich dann über Severin, während die Sanitäter ein paar Schritte zur Seite gehen.

„Sev?" Ich schlage ihm sanft auf seine Wange, bis er blinzelnd die Augen öffnet. „Was ist passiert?", frage ich hektisch.

„Lydia?" Seine Lider senken sich wieder. „Bo ... mbe."

Bombe? Ich weite fassungslos meine Augen. Nein. Das ist nicht möglich. „Severin!", versuche ich ihn wieder zurückzuholen, doch seine Augen bleiben geschlossen.

„Ich brauche frische Luft", presse ich in Richtung der anderen hervor und entscheide mich für das in diesem Moment eigentlich denkbar Schlechteste ... die Flucht. „Tim, hol Gräter. Er muss entscheiden, was weiter passiert. Er allein trägt die Verantwortung. Und bring endlich den Einsatzleiter der Polizei hierher."

Mit diesem Versuch, mein Gewissen zu beruhigen, lasse ich die beiden Toten und all die anderen hinter mir und versuche nur noch an die frische Luft zu kommen. „Nur nicht hyperventilieren", hämmere ich mir ein. Hier ist keine Bombe.

Als ich es endlich über den unteren Zugang und den Kabinentrakt hinausgeschafft habe, stehe ich direkt hinter der Auswechselbank der Gäste. Auf dem Weg hierher habe ich die Blicke der Menschen kaum wahrgenommen, die sich sicher dachten, ich hätte einen Geist gesehen, und nicht wissen konnten, dass es zwei waren. Zwei tote Frauen.

Es war der kürzeste Weg hier raus und den habe ich wie in Trance genommen. Da unten hatte ich das Gefühl zu ersticken. Jetzt spüre ich, wie die frische Oktoberluft meinen Verstand ganz langsam zurückkehren lässt.

Was soll ich jetzt tun? Was erzähle ich der Presse? Erzähle ich überhaupt etwas oder wird die Polizei das übernehmen?

Ich atme stoßartig, als plötzlich ohrenbetäubendes Geschrei ertönt. Irritiert sehe ich mich um, doch es ist nur ein Tor für Düsseldorf. 1:4 in der 53. Minute. Sind wirklich nur drei Minuten seit Hallers Tor vergangen? Seit ich neben zwei Leichen gestanden und nur noch panisch nach dem Sicherheitschef gerufen habe? Seit ich, völlig außer mir, nicht mehr ein noch aus wusste und alle im Stich gelassen habe? Allen voran Tim.

Bevor ich diesen Gedanken mit der Erkenntnis, dass ich offenbar immer, wenn es eng wird, kneife, abschließen kann, liegt sich das Stadion schon wieder in den Armen und feiert besoffen vor Glück Jovics dritten Treffer. Das 5:1 besorgt er mit rechts.

Warum muss ausgerechnet heute eine Torparade stattfinden, die alle Menschen noch euphorischer auf der einen Seite und wütender auf der anderen macht? Instinktiv gehe ich in Richtung der Fankurve. Ich erinnere mich an Papas Worte von damals. Vielleicht, um mich abzulenken. Oder, weil er immer der Einzige war, der mich in solchen Situationen beruhigen konnte.

„1980 beim UEFA-Cup-Sieg gegen Gladbach mittendrin im G-Block. Da haben sie nach Fred Schaubs 1:0 und dem Schlusspfiff alle vor lauter Glück geheult wie die Schlosshunde. Da war für viele Stunden kein Platz mehr für den Rest der Welt."

Kein Platz mehr für den Rest der Welt. Das wäre jetzt genau das Richtige. Ich entdecke mich selbst plötzlich ein paar Meter vor der Kurve zwischen den Fans und der Haupttribüne. Wobei die Haupttribüne sich längst mit den Ultras zusammengetan hat. Jedenfalls für den Rest dieses Spiels.

„Eintracht", schmettern die Fans inbrünstig.

„Frankfurt", kriegen sie mit ebensolcher Wucht vom Rest des Stadionrunds zurück. Und den zu Euro-Fighter-Zeiten in Gelsenkirchen erfundenen Song *Steht auf, wenn ihr Schalker seid* – oder eben in unserem Fall *Adler* – braucht an diesem Abend kein Mensch mehr. Denn keiner von ihnen sitzt noch auf seinem Platz. Ein Spiel, wie man es sich wünscht. Eines, wie mein Vater es sich wünschen würde. Und keiner von ihnen weiß, wie überschattet dieses Spiel doch ist. Dass keine 50 Meter Luftlinie und 10 Meter unter dem Rasen von ihrer Freude entfernt Leben genommen wurde. Leben, dessen Verlust das Gegenteil von dieser Freude hervorrufen wird. Wie nah Freud und Leid doch manchmal beieinander liegen.

Spätestens als Luca mit seinen Treffern Nummer 4 und 5 das Ergebnis bis zur 72. Minute auf 7:1 erhöht hat, explodiert das Stadion vollends. Mein Kopf dröhnt.

Meine Augen wandern von den Zuschauern, die völlig aus dem Häuschen sind, zu den Ordnern, die kein Tor, keine dieser wunderbaren Kombinationen gesehen haben, sondern nur von der Euphorie derer angesteckt werden, denen sie 90 Minuten lang ins Gesicht schauen.

„Wer sich umdreht, ist seinen Job los. Zumindest den hier im Innenraum. Ist das klar?!", bläut der große Kerl in der blauen Weste seinem Trupp von Gelbwesten vor jedem Spiel ein, erinnere ich mich. Auch daran, dass jeder Fehltritt natürlich im Fernsehen zu sehen ist und die Sicherheitsfirma keine Lust hat, für Fehler dieser Art durch Abzüge bestraft zu werden.

„Wir haben klare Vorgaben und klare vertragliche Vereinbarungen. Schlampigkeit hat keinen Platz", bestätigt der Chef der Sicherheitsfirma bei jedem Meeting.

Ich schaue hinauf zur Anzeigentafel. 86. Minute. Noch fünf, sechs Minuten inklusive Nachspielzeit, dann ist der Spuk vorbei. Dann ist das Spiel zu Ende. Die Mannschaft wird sich von den Fans noch ausgiebig feiern lassen – hat sie nach diesem Abend ja auch verdient … und danach macht irgendwann irgendwer die Lichter aus … und wir haben alles überstanden.

Genau in diesem Moment fällt mir diese Tasche auf. Eine, die die Ordner als Weihnachtsgeschenk im vergangenen Jahr bekommen haben. Ganz schwarz mit einem roten Eintracht-Logo drauf. Sie wurden extra vom Ausstatter hergestellt, um denen, die da während des gesamten Spiels falsch herum im Stadion stehen, Dank zu sagen. Schöne Geste.

Wir müssen uns für dieses Jahr Weihnachten noch etwas einfallen lassen, kommt es mir in den Sinn. Ich schüttle schnell den Kopf und dabei meine Gedanken ab. Jetzt gibt es eindeutig Wichtigeres. Zum Beispiel, was diese Tasche hier macht. Sie hat hier nichts zu suchen. Niemand darf ohne Erlaubnis irgendetwas mit in den Innenraum bringen. Ein Ordner schon gar nicht. Das ist klar geregelt. Und warum zum Teufel ist das niemandem aufgefallen?

Mir läuft es eiskalt den Rücken hinunter, als ich den Zusammenhang plötzlich verstehe. Als ich begreife, wem diese Tasche höchstwahrscheinlich gehört. Zwei tote Frauen in der Tiefgarage, ein verletzter Ex-Kommilitone, der etwas von einem Ordner sagte, bevor er sein Bewusstsein verlor. Und von einer … Bombe. Oh nein, nein, nein! Wir hätten das Stadion räumen lassen sollen. Wir hätten … ich hätte!

Ohne weiter darüber nachzudenken, stürme ich auf die Tasche zu. Ich habe selbst keine Ahnung, was ich eigentlich vorhabe. Mit Sicherheit bin ich keine Heldin, sondern eher jemand, der wegrennt, wenn es brenzlig wird. Aber jetzt ist da keine Spur von Angst oder Panik in mir. Nein. Da ist nur die Gewissheit, dass ich jetzt besser nicht wieder weglaufen sollte. Wie paralysiert öffne ich die Tasche und starre auf Kabel und Batterien und merkwürdige Metallröhren. „Pyrotechnik?", stammele ich.

Dann laufe ich los. Halte die Tasche mit ausgestreckten Armen vor mir. Als würde ich dann nichts abbekommen. Einen Schritt nach dem anderen. Bis zu der Sicherheitsbox ein paar Meter neben der Seitenlinie. Ich packe die Tasche hinein und schließe den schweren Deckel.

„Geschafft. Lydia Heller, du hast es geschafft", atme ich durch.

„Was ist mit dir?"

Ich reiße den Kopf herum und sehe direkt in Carlos' Augen. Er schaut mich besorgt an.

„Dich schickt der Himmel", raune ich ihm zu und deute auf die Kiste unter mir. „Ich habe da ein merkwürdiges Ding hineingesteckt. Irgendeinen Pyroscheiß … oder noch schlimmer …"

Carlos nimmt meine Hand, zieht mich auf die Füße und schiebt mich zur Seite. „So, so, irgendeinen Scheiß", höre ich ihn dumpf murmeln. Ohne zu zögern, hat er den Deckel geöffnet und ist mit dem Kopf in der Kiste verschwunden.

Beim Anblick des Zwei-Meter-Mannes ohne Kopf muss ich fast lachen.

„Das Stadion in die Luft jagen kann man damit wohl eher nicht, aber für 20 Minuten alles restlos einnebeln schon", knurrt er von unten: „Gut, dass du das Ding gleich entsorgt hast! Aber beim nächsten Mal: Lass den Scheiß!", höre ich Carlos' dumpfe Stimme aus der Kiste.

„Lass den Scheiß?" Eine Mischung aus Entrüstung und Schreck überzieht mein Gesicht. Dann wandert sein Kopf wieder nach oben, und ich falle ihm in den Arm. „Ach Carlos. Gott sei Dank. Nur eine Schwachsinns-Aktion der Ultras?"

„Der Ultras?" Carlos schaut nachdenklich. „Eher nicht. Jedenfalls nicht der Ultras, die ich kenne. Die lassen es schon mal ordentlich krachen, aber nicht mit so einem Teil. Sowas ist mir noch nie untergekommen. Sieht eher aus wie aus ehemaligen NVA-Beständen."

„Und was machen wir jetzt damit?"

„Wir informieren die Polizei. Die ist für so etwas zuständig. Nicht du. Also lass beim nächsten Mal solche Eskapaden. Wenn du etwas findest, was dir merkwürdig vorkommt, informierst du die Polizei. Die schicken den Sprengstoffhund und kümmern sich um alles Weitere. Comprende, kleine Frau? Und ich telefoniere jetzt mit den Fanbeauftragten. Mal sehen, ob sich etwas herumgesprochen hat", deutet er mit dem Zeigefinger auf seinen Mundwinkel. „Und du solltest mal einen Schritt vor den Spiegel machen und dir das Blut von der Lippe wischen."

Bevor ich antworten kann, ist Carlos schon in die Katakomben abgerauscht. Er kennt seine Pappenheimer. Ist schon lange verantwortlich für den privaten Sicherheitsdienst bei der Eintracht. Er ist Madrilene, aber er spricht die Sprache der Hools. Galt mit 16, 17 als einer der Rädelsführer im Block, als es darum ging, im Abstiegsjahr 1996 Stunk zu machen. Und soll Jahre später vorne dran gewesen sein, als nach dem Köln-Spiel kurz vor dem letzten Abstieg diese teure Kamera zu Bruch ging. Danach folgte seine persönliche Wende.

Wenn jemand in Erfahrung bringen kann, was es mit meinem Fund auf sich hat, dann er, beruhige ich mich selbst und bemerke erst jetzt, dass ich mich auf die Kiste gesetzt habe. Ich zittere am ganzen Körper. Schweißperlen auf der Stirn.

Mein Blick wandert hinüber zu den Fans. Sie feiern gemeinsam mit der Mannschaft einen grandiosen Fußballabend. Ich wische mir eine Träne weg und tupfe das Blut von meiner Lippe ab. Wenn ihr wüsstet, was während der letzten 90 Minuten alles passiert ist, wärt ihr wahrscheinlich direkt nach Hause gefahren. Ohne zu duschen.

„Na, so ergriffen?" reißt mich eine wohlbekannte Stimme aus meiner Lethargie. Max hat sich vor mir aufgebaut. Reißt mich hoch. Umarmt mich. Jubelt: „So ein Tag …"

2

SONNTAG, 21. OKTOBER 2018, 11.20 UHR

SEVERIN

Ich schlage meine Augen auf und starre auf eine weiße Decke. Ein leises, monotones Piepen lässt mich unruhig werden. Bilder tauchen vor mir auf. Bilder dieses Ordners und wie er … Das Piepen wird schneller, unregelmäßiger und endlich begreife ich, wo ich bin und was dieses Geräusch ist. Mein Herz.

„Herr Klemm, Sie sind wach!"

„Herzlichen Glückwunsch zu dieser Erkenntnis", gebe ich nüchtern zurück, verenge meinen Blick und suche nach dem Sprecher. Langsam wird die schemenhafte Gestalt, die neben meinem Bett steht, zu einem echten Mann. Ich mustere die tiefen Furchen auf seiner Stirn und kurz darauf seine Hände, die nicht zu den Sorgenfalten in seinem Gesicht passen. Er kann nicht viel älter sein als ich, vielleicht sind es zehn Jahre.

Vorsichtig richte ich mich ein wenig auf und verziehe kaum merklich die Mundwinkel, als mir ein stechender Schmerz durch den Magen fährt. Etwas löst dieser Mann in mir aus. Etwas, das auch mein Vater immer wieder in mir auslöst. Das Gefühl, keine Schwäche zeigen zu wollen – oder viel eher, es nicht zu dürfen.

Als mein Blick wieder auf ihm landet, durchbohren mich seine Augen förmlich. Und würde ich dieses Krankenhaus nicht aus meiner Jugend zur Genüge von innen kennen, würde ich wahrscheinlich spätestens jetzt anfangen, mir Sorgen zu machen, dass ich von irgendeiner Organisation an einen geheimen Ort gebracht wurde – inklusive Agent, der mich allein durch seinen starren Blick und seine bedrohlich schweren Stiefel zu jeder Aussage bringen würde. Ganz ohne Folter.

„Sie sind offiziell ein Mitglied der Eintracht Eagles", redet er unbeirrt weiter. Es ist eine Feststellung. Keine Frage.

„Ich war ein Junior-Mitglied", entgegne ich knapp und suche mit meinen Augen nach einem Glas Wasser, um meine Kehle zu befeuchten. „Wie lange war ich bewusstlos?"

„Ich bin nicht Ihr Arzt, Herr Klemm. Ich bin Oberkommissar und Sie sind Verdächtiger in einem Mordfall und bei einem zum Glück noch vereitelten Bombenanschlag."

Mir entfährt ein heiseres Lachen, das in einem schmerzhaften Hustenanfall endet.

„Verdächtig?" Mein Blick wandert hinab zu meiner verbundenen Stichwunde. „Soll das ein schlechter Scherz sein?"

„Ich scherze generell nicht."

„Das habe ich bereits bemerkt", brumme ich und greife nun endlich nach dem Wasser, das neben meinem Bett steht.

„Sie sind ein Hooligan, im Stadion wurde ein Sprengsatz gefunden und Sie wurden mit dem Ordner zusammen gesehen. Wer sagt mir, dass Sie nicht gemeinsame Sache gemacht haben?

Wer sagt mir, dass Sie nicht irgendeine Meinungsverschiedenheit hatten und diese zu diesem … Unfall führte?"

„Ich bin kein Hooligan", wehre ich genervt ab. „Und ich kannte den Ordner nicht. Ich wette, das können Sie auch superschnell in einem Ihrer Spezialcomputer nachsehen."

Der Bulle setzt ein wissendes Lächeln auf und geht ganz langsam zum Fenster. „Die letzten Tage, während Sie geschlafen haben, hat sich meine Einheit damit beschäftigt, das Videomaterial aus dem Stadion zu sichten. Und wissen Sie, was wir da entdeckt haben?" Er dreht sich wieder zu mir und hebt seine dunklen Brauen.

„Sie werden es mir sicher gleich sagen." Ich runzle die Stirn. „Oder brauchen Sie einen Trommelwirbel?"

Er macht eine wegwerfende Handbewegung.

„2008 sagten Sie als Zeuge bei einem Prozess wegen Körperverletzung aus. Zwei Hooligans waren angeklagt."

Ich beiße meine Zähne heftig aufeinander. So sehr, dass mein Kiefer schmerzhaft pocht. Damit habe ich nicht gerechnet. Er hat mich kalt erwischt, aber wieder ist da dieser Drang in mir, keine Schwäche zu zeigen, also hebe ich nur meine Brauen. „Gut recherchiert, Herr Oberkommissar."

„Sie sagten in dem Verfahren für die beiden Angeklagten aus", redet er weiter und zieht einen kleinen Zettel aus seiner Brusttasche. „Michael Lampert und Kevin Müller. Ich nehme an, das ist korrekt?"

„Worauf wollen Sie hinaus?", frage ich gespielt desinteressiert. Ich wusste schon immer, dass ich meine Vergangenheit nicht für alle Zeiten hinter mir lassen kann. Ich wusste, dass sie mich eines Tages einholen wird. Aber was hat das alles mit diesem Fall hier zu tun?

„Ihr Freund Michael, genannt Mic, ist immer noch bekennendes Eintracht-Eagles-Mitglied und ganz deutlich auf den Aufnahmen zu erkennen. Ja, als der Ordner seine Tasche deponiert hat, hat er sogar eine ganz besondere Rolle beigemessen bekommen." Er macht eine künstliche Pause, ich gönne ihm die Genugtuung meiner Neugier aber nicht, also behalte ich meine gelangweilte Miene bei.

Ich habe die Hooligan-Szene und auch meinen früheren besten Freund Mic schon vor Jahren hinter mir gelassen. Und trotzdem schmerzt es, von ihm zu hören.

„Der Ordner grüßt Ihren Freund – eine ganz spezielle Geste, die er erwidert. Ziemlich eindeutig, nicht wahr?"

„Und was hat das mit mir zu tun? Falls Sie es nicht mitbekommen haben, ich bin eines der Opfer."

Er gluckst leise. Darf ein Kommissar so etwas überhaupt?

„Und was denken Sie, weshalb es der Ordner und Ihr Freund von damals auf Sie abgesehen haben könnten?"

„Hätten Sie mich vielleicht direkt am Anfang nach den Begebenheiten der Tat gefragt, dann hätte ich Ihnen gesagt, dass es reiner Zufall war. Ich habe den Ordner aufgebracht in die Tiefgarage laufen sehen und bin ihm gefolgt."

„Und warum sollten Sie so etwas tun?"

Ich zucke mit den Schultern, was wahrscheinlich eher aussieht, als wäre ich ein Küken mit gebrochenen Flügeln, so wenig Kraft, wie mir zur Verfügung steht. „Berufskrankheit."

Der Bulle starrt mich an, bis die Tür aufgestoßen wird.

„Haben Sie etwa ohne mich angefangen?", fragt eine Frau und tritt an mein Bett. Privatsphäre lebe hoch. Sie wirft ihrem Kollegen einen zornigen Blick zu. Das erste Mal, dass mir dieser Mann wirklich sympathisch ist. Er verstößt gegen die Regeln. Vielleicht ein guter Ansatz, um diesen Ordner tatsächlich zu kriegen.

„Sie wissen, dass das bei uns anders läuft, Kaschrek. Zeugen werden nicht allein befragt. Wir sind ein Team."

„Ein Team, das seine Dispute vor einem Zeugen klärt", scherze ich, verstumme aber sofort, als mich ihre zornigen Augen anfunkeln.

„Können Sie uns sagen, was genau passiert ist?", fragt sie dann ruhig und beinahe einfühlsam. Wieder schießen meine Brauen in die Höhe.

„Wie ich Ihrem Kollegen bereits sagte, war ich im Stadion und bin dann einem Ordner gefolgt, weil er ziemlich aufgebracht in die Tiefgarage gelaufen ist. Kurz habe ich ihn aus den Augen verloren, dann – habe ich ihn gesehen und diese Frau … vor ihm." Ich schlucke schwer. Ich dachte, ich könne die Begebenheiten kühl und gelassen erzählen. Aber mit meinen Worten kehren auch die Bilder zurück. Er hat sie getötet. Er hat sie beide getötet, und ich habe nur daneben gestanden und zugesehen. Ich habe nichts getan, war wie versteinert. „Er hat sie erstochen. Und als die Frau aus dem Ordnerteam plötzlich auftauchte, hat er wieder zugestochen. Dann … hat er mir das Messer in den Bauch gerammt", vervollständige ich so sicher es geht und so schnell, dass ich mir keine Gedanken mehr machen muss.

„Hat er etwas gesagt?", fragt die Frau nachdenklich.

„Es … es tue ihm leid. Das war alles, was er gesagt hat. Dass es ihm leid tut."

Der Kommissar verändert unruhig seine Position, lässt mich dabei aber nicht aus den Augen. Als könne er in mich hineinsehen und so jede Lüge erkennen, die mir über die Lippen kommen könnte.

Bevor einer der beiden noch etwas sagen kann, wird erneut die Tür aufgestoßen und eine blonde junge Frau tritt herein. Lydia. Ich blinzle irritiert. Wir haben zusammen an der Goethe-

Uni Germanistik studiert und soweit ich weiß, arbeitet sie jetzt für die Eintracht. Ist sie deshalb hier?

„Herr Klemm beantwortet keine weiteren Fragen ohne seinen Anwalt. Der wird ihm selbstverständlich von uns gestellt. Schließlich ist das Ganze in unserer Tiefgarage passiert. Also bitte. Sobald er entlassen wird, können Sie ihn gerne vorladen. Wenn Sie also jetzt so nett wären …" Sie deutet selbstsicher zur Tür, die sie aufhält. Die beiden Kommissare werfen sich ernste Blicke zu, bevor sie ihrer Anweisung Folge leisten und mit einem knappen „Wir waren hier ohnehin fertig" verschwinden.

Lydia winkt ihnen nach, schließt die Tür und kommt an mein Bett. „Was hast du ihnen gesagt, Sev?"

Immer noch starre ich sie einfach nur an. Lyd und ich waren Freunde an der Uni. Freunde, die am Campus Westend vor dem IG-Farben-Haus jede freie Stunde mit Wein auf dem Rasen verbracht haben. Freunde, die abends zusammen feiern gegangen sind. Freunde, die auseinandergegangen sind, weil Lyd erwachsen wurde und ich ihrer Meinung nach nicht. Vielleicht etwas, womit sie wirklich recht hatte. Auch wenn ihr eigener Auftritt hier eher an Schülertheater erinnerte. *Nicht ohne seinen Anwalt …* Drama pur.

„Ich freue mich auch, dich zu sehen, Lyd", lächle ich sie halbherzig an und hebe eine Augenbraue.

Sofort verdreht sie die Augen und kommt näher. „Verschon' mich bitte mit deinem Lady-Killer-Blick. Sag mir, was du ihnen gesagt hast!"

„Das, was passiert ist. Was hätte ich denn sonst sagen sollen? Und warum ist das so wichtig für dich?"

„Sev!", knurrt sie leise. Dass sie meinen Spitznamen benutzt, ist eindeutig kein gutes Zeichen. Früher hat sie die Mädchen in der Uni, mit denen ich die Nächte verbracht habe und die mich dann Sev nannten, immer nachgeäfft. „Als ob die dich wegen einer Nacht kennen würden", ist ihre Erklärung gewesen.

„Der Kerl hat erst zwei Frauen abgestochen und mir dann sein Messer in den Bauch gerammt. Meinst du echt, dass ich das gerne tausendmal wiederholen will?!", blaffe ich sie an, räuspere mich dann aber und atme tief durch. „Entschuldige", murmle ich schnell hinterher, weil ich genau weiß, wie sehr sie es hasst, wenn ich die Stimme erhebe. Sie hat mir nie gesagt, warum, aber etwas in mir glaubt schon lange, dass es etwas mit ihrem Vater zu tun hat, über den sie fast nie geredet hat.

„Ich habe kurz danach ganz in der Nähe vom Stehblock so einen Rauchbomben-Pyro-Sprengsatz gefunden", wispert sie, als würde sie es nicht wirklich aussprechen wollen.

Ich starre sie einen Moment lang ungläubig an. „Einen Rauchbomben-Pyro-Sprengsatz? Du? Hast du ihn dann auch eigenhändig entschärft, Wonder Woman?"

„Findest du das witzig, Severin? Ich hatte eine beschissene Bombe in meinen Händen! Und wusste nicht, was sie anrichten kann."

„Ist ja gut", wehre ich ab und bemerke zum ersten Mal ihre aufgebissene und rötliche Unterlippe. Ich weiß noch genau, dass sie das früher schon getan hat, wenn wir wichtige Prüfungen hatten.

Dass sie sich jetzt wieder die Lippen blutig beißt, ist dann wohl ein Zeichen dafür, dass das hier wirklich eine sehr angespannte Situation ist. Aber das hätte ich mir auch denken können. Vielleicht ein innerer Schutzmechanismus, um mich selbst nicht der Situation stellen zu müssen.

„Du bist ein verdammter Hooligan, Sev! Warum hast du mir das nicht gesagt?!"

„Was ist nur los mit euch allen? Ich gehörte mal zu den Eintracht Eagles, als ich achtzehn war, ja. Aber ich habe alldem schon lange den Rücken zugekehrt. Wäre nett, wenn das mal einer von euch beachten könnte."

„So etwas lässt man nicht einfach hinter sich."

„Danke, dass mich jeder daran erinnern muss", brumme ich genervt.

„Hauptkommissar Kaschrek hat deinen Freund Michael ins Visier genommen. Verstehst du das? Und du hast Verbindungen zu mir. Das ist … es ist ein Desaster."

„Keiner würde jemals die stellvertretende Pressesprecherin verdächtigen."

„Ach nein?" Sie schüttelt verständnislos den Kopf. „Ich hätte eigentlich das Stadion räumen lassen müssen. Und was meinst du, wie das jetzt aussieht, dass ich es nicht getan habe?" Sie beginnt unruhig hin- und herzulaufen und fährt sich durch ihre blonden Haare. Ihr sonst so strenger Zopf wirkt, als hätte sie sich in den letzten Stunden nur allzu oft die Haare gerauft.

„Und dann finde ich auch noch diese Tasche. Und dabei hätte ich doch eigentlich einen Fußballabend mit diesen idiotischen Krypto-Kerlen verbringen sollen." Sie zögert einen Moment und schaut mich an. Ihre Augen wandern über mein Gesicht. „Da stimmt was nicht, Sev. Bitte rede nicht mit der Polizei, solange ich nicht weiß, was da vor sich geht! Und sag ihnen auf keinen Fall, dass du mir etwas von einer Bombe gesagt hast. Dann bin ich meinen Job los."

„Was soll das heißen?" Erneut greife ich nach dem Wasser, doch dieses Mal ist Lyd gleich zur Stelle und reicht es mir. Ihr Blick wandert kurz über meine nackte Brust hin zu meinem Verband. Unsicher beißt sie sich auf ihre sowieso schon völlig geschändete Unterlippe. Ich kenne Lyd gut genug, um zu wissen, dass das jetzt ein Zeichen ihres schlechten Gewissens ist, weil sie mich kein einziges Mal nach meinem Wohlbefinden gefragt hat. Aber ich könnte ihr nicht einmal eine ehrliche Antwort darauf geben.

„Etwas hat so ganz und gar nicht gestimmt. Der Sicherheitsdienst war nicht zur Stelle, sie haben nach mir rufen lassen, keiner wusste etwas und die Polizei ist viel zu spät eingetroffen. Dann findet dieser Kaschrek zielsicher die Szene mit dem Ordner auf den Überwachungsvideos und dein alter Freund Mic ist deutlich darauf zu sehen. Du wirst schwer verletzt. Ich finde diese Tasche, deren Inhalt eindeutig nach Bombe aussah, und wir alle haben eine Verbindung. Wenn ich es nicht besser wüsste, würde ich sagen, da haben höhere Kräfte ihre Finger im Spiel."

Sie schüttelt den Kopf, nimmt mir das Glas Wasser wieder ab, während ich noch trinke und stellt es ab. „Ich werde es herausfinden. Und du ... du bleibst hier und redest mit niemandem."

„Ach so? Und warum sollte ich? Ich bin fast gestorben, Lyd. Wenn mir jemand helfen kann, dann die Polizei und keine stellvertretende Pressesprecherin der Eintracht, die das alles wahrscheinlich ohnehin am liebsten vertuschen will."

„Stell mich nicht in Frage, Sev!", knurrt sie und sieht mich beinahe enttäuscht an. „Nicht nach allem, was ich früher für dich getan habe! Nicht nach all der Zeit, in der ich immer für dich da war! Dich immer und immer wieder vor deinen eigenen Dummheiten geschützt habe!"

Ich atme tief ein und nicke dann. „Ich vertraue dir", sage ich leise und mustere ihre dunklen Augenringe. Ganz vorsichtig greife ich nach ihrer Hand und ziehe ihren Blick auf mich. „Lyd ... Wann hast du das letzte Mal geschlafen?"

„Ich …", stammelt sie und presst ihre Lippen aufeinander. „Jens versteht das alles nicht. Er …"

„Er ist ein Arschloch", gebe ich nüchtern zurück.

„Nenn ihn nicht so!", faucht sie zurück.

„Getroffener Hund bellt." Dass ich ihren On-Off-Freund Jens nicht ausstehen kann, weiß sie genau. Ein Kronberger Schnösel sondergleichen, der es in den zehn Jahren ihrer Beziehung tatsächlich immer wieder geschafft hat, sich eine Auszeit oder eine Pause von der Beziehung zu gönnen, um … na ja … ich nenne es mal *legal fremdzugehen*. Aber Lydia hängt aus irgendeinem Grund schon immer an ihm. Vielleicht, weil er ihr Weg nach draußen war. Ihr Weg raus aus ihrer Doppelhaushälfte mit kurz geschorenem Rasen in die große weite Welt. Dass sie aber viel zu gut für ihn ist, wissen wir wohl beide.

„Was hat er gemacht? Kommt er mit deinem Trauma nicht klar und ist mit seinen Kumpels nach Vegas geflogen?", frage ich herablassend.

„Spanien", presst sie zwischen ihren zusammengebissenen Zähnen hervor.

Ich nicke nur. Typisch Jens.

Ein Piepen holt Lydia zurück in ihre geschäftsmäßige Fassade. Sie nimmt ihr Handy in die Hand und überfliegt eine Nachricht. „Ich muss los. Rede mit niemandem, Sev. Ich verspreche dir, dass ich herausfinde, was da los ist! Und dann bekommst du deine große Exklusivstory, okay?"

Ich nicke, während ich dabei zusehe, wie sie mit eiligen, klackernden Schritten das Zimmer verlässt und ich alleine mit meinen Gedanken zurückbleibe. Grausame Gedanken und Erinnerungen, die mir beinahe den Atem nehmen. Noch mehr den Atem rauben als Lydia, als sie vorhin diesen Raum betrat.

***

Mein Blick wandert hinüber zu dem dunklen Koloss aus Beton, der sich grauschwarz vom Nachthimmel und dem hellen Glimmen, das vom Flughafen aufsteigt, abhebt. Es war wohl das Letzte, was dieser Mensch wahrgenommen hat, bevor er ins Jenseits geglitten ist. Ein Mensch? Ein Ding, wenn man mich fragt. Kein Mensch. Denn er ist es nicht wert, noch als Lebewesen bezeichnet zu werden.

Vielleicht weiß er selbst nicht genau, was er getan hat. Was sein Vergehen war. Und das ist das Grausamste daran. Menschen vergessen. Sie zerstören Träume und Leben – und vergessen. Verdrängen, bis sie sich in ihrer eigenen Haut wieder wohlfühlen und ein Leben leben, das sie zu verdienen glauben. Aber so ist es nicht.

Ich trete einen Schritt zurück. Es wird Zeit, sich zu verabschieden. Ich schaue auf ihn. Aber es ist nicht so, als würde mir der Anblick Befriedigung schenken. Nein. Auch der Moment, als ich dabei zusah, wie jegliches Leben aus seinen Augen schwand, gab mir nicht die Befriedigung, die ich mir erhofft hatte. Im Gegenteil – eher weckte es Bilder in mir, die mit Schmerz und Trauer in Verbindung stehen und mich lähmten. Mich Tränen vergießen ließen. Doch diese Tränen galten nicht ihm. Nicht diesem Mann, der seine Mutter zu Hause pflegte und in diesem Moment mit ihrer Krankheit zurückließ. Nicht diesem Mann, der zwei Frauen erstach. Im blinden Glauben, die Bombe, die er platziert hat, würde alles Leben vernichten. Sie galten jemand anderem. Und jede Träne war es wert, vergossen zu werden. So wie es auch sein Blut war.

    Ich wusste es. Weiß es noch jetzt. Und obwohl all das und auch dieser Tote nur ein paar Meter entfernt mir nichts als Trauer in die Glieder treiben, weiß ich, dass mein Plan erst noch vollendet werden muss. Jeder Tropfen Blut erst vergossen werden muss, damit ich das Seelenheil finde, das mir geraubt wurde.

3

MONTAG, 22. OKTOBER, 11 UHR

LYDIA

Eigentlich habe ich in den letzten Wochen immer neidisch zu meinem Chef hochgesehen. Ich unten bei den Presseleuten, Peter Staudinger oben auf dem Podium. Vor ihm die Mikrofone der Radiosender und die Fernsehkameras und neben ihm die beiden Trainer oder der Manager und zwei Spieler. Ich musste dann nur die Augen schließen, um mich selbst dort oben sitzen zu sehen. Mit einem Namensschild vor mir. Lydia Heller, Pressesprecherin. Entspannt. Souverän. Also ganz anders als heute. Irgendwann wird es passieren. Irgendwann begrüße ich hier die Journalisten und lächle in die Kameras. Da bin ich mir ganz sicher.

Heute allerdings nicht. Und das ist auch gut so.

Ich werfe einen Blick auf das gute Dutzend Uniformierter, das sich links und rechts aufgereiht hat, während sich ein Herr im dunklen Anzug gerade auf den Sessel neben Staudinger quetscht. Ich versuche aus der Entfernung – ich habe heute ganz am Ende des Presseraums Platz genommen – den Namen zu entziffern. Fürs Autofahren benutze ich eine Brille, weil ich es muss. Außerhalb meiner Blechschüssel verzichte ich darauf.

Staatsanwaltschaft Frankfurt kann ich mit Mühe lesen. Den Namen nur erahnen: S. Klemm. „Severins Papa", schießt es mir durch den Kopf. Merkwürdig. Erst begegne ich dem Sohn nach Jahren wieder und jetzt auch noch dem Vater.

„Ich dachte, der Klemm ist Strafverteidiger. Was macht er hier?", frage ich Tim, der neben mir sitzt.

„Das war einmal. Er ist seit ein paar Jahren Oberstaatsanwalt. Harter Hund mit guter Quote, der Alte vom Severin", grinst er. Und mir wird in diesem Moment klar, dass Tim gar nichts davon weiß, dass Sev bei uns in der Tiefgarage schwer verletzt wurde und wahrscheinlich bei der extra in der Arena anberaumten Pressekonferenz der Polizei eine Rolle spielen wird. Tim stand nur wie paralysiert da und hat die Leichen der zwei Frauen angestarrt, bis ich ihn angefleht habe, endlich diesen Blödmann Gräter aufzutreiben.

„Äh, Tim. Damit du dich nachher nicht wunderst ... Severin war vor drei Tagen auch hier", flüstere ich ihm zu.

„Severin?" Tim hat es fast die Sprache verschlagen. „Was wollte der denn hier?"

„Für die Zeitung", kann ich noch loswerden. Dann beginnt Peter Staudinger mit seiner Begrüßung.

„Werte Pressevertreter – heute ja mal nicht nur die bekannten Gesichter aus dem Sport. Die Frankfurter Staatsanwaltschaft und die Polizei haben uns gebeten, ausnahmsweise mal und vor allem natürlich wegen der besonderen Umstände, die Pressekonferenz zu den Vorfällen hier im Stadion am Freitagabend bei uns abzuhalten. Wir sind dem Wunsch natürlich gerne nachgekommen, und die Tatsache, dass es kaum noch freie Plätze gibt, zeigt ja auch, wie groß das Medieninteresse ist", klingt er deutlich hölzerner als gewöhnlich. „Vorneweg darf ich im Namen des Vorstands und des Präsidiums von Eintracht Frankfurt Oberstaatsanwalt Stephan Klemm und den beiden ermittelnden Beamten, Monika Lacker und Helmuth Kaschrek für die professionelle und zügige Aufklärungsarbeit danken. Das war Spitzenklasse", sagt er und klatscht beim letzten Wort aufmunternd in die Hände. Ein paar Journalisten klopfen mit ihren Kugelschreibern eher gelangweilt auf die Tische. Enthusiasmus sieht anders aus.

Sevs Vater hebt beschwichtigend die Hände. Hier im Presseraum der Eintracht fühlt er sich offensichtlich nicht wirklich wohl. „Meine Damen und Herren", knallt es viel zu laut aus den Lautsprechern. Er erschrickt und entfernt sich deutlich vom Mikrofon. „Entschuldigen Sie." Er räuspert sich. „Am vergangenen Freitag gegen 21 Uhr kam es in der Tiefgarage der Arena zu einem tragischen Zwischenfall. Bernd Schmalenberg hat auf seiner Flucht aus dem Stadion zwei Frauen getötet und einen Kollegen von Ihnen schwer verletzt. Die Identität der beiden zu Tode gekommenen Frauen konnte noch vor Ort ermittelt werden. Es handelt sich zum einen um Liselotte K., die mit ihrem Mann und ihrem Bruder zum Gastspiel der Fortuna nach Frankfurt gekommen war. Die beiden Männer waren schon vorgegangen, da sie die Arena wegen eines Staus auf der A3 viel zu spät erreicht hatten. Liselotte K. wollte sich noch frischmachen und nachkommen. Das andere Opfer, Susanne S., ist eine Mitarbeiterin des Ordnungsdienstes, die ihren Versuch, Schmalenberg aufzuhalten, mit dem Leben bezahlte. Aus genannten Gründen hielten sich die beiden Frauen überhaupt noch Minuten nach dem Anpfiff in der Tiefgarage auf. Das Gleiche trifft auf ihren Kollegen, äh, Severin K. zu, der ebenfalls Opfer von Schmalenberg wurde. Allerdings mit einer Stichverletzung davongekommen ist." Klemm zögert einen Moment. Man spürt, dass ihm die Tatsache, dass Severin verletzt wurde, an die Nieren geht. Dann spricht er mit einer merkwürdig ungerührten Stimme, die ermittelnde Beamte gerne an den Tag legen, weiter: „Severin K., äh, also mein Sohn, wurde in die Uniklinik verbracht. Über die Fahndungsergebnisse werden Sie jetzt die beiden Beamten informieren."

Klemm will sich wieder setzen, als ein Reporter der *Frankfurter Post* den Finger hebt und ohne ein Signal von Staudinger abzuwarten fragt: „Herr Klemm, gestatten Sie eine Zwischenfrage?"

Stimmengewirr erfüllt den Raum. Die meisten haben wohl kein Interesse an weiteren Details zur Tat. Vieles davon haben die Medien am Sonntag ohnehin schon breitgetreten. Viel interessanter würde jetzt sein, zu hören, wer der Mörder ist und ob die Polizei den Täter schon eingebuchtet hat.

„Warum nicht?", antwortet Stephan Klemm etwas zögerlich.

„Also bitte, Kollege Maier", setzt Staudinger nach.

„Wie Sie sagen, ist auch Ihr Sohn von dem Täter angegriffen worden. Müssen Sie da nicht den Fall wegen Befangenheit abgeben?"

Klemm verzieht keine Miene. „Nein, Herr ... äh, Maier. Besser: Ja, Sie haben eigentlich recht. Ich habe deshalb noch am Sonntag mit dem Innenminister persönlich gesprochen. Da ich nicht direkt in die Ermittlungen eingebunden bin, ist es kein Problem, wenn ich hier für die Behörde, also die Staatsanwaltschaft Frankfurt, spreche. Noch dazu war mein Sohn wie gesagt nur Augenzeuge und hatte mit der Tat an sich nichts zu tun. Also: Alles bestens." Er winkelt beide Arme als Zeichen der

Unschuld merkwürdig vom Körper ab. „Und bevor Sie fragen: Ihm geht es gut und ich werde ihn noch heute aus dem Krankenhaus abholen."

„Eiskalt erwischt", raunt mir Tim zu: „Wenn das mal nicht glatt gelogen ist!"

„Warum sollte er lügen?", will ich wissen, aber da hat der Beamte neben Klemm schon das Wort ergriffen. „Hauptkommissar Kaschrek mein Name. Helmuth Kaschrek", überspielt er geschickt die Unruhe im Presseraum. „Meine Kollegin Lacker und ich haben die Ermittlungen vor Ort durchgeführt und wir können heute durchaus mit Stolz verkünden: Wir sind dem Täter innerhalb kürzester Zeit auf die Spur gekommen. Wobei es sich um ein Komplott gehandelt hat. Bernd Schmalenberg, der zwar zum Ordnerteam gehörte, aber an diesem Abend nicht eingesetzt war, hat sich gegen 20 Uhr Zugang zur Arena verschafft. Gegen 20.20 Uhr hat er vor dem Eintracht-Fanblock eine Tasche mit einer Rauchbomben-Attrappe abgelegt. Danach versuchte er das Stadiongelände über die Tiefgarage zu verlassen. Dabei sind ihm die beiden Frauen und Severin Klemm wohl in die Quere gekommen."

„Na hören Sie mal, Herr Kaschrek: In die Quere gekommen?", fragt eine junge Frau von Radio RheinMain. „Das klingt nach zufällig am falschen Ort gewesen. Mussten sie sterben, weil der Täter befürchtete, identifiziert werden zu können?"

„Genau das nehmen wir an. Obwohl die Ablage einer Rauchbombe – noch dazu einer Attrappe – unserer Erfahrung nach eher nicht zu einer solchen Kurzschlussreaktion führt. Wobei wir die tatsächlichen Beweggründe für diese schreckliche Tat leider nicht mehr nachvollziehen können", ergreift Monika Lacker jetzt das Wort.

„Warum nicht?", ereifern sich mehrere Reporter.

„Weil Bernd Schmalenberg am späten Samstagabend ebenfalls zu Tode gekommen ist", hallt ihre Stimme durch die Reihen und löst damit ein seltsam schockiertes Gefühl in mir aus, obwohl ich ihn nicht einmal kannte. Keine vierundzwanzig Stunden nach seiner grausamen Tat ist er also selbst zum Opfer geworden. Kameras klicken, als sich ihr Kollege wieder zu Wort meldet. „Ja. So wie es aussieht, war Schmalenberg nur der verzichtbare Helfer eines vorbestraften Gewalttäters aus der Frankfurter Ultra-Szene", lässt Kaschrek sich jedes Wort auf seiner Zunge zergehen. „Wir sind nach Ansicht der Videobänder sehr schnell auf diesen Mann gestoßen. Beide Männer haben sich mit einem Handzeichen verständigt, als Schmalenberg das Paket ablegte."

Die Tastaturen der Journalisten glühen. Jeder will die Geschichte als Erster weitergeben. „Ein Gewalttäter aus der Frankfurter Ultra-Szene?" Horst Stresemann vom *Extra Blatt* schraubt seinen Körper auf die ihm zustehenden zwei Meter. „Woher wissen Sie das? Die Ultras sind für manchen Scheiß bekannt – aber Mord gehört wohl nicht dazu!"

„War das eine Frage, Horst?", versucht Staudinger die merkwürdige Stimmung zu besänftigen, die sich gerade breitmacht. Viel Erfolg hat er damit nicht. Das Gemurmel in den Reihen unterstreicht das deutlich.

Ich beuge mich zu Tim rüber. „War wohl doch keine so gute Idee, eine gemeinsame PK mit Polizeireportern und Sportjournalisten zu veranstalten", flüstere ich und verziehe meinen Mund. „Hab ich doch gesagt."

„Na ja", beschwichtigt Tim. „Mal sehen, wie sie diese Klippe umschiffen. Mal wieder die Fans ins Visier zu nehmen, war jetzt nicht besonders clever. Aber wenn es tatsächlich dieser Michael Lampert war, der hinter all dem steckt, dann gibt es da auch nichts mehr schönzuschreiben. Dann werden wir wohl ein paar Tage mit Schlagzeilen wie *Grausamer Mord im Eintracht-Milieu* leben müssen."

Ich blicke Tim entsetzt an. „Grausamer Mord im Eintracht-Milieu – geht's noch, Tim?"

„Ja, oder *Eintracht-Ultra dreht Handlanger durch den Fleischwolf. BLICK sprach zuerst mit der Frikadelle!*"

Ich boxe ihm entgeistert auf den Arm. „Tim! Hör auf! Der Witz ist ganz schön alt und unsere Fans machen so etwas nicht. Niemals." Dann sortiere ich erstmal seine beiden letzten Sätze: „Und vor allem: Wer ist Michael Lampert und woher weißt du das alles?"

„Ach Lydia, ich habe eben auch so meine Kontakte und Verbindungen … Ruhig jetzt", senkt er schnell die Stimme.

Vorne auf dem Podium hat die Polizistin das Wort ergriffen. „Wir haben neben der Fahndung nach Schmalenberg seit Samstagvormittag auch seinen Kontaktmann überwacht. Auch weil wir gehofft haben, über ihn an Schmalenberg heranzukommen. Als er sich schließlich in der Nacht zum Sonntag gegen 2.30 Uhr Zutritt zum Stadiongelände verschafft hat, haben wir nicht länger gewartet. Die Einsatzkräfte waren allerdings ein paar Minuten zu spät vor Ort. Schmalenberg muss sich im Wäldchen vor der Arena mit seinem Kontakt getroffen haben. Da ist es dann zu einer Auseinandersetzung gekommen, die für Schmalenberg tödlich endete." Nein, locker geht die Schilderung des Zugriffs der Beamten nicht über ihre Lippen, denke ich und fühle Unbehagen beim Gedanken daran, dass Tim mit seiner Prognose recht behalten könnte.

„Haben Sie einen Namen für uns?", bohren die Pressekollegen nach.

„Michael L.", antwortet Kaschrek viel zu schroff. Das Tohuwabohu vor ihm gefällt ihm offenkundig nicht. Erneut bricht ein chaotisches Stimmengewirr aus. „Meine Damen und Herren. Haben Sie doch Verständnis dafür, dass wir vor allem eins wollen: dass der oder die Täter bestraft werden und nicht durch irgendeine juristische Finte ihrer gerechten Strafe entgehen", erhebt er die Stimme. „Bitte! Meine Damen und Herren!"

Es ist vergeblich. Niemand scheint mehr zuzuhören. Alle diskutieren über die Mitteilung, dass ein Eintracht-Fan hinter den Morden steckt. Von „unfassbar" bis „war ja zu erwarten" reichen die Kommentare.

Ich schüttle kaum merklich den Kopf. Unsere Fans schlagen ja öfter mal über die Stränge und kosten uns eine ganze Menge Geld, aber *das* ... nun wirklich nicht.

Einer der alten Presse-Haudegen, Petsy Schulz, löst sich plötzlich aus einer Gruppe und steuert auf mich zu. „Besorgst du mir einen O-Ton vom Presfeth?", will er wissen.

„Ich schaue mal, was geht", antworte ich knapp. „Ich spreche mit ihm und melde mich", verspreche ich mit einem faden Lächeln.

Das ist nicht mal aufgesetzt. Eigentlich bin ich ja ganz froh, dass sich nach diesem Auftritt alle auf den Mord konzentrieren. Mit keinem Wort bin ich erwähnt worden.

„Seltsam. Auch die Polizei hat das Thema Bombe nur kurz angekratzt", rutscht es mir heraus.

„Stimmt." Tim nickt. „Hätte ich auch nicht gedacht. Da hat garantiert die Chefetage dran gedreht, oder?"

„Glaubst du? Aber warum?"

„Weil die Arena eigentlich hätte geräumt werden müssen", sprudelt es aus Tim heraus. Er wiegt seinen Kopf hin und her. „Vielleicht hat sich ja auch der Ordnungsdienst mit der Polizei abgesprochen. Das würde Sinn machen."

„Der Ordnungsdienst mit der Polizei – Sinn – warum?"

„Lydia Heller. Weil hier alle Nase lang Fußballspiele stattfinden und niemand Lust darauf hat, auch nur eines davon abzusagen oder eine Panik zu riskieren. Und da die Attrappe, die du gefunden hast, erstens eben nur eine Attrappe war, und zweitens eindeutig diesem Hool zuzuschreiben ist, hängt die Sache keiner mehr an die große Glocke. Verstehst du?"

Ich nicke. Habe ich vielleicht darauf gehofft, am Ende doch als mutige Retterin von 50.000 Menschen einen kleinen Platz in dieser Geschichte einnehmen zu dürfen? Wenigstens ein knappes Wort des Dankes zu hören? Ich blicke gedankenverloren zum Podium und sehe diesen Kaschrek auf mich deuten und winken. „Frau Heller. Kommen Sie bitte … nur einen Moment."

Tim hat die Geste ebenfalls bemerkt. „Was will der denn von dir?", fragt er mit einem merkwürdigen Augenaufschlag. „Kommt jetzt doch noch das Bundesverdienstkreuz für dich?"

„Blödmann", knurre ich zurück und ziehe ihn mit mir.

„Liebe Frau Heller. Vielleicht haben Sie sich gewundert, dass wir über Ihren Fund vor den Fanblocks nur das Allernötigste haben verlauten lassen. Wir haben lange mit Frau Zander vom Ordnungsdienst überlegt, ob es sinnvoll ist, beim derzeitigen Ermittlungsstand die Menschen zu beunruhigen, und uns dagegen entschieden", erklärt er ohne Umschweife. „Und wir würden Sie bitten, auch nicht von Vereinsseite in der Richtung aktiv zu werden. So wie wir die Sache sehen, droht keinerlei Gefahr." Er reicht mir seine Visitenkarte. „Wenn Sie sich in diesem Zusammenhang doch noch an irgendetwas erinnern können, hier haben Sie meine Nummer. Sie dürfen auch gerne Ihren Anwalt mitbringen", fügt er noch mit einem Lächeln und einem Seitenhieb auf meinen Auftritt im Krankenhaus hinzu. Dann dreht er sich zu Stephan Klemm und seiner Kollegin um. Die drei strahlen um die Wette. Offensichtlich ist die PK trotz der zwischenzeitlichen Turbulenzen ganz nach ihrem Geschmack verlaufen.

Ich bleibe ganz in Gedanken vor dem Podium stehen. Bis mich Tim am Ärmel zupft. „Schnittchen, Frau Heller?", fragt er mich grinsend und schiebt mich in Richtung Pressecafé.

Doch bevor wir in den kleinen Raum mit den alten Bildern der 59er an der Wand einbiegen können, hält mich eine starke Hand am Arm fest. „Lydia ... können wir kurz reden?"

„Max", platzt es aus mir heraus, weil ich viel zu überrascht bin, den Vorstandssprecher der Eintracht heute hier im Presseraum zu sehen und vor allem seine Hand an meinem Arm zu spüren. „Natürlich", schiebe ich schnell hinterher und straffe meine Schultern. Tim wirft mir einen irritierten Blick zu, während Max mich in einen Raum schiebt, in dem Eric bereits auf uns beide wartet.

„Lydia! Normalerweise hätten wir dich ja ins Operncafé eingeladen", lacht der Veteran und deutet auf einen der Stühle vor ihm, während Max die Tür schließt.

Wird das hier gerade so etwas wie ein Geheimtreffen zwischen dem Präsidenten, dem Vorstandssprecher und der stellvertretenden Pressesprecherin? Wenn ja, bin ich froh, dass es hier stattfindet. Ich kenne die Geschichten aus Erzählungen meines Vaters, in denen die beiden die Neuzugänge bei der Eintracht ins Frankfurter Nachtleben eingeführt haben. Nicht böse, nicht schlimm, aber anstrengend und zu hundert Prozent mit Kopfschmerzen am nächsten Morgen verbunden. Eine abenteuerliche Reise in meine Studenten-Vergangenheit, auf die ich getrost verzichten kann.

Mein Blick wandert zu Max. Seine sonst so akkurat gestylten dunklen Haare wirken heute, als wäre er gerade aus dem

Bett gekommen. Und zwischen seinen blauen Augen hat sich eine große Sorgenfalte gebildet. Max und ich kennen uns schon durch seine regelmäßigen Besuche bei meinem Vater noch vor dessen Rauswurf. Flüchtig jedenfalls. Wenn er kam, erwachte plötzlich das inzwischen so leise gewordene kleine Häuschen durch sein Lachen und seine Lebensfreude. Das mochte ich. Damals klopften sich die beiden auf die Schultern, wie coole Kerle das eben so machen, überboten sich gegenseitig mit der Länge ihrer Eintracht-Mitgliedschaft – Max 1974, Papa erst drei Jahre später –, um sich gleich drauf in Papas Kabuff mit den hunderttausend Aktenordnern zu verdrücken. Dort blieben sie meist ein, zwei Stündchen, bis der Rauch aus Papas Pfeife unter der Tür hervorquoll und Mama drohte: „Wenn ihr nicht sofort aufhört, hole ich die Feuerwehr!"

Nach dem Schlaganfall war es vorbei mit der Pfeife. Weil Papa sie ohne Hilfe nicht mehr stopfen konnte. Nicht etwa, weil er etwas daraus gelernt hatte. Nein. Er qualmte weiter wie eine Dampflok Zigaretten. Nur mit den Stadionbesuchen war Schluss. Trotz Ehrendauerkarte.

Der einst so große starke Mann wollte kein Mitleid. Oder er wollte sich selbst nicht bemitleiden. Wer weiß.

„Wir haben am Samstag einen Drohbrief erhalten", eröffnet Eric das Gespräch, das offensichtlich wirklich ziemlich geheim ist, wenn der Präsident der Eintracht höchstpersönlich nur mit mir das Thema besprechen will.

Einen Drohbrief? Wollen mich die beiden auf den Arm nehmen? Und warum erzählen sie das ausgerechnet mir? Selbst wenn sie dafür sorgen wollen, dass die Öffentlichkeitsarbeit darauf vorbereitet ist ... müsste es dann nicht anstelle von mir Staudinger sein, der hier sitzt?

Doch Eric wirkt nicht gerade so, als würde er scherzen. Im

Gegenteil, dem Unikat, das zwar ab und zu vielleicht schneller spricht als zu denken, für mich aber stets der feste Anker der Eintracht war und ist, scheinen die letzten Tage auch ordentlich zugesetzt zu haben.

„Es könnte sein, dass der Brief in Zusammenhang mit dem Doppelmord in der Tiefgarage steht. Bei dem dieser Journalist dem Teufel gerade noch mal so von der Schippe gesprungen ist. Aber wir wissen es nicht", höre ich Eric sagen und ärgere mich, dass er sogar in diesem Moment so flapsig daherredet.

Wenn Eric Presfeth loslegt, kann niemand wissen, wie es ausgehen wird. Er ist eben auch der größte Fan des eigenen Vereins. Eine hochemotionale, aber ungemein ehrliche Haut und nur schwer zu steuern. Das kann dann schon mal blöd enden. Natürlich auch, weil er immer wieder Gelegenheit bietet, ihn misszuverstehen. Und mein Job ist es, genau das zu verhindern. „Mit Charme und einer großen Portion Aufrichtigkeit", wie mir Max immer mal wieder erklärt.

„Severin ist ein ehemaliger Kommilitone. Ich habe ihn am Samstag in der Klinik besucht. Es ist schließlich bei uns in der Tiefgarage passiert und er hätte dabei sterben können", antworte ich – vielleicht im Tonfall ein wenig zu patzig. Schreiben ist eindeutig meine wirkliche Stärke. Max zieht mit einem vielsagenden Grinsen die Augenbraue hoch. Und ich weiß genau, was er denkt: *Clever, Ly! Dann haben wir hoffentlich von dieser Seite aus keine seitenlangen Ergüsse über mangelnde Sicherheitskontrollen auf der Sportseite zu erwarten. Gutes Mädchen!*

„Wann kommt er denn aus der Klinik?", wirft Eric ein, der meinen Tonfall offensichtlich überhört hat oder überhören will.

„Heute", sage ich. Wieder viel zu hastig. Ein Blick zu Max beweist mir, was ich mir bereits dachte: Besser hätte ich ein wenig gezögert und gesagt: *Soweit ich weiß, heute.* „Zumindest hat das ja gerade sein Vater der ganzen Welt verkündet."

Mit einem verschwörerischen Blick schiebt er mir den Brief über den Tisch. „Der Brief kam gestern an. War an das Präsidium des Vereins adressiert. Wir dachten erst an die *Versteckte Kamera*, aber lies selbst."

Ich atme tief ein, bevor ich meine Augen schließe, wieder öffne und fein säuberlich ausgeschnittene Buchstaben aus Magazinen und Zeitungen vor mir sehe. Wie in einem Film.

Jetzt wisst ihr, zu was ich fähig bin. Wenn ihr glaubt, ihr könnt jetzt wieder groß rauskommen, habt ihr euch geschnitten. Ich sorge dafür, dass ihr wieder dort landet, wo ihr hingehört. Im Nichts! Ihr werdet schon sehen!

Steigt lieber freiwillig aus der Europa League aus. Die Chancen stehen noch ganz gut. Wenn nicht, decke ich auf, wie ihr die DFL samt ihrem ehrenwerten Geschäftsführer und die ganze Liga 2002 beschissen habt. Ich meine es ernst! Wie ernst, habt ihr gestern gesehen.

Ich schüttele ungläubig den Kopf.

Auf meine Frage, was das soll, antwortet Eric nur ungewohnt wortkarg: „Keine Ahnung."

„Was will der mit dem Lizenzentzug von damals?"

15 Minuten später haben mir Eric und Max die ganze Geschichte vom Sommer 2002 erzählt. Max war ein Jahr vorher als Vize ins Präsidium gewählt worden und bei der Eintracht der Mann der Zukunft. „Mit Stallgeruch", unterstreicht Eric und meint damit nicht die Freundschaft der beiden Männer, sondern die Zeiten, in denen Max im G-Block der Eintracht zujubelte und die Fan- und Förderabteilung auf die

Schiene brachte. Eric selbst war im August 2000 zum Präsidenten gewählt worden. Die DFL hatte der Eintracht 2002 wegen einer mangelhaften Bankgarantie die Lizenz entzogen. Einstimmig und endgültig, titelten die Zeitungen. Alle zwölf Mitglieder des Ligavorstandes wollten lieber die sportlich abgestiegene SpVgg Unterhaching in der Zweiten Liga antreten lassen. Im Gegenzug hatte die Eintracht angekündigt, vor Gericht ziehen zu wollen. Mit einem gewieften Anwalt, der schon ganz anderen die Schlinge um den Hals wieder zu lockern verstanden hatte.

An dem Tag, an dem die Lizenzunterlagen bis 12 Uhr bei der DFL sein mussten, hatten Eric und Max nach einem Parforceritt vom Riederwald nach Wiesbaden – wo im Landtag noch die fehlende Unterschrift des Ministerpräsidenten auf das Papier gebracht werden musste – und schließlich zurück nach Frankfurt zur Otto-Fleck-Schneise die Unterlagen gerade noch rechtzeitig abgeliefert und schon den Sekt ausgepackt. Klar: Es gab was zu feiern. Innerhalb von nur drei Tagen war es gelungen, die fehlenden vier Millionen Euro für die von der Liga insgesamt geforderte Summe bei verschiedenen Sponsoren einzusammeln.

„Sogar 800.000 Euro mehr", sagt Eric und schüttelt den Kopf. „Da war nichts Unredliches dabei. Der DFL ging es doch nur um das Kleingedruckte, das hat ja später dann auch das Schiedsgericht festgestellt und unserem Widerspruch recht gegeben. Anders ausgedrückt: Ich weiß nicht, was dieses Arschloch will."

„Gab es da irgendetwas mit den 12,3 Millionen, die ihr in so kurzer Zeit aufgetrieben habt?", frage ich.

„Nee. Nichts. Und das wurde auch ganz klar festgestellt."

„Könnte irgendjemand mehr wissen als ihr?", hake ich weiter nach.

„Es kann überhaupt niemand irgendetwas wissen außer dem Team, das damals Himmel und Hölle in Bewegung gesetzt hat, um die fehlenden Millionen aufzutreiben."

„Niemand, Max? Ganz sicher?"

In diesem Moment zieht mich Eric etwas zu sich heran. „Frag deinen Vater. Wenn irgendwo etwas vergraben sein sollte, was wir beide nicht wissen, dann im wandelnden Gedächtnis von Klaus Heller. Wenn jemand erklären kann, ob wir es bei dem Briefschreiber mit einem Irren oder einem durchtriebenen Erpresser zu tun haben, dann er. In seinen handschriftlichen Protokollen findet sich jedes wichtige Wort, das von Ende 1999 bis 2003 in den Präsidiumssitzungen gesagt wurde. Kannst du das für uns machen, Lydia?"

Aha, deshalb also das Vertrauen in mich. Wieder einmal nur wegen meines Vaters. Das erklärt dieses geheime Treffen und weshalb nicht Staudinger, sondern ich anwesend bin.

„Da draußen ist die Polizei. Ihr solltet das melden."

„Um schlafende Hunde zu wecken? Für die ist das Thema doch durch. Wahrscheinlich haben die zwei Täter auch den Brief geschrieben. Der eine ist tot und der andere sitzt in U-Haft. Fertig", resümiert Max die Lage. „Da werden wir niemanden finden, der sich für die alten Geschichten interessiert. Was aber ist, wenn der Kerl, den sie eingebuchtet haben, anfängt, irgendeinen Schwachsinn von damals zu erzählen? Das wäre ein gefundenes Fressen für die Presse, verstehst du, Ly?"

Ich nicke. Ist ja schließlich mein Job, mir vorzustellen, was in der Zeitung von morgen stehen könnte.

4

MONTAG, 22. OKTOBER, 14 UHR

SEVERIN

Mit gepackten Sachen sitze ich auf meinem Bett und warte. Ich komme mir vor wie ein kleiner Junge. Aber all meine Versuche, meinen Vater davon zu überzeugen, dass ich alt genug bin, um mit der Bahn nach Hause zu fahren, wurden vehement abgeschmettert. Mein Blick wandert wieder zu dem Fernseher an der Wand, so wie die letzten Tage immer wieder und wieder. In diesem knastähnlichen weißen Zimmer hat man ja auch nichts Besseres zu tun. Und dank Papa habe ich natürlich ein Privatzimmer bekommen. Mir wäre etwas Gesellschaft lieber gewesen. Vielleicht hätte ich so nicht ständig verfolgt, was da draußen passiert ist. Dummerweise bin ich selbst nicht in der Lage, mich zu zügeln. Also habe ich im Eintracht-TV die Pressekonferenz verfolgt. Michael L., Mic ... Ich kann es immer noch nicht fassen. Natürlich habe ich ihn seit Ewigkeiten nicht gesehen, aber Mord? Das passt so ganz und gar nicht zu dem Bild, das ich von ihm habe. Aber ja, vielleicht hat er sich verändert. Vielleicht hat ihn das Jahr im Gefängnis verändert. Vielleicht ist er einfach nicht mehr der, den ich einmal kannte.

Das Klopfen an der Tür reißt mich aus meinen Gedanken. „Severin?" Mein Vater steckt seinen Kopf durch den Türspalt und sieht sich um, als wolle er prüfen, ob sein Geld auch für ein gutes Zimmer gesorgt hat.

„Anwesend", gebe ich zurück, stehe auf und greife nach meiner Tasche. Eine Tasche, die Mama mir gepackt hat, weshalb ich das Krankenhaus jetzt in einem weißen Polohemd und einer unbequemen Chino verlassen darf.

„Warte, ich nehme das", nuschelt Paps unbeholfen, kommt auf mich zu und zappelt seltsam herum, als wolle er mich in den Arm nehmen. Stattdessen klopft er mir freundlich auf die Schulter und nimmt meine Tasche. Er trägt noch den Anzug von der Presskonferenz und wirkt ziemlich abgehetzt. „Ich bringe dich nach Hause."

„Zu mir", sage ich bestimmt, weil ich die letzten Stunden förmlich dabei zusehen konnte, wie Mama und Papa sich streiten und sie ihn am Ende davon überzeugt hat, mich wie einen Gefangenen zu ihnen nach Hause zu bringen.

Er gibt ein merkwürdiges Geräusch von sich, was meine Vermutung nur bestätigt.

„Ich brauche keine Hilfe mehr. Die Wunde heilt."

„Du wurdest abgestochen, Severin."

„Danke für die Erinnerung. Hätte es fast vergessen", sage ich, während wir über den Korridor Richtung Ausgang laufen.

„Einen Tag. Gib mir einen Tag." Seine Stimme ist plötzlich sanft und wirkt schon beinahe flehentlich.

„Mom zwingt dich, hm?", frage ich, obwohl ich die Antwort längst kenne.

„Sie möchte doch nur für dich kochen und dich ... umsorgen. Das ist eigentlich etwas Gutes. Und du kennst sie. Ich hatte keine Chance."

„Einen Tag und eine Nacht!", sage ich und sehe ihn ernst an. „Dann bringst du mich heim."

„In Ordnung." Ein Lächeln bildet sich auf seinen Lippen. Eines, das sonst nur Nasti und Mom bei ihm auslösen können. Das hier gilt wohl auch eher Mama als mir.

Als wir zu Hause ankommen, umarmt mich Mama, als sei ich ein rohes Ei. Und Gott sei Dank akzeptiert sie es sofort, als ich ihr sage, dass ich mich ein wenig ausruhen muss.

„Ich bring dir eine Suppe", ruft sie mir hinterher, während ich hoch in mein altes Zimmer stapfe.

Alles hier ist noch genauso wie damals. Nur, dass ich nach dem Vorfall vor zehn Jahren all meine Eintracht-Sachen von den Wänden gerissen habe. Aber davon gibt es keine Spuren mehr. Mama hat das Zimmer danach neu streichen lassen, damit die Verfärbungen unsichtbar werden. So, als wären sie nie da gewesen. Ich seufze, stelle meine Tasche auf dem Bett ab und gehe zu meinem Wandschrank. Als ich ihn öffne, weht mir der vertraute Geruch von Mamas Waschmittel in die Nase. Es löst ein angenehmes, ja, fast heimisches Gefühl in mir aus. Trotzdem schüttle ich lachend den Kopf, weil sie die Klamotten, die ich hiergelassen habe, immer noch regelmäßig wäscht und bügelt. So als würde ich eines Tages wiederkommen und sie brauchen. Wieder so werden, wie ich eigentlich nie war.

Ich bücke mich, was ein leichtes Ziehen in meinem Bauch auslöst, und ziehe eine große Kiste hervor. Ich schlucke schwer, als ich den Deckel öffne und als Erstes den Eintracht-Schal entdecke. Ich schiebe ihn zur Seite und hole ein paar Bilder heraus.

Bilder, die ich damals an der Wand hängen hatte. Bilder von Mic, Kevin, Helena, Kat und mir.

Nervös gehe ich sie durch. Lache immer wieder auf, wenn wir seltsame Posen machen, und bleibe dann an einem der Fotos hängen. Es ist von der Saison 2006/07. An dem Tag haben wir die Bayern 1:0 besiegt. Nein. Preuß hat die Bayern mit seinem Tor besiegt. Und wir waren völlig aus dem Häuschen. Haben die Stadt unsicher gemacht. Die ganze Nacht sind wir durch die Straßen gezogen, haben uns betrunken und wie Idioten benommen. Wir haben uns, unsere Mannschaft und die Welt gefeiert, sind zum Bahnhof Sportfeld rüber marschiert und haben dort die Bayern-Fans übel beschimpft und ausgelacht. Wir haben ihnen verbal die Lederhosen ausgezogen.

Irgendwann sind wir dann im *Greifvogel* gelandet. Dort, wo dieses Bild entstanden ist. Kevin hatte die grandiose Idee, das Schwimmbecken von Claudias Kindern aus dem Garten zu holen. Claudia, die wahrscheinlich heute noch die Herrin der Eagles Bar ist. Statt den aufblasbaren kleinen Pool mit Wasser zu füllen, schüttete er ihn mit Bier voll, und jeder von uns musste einmal darin baden. Claudia hat einen halben Herzinfarkt bekommen und Gustav, der so etwas wie der Anführer der Eagles war, hat uns an den Ohren aus dem *Greifvogel* geschleift. Und das, obwohl sie sich das Schauspiel erst einmal alle ganz genau angeschaut haben. Als würden sie uns testen wollen. Aber wir waren gerade einmal siebzehn und kaum in der Lage, unsere Grenzen einzuhalten oder sie überhaupt zu kennen.

Am nächsten Morgen musste ich antanzen, um unsere Sauerei sauber zu machen. Kevin hat sich natürlich gedrückt und Mic und ich mussten einige Male aufs Klo rennen, während wir das Bier vom Boden schrubbten. Zu Hause habe ich damals erzählt, ich würde bei einem Freund übernachten. Paps hätte die Bierorgie niemals akzeptiert. Aber sie haben es ja nicht mitgekriegt.

„Schätzchen", ertönt Moms Stimme hinter mir. Ich verkneife mir den Kommentar, dass sie endlich lernen soll anzuklopfen. Das habe ich meine gesamte Jugend kläglich versucht. Es hat nie etwas gebracht und Schlüssel durften Nasti und ich nicht haben.

„Ich habe deine Suppe", fügt sie hinzu, und ich sehe dabei zu, wie sie sie auf meinem Nachttisch abstellt und zu mir kommt. „Was machst du da?" Behutsam legt sie ihre Hand auf meine Schulter.

„Erinnerungen durchstöbern", gebe ich knapp zurück.

„Was ist aus den Jungs eigentlich geworden?", fragt sie ohne jegliche Abscheu in der Stimme. So war Mama schon immer. Ich weiß, dass sie es gehasst hat, dass ich mit ihnen zusammen war. Was wir getan haben, und ich weiß, dass sie vor allem Kevin gehasst hat. Aber sie hat es mich nie spüren lassen.

„Keine Ahnung", lüge ich, weil ich nicht aussprechen will, dass Mic gerade in U-Haft sitzt, weil er einen Mann getötet haben soll. Den Mann, der mir das Messer in den Bauch gerammt hat.

„Deine Jacke habe ich aufgehängt", sagt sie und deutet auf das alte lederne Teil. „In dem Karton würde sie nur verstauben und zerfressen werden."

„Danke."

„Es ist ein Teil von dir, Severin Benjamin. Und es ist okay, dass du an diesem Teil hängst und dich gerne daran erinnerst."

Ich nicke nur, weil ich kein Wort mehr rausbekomme. Mir ist nicht einmal wirklich klar, ob ich mich gerne daran erinnere. Mama streicht mir noch einmal durch meine Haare, bevor sie den Raum wieder verlässt und ich mir das nächste Bild ansehe.

Mics schmerzverzerrtes Gesicht, während Kat und Kevin ihn festhalten und Gustav ihm ein Brenneisen in den Arm rammt, entlockt mir ein Lachen. Das war das letzte Mal, dass wir alle zusammen im *Greifvogel* waren. Danach habe ich sie verlassen und mir vor ein paar Jahren mein eigenes Brandmal mit einem Tattoo überstechen lassen.

Ich erinnere mich noch genau, wie sehr es geblutet hat, weil wir vorher ordentlich getrunken haben. Und am besten hat es Kat weggesteckt. Sie hat kaum eine Miene verzogen, während wir dabei zugesehen und gerochen haben, wie ihr Fleisch verbrannte.

Ich seufze und lege die Bilder dann wieder zurück, schließe den Karton und schiebe ihn zusammen mit meinen Erinnerungen zurück.

Diese Zeit ist lange vorbei. So lange, dass ich es kaum noch fühlen kann. Und das ist auch besser so.

Natürlich lässt Mama mich nicht, wie mit Paps abgesprochen, nach einem Tag gehen, weshalb ich erst eine Woche später an der Küchentheke sitze, um mein letztes Frühstück hier zu mir zu nehmen.

Mom sieht mich ständig mit diesem Welpenblick an, während Paps in den Wirtschaftsteil seiner Zeitung vertieft ist.

„Noch mehr Pancakes?", fragt Mama und nähert sich bereits mit einem weiteren dieser süßen Dinger.

„Nein! Mom! Nein!" Ich wehre sie mit meiner Gabel ab, als wäre sie ein Holzschwert aus meiner Kindheit. „Ich bekomm 'nen Zuckerschock."

„Ihr Deutschen stellt euch aber auch immer an."

Paps sieht kurz über den Rand seiner Zeitung, sagt aber nichts, während ich amüsiert den Kopf schüttle.

„Du bist doch selbst Deutsche", gebe ich zurück.

„Nur halb", erwidert sie.

„Ist ja gut", gebe ich nach und trinke einen Schluck vom Kaffee, um das süße Zeug herunterzuspülen.

Mein Opa war damals Soldat bei der US Army und für ein paar Monate hier stationiert, wo er dann auch meine Oma kennenlernte. Sie wurde schwanger, Opa wollte in den USA bleiben und Moms Mutter hier, also trennten sich ihre Wege. Nur zwei Jahre nach der Geburt starb sie und Opa kam zurück nach Deutschland, suchte sich einen Job am Hafen und zog Mom auf. Nicht gerade die Traumfrau, die sich Paps Eltern für ihn gewünscht haben. Das uneheliche Kind eines amerikanischen Soldaten, der hier nur Hafenarbeiter war, und einer Putzfrau, die viel zu früh starb. Aber Papa hat sich durchgesetzt, und sie sind bis heute glücklich. Zumindest glaube ich das.

„Ich nehme dich auf dem Weg zur Arbeit mit", höre ich Paps hinter seiner Zeitung nuscheln.

„Willst du nicht doch noch ein wenig bleiben, Schätzchen?" Mom spitzt die Lippen und beginnt unnatürlich oft zu blinzeln.

„Lass das!", sage ich schnell und halte meine Hand vor ihr Gesicht, damit ich nicht dabei zusehen muss.

„Anastasia kommt doch heute", versucht sie weiter ihr Glück.

„Ein Grund mehr, so schnell wie möglich zu verschwinden."

„Severin! Sie ist deine Schwester", echauffiert sich Mom.

„Paps bringt mich nach Hause, du holst Nasti, ihren MackerMann und den Kleinen vom Flughafen und alle sind glücklich", bemühe ich mich, ihr die Situation schmackhaft zu machen. Das Einzige, was die ganze Situation hier erträglich gemacht hat, war, dass Nasti in Dubai war und nicht nonstop hereingeschneit ist, um mir irgendwelche Vorwürfe zu machen.

„Ist ja gut", sagt Mama enttäuscht. Und ja, es gab sicher eine

Zeit, in der sie damit durchgekommen wäre. Aber ich muss hier raus. Muss zurück in meine vier Wände und ... allein sein. Allein mit all dem klarkommen, was passiert ist.

„Soll ich dir noch ein paar Pancakes einpacken?"

„Ehrlich, Mom?" Ich verziehe mein Gesicht.

„Die Männer dieser Familie sind allesamt undankbar!", zischt sie sauer, woraufhin Paps sofort seine Zeitung sinken lässt. „Lith, Schatz, ich habe sechs Pancakes gegessen." Er deutet auf seinen leeren Teller, während er über seine Lesebrille zu ihr sieht, als wäre er der bravste Mann aller Zeiten.

„Ja, ja", summt sie und stellt den Teller mit den übriggebliebenen Zuckerbomben in den Kühlschrank. „Alexander wird es zu schätzen wissen."

Ich pruste, als ich mich beinahe an meinem Kaffee verschlucke. „Als ob Nasti ihrem Sohn erlauben würde, auch nur ein Gramm Zucker zu sich zu nehmen."

„Ich habe sie mit Stevia gemacht!" Moms Gesicht wird allmählich rot vor Wut, weshalb ich mir meinen Kommentar, dass ich jetzt weiß, warum die Teile so scheiße geschmeckt haben, spare. Aber natürlich, Nasti hat irgendwann entschieden, dass Zucker schlecht ist und Mom ist sofort losgerannt, hat Stevia und Ahornsirup gekauft und den weißen Zucker aus ihrer Küche verbannt.

„Ich muss jetzt los, Schatz", wendet Paps ein, faltet seine Zeitung, um sie dann in den Papiermüll gleiten zu lassen, und drückt Mom einen langen Kuss auf ihre Schläfe. „Ich versuche, heute rechtzeitig zum Essen mit Anastasia und Richard da zu sein", verspricht er noch und wirft mir dann einen auffordernden Blick zu.

Wie immer reden wir kaum ein Wort, und ich habe das Gefühl, erst wieder zu atmen, als wir nur ein paar Minuten später bei meiner Wohnung ankommen.

„Pass auf dich auf, Severin. Und melde dich bei deiner Mutter", gibt er mir noch mit auf den Weg, bevor ich aussteige, mich bedanke und gehe.

Als ich den Schlüssel umdrehe und die Tür zu meiner Wohnung öffne, trifft mich völlig unerwartet diese schwarze Leere, die ich die letzte Woche über noch gut ausblenden konnte. Am liebsten würde ich sofort umkehren und die paar Straßen zurück zu meinen Eltern rennen. Aber ich muss da durch. Also schließe ich die Tür hinter mir und setze mich auf mein altes Sofa.

Was jetzt? Ich bewege meinen Mund hin und her, bis ich schließlich mein Handy aus der Tasche hole und nachsehe, wer mir geschrieben hat. Unzählige Nachrichten sind natürlich von Achim, meinem wirklich netten, aber etwas aufdringlichen Kollegen. Aber eine Nachricht ist von Lydia. Ich verenge meinen Blick und öffne sie.

Ich war bei dir zu Hause, aber du warst nicht da. Ich komme die Tage wieder vorbei. LG Lydia

Ich runzle die Stirn. *LG Lydia*? Als hätte sie nicht höchstpersönlich bei einem ihrer Krankenhausvisiten ihre Nummer in mein Handy gespeichert.

Tu, was du nicht lassen kannst, schreibe ich inklusive Zwinker-Smiley zurück und lege das Handy wieder weg. Die zwei Wochen, bis ich wieder arbeiten darf, werden sicher sehr lang sein. Viel zu lang.

Ich schnappe mir eine alte Chipstüte vom Couchtisch, probiere kurz, ob man den Inhalt noch essen kann, entscheide mich für Mit-sehr-viel-Hunger-geht-das und schalte das TV an. Natürlich ist diese dumme Glotze voll von Assi-TV oder Berichten über den Mord im Eintracht-Frankfurt-Milieu.

„Na klasse", brumme ich und schalte weiter, bis irgendein Cartoon auf dem Bildschirm erscheint. Trotzdem bleiben meine Gedanken bei Mic. Ist er wirklich ein Mörder?

Nein … egal, was er in den letzten Jahren durchgemacht hat. Er ist alles, aber kein Mörder. Während ich auf den labbrigen Chips herumkaue, kommt mir kurz der Gedanke, Helena anzurufen. Mics Freundin. Aber wahrscheinlich habe ich nicht einmal ihre aktuelle Nummer und selbst wenn, würde sie mich mit Sicherheit nur beleidigen.

„Er hat ihn erstochen, Severin!", bläue ich mir selbst ein. „Er ist schuldig!" Ich nicke mir selbst zu, als würde dann auch mein Herz begreifen, dass das, was die Presse und die Polizei sagen, wahr ist. Aber tief in meinem Inneren glaube ich es nicht. Glaube nicht, dass der Junge, der damals mehr als ein Bruder für mich war, ein Mörder sein könnte.

5

DONNERSTAG, 8. NOVEMBER 2018, 15.12 UHR

LYDIA

„Zwei, drei …" Im Geiste zähle ich wie immer die Straßen, die von der Pfaffenwiese abgehen, um dann in die dritte einzubiegen und geradeaus durchzufahren, bis es nicht mehr weitergeht.

„Aber bremsen Sie rechtzeitig vor unserer Haustür", höre ich immer noch Mamas helle Stimme und ihr anschließendes Lachen, das ich so vermisse. So lange ich mich erinnern kann, hat sie jedem auf diese Weise erklärt, wie man zu uns kommt. Mit dem Auto jedenfalls. Ein paar Jahre lang habe ich es genauso gemacht und meinen Freunden mit diesen Worten den Weg zu uns beschrieben. Heute würden sie nur müde abwinken … und auf ihr Handy deuten. „Schon mal was von Google Maps gehört?"

Und jetzt, knapp fünf Jahre, nachdem ich Hals über Kopf meine Sachen gepackt habe und zu Jens nach Kronberg gezogen bin, zähle ich noch immer die Straßen. Jeden Donnerstag. Auf dem Weg zu meinem Vater, der mich vier Jahre lang eher als Störenfried betrachtet hat, wenn ich ihn besucht habe. Dank meines Jobs ist das inzwischen anders. Da kann er es kaum abwarten, mir die Tür zu öffnen. Jeden Donnerstag um eins. Denn er weiß, dass ich dann direkt von der Pressekonferenz aus dem Stadion komme – wenn wir nicht gerade in der Europa League unterwegs sind jedenfalls. Und dann muss ich ihm haarklein alles erzählen, was der Trainer gesagt hat. Oder der Sportchef. Meist saugt er jedes Wort von mir in sich auf, wiegt den Kopf leise hin und her, und ich sehe genau, was er von den Statements hält. Manchmal lässt er sich zu einem wissenden Grinsen hinreißen, manchmal sogar zu einem merkwürdig würgenden Ton. Dann hat der Trainer wohl „dummes Zeug" erzählt, und Papa schwirren die falschen Einschätzungen von unzähligen Eintracht-Trainern, die er in den letzten Jahrzehnten erlebt hat, durch den Kopf. Das Blöde dabei: Er hat meistens recht, wenn er geistesabwesend aus dem Fenster starrt und die Schultern merkwürdig hochzieht, als würde er am Rande irgendeines Fußballplatzes stehen und überlegen, was zu tun ist. Wie ein großer Feldherr, nur ohne weißes Pferd.

Wenn ich ihm die Neuigkeiten von seiner Eintracht erzähle, fühlt sich die Rolle, die ich in seinem Leben spiele, jedenfalls immer etwas bedeutender an. Ein kleines bisschen zumindest.

„Nein, Lyd, er ist nicht so viel schlauer als alle anderen", denke ich laut. Er hat einfach ein ziemlich gutes Gedächtnis. Kann ganze Abende damit zubringen, das 5:1 seiner Eintracht gegen die Bayern im Halbfinal-Rückspiel des UEFA-Cups 1980 immer wieder aufs Neue in seine wunderbaren Bestandteile zu zerlegen. Damals schritt er immer mit wilden Gesten durch die Küche und seine Stimme überschlug sich. „87. Minute im Frankfurter Waldstadion. Nickel bringt die Ecke herein … genau auf den Kopf von Bruno Pezzey … Gott hab ihn selig … und Pezzey? Was macht Pezzey? Sein zweites Tor an diesem Abend. Zwei zu nuuuuuuullll. Verlängerung. Jaaa. Die Welt erlebt eine Fußballsensation …"

Die 30 Minuten danach waren ihm seltsamerweise nie besonders wichtig. Obwohl doch Wolfgang Dremmler mit dem zwischenzeitlichen 1:3 den Traum vom Finale fast noch hätte platzen lassen, weil die Bayern dann ein Auswärtstor mehr geschossen hätten. Papa war damals schon ziemlich unbeeindruckt von der kurzen Zitterpause. „Ach was. 5:1 am Ende und in Block 8 flossen ebenso wie im G-Block Tränen der Begeisterung und der Rührung", wischt er noch heute jeden Zweifel weg. Und manchmal lässt die Erinnerung daran eine Träne über seine rotglühenden Wangen kullern.

„Fußball ist sein Leben. Nein – die Eintracht ist sein Leben", murmele ich. Auch jetzt noch, da er nach seinem zweiten Schlaganfall nur noch durch die Wohnung rollt und sein letztes Spiel der Eintracht, das er als Zuschauer im Stadion miterlebt hat, das 6:3 gegen Reutlingen war.

Das ist inzwischen fünfzehn Jahre her. Einen Tag danach hat ihm das Präsidium mitgeteilt, dass er als Berater nach dem Aufstieg in die Erste Liga nicht mehr gebraucht würde. Die AG wollte nach zwei Jahren Zweitklassigkeit endlich den Neuanfang. Und zwar richtig. „Jetzt, nachdem wir den Wiederaufstieg doch noch geschafft haben. Das verstehst du doch", hatte der Präsident damals gesagt. Dabei war Eric Presfeth wahrlich keiner von der leisen Sorte. Auch keiner, den man schnell ins Stottern bringen konnte. Damals nicht und heute auch nicht. Dem baumlangen Mann tat es offenkundig wirklich weh, Klaus Heller mit nur einem Satz das Herz herauszureißen. Und das in dessen Küche in dem netten Häuschen in Zeilsheim, während seine Tochter an der Tür lauschte.

Mein Telefon röhrt „Im Herzen von Europa" und reißt mich aus meinen Gedanken. „Wer hat das noch mal schnell gesungen?", flüstere ich grinsend und muss dabei an Tim denken, der es nicht lassen kann, die Einblendungen bei den Live-Übertragungen im Fernsehen der einzigen von einem Polizeichor gesungenen Vereinshymne immer wieder wie eine sensationelle Neuigkeit zu verballhornen. „Die Lydia Heller" melde ich mich. Das habe ich von Eric abgeguckt. Der sagt auch immer: „Der Eric Presfeth ... Hallo!"

„Bitte?!" Blinzelnd bemühe ich mich, das zu verarbeiten, was Tim mir in schnellen Sätzen durch den Hörer entgegenschmettert. Wer hat sich gemeldet? Die Staatsanwaltschaft? Jetzt gleich? Aber ich bin gerade auf dem Weg zu meinem Vater. Fast da. Können die nicht ein bisschen früher Bescheid sagen, wenn sie mit mir für die Anklageschrift noch einmal das ganze Szenario bei einem Ortstermin durchgehen wollen? Nur, weil alle anderen in Limassol sind.

Ein Schwall an mehr oder weniger guten Argumenten, mit der Polizei vernünftig zusammenzuarbeiten, quillt aus meinem Handy heraus und mir wird schnell klar: Wenn ich eine Stunde Zeit gewinne, habe ich Glück.

„Tim, mach dir keine Gedanken. Ich rufe diesen Kaschrek selbst an und versuche den Termin um eine Stunde zu verschieben. Okay?"

In den nächsten zwei Minuten bin ich damit beschäftigt, die Visitenkarte von Hauptkommissar Helmuth Kaschrek aus meiner Handtasche zu fingern. Telefonieren ist vielleicht verboten, aber Visitenkarten aus Handtaschen holen nicht. Ein Wahnsinn.

Dann halte ich das Kärtchen endlich in der Hand und wähle die Nummer. Froh, nicht im Straßengraben gelandet zu sein.

„Kaschrek", meldet sich eine abgehetzte, heisere Stimme.

„Herr Hauptkommissar, sind Sie das?", frage ich.

„Wer denn sonst? Sind nicht Sie es, die mich angerufen haben?", antwortet er unterkühlt, und ich bin sicher: Wir werden keine Freunde mehr. Umso leichter fällt es mir, ihm eine völlig absurde Geschichte aufzutischen.

„Ich war auf dem Weg nach Hoffenheim. Ich wollte mich mit einem Kollegen treffen, aber mein Auto ist plötzlich ausgegangen. Und jetzt stehe ich hier auf der Autobahn und warte auf den ADAC. Vor fünf Uhr wird das bei mir sicher nichts. Können Sie nicht so lieb sein und den Ortstermin ein wenig nach hinten verschieben?", säusele ich, warte dann ab, wie Kaschrek reagiert, und werde überrascht.

„Ja, wenn das Auto streikt, ist das ja so etwas wie höhere Gewalt", klingt er für mich eine Nummer zu reizend. Aber gut, denke ich, er hat's offensichtlich gefressen. Also, auf zu Papa. Ich trete das Gaspedal durch. Viel Zeit bleibt jetzt nicht mehr, um meinen Vater auszuquetschen.

Ihm damals auch nicht. Eric konnte nicht einmal einen Aufschub erwirken. Nein. Auch nicht als Mehrheitsgesellschafter, wie die Presse den Verein gerne nannte, um den Unterschied zwischen Riederwald und Westend hervorzuheben. Zwischen dem Verein und den Frankfurter Statthaltern des amerikanischen Unternehmens, das kurz nach dem Jahrtausendwechsel das Zepter im Profifußball übernommen hatte – für 50 Millionen DM.

Und so musste mein Vater am nächsten Tag seine Sachen packen. Der Vorstand legte noch eine Jahreskarte für Papa und eine Begleitung obendrauf. Weitab von der künftigen Haupttribüne. Aber die Plätze blieben leer, denn Papa kam schon am nächsten Morgen nicht mehr aus dem Bett. Wobei es nicht das Herz war, das ihm erst einen Tag zuvor gebrochen wurde, sondern der Kopf. Schlaganfall mit siebenundvierzig. Ich bin sicher, so mancher bei der Eintracht hat noch immer ein schlechtes Gewissen.

Wahrscheinlich habe ich am Ende sogar diese unglaubliche Chance, mich als stellvertretende Pressesprecherin bei der Fußball AG beweisen zu dürfen, eben jenen achtundvierzig Stunden nach dem 25. Mai 2003 zu verdanken. Obwohl Max immer betonte, ich solle mir keinen Kopf darüber machen.

„Ly. Du bist einfach gut", erhob er die Stimme, als ich zum ersten Mal offen meine Zweifel äußerte und mich zum tausendsten Mal darüber ärgerte, dass er meinen Namen auf seine eigene Weise abkürzte. Max N. Elhallen sagt nicht Lyd wie alle anderen, er sagte Ly und gibt dem y dabei auch noch den hellen Klang eines i. „Was bildet der sich eigentlich ein", denke ich jedes Mal, wenn er mich so nennt. Um gleichzeitig auch irgendwie geschmeichelt zu sein. Max N. Elhallen ist ja nicht irgendwer. Er ist der Vorstandschef der Eintracht Frankfurt Fußball AG. Und er mag mich offensichtlich, seit er mich als kleines Mädchen kennengelernt hat. Ein schlechtes Gewissen musste er mir gegenüber jedenfalls nicht haben. Erst wenige Wochen nach dem Rauswurf wurde er als Vizepräsident auch Geschäftsführer des Vereins und in den Aufsichtsrat berufen.

Nein, für Papas Schicksal konnte Max N. Elhallen nichts. Vielleicht war er genau deshalb der Einzige aus der Chefetage, der sich noch hin und wieder in Zeilsheim sehen ließ. Oder war da doch mehr?

„Du bist seit fünfundzwanzig Jahren Eintrachtlerin und hast lange genug am Riederwald gezeigt, was du kannst. Also hör auf mit den alten Geschichten und erobere die Bundesliga." Damals standen wir in seinem Büro im Stadion, und er deutete mit einer ausladenden Geste nach unten zum Spielfeld. „Das ist jetzt auch deine Welt!" Dann gab es noch einen netten Knuff in die Seite und zwei Unterschriften unter meinen ersten Vertrag. „Glaub mir, als ich damals hier stand, fand ich das auch ziemlich verrückt. Es war genau das, was ich immer wollte. Ja. Ich habe ja nicht umsonst schon mit achtzehn als Berufsziel ausgegeben, dass ich mit vierzig ganz oben bei der Eintracht sein werde. Aber als ich als Vorstand berufen wurde, musste ich mich auch erstmal kneifen", lachte der große Kerl neben mir, und ich hätte ihn und die Welt am liebsten umarmt.

Es tut gut, das Vertrauen meines Chefs in meine Arbeit zu spüren. Zu wissen, dass er mich nicht mehr als dieses kleine ängstliche Mädchen von damals sieht. Gerade jetzt, wo all das, was der Verein in der Zeit seit dem letzten Wiederaufstieg sorgsam aufgebaut hat, im Chaos zu versinken droht.

Drei Wochen war es jetzt her, dass Bernd Schmalenberg beim Spiel gegen Düsseldorf zwei Frauen umgebracht, Severin mit einem Stich schwer verletzt und ich anschließend eine Bombenattrappe am Spielfeldrand direkt vor der Nordwestkurve gefunden hatte.

Inzwischen haben sich die Medien wie erwartet überschlagen und in zwei Lager aufgeteilt. Die einen haben sämtliche Munition gegen die Ultras aus den Schubladen gezerrt, die anderen vermuten, dass hinter all dem letztendlich das kranke Hirn eines Vorbestraften steckt, der zufällig auch Eintracht-Fan ist.

Wer ist das derzeit nicht?, titelte eine Zeitung. Die Polizei geht ebenfalls von einer groß angelegten Verschwörung aus und sucht im Hooligan-Umfeld nach weiteren Verdächtigen. Sogar die Dortmund-Theorie hat Hauptkommissar Kaschrek uns als denkbar aufgetischt.

Vor einigen Jahren hatte ein Mann mehrere Sprengsätze auf der Strecke des BVB-Mannschaftsbusses gezündet, um die Insassen zu töten und durch den daraus resultierenden Wertverlust der BVB-Aktie reich zu werden. Eine groteske Idee. Schon in Dortmund. Erst recht in Frankfurt.

Uns, also der Eintracht, ist die Schnitzeljagd noch recht, die Hauptkommissar Kaschrek in den Hooligan-Kreisen vollführt, denn so kommt die Polizei nicht auf den Gedanken, bei jedem Spiel alles immer wieder auf den Kopf stellen zu wollen. Sie haben offensichtlich einen harten Kern um Mic und einige andere Mitglieder der Eagles im Visier. Solange nicht die komplette Fanbewegung an den Pranger gestellt wird, soll es mir recht sein.

Ich habe mir in diesen knapp drei Wochen sowieso viel zu viele Gedanken darüber gemacht und mich immer mehr in den Sog der verschiedensten Verschwörungstheorien ziehen lassen. Selbst Jens habe ich mit meiner ständigen Grübelei vergrault. Es scheint ihm in Spanien offensichtlich so gut zu gefallen, dass er auf einmal ständig dort sein muss. Arbeitstechnisch, was sonst?

„Drei!", zähle ich leise und biege ab. Gleich da vorne ist das Haus, und ich bin gespannt, wie Papa reagiert. Heute ist zwar Donnerstag, aber die Eintracht spielt in Limassol Europa League. Also ist eigentlich nicht mein Besuchstag.

Ich komme ohne Neuigkeiten vom Trainer. Das wird Papa sicher nicht schmecken. Trotzdem drücke ich, vor der Tür angekommen, auf die Klingel. Es muss sein, denn erst heute Morgen hat mich Max darüber informiert, dass ein weiterer Drohbrief eingegangen ist. Wieder nichts Wildes, aber mit der Drohung, Informationen preiszugeben, die uns schaden könnten. Michael Lampert fällt somit als Drohbrief-Schreiber raus oder sein Komplize rennt noch frei herum. Eigentlich etwas, was wir sofort der Polizei mitteilen sollten, schließlich wird Mic wegen Mordes festgehalten. Aber ich werde das hier selbst aufklären. Hoffentlich mit Papas Hilfe.

Ich höre dieses merkwürdige quietschende Geräusch, das entsteht, wenn Papa seinen „Rolli" auf den Fliesen in der Küche um den Esstisch herumbugsiert. Und dann ihn, gar nicht gut gelaunt.

„Was'n los? Schmeiß den Schrott doch einfach wie immer in den Kasten", blökt er durch die geschlossene Tür. Er denkt wohl, der Postbote steht draußen.

„Nee, Papa, nicht die Post. Ich bin es."

„An einem Spieltag?", nimmt seine Stimme mühelos eine halbe Oktave. „Du weißt doch genau, dass ich mich auf solche Treffen einstellen will. Was zum Henker soll das? Einfach so vorbeikommen ... unangemeldet!" Er schnauft.

„Ich brauche deine Hilfe!" Ich lasse diesen vier Worten eine ziemlich lange Pause folgen: „Eric und Max brauchen deine Hilfe!"

„Eric wer?" Papas Stimme hat die nächste halbe Oktave erklommen. Die nächste kurze Pause entsteht. Nur ein paar Herzschläge lang. Dann wird die Tür aufgerissen, und ich sehe in das völlig verdutzte Gesicht meines Vaters.

„Das nennt man dann wohl eiskalt erwischt." Ich bin drauf und dran, mir einen Orden für die gewählte Überrumpelungstaktik umzuhängen. Da zerplatzen auch schon die Hoffnungen.

„Eric Presfeth ist der infamste Lügner, der mir jemals begegnet ist. Wenn der Hilfe braucht – was ich ernsthaft bezweifele –, dann soll er sich die in der Hölle holen."

„Papa", brumme ich leise. „Ich habe mir gedacht, dass du wieder die alte Leier von damals auspackst. Aber es ist nicht

Eric allein. Max braucht deine Hilfe genauso. Ich auch und der ganze Verein."

So über den Mund gefahren ist Papa bisher ganz sicher nur Mama. Niemand sonst. Also warte ich gar nicht erst ab, bis er mich schimpfend aus dem Haus jagen kann, sondern lege nach. So wie ich es mir die halbe Nacht lang ausgemalt habe. An Schlafen war schließlich nicht zu denken. Zu sehr hat mich das, was Eric und Max mir erzählt hatten, aufgewühlt. Und spätestens beim Frühstückskaffee stand für mich fest: Ich würde hier nicht eher weggehen, bis mich mein Vater wenigstens angehört hat.

Ob er helfen würde, war für mich nur schwer vorauszusagen. Ganz abgesehen davon, dass sich nicht einmal Eric und Max festlegen wollten, ob er es überhaupt könnte.

„Du musst irgendwann mal damit aufhören, in Selbstmitleid zu zerfließen", lasse ich den nächsten Angriff folgen. „Ja, es war echt schäbig, wie sie dich abserviert haben. Aber sie hatten eben keine Chance. Die AG hat entschieden. Geld hat nun mal auch damals die Welt regiert. Aber sie haben das Schiff wieder flott gemacht, und heute läuft's. Der Einzige, der noch in den alten Zeiten verharrt, bist du, Papa. Und dabei hast du jetzt die Chance, einen riesengroßen, fetten Strich unter alles zu machen und vielleicht schon am nächsten Samstag auf der Tribüne zu sitzen und *deine* Eintracht zu sehen." Ich hole schnell Luft, damit er meine Ansprache nicht unterbrechen kann. „Hörst du, Papa, deine Eintracht. Gib dir doch einfach mal 'nen Ruck!"

Dabei deute ich auf das vergilbte Foto an der Wand hinter der Eckbank. Da lachen Papa, Mama und ich gemeinsam in die Kamera. Alle drei mit einem Eintracht-Schal und ich sogar mit einer neckisch ins Gesicht gezogenen Eintracht-

Mütze. Gemacht hat das Foto Eric Presfeth. Kurz vor Weihnachten 1999.

„Geht's noch?"

Erschrocken trete ich einen Schritt zurück. Wahrscheinlich, weil ich sehr wohl weiß, dass von dem kleinen Mädchen auf dem Foto nicht mehr viel übrig ist. Vor allem dann nicht, wenn es gerade den eigenen Vater ziemlich rüde angemacht hat. *Entschuldige dich, ganz schnell*, schießt es durch meinen Kopf. Aber es ist zu spät.

„Du warst damals 14 Jahre alt und viel zu klein, um das alles zu begreifen. Also spiel dich jetzt nicht so auf! Ich habe ihnen alles gegeben und sie haben mir alles genommen!", holt Papa zu einer seiner berüchtigten Ansprachen aus. Ich konnte die noch nie leiden und auch Mama hatte eines Tages genug davon. Tränen schießen mir in die Augen. Niemand braucht das. Ich will mich herumdrehen. Zur Tür und weg. Sollen Eric und Max doch sehen, wie sie herausbekommen, was hinter den Erpresserbriefen steckt. Ich kann diese furchtbaren Auseinandersetzungen mit dem alten Mann nicht mehr ertragen. So lange ich denken kann, dreht sich alles bei ihm um die Eintracht. Und jetzt braucht diese Eintracht seine Hilfe, und er kann mal wieder nur herumpoltern.

„Danke für nichts", zitiere ich meinen derzeitigen Lieblingssong. Und schäme mich im selben Moment dafür. Also krame ich das Erpresserschreiben aus der Tasche und werfe es ihm in den Schoß. Dann drehe ich mich um. Meine Tränen gönne ich ihm jetzt nicht. Alles, aber nicht meine Tränen.

„Was ist das?", höre ich ihn murmeln. Tonlos, weil er mit einem Blick erkannt hat, dass es sich nicht um eine Geburtstagskarte handelt. Und vielleicht ein kleines bisschen auch, weil er weiß, dass er mit seinem Genörgel die Menschen vertreibt.

Seine Frau ist schon weg. Am Ende womöglich auch seine Tochter.

Eine Stunde später sitzen wir in einem Berg voller alter, vergilbter Aktenordner. Ich wusste nicht wirklich, was Eric meinte, als er vom wandelnden Gedächtnis von Klaus Heller sprach. Jetzt schon. Und gleichzeitig ärgere ich mich. Über Papa, die Welt und vor allem über mich selbst.

„Ich hatte keine Ahnung, welche Schätze du in deinem Kabuff verbirgst. Wolltest du das alles mit ins Grab nehmen?", wage ich mich nur wenig angriffslustig vor. Es stimmte: Der Mann hat kein besseres Gedächtnis als alle anderen. Er hatte einfach alles aufgeschrieben, was mit der Eintracht zu tun hat. Und dabei nicht nur die Dinge notiert, die er selbst immerhin vier Jahre lang täglich gehört und erlebt hat, sondern auch alles, was er aus den Jahren, bevor er als Berater angefangen hat, aufschnappen konnte. Von Präsidiumsmitgliedern, von Angestellten, von Spielern, vom Platzwart bis zur Sekretärin. Einfach alles war in vielleicht 200 oder mehr Aktenordnern mit einzeln beschriebenen Rücken gelandet. Auch die Geschichte um den Lizenzentzug.

Und gerade, als ich denke: „Papa, du bist eine ganz besondere Art Hooligan! Ein Textsammler. Das ist gruselig", kramt er mühevoll einen Ordner aus der untersten Schreibtischschublade. Warum ausgerechnet dieser Ordner nicht im Regal steht, ist mir ein Rätsel. Auf dem Rücken erkenne ich in fein säuberlicher Schrift vier Buchstaben: STAG.

„Wer den Teufelskreis verstehen will, in den sich die Eintracht nach der verkorksten Meisterschaft 1992 begeben hat, muss weit in die neunziger Jahre zurückgehen. Nur vier Jahre nach Rostock sind wir abgestiegen. Wieder zwei Jahre später, kurz vorm Wiederaufstieg in die Erste Liga im April, wurde zur besseren Vermarktung die Eintracht Frankfurt Sport-Marketing und Service GmbH gegründet. Wieder ein Jahr später wurde mit einer Rechte-Agentur ein hoch dotierter Vertrag zur TV-Vermarktung geschlossen: Zu der einmaligen Zahlung von 2,55 Millionen Euro gab es ein zinsfreies Darlehen von 7,2 Millionen Euro obendrauf." Er deutet kurz auf ein paar Zahlen in seinem Ordner und entzieht ihn mir dann wieder, als wäre der Inhalt sein größter Schatz und ich könnte ihn ihm allein mit meinen Augen wegnehmen. „Dann ging es Schlag auf Schlag. So wie immer, wenn der Abwärtsknopf im Fahrstuhl erst einmal gedrückt ist. Bei der Jahreshauptversammlung Anfang 2000 kam heraus, dass der Verein 10 Millionen Mark brauchte, um die Lizenz zu bekommen. Die einzige Chance, das Geld aufzutreiben, sahen die Verantwortlichen in der Gründung einer Holding AG. Der DFB hat's geschluckt und eine Strafe von 2 Punkten Abzug und die Zahlung von 251.000 Euro ausgesprochen. Das war damals genau das, was man als blaues Auge bezeichnet. Aber gelernt hat niemand ..."

„Im Herzen von Europa", bollert mitten in Papas Vortrag mein Handy. Ich schaue zur Decke, aber irgendwie hat Papa das gar nicht wahrgenommen.

„'Tschuldigung. Nur einen Moment", signalisiere ich ihm und drücke auf Annehmen.

„Frau Heller. Warten Sie immer noch auf den ADAC?", knurrt mich die Stimme am anderen Ende der Leitung an: Unverkennbar Hauptkommissar Kaschrek. „Wenn Sie nicht in einer halben Stunde hier im Stadion sind, mache ich Ihnen höchstpersönlich den Laden dicht!" Mit diesen Worten legt er auf. Einfach so. Ohne ein Auf Wiedersehen, ohne auf meine Antwort zu warten.

„Papa…", sage ich und schaue hilfesuchend hoch. „Ich muss in einer Viertelstunde los. Geht es auch ein bisschen schneller? Bitte!" Mein Blick gleitet über die unzähligen Unterlagen, in der Hoffnung, dass er mir nicht über alles haarklein berichten will, bevor er mir endlich das sagt, was ich wirklich wissen will.

Er schnalzt aufgebracht mit der Zunge. Ein Zeichen dafür, dass es ihm ganz und gar nicht gefällt, von mir gedrängt zu werden. Kurz darauf gibt er jedoch nach.

„Im Mai hat ein amerikanischer Investor die Rolle als strategischer Partner übernommen. Für 25 Millionen Euro haben sie über ihre Frankfurter Statthalter 49,9 Prozent der AG gekauft", fährt er fort. „Dann im Juli ist Eric Präsident des Vereins geworden. Wieder ein Jahr später haben sich die Amerikaner erst mal als künftiger Betreiber des Stadions zurückgezogen und den Rückzug in der AG eingeleitet. Die Chance für Eric und sein Team. Im Februar 2002 haben die Amis 15 Prozent ihrer Anteile an die Eintracht zurückgegeben. Einfach so. Dafür sollten 7,5 Millionen Euro erlöst werden. Klang gut. Mehr aber auch nicht." Er verzieht abschätzig den Mund. „Auf jeden Fall begann ein Verhandlungsmarathon. Und die Verantwortlichen waren mächtig unter Druck. Das kann man sich vorstellen. Im April 2002 hatte schließlich die DFL einen Liquiditätsnachweis in Höhe von 11,5 Millionen Euro für die Lizenzierung gefordert. Nach der Nummer zwei Jahre zuvor waren die Burschen nicht wirklich gut auf uns zu sprechen."

„Warst du bei diesen Verhandlungen schon dabei?", unterbreche ich ungern mit einem Blick auf die Uhr. Wenn er doch bloß nicht immer so ausschweifend erzählen würde.

„Ja, Kleines. Bei jeder Verhandlung in diesem völlig heruntergekommenen Riederwald. Mit irgendwelchen Rumänen,

Ungarn oder Amerikanern. Die schossen ja alle wie Unkraut aus dem Boden. Und der Aufsichtsrat hat mit einem Investor sogar einen Vorvertrag unterzeichnet. Aber der war auch nicht das Papier wert, auf dem er stand."

„Und die Banken? In Frankfurt?"

„Kein Interesse. Und wenn, war es nur vorgeheuchelt. Zwei Landesbanken haben sich jedenfalls auch in letzter Minute als neue Investoren zurückgezogen. Und noch immer fehlten dreieinhalb Millionen Euro.

„Papa. Ich muss weg!", dränge ich wieder und werde langsam, aber sicher wirklich hibbelig. Eine Angewohnheit, die weder Papa noch ich wirklich ausstehen können. Also bleibt er weiterhin ruhig und behält seine schwadronierende Erzählerstimme bei. „Dann kam der 17. Juni 2002. Eigentlich seit 1990 kein Feiertag mehr. Für uns schon, denn der Aufsichtsratschef verkündete die Rettung. Freunde und Gönner und ein Investor aus der Immobilienbranche sorgten für die Erfüllung der DFL-Forderungen. Den Rest kennst du ja: Lizenzverweigerung, Einspruch beim neutralen Schiedsgericht von DFB und DFL, Riesenaufstand und am Ende alles gut."

„Ja, aber Papa. Das sind doch alles Dinge, die du in jedem Poesiealbum nachlesen kannst. Nichts davon macht einen Erpressungsversuch möglich", brumme ich enttäuscht.

„Na ja, das war ja jetzt auch nur die offizielle Version." Er blättert weiter. Mitten im Ordner steckt ein breiter, roter Pappstreifen. Ich hasse ihn für seine Theatralik.

„Das habe ich gesucht", steckt er seine Nase tief in den Ordner. Immer noch darauf erpicht, dass ich nicht sehe, was er handschriftlich vermerkt hat.

„Donnerstag, 14. März 2002. Treffen mit Chen Ling in Schwalbach. Das ist ein Koreaner. Hohes Tier mit Geld bis zum

Abwinken. Was er heute macht, weiß ich nicht. Kriegst du aber sicher raus."

Ich werde Tim fragen müssen. Er ist der Einzige, der Zugriff auf solche Daten haben könnte. Falls googeln nicht reicht. Er bekommt sicher heraus, ob es diesen Chen Ling noch gibt. Mein Plan steht also. Eric und Max wären stolz auf mich.

„Und wer war dieser Ling?"

„Ein ziemlich undurchsichtiger Kerl. 10 Millionen wollte er uns damals zur Verfügung stellen. Cash. Ohne Bedingungen. Schau. Hier steht es." Er hält mir den Ordner entgegen. „14. März, 18 Uhr, Präsidiumszimmer Riederwald, Treffen mit Chen Ling. Ohne AR."

„Ohne AR?", hake ich nach.

„Ja. Ohne den Aufsichtsratsvorsitzenden. Ling tat damals sehr geheim und wollte nur mit dem Präsidium sprechen. Ich glaube, Eric hat einen Moment lang daran gedacht, wie es wäre, wenn er mit dem Koreaner die Eintracht im Alleingang retten könnte. Die Presse hatte ihn bislang eher als den großen Zampano auf dem Schirm. Ich glaube, mit diesem Vorurteil hätte er gerne mit einem Schlag aufgeräumt."

„Aber?"

„Wir haben alle gerochen, dass mit Mister Ling irgendetwas nicht stimmte. Schon der Auftritt beim Treffen bei der Mutter Kraus war alles andere als vertrauenerweckend. Er tauchte mit zwei merkwürdigen Typen auf, die draußen bleiben mussten. Haben wohl Wache geschoben."

„Und da seid ihr nicht gleich wieder gegangen?", frage ich irritiert.

„Na ja, das Wasser stand uns bis zum Hals. Also waren wir bereit, nach jedem Strohhalm zu greifen. Aber wir waren schon verunsichert. Gemeinsam haben sie dann entschieden, einen alten Kontakt von Eric zu nutzen, um ein bisschen Licht ins Dunkel zu bringen."

„Einen alten Kontakt?", hake ich ein wenig genervt nach, weil ich ihm wirklich alles aus der Nase ziehen muss.

„Nichts Kriminelles. Nur so ein bisschen. Eric kannte aus alten Zeiten einen Ermittler bei der Kripo und hat ihn noch von Schwalbach aus angerufen und gebeten, mal zu wühlen, ob es über diesen Ling etwas in den Akten gab." Wieder eine theatralische Pause.

„Papa! Gab es etwas?"

„Nicht wirklich", brummt er zufrieden, dass mir seine Geschichten ehrliche Neugier entlocken. „Er hatte mal eine Aussage auf dem Polizeipräsidium gemacht. Aber nur als Zeuge. Wegen einer Schlägerei im *Sudfass*. Ansonsten war er in Frankfurt gemeldet. Also alles okay."

„Alles okay? Klingt für mich nicht nach alles okay", murmle ich nachdenklich.

„Wie man's nimmt. So richtig beruhigt hat uns das auch nicht. Also hat Eric ihm mitgeteilt, dass er sein Angebot doch am besten mit dem Aufsichtsrat besprechen sollte. Es wurde sogar noch ein Termin im großen Kreis vereinbart, aber dieser Ling erschien nicht, und wir haben ihn nie wiedergesehen. Wie vom Erdboden verschluckt."

„Klingt ominös, Papa. Aber warum sollte der jetzt Erpresserbriefe schreiben? Wenn etwas faul an ihm war, wird er das wohl eher lassen, oder?" Ich sehe ihn etwas enttäuscht an. „Mehr gibt es nicht?"

„Nö. Jedenfalls nichts, woran ich mich noch erinnern würde. Ein paar Spekulationen, aus welchem Hut wir das fehlende Geld für die Lizenz so plötzlich gezaubert hatten, aber das war eine Angelegenheit des Aufsichtsrats. Damit kann niemand dem Präsidium oder Max an den Karren fahren. Wenn du mich fragst, will euch da jemand einen ordentlichen Schrecken vor dem Spiel einjagen und für Unruhe sorgen."

Das habe ich doch schon mal irgendwo gehört. Eric und Papa sind sich schon sehr ähnlich. Tausend Gedanken schwirren mir durch den Kopf und ich fühle, wie es mir bei der Aussicht daran, vor Eric und Max mit leeren Händen dazustehen, die Kehle ein wenig zuschnürt. Wobei sie ja eigentlich zufrieden sein müssen. Wenn es nichts gibt, kann auch keiner etwas preisgeben.

„Die einzig dunkle Stelle in der Geschichte ist dieser Ling, Lydia. Sieh zu, ob du über diesen Koreaner mehr in Erfahrung bringen kannst. Ich tippe mal auf Waffenschieberei oder Drogenhandel." Er zuckt mit den Schultern, als wäre das nun nicht mehr seine Verantwortung. Und er hat recht. Das ist es auch nicht. Trotzdem habe ich mir mehr erhofft.

„Scherzkeks", brumme ich. „Aber danke, dass du mir doch noch geholfen hast. Wäre schön, wenn es keine einmalige Geschichte bleiben würde." Ich halte kurz inne, entscheide mich dann aber, diesen ehrlichen Moment zwischen uns zu nutzen. „Es wäre schön, dir nicht immer nur die Neuigkeiten von der PK frei Haus zu liefern."

Ich nehme meinen Vater in den Arm. Seit Langem mal wieder.

„Schauen wir mal", ist alles, was ich ihm entlocken kann, bevor hinter mir die Tür ins Schloss fällt.

Ich atme einmal tief durch und gehe dann zu meinem Auto. Bevor ich zu Tim gehe, muss ich Severin mit ins Boot holen. Er weiß zu viel und es ist sicher besser, wenn ich ihn im Auge behalte und ihm das Gefühl gebe, ihn einzubinden. Außerdem hat er ganz offensichtlich eine Verbindung in die Hool-Szene, die mir nützen könnte.

Ich unterdrücke die kleine Stimme in mir, die mir trotz all dieser Gründe zuraunt, dass es auch noch einen anderen Grund dafür gibt, warum ich ihn dabeihaben will.

Mein Blick wandert zu der Uhr hinter meinem Lenkrad. „Verdammt!", entfährt es mir. „Kaschrek!"

6

SAMSTAG, 10. NOVEMBER 2018, 10.37 UHR

SEVERIN

Ein dumpfes Klopfen lässt meinen Kopf unruhig pochen. Ich ziehe brummend das Kissen unter mir hervor und presse es mir auf meine Ohren. Dennoch bleibt dieses Poltern und lässt Wut in mir aufsteigen. Eine Wut, die ich seit vielen Jahren nicht mehr gespürt habe. Doch seit ein paar Wochen ist sie wieder da. Zwar immer noch tief in mir verborgen, aber stets bereit, herauszubrechen und mich zu dem Menschen zu machen, der ich einmal war. Das Kind, das zu unzähligen Therapien geschleppt und mit Medikamenten ruhiggestellt wurde. Der Jugendliche, der diese Wut durch Gewalt loszuwerden glaubte, sie damit aber nur schürte. Zu einem Teil meiner selbst. Einem wütenden Teil.

„Verpiss dich!", schreie ich Richtung Tür und werfe mit meinem Kissen. Eine Bewegung neben mir lässt mich augenblicklich erstarren, und als ich meine Lider öffne, sehe ich in blaue

Augen. Umrahmt von schwarzer Schminke, die ganz offensichtlich nicht mehr an Ort und Stelle ist.

„Verdammt", entfährt es mir, als ich mich bemühe, mich an die letzte Nacht zu erinnern. Achim, mein Arbeitskollege, hat mich nach langem hin und her überzeugt, mit zu einer 90er-Party zu kommen. Was daraus wurde, sehe ich jetzt neben mir liegen.

„Morgen", setze ich schnell nach, damit ich für mein ‚Verdammt' keine gewischt bekomme. Die letzten drei Wochen habe ich schon mehr als genug eingesteckt.

Unsicher fahre ich mir durch meine verwuschelten Haare und setze ein schiefes Lächeln auf. „Was geht?"

„Was geht?!", wiederholt sie mit einer gläserzerfetzenden Stimme.

Himmel, was hat sich mein gestriges Ich nur dabei gedacht? Ich kneife die Augen zusammen und mustere ungläubig ihre Zöpfe, rechts und links, die sie mit neonfarbenen Gummibändern zusammengebunden hat. Aber was kann man auch anderes von einer 90er-Party erwarten?

„Möchtest du vielleicht Kaffee?"

„Echt jetzt?"

Ich atme tief ein und aus, um sie nicht auf der Stelle vor die Tür zu setzen. Kann sie nicht froh sein, dass ich ihr noch einen Kaffee anbiete? Um dieses Rätsel ernsthaft zu lösen, müsste ich wahrscheinlich mehr über die letzte Nacht wissen.

Ich zucke zusammen, als wieder das Poltern ertönt. „Severin, verdammt! Ich weiß, dass du da bist."

Ich hebe die Augenbrauen. Die Stimme kommt mir bekannt vor. Nachdenklich fahre ich mir mit der Zunge über meine Oberlippe und erhebe mich dann, um mir meine Boxershorts überzuziehen. „Sie wird nicht aufhören", erkläre ich meine Flucht und schlendere zur Tür. Als ich sie öffne, starrt Lydia mich an, als wäre ich komplett verrückt geworden. Grinsend lehne ich meinen Arm gegen den Türrahmen und mustere ihren lustigen Aufzug. „Biste jetzt auch zum Anzugträger geworden?" Ich zwinkere, woraufhin Lydia nur schnauft und die Augen verdreht.

„Ich hatte einen Termin im Stadion. Und jetzt brauche ich deine Hilfe."

„So?", gebe ich zurück und hebe lässig meinen Mundwinkel. Eventuell sogar ein wenig zu lasziv für Lydias Geschmack, aber dieses Spiel spielen wir schon immer. Wieder dieser kleine, kaum merkliche Augenverdreher, der in mir etwas auslöst. Etwas wie Vertrautheit. Als ich gerade noch breiter lächeln will, stößt mich jemand von hinten zur Seite. Die Frau aus meinem Bett. Zumindest hat sie sich mittlerweile einen einzelnen Zopf gebunden.

Als sie Lydia entdeckt, wirft sie mir noch einen vernichtenden Blick zu, stößt mich noch weiter zur Seite und trottet davon wie ein beleidigter Schwan.

„Schönen Dank auch", rufe ich ihr hinterher, bevor ich meinen Blick wieder auf Lydia richte und meine Brauen leicht anhebe. „Was willst du, Lyd? Deine Überwachungsbesuche werden langsam wirklich anstrengend."

„Echt jetzt, Severin? Schon wieder eine andere?!", fragt sie fassungslos und sieht noch einmal den Gang entlang, der Frau nach, deren Namen ich wohl nie erfahren werde.

„Hat das was mit dir zu tun?"

Kurz wirkt sie wütend und so, als würde sie mir am liebsten tausend ihrer pseudo-feministischen Weisheiten an den Kopf werfen, aber sie zügelt sich. „Kann ich reinkommen?"

„Mi casa es su casa", gebe ich zurück und trete einen Schritt zur Seite, um eine ausladende Geste in Richtung meiner Studentenwohnung zu machen. Mehr als eine kleine Pantryküche, eine alte Couch, die wir bei einer nächtlichen Sauftour vom Sperrmüll entführt haben, und einen alten Röhrenfernseher gibt es hier nicht zu sehen.

„Deine Karriere als Redakteur lässt offensichtlich noch auf sich warten", quittiert Lydia den Anblick. Ihre Stimme klingt wie eine Mischung aus amüsiert und tatsächlich angeekelt. Bisher hat sie immer nur im Flur gestanden und mich nach meinem Befinden gefragt. Oder wohl eher nachgehorcht, was ich der Polizei gesagt habe. Also eine echte Premiere für sie, von der sie nicht sonderlich begeistert zu sein scheint. Ich verziehe den Mund, schließe die Tür und gehe zur Kaffeemaschine, während sie die Couch inspiziert, als würde sie abwägen, ob man sich auf sie setzen kann, ohne irgendeine Krankheit zu bekommen.

„Ich hab mich eben nicht von Papi in die Führungsetage eines Fußballvereins schleusen lassen", gebe ich zurück und fülle Kaffeepulver in einen Filter.

Lydia antwortet nicht, aber ich kann förmlich spüren, wie sie wieder die Augen verdreht. Und dann räuspert sie sich doch. „Stimmt, ist natürlich viel praktischer, sich von dem berühmten Staranwalt-Papi aus einem Fall raushauen zu lassen."

Ich drehe mich um und sehe sie einen kurzen Augenblick wie erstarrt an, bevor ich mich wieder dem Befüllen des Filters widme.

„Gut gespielt, Heller."

„Danke sehr, Klemm."

„Kaffee?", frage ich dann, bevor ich den letzten Löffel Pulver in die Maschine sinken lasse.

„Kann man das Zeug denn überhaupt trinken?"

„Menschen haben Filterkaffee sehr viele Jahre getrunken, ohne daran zu sterben, Lydia, also ich denke, es ist sicher für dich."

„Mit Sicherheit haben die ihre Maschine regelmäßig gesäubert, um Schimmel zu vermeiden."

Mir entfährt ein Lachen, während ich doch noch einen Löffel mehr hineingebe. Als ich Lydia kennengelernt habe, war sie anders. Freier und abenteuerlustiger. Ja, wahrscheinlich war sie damals ein Mädchen, das mit mir auf einem Festival Instantkaffee aus Bechern getrunken hätte. Aber dann hat sich alles verändert. Jens hat sie verändert. Mit jeder Trennung, jedem Rückstoß, jeder seiner Affären hat sich Lydia nicht von ihm entfernt, sondern sich eingeredet, besser werden zu müssen. Besser, um geliebt zu werden. Doch dadurch hat sie sich von sich selbst entfernt.

„Und wofür braucht die erfolgreiche Frau Heller meine Hilfe?", frage ich, während ich mich zu ihr auf die Couch setze. Im Gegensatz zu ihr um einiges entspannter.

„Ich erzähle dir jetzt etwas, was du niemandem erzählen darfst, Sev", sagt sie plötzlich in einem Flüsterton. So als könnte uns hier irgendjemand belauschen.

„Wem sollte ich es denn erzählen?", entgegne ich.

„Niemandem! Du darfst es niemandem sagen. Auch nicht deinen Betthäschen."

Ich verziehe den Mund. „Für gewöhnlich rede ich nicht sonderlich viel mit ihnen, Lyd."

Wieder verdreht sie nur ihre Augen, und manchmal frage ich mich, ob ich ihr nicht genau deshalb diese Sprüche entgegenpfeffere. Um sie genau das tun zu sehen.

„Also?"

„Irgendwas stimmt da nicht."

„Ach …", gebe ich stöhnend zurück. „Ist das nicht genau das, was du damals im Krankenhaus zu mir gesagt hast? Und weshalb ich bei der Polizei kaum eine glaubwürdige Aussage abgegeben habe?!" Ich schnaufe.

„Es ist ernst, Severin. Die Eintracht bekommt Drohbriefe. Ich weiß das auch nur, weil sie wollten, dass ich mit meinem Vater rede. Aber der ..." Sie atmet tief ein. „Der war keine große Hilfe. Vor allem hat er altes Wissen ausgepackt und mich damit beinahe erschlagen."

„Klingt sympathisch."

„Sev!", ermahnt sie mich, woraufhin ich mich seufzend gerader hinsetze und sie auffordernd ansehe.

„Ich habe die Briefe gelesen und wirklich ernst zu nehmen sind sie vielleicht nicht. Vor allem, weil der Kerl ja längst in U-Haft sitzt. Trotzdem ist es wichtig herauszufinden, ob es da etwas gibt, womit die Eintracht erpresst werden könnte."

Lydia beginnt unruhig auf ihrer Unterlippe herumzubeißen. Wie immer. Ein deutliches Zeichen ihres Körpers, wenn sie nervös ist.

„Wir müssen da hin."

„Wohin?", frage ich irritiert.

„Erstens müssen wir zu Tim, damit er uns aus dem Netz Infos über so einen Koreaner besorgt. Dann müssen wir zurück ins Stadion ..." Sie macht eine kurze Pause und hebt den Finger.

Ich mustere sie ein paar Sekunden sprachlos. In mir ballt sich ein ungutes Gefühl zusammen.

„Warum ausgerechnet ich? Mach das mit jemand anderem", wehre ich ab und stehe auf, um uns Kaffee in zwei Tassen zu füllen. Als ich zurückkomme, werfe ich kurz einen Blick auf Lydias blonde Haare, die durch die hereinscheinende Sonne ein wenig rot glänzen. Lydia war immer eine Schönheit. Aber ich vermisse die Zeiten von damals, als sie mit ihren welligen, offenen Haaren und ihren bunten Klamotten vorm IG-Farben-Haus auf der Wiese saß. Die Augen geschlossen und den Kopf zum Takt der

Musik hin und her wippend. Das war eine Lydia, die ich nur kurz kannte. Aber meiner Meinung nach war sie eine freiere und ehrlichere Version ihrer selbst. Jetzt wirkt sie verklemmter und kühler. Schon allein durch ihre glatt geföhnten Haare, die streng in einem Knoten zusammengebunden sind.

„Weil du dabei warst."

„Das war reiner Zufall!" Sie hebt ihre Brauen, weil ich meine Stimme erhoben habe. Da ist sie wieder. Diese Wut. Wut und Angst, mich mit dem zu konfrontieren, was passiert ist.

„Ich war zufällig da und habe nichts getan, außer dumm daneben zu stehen", gebe ich bitter zurück. Vielleicht ein wenig zu ehrlich, aber Lydia hat diese Wirkung auf mich.

„Severin …", sagt sie plötzlich sanft und legt ihre Hand auf mein Bein. „Du hättest nichts tun können. Das weißt du, oder?"

„Sicher", gebe ich zurück, um das Gespräch darüber für beendet zu erklären.

Ich brauche weder die Erinnerungen daran noch ihre kläglichen Versuche, meine Feigheit schön zu reden.

„Zuallererst muss ich herausfinden, was es mit diesem Koreaner auf sich hat. Eric und Max legen all ihre Hoffnungen in mich."

„Na wunderbar", brumme ich und trinke ein paar große Schlucke meines Kaffees. „Und was habe ich damit zu tun?"

„Es gibt da ein paar Männer, die vielleicht mehr wissen könnten und…"

„Und was?"

„Sie sind Hooligans in … deinem Club."

„Meinem Club", pruste ich und schüttle den Kopf. „Ich habe dir bereits erklärt, dass das schon lange nicht mehr mein Club ist, Lyd. Und solltet ihr nicht lieber zur Polizei gehen? Drohbriefe sind, soweit ich weiß, deren Angelegenheit."

„Polizei", winkt sie ab und trinkt nun auch von dem Kaffee, aber nicht, ohne ihre Nase merkwürdig zu verziehen.

„Max und Eric haben mich gebeten –"

„Max und Eric haben eine junge Frau beauftragt, sich um eine Sache zu kümmern, die sie zerstören kann. Sie sind meiner Meinung nach nicht gerade die Menschen, auf die du dich berufen solltest", unterbreche ich sie harsch.

„Schön!", faucht sie und erhebt sich schnaubend. „Dann mache ich es eben allein." Mit diesen Worten stolziert sie derart langsam zur Tür, dass ich genau weiß, dass ich sie aufhalten muss.

„Lyd …", sage ich also ein wenig einfühlsamer und verziehe den Mund. „Warum ausgerechnet ich? Und sag nicht, dass es etwas mit dem Unfall zu tun hat."

Sie bleibt stehen, während ihre Finger bereits meine Türklinke umklammern und ich höre einen Moment lang dabei zu, wie sie an ihrer Unterlippe herumnagt.

„Weil du der Bessere von uns beiden bist." Ihre Stimme klingt unsicher und schwach. Etwas, das ich nie zuvor bei ihr gehört habe.

„Besser?", hake ich belustigt nach, weil ich keine Ahnung habe, worauf sie sich bezieht. Lydia ist und war schon immer in allen Belangen die Bessere. Schon in der Uni war sie in jedem Seminar und jeder Prüfung besser als ich.

„Ja. Vielleicht hatte ich früher bessere Noten. Aber du … du hast dich mit deinem Wissen allein durch jede Prüfung gehangelt, ohne auch nur eine Sekunde zu lernen. Du hattest schon immer die beste Menschenkenntnis und …" Sie macht eine kurze Pause und dreht sich dann zu mir. „Dir vertrauen Menschen ihre Geheimnisse an. Weil du sie siehst. Du siehst Menschen, wie sie wirklich sind, und ihre Bedürfnisse."

Ich verenge meinen Blick, stehe dann auf und gehe langsam auf sie zu. Ich erkenne sofort, dass ihr Blick immer wieder zu meiner OP-Naht am Bauch wandert.

„Du weißt aber schon, dass wir Germanistik und nicht Kriminalistik studiert haben, oder?", frage ich mit einem süffisanten Lächeln auf den Lippen.

„Du bist Journalist. Ein unterschätzter, wenn ich mir überlege, dass du kleine Berichte über die Spiele schreibst. Allein deine Hausarbeiten an der Uni. Deine Enthüllungsstory über die Geldschieberei in der Immobilienbranche. Sev. Du bist der Bessere von uns. Ich bin nur die Tochter von Klaus Heller, dem Eintracht-Berater, der alles über die Eintracht weiß. Okay, ich …" Sie stöhnt, als würden ihr ihre eigenen Worte wehtun. „Ich bin gut darin, Sätze zu formulieren und Aussagen so zu zensieren, dass sie rhetorisch alle in ihren Bann ziehen und genau das aussagen, was alle hören wollen. Aber ich bin nicht gut darin, mit Menschen umzugehen."

„Mit mir kannst du gut umgehen", sage ich lächelnd und trete noch ein wenig näher. Meinen Kaffeebecher als Abstandshalter vor mich haltend.

„Kann ich nicht. Und das weißt du. Ich beschwere mich schon mein ganzes Leben über meinen Vater und habe dabei fast übersehen, dass ich genauso geworden bin wie er."

„Das kann ich leider nicht beurteilen, weil du ihn streng vor der Öffentlichkeit versteckt hältst."

„Glaub mir", brummt sie mit diesem Funken Enttäuschung in ihrem Gesicht. „Du willst ihn nicht kennenlernen. Genauso wenig, wie er fremde Menschen kennenlernen will."

Ich seufze, weil ich gerne mehr erfahren will, aber deutlich an ihrer Haltung erkenne, dass sie nicht weiter darüber sprechen möchte. Vielleicht hat Lydia recht. Ja, vielleicht bin ich jemand, der andere Menschen gut versteht. Ihre Körperhaltung und ihren Blick einschätzen kann. Aber das hier ist eine zu große Nummer. Trotzdem ist Lydia zu mir gekommen, um mich um Hilfe zu bitten. Und die werde ich ihr nicht verwehren. Auch, wenn ich mir sicher bin, dass sie mich vor allem im Auge behalten will.

„Ich ziehe mir etwas an", sage ich also und gehe in mein Schlafzimmer, bevor eine drückende Stille zwischen uns eintreten kann.

Als ich mich fertig angezogen habe und zurückkomme, steht Lydia immer noch wie angewurzelt an der Tür. Ich kann mir vorstellen, wie viel Überwindung sie das hier gekostet hat.

„Also dann. Zu den Hooligans und sie fragen?" Ich lache heiser auf, trinke meinen Kaffee leer und stelle die Tasse dann im Waschbecken ab.

„Ich habe einen Plan gemacht."

„Oh Wunder", gebe ich lächelnd zurück, schnappe mir meine Jacke und stülpe mir meine Stiefel über.

„Wir müssen zuallererst zu Tim. Er wird uns sicher helfen."

„Tim?" Ich hebe meine Brauen. Zuvor habe ich ihre Anspielung auf ihn gekonnt ignoriert. Aber jetzt muss ich mich wohl doch mit ihm und der Tatsache, dass ich ihn wiedersehen werde, anfreunden. Tim war ein Kommilitone, der nach dem ersten Semester zu Informatik gewechselt und schließlich zusammen mit Lyd zur Eintracht gegangen ist. Ganz eindeutig hat sie ihm diesen Job besorgt und ja, vielleicht war ein winziger Teil von mir damals sauer, enttäuscht oder auch wütend, weil sie Tim mitgenommen und mich hingegen vollkommen aus ihrem Leben verbannt hat. Bis jetzt.

„Ihr mochtet euch", sagt sie, als wäre es viel eher eine Feststellung. Eine, der ich nicht widersprechen kann und darf.

„Sicher", gebe ich knapp zurück, schnappe mir meinen Schlüssel und öffne die Tür.

Bis wir durch meine Haustür in die für Mitte November immer noch warme Nachmittagsluft getreten sind, schweigen wir. Lydia weiß ganz genau, dass Tim und ich stets vielmehr Konkurrenten um ihre Aufmerksamkeit waren als Freunde. Aber Lydia ist auch gut darin, so etwas komplett zu ignorieren oder überhaupt erst gar nicht zu merken.

„Mein Auto steht direkt da vorne", sagt sie und deutet in Richtung Bornheimer Landstraße. Typisch Lydia. Die Zeiten, in denen sie sich in eine Bahn gesetzt hat, sind lange vorbei. Mittlerweile fährt sie einen schicken kleinen Mini im Eintracht-Design, in den ich mich reinquetsche, während sie den Motor aufheulen lässt.

Als die Situation nach einer Weile immer seltsamer wird, drücke ich ein paar Tasten am Radio, bis sie mir mit einem Lächeln auf die Hand haut und dann selbst einen Sender auswählt.

„Also fahren wir jetzt zu Tim?"

„Ja."

„Du bist wirklich gesprächig, seitdem du mich im Boot hast", necke ich und verschränke die Arme vor meiner Brust.

„Ich muss ja auch nicht mehr darum buhlen, dich als Ermittler zu bekommen." Sie lacht kurz auf, was mir einen kleinen Stich versetzt. Es ist, als hätte ich sie seit einer Ewigkeit nicht mehr lachen hören.

„Typisch Lyd. Worte werden nur benutzt, um ein bestimmtes Ziel zu erreichen."

„Gelernt ist gelernt."

Lächelnd schüttle ich den Kopf und lausche der Musik, während Lydia ihre Brille aufsetzt und losfährt. Immer wieder werfe ich kurze Blicke auf sie und ihre steife Haltung. Ihre Brille sitzt viel zu hoch und sie lehnt sich für meinen Geschmack viel zu dicht an das Lenkrad, aber nicht, ohne dabei ihre straffe Haltung zu verlieren. Um nicht zu lachen, beiße ich mir auf die Unterlippe und summe zur Musik.

Nach einer ganzen Weile kommen wir in Sachsenhausen an, wo Lydia etwas unbeholfen einparkt und mich dann förmlich aus dem Auto schiebt.

Wir steuern ein schickes Altbauhaus an, Lydia klingelt, und bereits ein paar Sekunden später ertönt Tims Stimme durch den Freisprecher. Typisch. Hat wahrscheinlich nichts Besseres zu tun, als vor seinem PC zu hängen und sofort aufzuspringen, wenn er dann doch endlich mal ein menschliches Wesen zu Besuch bekommt.

„Lydia?", wiederholt er ungläubig, als könne er nicht fassen, dass sie ihn wirklich besucht.

„Und Batman", vervollständige ich, wofür Lydia mir eines ihrer Augenrollen schenkt, was ich mit einem lieblichen Lächeln quittiere.

„Severin?"

„Meinst du wirklich, dass dieser Sherlock uns helfen kann?", frage ich mit erhobenen Brauen an Lydia gerichtet.

„Ich kann dich noch hören, Severin!", ermahnt mich Tims verzerrte Stimme.

„Mach jetzt auf!", dränge ich und reibe meine kühlen Finger aneinander. Kurz darauf ertönt ein Schnauben und dann das dröhnende Geräusch des Türöffners.

„Geht doch", brumme ich und schiebe die Tür auf, bevor Lydia mir das abnehmen kann.

Als wir in den ersten Stock kommen, steht Tim bereits mit einem skeptischen Blick im Türrahmen.

„Freut mich auch, dich zu sehen", sage ich und schiebe mich einfach an ihm vorbei in seine Wohnung.

„Habe ich dich etwa hereingebeten?"

„Offensichtlich nicht, Watson." Ich werfe einen Blick zu Lydia. „Den Status Sherlock hat er bereits verloren. Ich fange an, mir Gedanken zu machen."

„Sev!", ermahnt sie mich, woraufhin ich nur meine Schultern hebe und mich in der modern eingerichteten Wohnung umsehe. Man kann es nicht leugnen. Sein Fachwechsel zur IT hat ihm mehr ermöglicht als meine Standhaftigkeit, mich mit einer Geisteswissenschaft auf dem Arbeitsmarkt durchzuschlagen.

„Komm doch rein", brummt Tim schließlich zynisch und geht dann vor in sein Wohnzimmer. „Wollt ihr was trinken?"

„Ich nehme ein Nachmittags-Bier. Lydia würde sicher gerne einen echten Kaffee aus einer nicht verschimmelten Maschine trinken", sage ich grinsend, während ich mich in einen großen Ledersessel fallen lasse. Einen Ledersessel? Ist das eigentlich sein Ernst? Er leidet ganz offensichtlich an gnadenloser Selbstüberschätzung. Diese Art Sessel hat jemand wie mein Vater in seinem Arbeitszimmer stehen. Nur, damit er und seine Geschäftspartner sich ganz mächtig fühlen, wenn sie nach einem Geschäftsessen, das meine Mutter zubereitet hat, eine Zigarre rauchen gehen.

„Ist der vom Sperrmüll?", erkundige ich mich, bekomme aber keine Antwort. Natürlich nicht. Tim war schon immer eher der etwas mollige Typ, der hinter seinem PC sitzt und sein Leben lang gelernt hat, fiese Sprüche einfach zu ignorieren. Bis zur Perfektion. Ich glaube, er hört sie gar nicht mehr. Etwas, das ich eigentlich an ihm schätze. Aber ich schätze eben auch Menschen, mit denen ich mir einen guten Schlagabtausch liefern kann.

„Kaffee wäre super", fügt Lydia ein wenig kleinlaut hinzu, vielleicht schwingt in ihrer Stimme sogar eine leise Entschuldigung mit, dass sie mich angeschleppt hat.

Als Tim zurückkommt und mir das Bier reicht, bedanke ich mich zur Abwechslung anständig und setze mich ein wenig aufrechter in den Sessel.

„Also ... Ich nehme an, das hier soll kein Klassentreffen werden?", fragt Tim und schiebt dabei seine Brille ein wenig hoch. Als müsse er sich für den nahenden Sturm wappnen.

„Ich brauche deine Hilfe", platzt Lydia sofort heraus, woraufhin Tim nur noch nervöser wird und sich durch sein lichtes Haar streicht.

„Du musst dich in den Server von was auch immer hacken."

„Ich muss was?", fragt er pikiert.

Das kann ja witzig werden. Schmunzelnd lehne ich mich in meinem Sessel zurück und mustere die beiden. Lydia, die ihre Hände nervös aneinanderreibt, und Tim, dessen Herz ich beinahe bis hier schlagen hören kann.

„Es dient einem guten Zweck", versichert Lyd ihm, doch Tim wirkt nicht gerade so, als würde ihn das auch nur im Geringsten beruhigen.

„Lyd ... Von welchem Server redest du? Den von der Eintracht? Von unserem Arbeitgeber?"

„Ja, kann sein", bestätigt sie mit bebender Stimme. „Den und ein paar andere eventuell. Aber glaub mir, es ist sehr wichtig. Es ist wichtig für die Eintracht und Eric und Max würden es verstehen."

„Wenn sie es verstehen, warum bittest du sie dann nicht um diese Informationen?"

„Weil ich es herausfinden soll!", platzt es plötzlich viel lauter aus ihr heraus als offensichtlich gewollt. „Sie haben mich beauftragt und mein Vater hat mir nur Häppchen hingeworfen." Sie steht auf und fährt sich aufgebracht durch ihre Haare, bis sich ihr Knoten ein wenig löst. „Verstehst du, was das bedeutet, Tim? Diesmal hieß es nicht: Lydia kümmere dich um die Anzugträger, du siehst doch nett aus und kannst gut reden … Lydia, Eric hat mal wieder etwas Blödes gesagt, schreib eine Erklärung, die das irgendwie hinbiegt … Lydia, dein Vater … Nein. Dieses Mal wollten sie wirklich MEINE Hilfe. Und ich soll jetzt zu ihnen marschieren, ihnen sagen, dass ich nichts herausfinden konnte, aber sie bitte mal in geheimen Dokumenten nachschauen sollen, ob da was steht?!"

Genauso wie Tim starre ich Lydia einfach nur an. Ich habe nie wirklich begriffen, wie sehr es ihr zusetzt, dass sie durch ihren Vater an diesen Job gekommen sein könnte. Ja, vielleicht trägt Lydia dieses Gefühl schon so lange in sich, dass sie genau deshalb versucht, immer so perfekt zu sein. Eine von ihnen zu sein.

„Kannst du mir vorher erklären, worum es hier eigentlich geht?" Tim macht eine kurze Pause. „Und was er hier macht", fügt er dann mit einem Blick auf mich hinzu.

„Die Eintracht hat einen Drohbrief bekommen", presche ich vor. Lydia starrt mich fassungslos an. „Wie war das mit niemandem etwas sagen?!", knurrt sie zornig.

„Himmel, Lyd. Wenn wir Tims Hilfe wollen, dann darf er auch wissen, wofür er sich eigentlich strafbar macht."

„Da muss ich ihm ausnahmsweise mal recht geben, Lili."

„Oh bitte, nenn sie nicht so", brumme ich und lege mir die Hand auf mein Gesicht. Das hat er früher schon immer getan und offensichtlich gedacht, das würde eine ganz besondere Beziehung zwischen ihnen schaffen. Ich allerdings weiß genau, dass Lyd Abkürzungen ihres Namens, die nicht Lyd sind, so ganz und gar nicht leiden kann. Und Lili ist wirklich der schlimmste Spitzname aller Zeiten.

„Tiger Lili will nicht, dass du sie so nennst."

„Trink dein Bier und sei still!", ermahnt mich Lydia und hebt dabei ihre akkuraten Augenbrauen zu einer drohenden Geste. Ich hebe beschwichtigend meine Hände und lasse mich zurück in die Lehne sinken.

„Eric und Max haben mich beauftragt, bei meinem Vater nach Informationen zu suchen. Er erzählte mir von einem seltsamen Geschäft mit einem Koreaner, der ihnen Geld für ihre Lizenz geben wollte. Aber es kam nie dazu."

„Und was hat das mit dem Drohbrief zu tun?", hakt Tim stirnrunzelnd nach.

„In dem Drohbrief steht, dass die Person genau weiß, was damals passiert ist. Und einer der wenigen Menschen, die darüber Bescheid wissen könnten, ist dieser Koreaner."

„Ich verstehe nicht", mische ich mich nun wieder ein. Lange still sein, ist so ganz und gar nicht meine Stärke. „Warum sollte ein reicher Koreaner, der der Eintracht damals Geld geben wollte, jetzt billige Drohbriefe schreiben? Wie stellst du dir das vor? Dass er insolvent gegangen ist und jetzt hofft, bei euch was rauszuschlagen?" Ich schüttle ungläubig den Kopf.

„Musst du denn immer derart negativ sein? Das macht mich so zornig."

Ich lache laut auf, weil Lydia klingt, als hätte sie in einem Beziehungsratgeber gelesen, wie man seine Wut am besten mitteilt.

„Ich fucke dich ab, Lyd. Sag's doch einfach so, wie es ist. Trotzdem habe ich nicht unrecht, und das weißt du."

Sie presst kurz ihre Lippen aufeinander, atmet tief durch und sieht mich dann durchdringend an. „Dieser Ling war bei einigen Verhandlungen dabei. Irgendetwas muss passiert sein, warum es dann doch nicht zum Geschäft kam. Und er war damals ganz offensichtlich in irgendwelche Mafia-Geschäfte verwickelt. Jedenfalls hat er wegen irgendeiner Sache im *Sudfass* eine Aussage bei der Polizei gemacht. Danach hat man die Anklage fallen lassen. Außerdem haben wir den Schreiber des Drohbriefes längst. Ich will wissen, woher er die Informationen hatte. Und welche. Und ob er einen Komplizen hat."

„Jetzt ist es also die Mafia, die die Eintracht erpresst. Willkommen bei Lydias Verschwörungstheorien."

„Severin!", ermahnt sie mich erneut. „Können wir einfach versuchen, mehr über ihn herauszufinden und … und dann darfst du mir einen Vortrag halten, wenn nichts dabei rauskommt? Ich habe keine andere Spur."

„In Ordnung", gebe ich zurück und werfe Tim einen Blick zu. Auch er spürt ihre Panik. Ihren Drang, sich beweisen zu wollen, also nickt er nach einer kurzen unschlüssigen Pause.

„Ich suche raus, was damals passiert ist. Aber das olle Bordell gibt es schon seit Jahren nicht mehr. Trotzdem setze ich mich dran. Versprochen. Ich habe einen – nennen wir ihn guten Freund – bei der Polizei. Und danach vergessen wir das alles wieder und reden nie wieder darüber. In Ordnung?"

„In Ordnung", flüstert Lydia zufrieden und beginnt wieder auf ihrer Unterlippe herumzukauen.

„Und dich lasse ich nur hier bleiben, weil du mir damals geholfen hast. Danach sind wir quitt", richtet er sich an mich. Ich überlege etwas zu erwidern. Ich bin niemand, der Gefallen sammelt, um sie irgendwann einzufordern. Und das weiß Tim ganz genau. Dennoch ist er vielleicht der Meinung, mir etwas schuldig zu sein. Damals in einer sehr alkoholreichen Nacht hatte er mir anvertraut, dass er sein Leben lang IT studieren wollte, aber keine Chancen für sich sah, weil er mit sechzehn den Server seiner Schule gehackt hatte, um das Zeugnis seiner Jugendliebe zu fälschen. Er ist aufgeflogen, seine Festplatte wurde durchsucht und noch mehr Vergehen wurden entdeckt. Er wurde vorbestraft, ihm wurden 80 Stunden Sozialarbeit aufgebrummt und kein Mensch mit auch nur einem Funken Menschenverstand hätte ihm je gestattet, IT zu studieren oder in diesem Bereich zu arbeiten.

Es war das zweite und letzte Mal in meinem Leben, dass ich meinen Vater in seiner Rolle als Anwalt um einen Gefallen bat. Dieses Mal tat ich es zwar nicht für mich, trotzdem kostete es mich einige Überwindung. Mein Vater half ihm und kurz darauf wechselte Tim das Fach. Allerdings hatte ich nie das Gefühl, dass all das, was er erreicht hat, deshalb mein Verdienst ist. Ist es auch nicht, denn so sehr ich mich manchmal über Tim lustig mache, das, was er tut, beherrscht er. Besser als viele andere und so hat er sich genau das verdient. Aber sein Gefühl kann ich nicht beeinflussen. Auch wenn ich noch so oft sage, dass er mir nichts schuldig ist.

„Wir sind schon lange quitt", gebe ich also knapp zurück und trinke weiter mein Bier, um damit meinen hämmernden Schädel doch noch zu beruhigen.

Als Lydia neben mir panisch zusammenzuckt und ich kurz später ebenfalls das Vibrieren ihres Handys wahrnehme, lehne ich mich ein wenig vor.

„Anonym. Wer kann das sein?", fragt sie mit großen Augen in die Runde. Zur Abwechslung verkneife ich mir einmal den dummen Spruch, dass das wohl kaum einer von uns wissen kann, und fordere sie nur auf, abzunehmen.

„Heller", quietscht sie ins Telefon. Sie ist unsicher. Man kann es hören. Und vielleicht hat sie sogar ein wenig Angst. Aber ob es Angst davor ist, zu versagen oder davor, dass sie in ein riesiges Wespennest treten könnte, das uns alle in Gefahr bringt, weiß ich nicht.

Lydia sagt nichts weiter, doch ihre Haltung wird immer angespannter und ihre Augen werden immer größer. Etwas stimmt nicht. Stimmt so ganz und gar nicht, also greife ich nach dem Handy und drücke es an mein Ohr. Eine verzerrte Stimme lässt mich den Atem anhalten.

„*Punkt neunzehn Uhr*", ist alles, was ich noch höre, bevor ein Knacken ertönt und dann das Piepsen des Telefons, das ein beendetes Gespräch anzeigt.

„Was wollte er?!", fordere ich Lydia auf und lege meine Hände auf ihr Knie, damit sie aus ihrer Starre erwacht.

„Er ...", stammelt sie atemlos, leckt sich über ihre Lippen und sieht mich dann wie ein angeschossenes Reh an. „Er will, dass ich mich aus seinen Angelegenheiten heraushalte, sonst wird eine weitere Person dafür büßen", wispert sie.

„Um Punkt neunzehn Uhr", vervollständige ich.

„Gott, Severin", schluchzt sie und steht auf. „Ich ... was, wenn jemand stirbt?"

„Es sind bereits Leute gestorben, Lyd. Und das ist sicher nicht deine schuld!", knurre ich und ein leiser Teil in mir fügt hinzu: Wenn, dann war es meine Schuld.

„Wir müssen das hier lassen. Ich kann nicht –"

„Moment", unterbreche ich sie, stehe ebenfalls auf und lege meine Hände auf ihre Schultern. „Woher soll der Kerl, der dich angerufen hat, wissen, was wir hier gerade tun? Das war ein Anruf auf gut Glück."

„Vielleicht werde ich verfolgt?", raunt sie und geht zum Fenster, um die Straße zu prüfen.

„Okay, sie wird irre."

„Mich hat gerade jemand mit einem verdammten Stimmverzerrer angerufen!", schreit sie mich plötzlich an, kommt auf mich zu und greift nach meinem Shirt. „Du warst dabei, als ein Kerl zwei Frauen erstochen hat. Dir das Messer in den Bauch gerammt hat. Später von deinem Kumpel Mic abgestochen wurde. Das ist doch kein Witz, Severin!"

„Jetzt beruhig dich erstmal, Lydia, bitte!", erwidere ich und bugsiere sie zurück auf die Couch. Doch statt mich wieder in den Sessel zu setzen, nehme ich neben ihr Platz, während sie weiter den Stoff meines Oberteils umklammert hält.

„Wir beruhigen uns jetzt alle", sage ich mit einem Blick zu Tim, der einfach nur erstarrt ist, und seufze. „Hier wird niemand sterben."

„Wir hätten die Polizei einschalten sollen. Ihnen alles sagen sollen."

„Oh Himmel", gebe ich stöhnend zurück. „Steh verdammt nochmal zu deinem Gefühl, das allein machen zu wollen, Lydia. Wir schaffen das hier. Tim hackt jetzt die Infos aus allen Servern, die er knacken kann, und dann suchen wir diesen Ling. Und wenn es nötig ist, prügle ich die Informationen noch vor sieben aus ihm raus. In Ordnung?"

„Das klingt nach einem typischen Severin-Plan", erwidert sie nur wenig begeistert.

„Dein Plan war bis jetzt nicht viel besser", gebe ich zurück und sehe wieder Tim an. „Die Zeit rennt, Timmilein."

Er nickt nur, als wäre er nicht mehr vollends bei der Sache, und verschwindet dann aus dem Raum. Es dauert noch einen Moment, bis ich Lydia dazu kriege, wieder aufzustehen, um Tim zu folgen. Als ich sein Arbeitszimmer mit den vielen PCs und Bildschirmen finde, trete ich ein und setze mich auf einen Stuhl neben ihn.

„Das ist …", raunt er und blinzelt ein paar Mal. „Diese Informationen dürfen niemals nach außen dringen."

„Welche?"

Ich werfe einen Blick auf den Bildschirm, doch Tim greift sofort danach und dreht ihn zu sich. „Damit bist auch du gemeint."

„Mitgefangen, mitgehangen", erwidere ich und sehe kurz nach, ob Lydia, die starr hinter mir steht, noch atmet. Am liebsten würde ich auch in Panik ausbrechen. Aber ich kann nicht. Kann nicht, weil mich diese Gefühle überrennen würden und weil hier dann keiner mehr einen klaren Kopf hätte. Ich muss mir nur immer wieder einreden, dass dieser Erpresser Druck machen will, aber niemals wirklich jemanden umbringen würde.

„Dieser Ling … Er hat nicht nur als Zeuge in dieser einen Sache ausgesagt."

„Sondern?", hake ich genervt nach.

„Hier steht, dass ein befreundeter Kommissar die Informationen der Polizei herausgegeben hat, um ihn für Eric zu überprüfen. Danach hat Max aber erfahren, dass dieser Polizist einige Informationen unterschlagen hat. Und deshalb haben sie das Geld abgelehnt." Er liest ein paar Zeilen auf seinem Bildschirm. „Das Geld haben sie dann … von einer anonymen Quelle bekommen. Und die Information, dass dieser Ling einiges am Stecken hat, kam auch von einer anonymen Quelle."

„Also wollte diese anonyme Quelle unbedingt erreichen, dass sie ihr Geld annehmen? Aber warum? Um sie dann später damit zu erpressen?"

„Mmh …", macht Tim, während Lydia sich endlich wieder bewegt und zu mir beugt.

„Aber warum sollte der Vorstand Geld annehmen, von dem sie nicht wissen, woher es kommt?"

„Wenn es als Spende eingeht, haben sie nichts damit zu tun, woher das Geld kommt", sagt Tim und reibt seine Hände so aneinander, als müsse er sie sauber machen. „Comprende?"

„Ja, aber … dennoch gibt es dann da jemanden. Ein Leck. Eine undichte Stelle. So etwas würde doch niemand riskieren", raunt sie nachdenklich.

„Vielleicht waren sie derart in der Not, dass es ihnen egal war? Vielleicht ging es ja auch nur um eine Überbrückung?" Ich verziehe den Mund.

„Das wäre vielleicht Eric zuzutrauen, der ab und zu Entscheidungen aus dem Bauch heraus trifft. Aber Max ist zu … zu sehr der Mann, der auf Nummer sicher geht."

„Lydia", sage ich ernst und drehe mich mit dem Stuhl zu ihr. „Ich bezweifle nicht, dass die beiden wirklich feine Kerle sind. Aber wer um Himmels willen will eine Spende ablehnen, wenn der andere Geldgeber ganz offensichtlich krumme Geschäfte am Laufen hat?"

Nachdenklich kratzt sie sich am Kopf, verzieht den Mund und nickt mir dann zustimmend zu.

„Aber … kann das alles etwas mit dem Mord zu tun haben? Die Ereignisse wurden, so gut es geht, aus der Presse herausgehalten. Also kann auch niemand auf die Idee kommen, die vermeintlich geschwächte Lage der Eintracht auszunutzen", wirft Tim ein.

„Den Mörder haben sie doch längst gefasst, Tim. Und der andere ist tot", entgegnet Lydia.

Ich muss das tun …", raune ich völlig geistesabwesend.

„Was redet er da?" Tim wirft erst mir und dann Lyd einen skeptischen Blick zu.

„Der Ordner … er sagte zu mir, bevor er mir das Messer in den Bauch gerammt hat …" Ich schlucke schwer, um nicht in Panik zu verfallen. *„Es tut mir leid. Ich muss das tun."*

„Was?!", entfährt es Lydia entsetzt.

„Er war zwar der Mörder", sage ich langsam und ruhig. „Aber er war nicht der, der den Mord beauftragt hat. Und ich glaube auch nicht, dass es Mic war."

***

Ein Herz schlägt. Eine Seele schreit. Doch wenn beides verstummt, was bleibt dann noch von mir? Was bleibt von all meiner Gier und Befriedigung, wenn der Moment verstreicht, in dem ich den letzten Funken Leben aus ihm sauge. Ihn in mich aufnehme. Ihn einatme wie eine Droge, die mich nur allzu kurz befriedigt. Was, wenn der Moment verstreicht und es nicht genügt?

Meine Augen wandern zu einem Foto an der Wand. Einem Foto, das mir jedes Mal aufs Neue meine Schuld in die Brust treibt.

Ich bin nicht derjenige, der irrgeleitet ist. Das sind sie. Sie, die dem Geld und der Macht hinterherjagen. Sie, die unbestraft davonkommen und weiterleben. Mehr leben als ich, obwohl mein Herz genauso schlägt. Doch im Gegensatz zu ihnen ist meine Seele längst still. Sie schreit nicht mehr. Als hätte sie zu lange geschrien. Sich heiser und stumm geschrien.

Ich lasse meinen Blick wieder zurück zu meinem Bildschirm wandern. Lydia Heller. Ich kann sie nicht gehen lassen. Sie nicht schnüffeln lassen. Ich bin verpflichtet, das zu tun, was mir meine

Seele abverlangt, um endlich wieder zu leben. Und wenn sie mir im Weg steht – ob sie etwas damit zu tun hat oder nicht – dann werde ich diesen Weg freiräumen. Koste es, was es wolle.

Ich stehe auf, ziehe meine ledernen Handschuhe über und greife nach meinem Helm. Die Uhr tickt. Für sie. Für mich. Und für den Menschen, der ihretwegen ab heute und für immer stumm bleiben wird.

7

SAMSTAG, 10. NOVEMBER 2018, 14.52 UHR

SEVERIN

„Wir müssen herausfinden, wer der anonyme Spender war. Ich bin mir sicher, dass er diese Briefe geschrieben hat", sagt Lydia schnell und unruhig. „Wenn jemand droht, muss er irgendetwas in der Hand haben. Und vielleicht hat genau der diesem Mic die Informationen zukommen lassen."

„Nicht immer", werfe ich ein und lehne mich in dem Schreibtischstuhl zurück. „Vielleicht blufft er nur. Eric konnte es ja nicht lassen, die Geschichten von damals vor ein paar Wochen in die Welt zu posaunen."

„Der blufft nicht", antwortet Lydia bissig.

„Ist ja gut. Gibt es irgendwelche Hinweise?", frage ich an Tim gerichtet, der immer noch seinen Bildschirm versteckt hält, als wäre da gerade die geheime Bauanleitung für eine Atombombe zu sehen.

„Hier steht: Liebe Detektei Heller und Klemm, bitte bringen Sie doch den Drohbrief zur Polizei, damit die einen DNA-Test machen können."

„Wow, Tim", lache ich anerkennend. „Du kannst ja sogar witzig sein."

„Vielen Dank, Klassenclown. Aber mal ernsthaft. Das wäre der richtige Weg."

„Aber wir sind hier nicht in irgendeinem Tatort, sondern in ..." Ich grüble kurz, stehe dann auf und zücke meine imaginäre Waffe. „*96 Hours*. Nenn' mich Liam Neeson."

„Der Typ hat sie nicht alle", nörgelt Tim, bevor er sich wieder seinem Computer widmet und Lydia die Augen verdreht.

„Ist euch Idioten eigentlich bewusst, dass heute jemand sterben könnte?" Lydia ballt die Hände zu Fäusten.

„Ich glaube, der blufft."

„Ja genau, Sev. Bei dir blufft die ganze Welt. Gerade du müsstest wissen, wie ernst die Lage ist", zischt sie.

„Ich habe mich für *24* entschieden. Jack Bauer ist noch ein bisschen cooler und steht auch unter Zeitdruck."

Lydia starrt mich fassungslos an und stellt sich dann zu Tim, um mit ihm die Dokumente durchzugehen. „Du hast recht, er hat 'nen Knall."

„Vielen Dank."

„Ich sage euch, wir müssen an die Kumpels von Mic ran. Wenn irgendjemand etwas wissen kann, dann seine Freunde. Wir müssen ..."

Beide Blicke wandern langsam, aber fordernd zu mir.

„Ooooh nein!", wehre ich sofort ab, stehe auf und hebe meine Hände. „Nein! Ihr spannt mich nicht für heimliche Verhöre ein."

„Was? Wolltest du nicht gerade noch Jack Bauer sein?" fragt Tim.

„Wenn ich zwei Stromkabel an seine Brust halten darf, um Informationen aus ihm rauszubekommen, bin ich dabei. Aber ich vermute, ihr denkt, ihr könntet mich da undercover bei den Eagles einschleusen."

„Wäre das so schlimm?", erkundigt sich Lydia ein wenig einfühlsamer.

„Ja, Lyd. Ich habe mit der ganzen Sache abgeschlossen."

„Abgeschlossen?" Sie schüttelt den Kopf. „Und dass die Polizei dem Menschen, der damals im Verfahren für dich ausgesagt hat, einen Mord zutraut, ist dir egal? Er ist es dir nicht wert, herauszufinden, was da wirklich passiert ist, und ob er vielleicht auch nur benutzt wird?!"

„Lass Mic aus dem Spiel, Lyd! Glaub mir, du würdest es bereuen, wenn du anfängst, mich emotional zu erpressen!"

„Vielleicht begreifst du aber nur so, wie ernst diese Sache ist, verdammt!"

„Wenn hier jemand nicht versteht, wie ernst es ist, dann ja wohl du. Dir droht jemand am Telefon, einen Menschen zu töten, und du willst dich lieber vor Eric und Max beweisen, als den Hörer in die Hand zu nehmen und die beschissene Polizei zu rufen."

„Du hast keine Ahnung, was ich will oder vor wem ich mich beweisen will!", knurrt sie voller Zorn.

„Ach? Also doch nicht Eric und Max, sondern Papi? Damit er der kleinen traurigen Lydia endlich mal ein wenig mehr Aufmerksamkeit schenkt?" Ich kann kaum über das nachdenken, was meine unbändige Wut mich da hat sagen lassen, da knallt bereits Lydias flache Hand gegen meine Wange und lässt meine linke Gesichtshälfte unruhig pochen. Schmerz durchflutet meinen Körper. Aber es ist nicht der Schmerz ausgelöst von ihrem

Schlag. Nein. Viel eher ist es Schmerz in meiner Brust, weil ich ihr so etwas an den Kopf geworfen habe.

„Es tut mir leid", raune ich schuldbewusst. Sie steht immer noch wutschnaubend und fassungslos vor mir, nickt aber.

„Du hast recht. Ich muss die Polizei verständigen."

Ich stimme in ihr Nicken ein, greife nach dem Handy und ziehe es aus ihrer Hosentasche. „Soll ich das übernehmen?"

„Nein", gibt sie rau und heiser zurück. „Ich schaff das." Mit diesen Worten nimmt sie das Handy und verlässt den Raum.

Tim und ich schweigen eine ganze Weile, bevor er sich räuspert und mir dann in einer seltsam vertrauten Geste seine Hand auf die Schulter legt.

„Diesmal braucht sie dich wirklich, Severin. Mach nicht wieder einen Rückzieher. Und schlag nicht wieder jemanden, der ihr wichtig ist."

Ich verkrampfe meinen Kiefer, ringe mir aber ein Nicken ab. Er hat recht. Ich habe Lydia einmal im Stich gelassen. Ein zweites Mal kann ich das nicht tun. Ich will es nicht tun. Denn ich will sie nicht noch einmal verlieren.

Als wir eine halbe Stunde später im Präsidium sitzen, spüre ich, wie meine Finger unruhig zu kribbeln beginnen. Nach meiner Aussage damals über die Vorkommnisse in Rostock war ich nicht mehr hier. Und da habe ich ein paar Dinge unterschlagen. Und auch, als mich die Polizei im Krankenhaus verhört hat, habe ich nicht die ganze Wahrheit gesagt. Wahrscheinlich könnte man das mittlerweile als notorisch bezeichnen. Ich habe geschwiegen. Für Lydia. Und jetzt frage ich mich, ob das wirklich richtig war. Vielleicht ist dieser Ordner nur gestorben, weil ich niemandem gesagt habe, dass er nicht eigenmächtig gehandelt hat. Dass er Befehle befolgt hat. Nein. Es hätte nichts geändert, denn als ich aufgewacht bin, war er bereits tot.

„Was machen die da so lange?", flüstert Lydia mir zu. Ich mustere sie, wie sie völlig angespannt neben mir sitzt und sich die Hände an ihrer gebügelten Hose reibt.

„Sie prüfen dein Handy", gebe ich knapp zurück. So, als wüsste ich genau, dass dieser Verlauf ganz normal ist.

„Und wenn sie etwas finden, was mich belastet?!"

„Gibt es denn so etwas, Lyd? Du bist der anständigste Mensch, den ich kenne."

Sie zuckt mit den Schultern. „Nein. Außer, sie interessieren sich für meine armseligen Nachrichten an Jens, er möge bitte wieder zurückkommen, weil es mir jetzt besser geht."

Ich runzle die Stirn, spare mir aber einen Kommentar. Er hätte es wirklich verdient, noch einmal von mir geschlagen zu werden. Aber wie ich in all den Jahren gelernt habe, gehören immer zwei Personen zu einer solchen Situation. Und Lydia gibt seit Jahren nur allzu gerne das Opfer. Ob sie wirklich merkt, zu was sie sich da macht, weiß ich nicht. Aber ich halte sie für zu intelligent, um das zu übersehen.

„Frau Heller", ertönt eine weibliche Stimme neben uns. Lydias Kopf zuckt sofort zur Seite, wo eine ältere Dame mit Brille ihren Kopf durch eine Tür steckt. „Kommen Sie doch bitte mit mir. Und Herr Klemm?" Ich nicke. „Sie gehen bitte in Verhörraum drei."

„Hier bekommen wohl nur die Promis eine Eskorte", scherze ich und drücke noch einmal kurz Lydias Hand, bevor ich aufstehe und gegenüber in den Verhörraum gehe.

„Setzen Sie sich", ertönt eine gesichtslose Stimme. Wahrscheinlich von hinter dem riesigen Spiegel. Ich winke der Person zu und nehme Platz.

Nach einer gefühlten Ewigkeit tritt ein Mann ein, der mir nur allzu bekannt ist. Es ist der Kommissar, der mich an meinem Krankenbett besucht hat.

„So sieht man sich wieder", eröffnet er das Gespräch, lässt Lydias Handy und eine Akte auf den Tisch vor mir fallen und setzt sich ebenfalls.

„Ein wenig enttäuscht bin ich ja", raune ich, ohne meine Augen von ihm abzuwenden. „In den Filmen gibt es immer etwas zu trinken und Zigaretten."

Der Kommissar hebt nachdenklich, beinahe witternd den Blick. „Nervös?" Sein Mundwinkel zuckt kaum merklich. Aber ich bemerke es sehr wohl. Dieser Mann ist alles andere als der neue Hauptkommissar, der sich noch zurechtfinden muss. Im Gegenteil. Er weiß genau, was er tut, und spielt gerne den Unbeholfenen.

„Ich könnte Ihnen eine Zigarette anbieten." Er greift in seine Hosentasche, wieder mit dieser gespielten Unsicherheit. Beinahe so, als wäre es ihm wirklich unangenehm, dass er mir nicht längst einen Sargnagel rübergeschoben hat, während seine Augen verraten, dass er mir eben diesen am liebsten in meinen wortwörtlichen Sarg rammen würde. Ich hebe abwehrend die Hand und setze eine herablassende Miene auf.

„Ich bin kein Raucher. Nur im Geiste. Aber der Geist reicht nicht aus, um mir diese Stängel schmackhaft zu machen."

„Sehr schade für Sie", entgegnet der Kommissar und öffnet die Akte. Mein Blick fällt kurz auf ein Bild von Mic. Doch als sich mein Magen schmerzhaft verkrampft, wende ich mich ab und starre stattdessen auf die poröse Tischplatte.

„Sie haben also das Handy an sich genommen ... mitten im Gespräch?!"

„Ja", gebe ich zurück. „Lydia sah so aus, als würde sie jede Sekunde in Ohnmacht fallen, und einer musste ja wissen, was abgeht."

Der Kommissar sieht mich skeptisch an, schweigt kurz und klappt die Akte wieder zu.

„Hören Sie zu, Herr Klemm. Sie sind nicht auf einer Ihrer Studentenpartys, auf der Sie den Kasper geben. Hier geht es um ein Menschenleben. Sie sollten nach dem, was Sie erlebt haben, eigentlich wissen, was das bedeutet, oder?"

Ich starre ihn an, beuge mich ein wenig vor und stemme meine Ellbogen auf dem Tisch ab.

„Ich nehme das hier weder auf die leichte Schulter, noch liegt mir das Wissen über die Bedeutung eines Menschenlebens fern, Herr Oberkommissar. Aber ich werde auch nicht weinen oder schreien oder in Panik verfallen. Denn das wird nichts ändern."

Ich halte eine ganze Weile Blickkontakt. Er soll sehen, dass ich stärker bin, als ich vielleicht im Krankenhaus auf ihn gewirkt habe.

„Hauptkommissar, bitte. Was hat der Mann am Telefon gesagt?"

„*Punkt neunzehn Uhr*", gebe ich die Worte wieder.

„Und die Stimme kam Ihnen bekannt vor?"

Meine Lider zucken kurz, weil ich mir sicher bin, dass er längst weiß, dass die Stimme verzerrt war. Mit Sicherheit hat er vorher mit Lyd gesprochen, und sie wird ihm jedes Detail berichtet haben. Dennoch antworte ich wahrheitsgetreu und ohne Witz. „Die Stimme war durch irgend so ein technisches Gerät verzerrt."

„Nannte er Ihnen einen Ort?"

„Sicher. Er sagte mir ganz genau, wo er um neunzehn Uhr

einen Menschen töten wird", schnaufe ich und werfe mich aufgebracht wieder zurück in die Lehne.

Der Kommissar schließt kurz seine Augen. „Wenn heute Abend ein Mensch stirbt, Herr Klemm, dann wird Ihnen Ihr Sarkasmus hoffentlich vergehen."

„Wir sitzen hier bei der Polizei, damit genau das nicht passiert", erwidere ich kühl. Dabei wird in mir alles unruhig. Angst klettert meine Kehle hinauf und verschnürt sie. Verhindert, dass weitere freche Kommentare, wie sie mein Vater immer nennt, meinen Mund verlassen. Ich will nicht, dass jemand stirbt.

„Wissen Sie, wie spät es ist?", fragt der Kommissar, während er sich gegen die Holzlehne drückt und mich mustert.

Mein Blick wandert wie automatisch zu meiner Armbanduhr, dabei weiß ich, dass sie schon seit Jahren nicht mehr geht. Schon als ich sie geerbt habe, war sie stehen geblieben. Ich frage mich noch heute, ob Opa sie damals auch schon kaputt getragen hat oder ob sie mit seinem Herzen zusammen stehen geblieben ist. So sehr, wie er diese Uhr liebte und immer an seinem Körper trug, wäre es wahrscheinlich sogar möglich. Und genau aus diesem Grund bringe ich es nicht fertig, sie reparieren zu lassen. Diese Uhr ist eines der wenigen Dinge, die mir wirklich etwas bedeuten. Und die von Opa geblieben sind, der immer mehr Vater für mich war als mein tatsächlicher Vater.

„Nein", antworte ich und sehe wieder in die eisblauen Augen meines Gegenübers.

„Es ist halb fünf", sagt er so, als hätte er längst damit gerechnet, dass ich es nicht weiß. Als hätte er längst jeden Zentimeter und auch meine stehengebliebene Uhr an mir genau registriert und analysiert.

„Die Uhr ist ein Erbstück meines Opas, deshalb geht sie nicht", sage ich. Er ignoriert mich allerdings.

"Was denken Sie, warum dieser Mann ausgerechnet Lydia Heller über seine Pläne informierte?"

"Er sagte, sie solle aufhören zu schnüffeln."

"Haben Sie das getan? Sie und Frau Heller?"

Ich lecke mir langsam über meine Lippen. "Wir haben uns getroffen, um über den Vorfall zu reden. Ihn zu verarbeiten. Wenn man das als Schnüffeln bezeichnet, ist man meiner Meinung nach ein kleiner Pedant."

"Und woher könnte diese Person gewusst haben, dass Sie sich treffen und darüber sprechen?"

Ich zucke gespielt desinteressiert mit den Schultern. "Vielleicht durch die NSA. Die wissen ja bekanntlich alles."

"Auch wenn Sie ein echter Scherzkeks sind, Herr Klemm. Offensichtlich hat es hier jemand auf Ihre Freundin abgesehen. Das sollte Sie dann doch dazu veranlassen, noch einmal gründlich darüber nachzudenken, ob Ihnen irgendetwas aufgefallen ist."

Erst jetzt bemerke ich, dass er einen Stift in der Hand hält und ihn zwischen seinen Fingern hin- und herwandern lässt. Meine Augen verharren einen Moment auf dieser Bewegung, während ich versuche, darüber nachzudenken, ob uns jemand gesehen haben könnte. Aber wenn ich ehrlich bin, habe ich nicht darauf geachtet. Ich hatte auch keinen Anhaltspunkt, davon auszugehen, dass es jemand auf uns abgesehen hat.

"Wir sind von meiner Wohnung aus mit Lydias Auto zu einem Freund gefahren. Da ist mir kein Verfolgerfahrzeug aufgefallen. Und die einzige Person, die uns wirklich zusammen gesehen hat, war eine Bekanntschaft von letzter Nacht."

"Name?"

Ich verziehe entschuldigend den Mund. "Habe ich nicht."

Kaschrek sagt nichts, macht aber einen ziemlich eindeutigen Gesichtsausdruck, was er davon hält.

„Handynummer?", hakt er dann nach.

„Wir haben Ihnen gesagt, dass jemand sterben wird und Sie beschäftigen sich lieber mit meinen namenlosen Bettgeschichten?", zische ich wütend. Ein kurzer Moment, in dem ich mich nicht unter Kontrolle habe. Ja, seine Verachtung löst Wut in mir aus. Aber auch nur, weil ich mich selbst verachte. Weil ich mich nicht gut dabei fühle, Frauen mit nach Hause zu nehmen, mit ihnen zu schlafen und dann nicht einmal ihren Namen zu wissen. Und weil es der gleiche Blick, die gleiche Verachtung ist, mit der auch mein Vater mich immer wieder straft. Mich schon immer gestraft hat.

„Meine Kollegen versuchen gerade alles, um herauszufinden, wer dieser Mann ist und wo er zugeschlagen hat. Während Sie erst eine Stunde nach dem Anruf Bescheid gesagt haben. Wer also verschwendet Zeit?"

Meine Mundwinkel zucken, weil ein Teil in mir schreit, dass ich ihm mehr erzählen muss. Das, was der Ordner mir sagte, aber auch von dem Drohbrief.

„Herr Klemm?", hakt der Kommissar nach. Offensichtlich bin ich nicht der Einzige hier, der die Körpersprache von Menschen gut lesen kann.

„Haben Sie irgendetwas herausgefunden? Auch nur irgendetwas? Oder machen Sie es sich einfach und bezichtigen Mic des Mordes und der Fall ist gegessen?!" Wieder platzt die Wut aus mir raus. Dumme Wut, denn der Mann vor mir hat nicht die Informationen, die ich habe.

„Gibt es Hinweise darauf, dass Michael Lampert nicht der Mörder ist?", hakt er irritiert nach, behält aber seine kühle Miene. Dennoch spüre ich seine Unsicherheit. Ich habe auch mitbekommen, wie er und seine Kollegin im Krankenhaus miteinander umgegangen sind und dass er neu hier ist. Er will ganz offensichtlich nichts falsch machen.

„Ich würde meinen, ein Polizist weiß besser, ob er den echten Mörder hat."

Wieder etwas, was ich mir hätte sparen können. Am Ende mache ich mich mit meinen vorwitzigen Sprüchen noch verdächtig.

„Haben Sie Informationen zurückgehalten, Herr Klemm?", fragt der Polizist beinahe so leise, dass ich mich kurz frage, ob er wirklich etwas gesagt hat.

„Auf mich wirkte der Ordner, als würde ihn jemand dazu zwingen, das zu tun", rede ich mich heraus, ohne mich zu verraten.

„Diese Information haben Sie bei Ihrem letzten Verhör verschwiegen. Und ehrlich gesagt, macht das Ihren Kumpel nur noch verdächtiger."

Ich zucke mit den Schultern. „Ich hatte Zeit, darüber nachzudenken. Die Bilder aus der Tiefgarage sind immer deutlicher in mein Bewusstsein zurückgekehrt. Der Schock musste erst mal verdaut werden."

„Soso …", murmelt der Kommissar in seinen Bart hinein und wirft erneut einen Blick auf seine Akte.

„Wir gehen davon aus, dass dieser Anruf nur eine leere Drohung war, um Frau Heller davon abzubringen, auf eigene Faust zu ermitteln. Übrigens rate ich auch Ihnen davon ab, Detektiv zu spielen."

Ich runzle die Stirn, weil es seltsam ist, dass er mich über ihre Vermutung in Kenntnis setzt, sage aber nichts.

„Also können Sie gehen." Mit diesen Worten erhebt er sich, was ich ihm augenblicklich nachtue. Ich will gerade nichts lieber, als aus dieser Situation herauszukommen. Eine Situation, in die Lydia mich katapultiert hat. Und wieder ist da dieses leise

Gefühl, dass ich ihm alle Informationen hätte geben sollen. Aber dafür ist es längst zu spät. „Und ich will Sie beide nicht auch noch im *Greifvogel* in Niederrad erwischen müssen. Halten Sie sich raus!"

Als ich gemeinsam mit Lydia das Präsidium verlasse, wirft sie mir immer wieder seltsame Blicke zu. Ich höre förmlich die Frage, die sie mir nur allzu gerne stellen würde, mir aber nicht das Gefühl geben will, mir zu misstrauen.

„Ich habe nichts gesagt. Nichts, was den Brief betrifft und auch das mit der Bombe nicht", sage ich also schließlich, damit sie nicht fragen muss.

„Denkst du, er verfolgt mich?", ist alles, was sie entgegnet.

„Ich denke, dass er einfach herausgefunden hat, wer mit diesem Brief beauftragt wurde, und dir Angst machen wollte. Vielleicht ist er nicht einmal der Mörder, Lyd, sondern nur ein Trittbrettfahrer."

„Und woher hat er dann meine Handynummer?"

„Es gibt Wege, Nummern herauszufinden. Das hat nichts zu bedeuten", bemühe ich mich sie zu beruhigen.

Sie nickt, obwohl sie nicht zufrieden wirkt. „Es ist bald sieben."

„Ja", gebe ich seufzend zurück und suche am Himmel nach ein paar Sternen, aber die Wolkendecke verschluckt sie alle.

„Möchtest du … noch etwas unternehmen? Oder mit zu mir kommen?", frage ich, weil ich genau weiß, dass Jens immer noch nicht wieder da ist.

„Viel lieber würde ich etwas unternehmen."

„Aber was?", hake ich nach und öffne die Fahrertür für sie, als wir beim Auto ankommen. Sie presst ihre Lippen aufeinander und sieht mich dann mit einem flehenden Blick an.

„Lass uns zu den Eintracht Eagles gehen. Ich weiß, wo sie zu finden sind. Kaschrek hat den Ordner mit der Adresse offen auf dem Tisch liegen lassen. Und ... sie würden dich sicher reinlassen.."

„Lyd", raune ich und atme schwer. „Ich kann da nicht einfach reinmarschieren. Und du als Pressesprecherin ..."

„Was? Warum sollten sie die Pressesprecherin ihres Vereins nicht reinlassen?"

Ich hebe die Brauen. „Sie würden dich sicher reinlassen, aber wenn das rauskommt, gerade jetzt, wo die Eintracht schon wieder wegen ihrer Fans zur Kasse gebeten wurde ... Wie würde das aussehen? Was würde Max sagen?"

Wieder fährt sie sich durch ihre mittlerweile vollkommen zerzausten Haare. „Es ist mein Job. Jetzt gerade, Severin, ist das mein Job. Und ich werde das mit dir oder ohne dich tun."

„Ich ... Ich kann da nicht rein."

„Aber warum?!", fährt sie mich verzweifelt an. Ich spüre, dass die Eagles und meine Vergangenheit als einer von ihnen der letzte Strohhalm sind, an dem sie sich festhält, aber sie kennt nicht die ganze Geschichte.

Ich lasse unruhig meine Zähne knirschen, während mich die Kälte einnimmt. Keine Kälte von außen. Eine, die von innen kommt. „Mic und ein anderer Freund haben ausgesagt. Haben für mich und gegen sich selbst ausgesagt ... damit ich ... damit ich mein Leben leben kann. Ohne vorbestraft zu sein. Und zum Dank habe ich ihnen allen den Rücken gekehrt."

„Hast du etwas getan?", hakt sie nach, als würde nur das zählen.

„Niemand tut jemals nichts. Manchmal reicht es schon dabei zu sein und nichts zu tun, um genauso schuldig zu sein, Lydia."

„Was auch immer du getan hast, Sev. Du hast dich damals für einen anderen Weg entschieden und das ist okay."

„Ist es das?", sage ich und gehe um das Auto herum. „Für Hooligans ist es anders. Es ist nicht okay, Ex-Hooligan zu sein. So ein Verräterschwein zu sein, wie ich es bin. Glaub mir. Und noch weniger okay ist, wenn so einer dann mit der Pressesprecherin dort auftaucht."

„In Ordnung", gibt sie nach und steigt in das Auto.

„Ich will nicht, dass du da allein hingehst, verstehst du."

„Sev, ich –"

„Himmel, Lydia! Okay, ich komme mit dir. Für Mic. Vielleicht helfen sie mir, oder verprügeln mich zumindest nicht sofort, wenn ich versuche, ihm zu helfen." Ich lasse mich auf den Beifahrersitz fallen.

„Danke", flüstert sie, während sie den Motor startet.

Ich atme tief und gleichmäßig, um mich zu beruhigen. Dieser Moment ist es, vor dem ich so lange Angst hatte. Ein Moment, den ich gefürchtet und gleichzeitig ersehnt habe. Denn tief in mir gibt es einen Teil, der zu ihnen gehört. Der immer zu ihnen gehören wird und der nur einen kleinen Funken Leben braucht, um wieder vollends in meinem Herzen zu erwachen. Eine Leidenschaft, die immer ein Teil von mir war und sein wird.

***

Im Geiste zähle ich die Sünden auf, derer ich mich strafbar gemacht habe. Ich bin kein Gesetzloser. Bin nicht dem Irrglauben verfallen, meine Sünden wären gerechtfertigt und ein Glaube an Gerechtigkeit würde alles besser machen. Meine Taten sind nicht mehr und nicht weniger als das, was ich bestrafe. Aber es gab einen Moment in meinem Leben, in dem ich mich für diesen Weg entschieden habe. Entschieden, mir selbst Rechenschaft abzulegen und mit meiner Strafe einer höheren Macht zu leben. Ja, diese Entscheidungen gibt es. Momente im Leben, in denen dem Menschen jede Strafe recht wäre, wenn er selbst Rache üben kann.

Doch was, wenn der Mensch sich verirrt, wenn Rachedurst zu Rachesucht wird? Wenn Leidenschaft zu Leiden und Vergeltung zu Lust wird? Was, wenn aus einem Toten so viele Tote werden, dass man sie nicht zählen kann? Aus Freunden Feinde?

Im Geiste zähle ich all meine guten Taten auf. Nicht, weil mir das Prinzip der Verdrängung Erleichterung verschafft. Nein, nur weil ich an einem Abgrund stehe. Und bereit bin zu springen. Doch da gibt es noch ein altes Ich. Eines, das tief in mir immer noch existiert. Und dieses Ich will stehen bleiben. Will nicht springen.

Doch was, wenn der Rückweg längst versperrt und stehen bleiben keine Option ist? Dann ist alles, was mir bleibt, der Sprung.

Mit diesem Wissen nähere ich mich langsam und bedächtig. Ich weiß, was ich zu tun habe. Was ich tun muss.

Nur ein weiterer Schritt, der Absprung, eine Klinge, die sanft und melodisch über Haut streift. Blut, das pulsierend den Hals hinausgepresst wird. Ein stummer Schrei, der prophezeit, dass er auf ewig still bleiben wird.

Der Körper wird schwerer, also sinke ich mit ihm zusammen auf den Boden. Wiege ihn in meinen Armen, wie ein Vater seinen Sohn halten würde.

Ich streiche ihr die Haare aus dem Gesicht, bevor ich ihren Kiefer packe und sie zu mir ziehe. Ich will es sehen. Will den panischen Blick sehen. Das Leben in ihm – und dann dabei zusehen, wie es langsam versiegt und nur eine leere Hülle zurücklässt. Auch wenn es nur aus Respekt vor dem Leben ist. Das hier ist alles, was mir geblieben ist. Der zappelnde, erstickende Körper in meinen Armen und dieser Ausdruck in den Augen, der tausende Warums ausstrahlt.

„Weil ich richte, wenn andere es nicht tun." Sie versteht es nicht. Natürlich nicht, denn sie alle baden in Unschuld und denken, so könnten sie ihre Sünden abwaschen. Aber nicht ich. Ich vergesse nicht. Lasse mich nicht von ihrem falschen Glanz blenden.

Ein Lächeln malt sich auf meine Lippen, weil das hier die größte Bestrafung ist. Ich hätte ihr sagen können, was sie getan hat. Aber unwissend zu sterben – durch die Hand eines Fremden –, ist das nicht viel grausamer?

8

SAMSTAG, 10. NOVEMBER 2018, 19.05 UHR

SEVERIN

Ich presse meine trockenen Lippen aufeinander. Nicht nur sie sind trocken. Mein Mund, meine Kehle, ja sogar mein Herz scheint irgendwie auszutrocknen und kaum noch zu schlagen, als wir, nachdem Lydia sich noch bei einer Freundin umgezogen hat, über die Kennedyallee nach Niederrad hineinfahren. Ich werfe einen beiläufigen Blick auf die ehemalige Pferderennbahn, die nun nicht mehr als eine Baustelle ist, die nichts mehr von dem einstigen Glanz in sich trägt.

Als Lydia ein paar Meter weiter abbiegt, entdecke ich bereits den *Greifvogel*. Eigentlich eine völlig normale kleine Kneipe, deren Besitzerin aber die Frau eines der Mitglieder der Eintracht Eagles ist und so haben sie es mit den Jahren geschafft, dass sich kaum noch eine fremde Seele in die kleine Schenke verirrt, die nun von ihnen regiert wird.

Während ich mich innerlich auf das Schlimmste einstelle, parkt Lydia mit einer Ruhe, die ich ihr nicht abkaufe. Zumindest fällt es mir schwer zu glauben, jemand könne jetzt noch ruhig sein, während in mir eine Unruhe herrscht, die einem drohenden Sturm gleicht.

„Danke, dass du das mit mir machst", flüstert Lydia, als der Motor verstummt und mit ihm auch die Musik im Radio.

„Ich hoffe, es bringt was", gebe ich knapp zurück. Es ist wahrscheinlich einer der wenigen Momente, in denen Lydia mich so erlebt. Ohne einen Spruch auf den Lippen.

„Bist du bereit?", fragt sie forschend und schnallt sich ab, bevor sie ihre Hand auf den Türöffner legt und ein Klicken ertönt. Auch so eine Angewohnheit von ihr, die eher zu der neuen Lydia passt. Während sie fährt, verschließt sie ihr Auto.

„Nein", sage ich, steige aber aus und atme ein paar Mal die kühle Luft ein und aus. Musik und laute Gespräche dröhnen von der anderen Straßenseite zu mir herüber.

Ohne weiter nachzudenken, folge ich Lydia zum *Greifvogel* und beiße die Zähne zusammen, als sie ohne ein weiteres Wort die Tür öffnet. Wie wenn man ein Pflaster abzieht. Kurz und schmerzlos.

Rauch und Lärm erschlagen mich beinahe, machen mir die Mauer zwischen mir und dieser Welt noch deutlicher. Und das, obwohl sich sofort ein warmes, beinahe vertrautes Gefühl in mir breit macht. Aber dieses Gefühl endet abrupt, als die Blicke uns treffen und Stille eintritt. Selbst die Musik erscheint mir plötzlich eher wie ein dumpfes Hintergrundgeräusch.

„Lasst mich durch!", ertönt eine laute Stimme. Eine vertraute Stimme, die mir mit tausend Nadelstichen eine Gänsehaut über meinen gesamten Körper jagt. „Severin Klemm?!" Beinahe fassungslos stellt sich der Mann, dem diese irritierte Stimme gehört, vor mich und starrt mich an.

„Gustav", quittiere ich den Auftritt des Mannes, der einmal so etwas wie ein Vorbild für mich war. Ein Vater, der mich in seine Arme und damit in diesen Club geschlossen hat. Der Mann, dem ich damals nicht in die Augen sehen konnte, als ich genau wusste, dass ich nie wiederkommen würde.

„Was willst du hier?", fragt er mit zurückgehaltenem Zorn. Aber ich finde noch etwas anderes in seiner Stimme. Etwas Warmes, das beinahe nach Wehmut klingt.

„Ich … ich will Mic helfen", stammle ich unsicher. Unsicher deshalb, weil es eine Lüge ist. Ich bin kein guter Samariter, der alles in Kauf nimmt, um seinem Freund zu helfen. Einem Freund, der damals genau das für mich getan hat.

„Mic?" Er hebt herablassend seine Brauen und lacht. Sein mittlerweile beinahe weißer Bart bewegt sich im Rhythmus seines falschen, bösen Lachens und lässt mich erstarren.

„Ich …"

„Du?", hakt er zornig nach. „Was? Du, Severin Klemm, hast dir gedacht, dass du nach zehn Jahren hier auftauchen kannst, um uns vorzugaukeln, dass dir ein Kollege wichtig ist, den du damals im Stich gelassen hast?" Er schließt kurz die Augen und schüttelt den Kopf. Da ist kein Zorn in dieser Geste. Nur Enttäuschung. Und das schmerzt mehr als alles andere zuvor.

„Und dafür hast du dann sie mitgebracht?", fragt er mit einem hastigen Blick auf Lydia. „Die stellvertretende Pressesprecherin der Eintracht höchstpersönlich beehrt uns." Er lacht wieder „Wie ich sehe, bewegst du dich wieder in edleren Kreisen."

„Gustav …", flehe ich und trete einen Schritt näher. Mustere seine Lederjacke. Genauso eine habe ich auch mal mit Stolz getragen. Jetzt hängt sie nur noch im Schrank meiner Eltern.

„Bitte."

„Bitte, was?!", knurrt er bedrohlich, und mit der Veränderung seiner Tonlage verändern sich auch die Körperhaltungen der Eagles um ihn herum. Die Anspannung ist deutlich spürbar.

„Was zum Teufel will der hier?!", zerschneidet plötzlich eine Frauenstimme die rauchige Luft im Raum. Die Männer machen Platz und eröffnen mir einen Blick auf die wütende Frau, die mich mit vollster Verachtung im Blick anstarrt.

„Helena", entfährt es mir fassungslos. Ich bin so erstarrt, dass ich kaum mitbekomme, wie sie auf mich zustürmt und mir ihre Faust in den Unterbauch rammt. Ich krümme mich, obwohl ich vor denen, die dieses unwürdige Schauspiel mit ansehen, keine Schwäche zulassen wollte. Gelernt habe, es nie zu tun. Aber meine OP-Naht von dem Überfall pocht so unerträglich, dass ich alles um mich herum vergesse.

„Du wagst es, nach all den Jahren hier aufzutauchen und so zu tun, als würde es dir um Mic gehen?" Sie schlägt wieder zu. Ich huste, wende aber nicht meinen Blick von ihr ab.

„Es tut mir leid, Hel", raune ich unsicher. Vielleicht sogar mit einer Spur Enttäuschung über mich selbst. „Ich habe einen Fehler gemacht und jetzt möchte ich –"

„Was? Du denkst, weil du hier aufkreuzt und über Mic redest, wird alles wieder gut?"

Ich sehe kurz zu Gustav, der mit verschränkten Armen einen Schritt zur Seite gegangen ist und Helena machen lässt. Die Szene scheint ihn zu amüsieren.

„Natürlich nicht", gebe ich zurück.

„Ich hasse dich!", schmettert sie mir entgegen, während Tränen ihre Augen füllen. Und auch ich würde am liebsten meine Fassade fallen lassen und wie ein verdammtes Baby weinen.

Ich dachte, ich wäre stark genug. Könnte meine Vergangenheit hinter mir lassen, aber Helena jetzt so verzweifelt zu sehen, tut verdammt weh. Mic und sie sind schon ein Paar, seit ich ihn kenne. Das Paar. Während Mic damals für ein Jahr ins Gefängnis ging, hat sie ihn jeden Tag besucht. Zumindest hat Mic mir das in einem langen Brief geschrieben. Mit der großen Frage darin, warum ich ihn nicht besuche. Warum ich mich komplett abgeschottet habe.

„Er hat dich geliebt." Eine weitere Wunde wird in mein Herz geschnitten. Ja, wahrscheinlich verblute ich gerade innerlich. Ich wusste, dass es wehtun wird. Aber ich hatte keine Ahnung wie sehr.

„Ich hasse dich so sehr! Und das Schlimmste ist, dass Mic dich immer noch liebt und nicht hassen kann."

Ich schlucke Steine, während meine Lippen beben und zu schluchzen drohen.

„Ich will es wiedergutmachen, Hel. Bitte lass mich das tun. Ich will keine Vergebung. Keine Absolution. Ich will ihm nur helfen. Um seinetwillen."

Sie mustert mich eine ganze Weile mit starrem Blick, bevor sie tief durchatmet. „Und wie willst du das anstellen, Severin?!"

„Lydia … die Eintracht glaubt auch nicht daran, dass Mic etwas mit alldem zu tun hat. Wir wollen herausfinden, wer wirklich dahintersteckt."

Sie schnauft. „Das Püppchen da? Ihr passt es doch sicher gut, wenn einer von uns den Kopf hinhält!" Sie spuckt vor Lydia auf den Boden, die unruhig zuckt.

„Hel, verdammt!", sage ich etwas lauter und berühre ihre Schultern. Zu meinem Erstaunen schlägt sie meine Berührung nicht aus. Im Gegenteil, ihre Gesichtszüge werden weicher, gebrochener, schwächer und dann ... drückt sie sich in meine Arme und weint. „Er war es nicht."

„Ich weiß", gebe ich unsicher zurück. Die Situation ist seltsam und doch so vertraut. Beinahe ist es so, als würde diese Berührung einen Teil meines Herzens freilegen, den ich verloren geglaubt habe.

„Du bist keiner von uns und wir haben dir nicht vergeben", mischt sich Gustav ein und zieht Hel dann aus unserer Umarmung. „Wir sagen dir alles, was du wissen willst, aber wenn mir zu Ohren kommt, dass das hier ein falscher Hund ist, Severin ... dann Gnade dir Gott! Du kennst unsere Gesetze."

Ich nicke wie ein begossener Pudel und sehe dann zu Lydia. „Das ist Lydia. Sie ist auf unserer Seite."

„Unsere Seite", lacht Gustav. „Vergiss nicht, Snobbi. Eine *unsere Seite* gibt es für dich nicht mehr. Egal, für wen du das hier tust."

Ich nicke, während sich meine Kehle verengt. *Snobbi* war immer mein Kosename bei den Eagles. Weil ich der Winzige hier war, der aus einem reichen Haus kam. Ein Snob, der aber zu ihnen gehörte. Jetzt tue ich das nicht mehr.

„Sie steht auf eurer Seite, Gustav. Sie möchte die Sache aufklären. Aber dafür brauchen wir Infos. Infos darüber, was Mic wirklich vorgeworfen wird, und Infos von einem von euch, dessen Vater damals zu den Schlipsträgern gehörte."

„So?", hakt Gustav skeptisch nach. „Julian werde ich dir vorstellen, wenn du dich bewiesen hast. Helena und ich sagen dir, was wir über Mic wissen."

„Einverstanden", gebe ich zurück und sehe mich dann weiter in der Kneipe um. Langsam, aber sicher werden alle wieder ein wenig entspannter, haben wieder begonnen ihr Bier zu trinken und miteinander zu reden. Gustav zu überzeugen, war das Beste, was mir passieren konnte. Er genießt hier hohes Ansehen. Ist auch in der Arena einer der Leader. Wenn er sagt, machen, dann machen die anderen. So wie sie sich jetzt auf ein Zeichen von ihm wieder an ihre Tische zurückgezogen haben. Dennoch sehe ich in einigen der Augen tiefe Lust aufblitzen, mich blutig zu schlagen. Und ich weiß, wenn sie die Gelegenheit bekommen, werden sie nicht zögern. Keine Sekunde.

Gustav und Helena führen uns an den anderen vorbei zu einer kleinen Sitznische, bestellen uns zwei Bier bei Claudia, die nur böse Blicke für mich übrighat, und lehnen sich dann vor.

„Der Ordner, der diese Attrappe platziert und die beiden Frauen erstochen hat, war ein Freund von Mic", eröffnet Gustav das Gespräch. „Er hat die Tasche abgelegt und Mic dann gegrüßt. Sie haben das alles auf Video. Sie haben es Mic vorgeführt." Er wirft Lydia einen vorwurfsvollen Blick zu. „Scheiß Überwachung!"

„Und warum hat er ihn gegrüßt?", hake ich nach.

„Weil sie sich gut kennen!", faucht Helena. „Kannten."

„Und deshalb geht die Polizei davon aus, dass er beteiligt war? Und ihn dann getötet hat? Das ist etwas dürftig, oder nicht?"

„Sie haben unsere Wohnung durchsucht", flüstert Helena, als gäbe es hier Leute, die das nicht erfahren dürfen. „Und Pläne gefunden."

„Was für Pläne?", fragt nun Lydia mit hoher Stimme. Es ist das erste Mal, dass sie redet, und Hels Augen richten sich langsam und bedrohlich auf sie.

„Pläne für eine Pyro-Bombe."

„Eine Pyro-Bombe?!", fragt Lydia und starrt sie an.

Hels Brauen schießen in die Höhe, bevor sie sich wieder mir zuwendet.

„Das war ein dummer Witz. Ein Spaß unter Freunden. Die Idee, eine Art Bombe zu bauen, die natürlich nicht explodiert, sondern aus der ein kleines Feuerwerk herausbricht. Wir wissen ja schließlich auch, dass ihr mit den Kameras jede Kleinigkeit filmt. Nur wenn irgendjemand an seinem Handy rummacht und unten am Spielfeldrand die Post abgeht, das seht ihr eben nicht." Sie spitzt die Lippen „Puff! Verstehst du? Und keiner hat es in der Hand und wird dabei gefilmt."

„Witzig", quittiert Lydia ziemlich mutig und nippt an ihrem Bier, nachdem sie das Glas eine halbe Ewigkeit lang unter die Lupe genommen hat.

„Die Pläne beinhalten wohl viele Dinge, die auch die Attrappe hat."

„Und wusste jemand davon?", frage ich ruhig. Mic hatte schon immer eine Vorliebe für dieses Zeug. Aber eine Bombe? Wie hätte er so etwas ins Stadion schleusen sollen?

„Viele wussten davon", sagt Hel nachdenklich. „Und alle wichtigen Ultras haben es abgelehnt. Weil es Kinderkacke ist, sich hinter einer Fernbedienung zu verstecken. Stimmt ja irgendwie auch. Und Mic hat es eigentlich auch abgelehnt." Auch Hel nimmt jetzt erstmal einen tiefen Schluck. Sie hat immer noch einen gewaltigen Zug. „Aber dieser Ordner wusste es nicht. Arme Sau. Er kam ein paar Monate vor dem Vorfall nach einem Spiel auf Mic zu wegen einer Kontrolle. Eins führte zum anderen und schließlich fand er heraus, dass Mic mittlerweile als Rettungssanitäter arbeitet. Er bat ihn dann um Hilfe, weil er seine Mutter zu Hause gepflegt hat. Alles völlig normal."

„Normal?", mischt sich Lydia erneut ein. Behutsam lege ich unter dem Tisch meine Hand auf ihr Bein und drücke etwas zu. Sie muss lernen, sich vor diesen Menschen zu beherrschen.

„Ja, in unserer Welt lernt man Menschen kennen und hilft sich. Ist das so schwer zu verstehen, Prinzesschen?"

Lydia schnalzt ganz leise mit der Zunge und schweigt dann. Mal ein ganz neuer Zug.

„Der Fahrdienst seiner Mutter wurde wegen Schwarzarbeit hopsgenommen. Eine Woche vorher. Also brauchte er jemanden, der seine Mutter zu ihren Untersuchungen fährt, und Mic bot ihm schließlich an, das für eine gewisse Zeit zu übernehmen." Hel mustert einen Augenblick lang ihre abgekauten Nägel, als wäre sie kurz davor, weiter an ihnen herumzunagen.

„Und du bist dir sicher, dass das ein Zufall war?"

„Was soll es sonst gewesen sein, Snobbi? Eine riesige Verschwörung, damit Mic der Schuldige ist und ihn schließlich umbringt? Bernd selbst, also der Ordner, hat ihm an dem Abend geschrieben, dass er zum Stadion kommen soll." Sie schüttelt ungläubig den Kopf.

„Es ist seltsam, Hel. Und das weißt du. Und wahrscheinlich weiß es auch Mic und bereut seine Entscheidung. Was genau hat er ihm geschrieben?"

„Mic hat so einige Entscheidungen, die sein gutes Herz getroffen hat, schon bereut", zischt sie und funkelt mich böse an. Ich nicke. Mic war schon immer der Gute. Sein Herz ist so groß, dass ich mir sicher war, wenn es brechen würde, dann mit einem lauten Knall.

„Dass es ihm leidtut und Mic zum Stadion kommen soll", gibt sie seine Nachricht wieder.

„Der Kerl hat es offensichtlich bereut", gibt Gustav zum Besten. Ich sehe ihn kurz an. Er ist wirklich alt geworden. Und vielleicht hat ihn das auch weicher werden lassen. Der Mann, den ich damals kennengelernt habe, war stärker, strenger, aber vor allem kühler. Sein Alter hat die Wärme, die ich schon immer in ihm gesehen habe, etwas mehr nach außen getragen.

„Wie meinst du das?", hake ich nach. „Weil er diese Nachricht geschrieben hat, die schließlich in seinem Tod geendet hat?" Gustav mustert mich genau. So als könne er in meinem Gesicht lesen, was ich gerade denke.

„Michael hat ihn nicht umgebracht", umgeht er all meine anderen Fragen. Ich nicke, weil ich Mic einen Mord ebenfalls nicht zutraue.

Der Ordner war zwar seltsam und hat zwei Frauen umgebracht, aber wer so etwas auf sich nimmt, will leben oder das Überleben seiner Familie sichern. Er musste es tun. Für wen auch immer. Aber mit Sicherheit war derjenige nicht Mic.

„Dieser Bernd hat Mic, einen völlig Fremden, gebeten, den Fahrdienst seiner Mutter zu übernehmen. Dann machen sie gemeinsame Sache mit dieser Bombe und dann will er ihn im Stadion sehen, wo Mic ihn … ja was? Erstickt? Das passt nicht wirklich", nuschle ich vor mich hin, als würde ich mir das selbst erzählen.

„Das heißt, du glaubst der Polizei auch nicht?", fragt Hel mit einem argwöhnischen Blick. Ihre Finger umklammern das Bierglas, von dem sie immer wieder große Schlucke nimmt. Immer dann, wenn die Tränen in ihre Augen schießen.

„Ich weiß es nicht. Aber etwas stimmt nicht. Dieser Ordner … vielleicht hat er einen Fehler gemacht. Warum auch immer. Aber ich glaube nicht, dass er seine Mutter im Stich gelassen hätte."

„Er wurde umgebracht, Snobbi, und hat sie nicht im Stich gelassen." Hel winkt ab und sieht mich dann ernst an.

„Sich in einem Wald beim Stadion zu treffen und dann zu

sterben nach allem, was man getan hat … Er wäre so oder so im Gefängnis gelandet und hätte sie damit allein gelassen."

„An seiner Leiche wurden keine Kampfspuren gefunden. Keine Druckstellen. Nichts, Snobbi, was einen Mord vermuten lassen könnte. Außer, dass er eben erstochen wurde. Und nur weil Mic dahin kam und das beschissene Messer angefasst hat … Das heißt doch gar nichts."

„Was dafür spricht, dass es ein Bekannter war, der ihn erstochen hat, Hel", sage ich und verenge meinen Blick. „Und Mic hat ihn so gefunden und das Messer angefasst, statt sofort die Polizei zu rufen?"

Sie stöhnt und nimmt einen weiteren Schluck. „Er hatte Panik und wollte es rausziehen, um ihm zu helfen. Aber er war längst tot und die Polizei hatte einen Tipp, wo sich der Täter aus dem Stadion befindet, und … dann fanden sie da Mic und Bernd."

Einen Moment lang herrscht betroffenes Schweigen. Mag schon sein, dass sich hier drei Dutzend hartgesottener Typen versammelt haben, aber vor dem Tod haben auch sie Respekt. Selbst wenn es jemanden getroffen hat, den sie, wenn überhaupt, nur flüchtig vom Sehen her kannten.

„Wo ist der Bastard?!", durchbricht eine vertraute Person die Stille. Die Stimme treibt mir Panik in die Glieder. Sofort spanne ich alle Muskeln an und halte meinen Blick starr auf Hel gerichtet, die hinter mir das Unheil nahen sieht.

Ich fasse mich und drehe mich um. „Kevin", sage ich beinahe tonlos, während er bereits die Faust hebt, doch auf einen raschen Wink von Gustav von zwei Männern festgehalten wird.

„Ich prügel' dir deine scheiß Verräterfresse unkenntlich!", brüllt er und windet sich unter den harten Griffen seiner Kumpane. Gustav hebt die Hand. „Er ist mein Gast, Kevin. Also benimm dich."

Kevins Mund verzieht sich zu einem Knurren, doch er hält inne, kurz bevor er mir ins Gesicht spuckt. Und ja, obwohl es wehtut, wische ich mir seinen Speichel mit dem Wissen aus dem Gesicht, dass ich es verdient habe.

„Was hast du schon wieder getan? Wo hast du dich rumgetrieben?!", knurrt Gustav mit einem Blick auf Kevins blutige Nase und die Kratzspuren an seinem Hals. „Kat wurde mal wieder zur echten Raubkatze", gibt Kevin desinteressiert zurück.

Eins muss man den Jungs ja lassen. Bei ihren Frauen bleiben sie. Kat, also Katharina, war damals schon eine von uns. Und dass er nach einem Zusammentreffen mit ihr so aussieht, wundert mich eher wenig. Schon damals war sie schlimmer als wir alle zusammen.

„Und wo ist Katharina jetzt?", will Gustav wissen. Wie ein Vater, der mal wieder einen Streit unter Geschwistern schlichten muss.

„Interessiert mich 'nen Scheiß. Hab sie vor 'ner Stunde oder so aus meinem Auto geschmissen. Am S-Bahnhof in der Lyoner. Vielleicht kühlt ihr eifersüchtiger Kopf ein wenig ab, auf dem Weg hierher."

„Na großartig", brummt Gustav und winkt Claudia zu, damit sie Kevin ein Bier bringt. „Du weißt genau, dass ihr eure Streitereien nicht mit hierherbringen sollt. Das hier ist unser Ort. Unser Zuhause. Da, wo wir wir sind und keine Feindschaften pflegen!"

„Ach und was macht das Verräterschwein dann hier? Er *ist* unser Feind, Gustav!" Kevin wirft mir einen vernichtenden Blick zu, während er das Bier von Claudia entgegennimmt. Lydia, die neben mir immer unruhiger wird, erhebt sich und nuschelt mir zu, dass sie zur Toilette müsse, bevor sie sich erst an Kevin und dann an all den anderen vorbeischlängelt, die sie mit Adleraugen verfolgen.

„Er ist hier, um Mic zu helfen. Und bevor du dein Schandmaul gegen meine Entscheidungen richtest, Kevin, ich will ihn hier haben", ertönt dann wieder Gustavs Stimme, als Lyd ganz verschwunden ist.

Kevin lacht herablassend. „Mic und ich sind für diesen Bastard in den Bau gegangen! Wir haben ihn geschützt! Und wie hat er es uns gedankt?"

„Ihr habt mich nie beschützen müssen", platzt plötzlich all die Wut aus mir heraus und ich stehe auf. „Erstens hat euch nie jemand darum gebeten. Nicht ich. Nicht sonstwer. Zweitens seid ihr freie Menschen, die frei gewählt haben!" Ich trete einen Schritt näher, auch wenn ich damit viel zu viel riskiere. „Und drittens musstet ihr mich nicht beschützen, weil ich nichts getan habe! Rein gar nichts! Ihr wart die, die zugeschlagen haben. Ihr wart die, die abgehauen sind und damit noch Schlimmeres heraufbeschworen haben. Ihr wart die, die mich in die ganze Scheiße mit reingezogen haben, weil ihr nur kleine machtgeile Jungs wart. Und das einzig Richtige, was ihr je in eurem Leben getan habt, war, auszusagen, dass ich nichts damit zu tun hatte. Obwohl ich mit euch zusammen dafür geradestehen wollte!"

Plötzlich ist der Raum wieder ganz still. Und selbst Kevin ist wie erstarrt. Ich weiß, dass er mir jede Sekunde mein Mundwerk mit Schlägen bestrafen wird. Ich weiß es, aber es ist mir egal. Denn tief in meinem Inneren trage ich schon viel zu lange eine Schuld, die nie meine hätte sein sollen. Ja, ich war damals wie heute ein verdammter Schisser. Jemand, der ihnen nicht gesagt hat, sie sollen aufhören. Ich hätte sie stoppen sollen. Aber getan habe ich nichts. Nichts, außer nichts zu tun.

„Die Bullen sind hier!", schreit plötzlich jemand von hinten, und mit seinen Worten bricht Panik aus. Panik, die ich so nicht von ihnen kenne.

Mein Blick sucht Lydia, kurz bevor mir einfällt, dass sie in den Keller aufs Klo gegangen ist. Und dann wird mir klar, dass Kaschrek deutlich gesagt hat, dass er uns hier nicht sehen will. Verdammt.

„Ich muss Lydia finden", erkläre ich und dränge mich durch die zornigen und brüllenden Hools im Raum.

Eine Hand packt mich von hinten und zieht mich unsanft zurück. „Hast du die hier angeschleppt?" Gustav sieht mich enttäuscht an, während mir alles aus dem Gesicht fällt.

„Alter, geht's noch?", knurre ich betroffen. „Ich wollte euch wirklich helfen. Und eure Hilfe. Mit der Polizei habe ich nichts zu tun!" Es dauert einen Moment, bis er einatmet und nickt. Dann wendet er sich von mir ab und bemüht sich, die anderen zu beruhigen.

„Sie haben keinen Grund für das hier. Also gebt ihnen auch keinen!", ruft er mit gedämpfter Stimme in den Raum. Gustav muss seine Stimme kaum erheben, damit sie seinen Anweisungen Folge leisten.

Ich sammle mich und versuche dann wieder die kleine Treppe zum Keller zu erreichen, als mein Blick auf Hauptkommissar Kaschrek fällt. Er sieht mich nicht, denn seine Augen sind starr auf die Treppe gerichtet.

Verdammt. Er darf Lydia dort nicht begegnen. Wahrscheinlich würde sie noch mehr Erklärungsbedarf haben, wenn sie ihm in die Arme läuft.

„Kaschrek!", rufe ich ihn also zurück. Er bleibt augenblicklich stehen und lässt seinen Blick langsam zu mir wandern. Ich spüre all die anderen Blicke auf mir. Kevins Blick, der sich wahrscheinlich sicher ist, dass ich sie doch verraten habe, allein weil ich den Namen des Einsatzleiters kenne. Aber ich kann meine Entscheidung nicht ändern, also nehme ich schnell mein Handy heraus und schreibe Lydia eine Nachricht, sie solle in der Toilette bleiben.

„Was machen Sie hier?", frage ich, während ich mich seinem eisblauen und ebenso kalten Blick nähere.

„Sollte ich nicht lieber Sie fragen, was Sie hier machen? Ich hatte ausdrücklich …"

„Sie haben nicht die Befugnis, mir vorzuschreiben, was ich zu tun habe, Kaschrek", gebe ich gelangweilt zurück und schiebe meine Hände in meine Hosentaschen. Er mustert mich einen Augenblick, und ich beginne mich zu fragen, ob er genau erahnen kann, wie groß meine Angespanntheit in diesem Moment ist. Ob er durch meine lässige Fassade hindurchsieht.

„Wir haben allen Grund, hier zu sein. Und deshalb verlässt auch niemand hier den Raum", gibt er zurück und wendet sich wieder der Treppe zu. „Ist da unten etwas, was Sie schützen wollen, Herr Klemm?"

Ich runzle die Stirn und wäge ab. Sollte ich ihm sagen, dass Lydia ebenfalls hier ist? Es verheimlichen? Aber selbst dann würden sie sie finden. Also bleibt mir eigentlich keine andere Wahl.

„Lydia ist da unten auf Toilette. Privatsphäre und so", sage ich gelangweilt und zucke zur Unterstützung mit meinen Schultern.

„Hatte ich Ihnen beiden nicht gesagt …"

„Kaschrek!" Die Kollegin, die ihn damals schon in meinem Krankenzimmer zurechtgewiesen hat, kommt auf uns zu und mustert ihn fragend.

„Da unten ist noch jemand", erklärt er sein Verhalten und deutet zur Treppe.

„Eine Frau auf Toilette", mische ich mich ein. „Sehr gefährlich." Mein Lachen erstirbt schneller, als ich es geplant habe. Aber die Situation wirkt angespannt. Etwas stimmt nicht. Das hier ist keine normale Kontrolle eines Hooliganclubs.

„Ich übernehme das", sagt die Frau und geht die Treppe hinunter.

„Bravo, Klemm", knurrt Kaschrek. Er ist aufgebracht. Viel zu aufgebracht. Ich habe ihm ganz offensichtlich einen Strich durch die Rechnung gemacht. Welchen Strich auch immer.

„Hatten Sie gehofft, mehr in diesem Keller zu finden, Herr Hauptkommissar?", hake ich belustigt nach und spüre plötzlich Hel neben mir. Ihre Augen sind voller Tränen, während sie den Kommissar hasserfüllt anstarrt. Ich lege meine Hand auf ihre Hüfte. Hel war noch nie bekannt dafür, ihre Gefühle im Zaun halten zu können. Und das, was wir jetzt ganz und gar nicht gebrauchen können, ist, dass sie ihm die Augen auskratzt.

„Ich kenne Sie!", faucht sie voller Verachtung und will einen Schritt vorgehen, doch ich halte sie zurück. „Sie!" Giftpfeile schießen aus ihren aufgerissenen Augen. „Sie haben Mic mitgenommen."

Kaschrek zeigt keine Regung. Beinahe so, als würde er nicht einmal mehr atmen. Aber seine Miene wirkt gleichgültig.

„Drei Wochen halten sie ihn da bereits fest!", giftet Hel. Ihre Lippen beben. Spucke läuft über ihr Kinn. Ich weiß nicht, wie lange sie sich noch zurückhalten lässt.

„Kleines!" Claudia streckt ihre Hand über die Bar und berührt sanft Helenas Schulter. „Lass gut sein."

„Was haben wir denn hier?", ruft einer der Polizisten durch den Raum und schubst einen Mann in unsere Richtung. „Einen

Marokkaner", erklärt er, als würde das wirklich seine Erstauntheit erklären können.

„Und weiter?", fragt Kaschrek irritiert.

„Dieses Nazi-Gesindel hier hält sich einen Marokkaner. Wie passt das denn zusammen?"

Ich schüttle fassungslos den Kopf, und dann geht alles ganz schnell. Kevin geht auf den Polizisten los und schlägt zu. Er schlägt genau dreimal zu, bis sich einige Clubmitglieder aus der Starre lösen und ihn von dem Polizisten wegreißen.

„Ihr beschissenen Bastarde habt keine Ahnung, wer wir sind!", spuckt Kevin ihm förmlich entgegen. „Bezeichnet uns als Nazis und Assis und Mörder! Ihr habt keine Ahnung!" Kevin ist völlig außer Kontrolle und windet sich unter den Griffen der Polizisten. Kaschrek hingegen bleibt ganz ruhig und nähert sich ihm.

„Woher stammen diese Wunden in Ihrem Gesicht und an ihrem Hals?", will er wissen.

Kevins gesamtes Gesicht verkrampft sich und sein Blick fällt zur Tür. Kat ist immer noch nicht hier aufgetaucht. Und das erste Mal, seit Kevin ein Junge war, sehe ich etwas wie Unsicherheit und Sorge in seinem Blick aufblitzen.

„Meine Freundin mag es eben etwas wilder", gibt er zwischen zusammengebissenen Zähnen zu Protokoll.

„Ihre Freundin? Aha ... Wer ist das?"

Als Kevin nicht antwortet, ergreift Hel das Wort. „Katharina Georg."

Die Polizisten tauschen unruhige Blicke.

„Was?", brüllt Kevin sie an. Zorn und Verzweiflung spiegeln sich auf seinem Gesicht wider.

„Wie ist sein Name?", hakt Kaschrek bei Hel nach.

Sie zögert kurz, wirft einen Blick auf Claudia, die ihr zustimmend zunickt. „Kevin Müller."

„Kevin Müller", beginnt Kaschrek, und bedeutet einem der Polizisten, seine Handschellen herauszuholen: „Ich verhafte Sie wegen des dringenden Verdachts, Ihre Lebensgefährtin Katharina Georg ermordet zu haben."

Die Zeit steht still. Alles steht still und wird dumpf und taub. Die Erste, die sich bewegt und zu begreifen beginnt, ist Hel. Ihr versagen die Beine. Ich halte sie, sinke aber durch die Wucht ihrer Trauer mit zu Boden.

„Nein", wispert sie dicht neben meinem Ohr. Ihre Stimme bricht.

Kevin schüttelt nur immer und immer wieder den Kopf. „Nein, sie ist nicht tot", bringt er heiser und schwach hervor. Schwächer als je zuvor. Auch ihm versagen die Beine. Sein Blick ist starr auf mich gerichtet. Es ist ein flehender Blick. Einer, der mich darum bittet, das alles klarzustellen. Ihm zu sagen, dass Kat nicht tot ist. „Nein!", sagt er wieder, und plötzlich bricht sich der Zorn seine Bahn. Er schlägt um sich, und ich sehe wie in Zeitlupe dabei zu, wie die Polizisten ihn wieder zur Ruhe bringen. In seinen Augen sehe ich sein Herz brechen. Erkenne, wie es immer weiter bricht und bricht. „Ich habe sie allein gelassen", flüstert er so heiser und leise, dass nur ich es hören kann. Seine Trauer ist so greifbar. So einnehmend, dass auch mein Herz sich dumpf und taub anfühlt.

Gustav bahnt sich einen Weg zu uns, und bevor die Polizisten ihn hindern können, packt er Kevin und zieht ihn an seine Brust. Das erste Mal in meinem Leben höre ich Kevin weinen. Schreien. Schluchzen. Da ist nichts außer Schmerz.

„Bringt mich zu ihr. Ich ... ich muss sie sehen."

„Sie sind verhaftet, Herr Müller", sagt Kaschrek kühl und winkt den Polizisten zu. Sie beginnen ihn nach draußen zu verfrachten.

„Bringt mich zu ihr, ihr beschissenen Wichser!", schreit Kevin wieder und wieder. Bis wir ihn nicht mehr hören können, weil seine Schreie hinter der geschlossenen Tür nicht mehr zu uns durchdringen und nur Leere zurückbleibt.

9

SAMSTAG, 10. NOVEMBER 2018, 20.30 UHR

SEVERIN

Ein Freizeichen. Mein Herz schlägt nervös gegen meinen Brustkorb, während mein Körper die Kühle der Nacht kaum noch spürt. Wieder dieses Freizeichen in meinem Ohr, bis das Handy abgenommen wird.

„Klemm." Ich presse meine Zähne zusammen. Kann nicht sprechen. „Klemm", wiederholt die Stimme am Telefon.

„Papa ... ich bin's", ist alles, was ich herausbekomme.

„Severin ... womit habe ich denn diese Ehre mitten in der Nacht verdient?" Ich kann förmlich spüren, wie er herablassend seine Brauen hebt. Seit er mich vor zwei Wochen nach Hause gebracht hat, habe ich mich weder bei ihm noch bei Mama gemeldet. „Bist du in Schwierigkeiten?"

„Ich ..." Wieder versagt mir die Stimme, also balle ich meine Hand zur Faust und sammle mich. „Wurdest du nicht über einen Mord informiert?"

„Severin, was soll das? Du weißt, dass ich mit dir nicht über die Arbeit spreche." Er schnauft genervt.

„Papa, es ist wichtig. Ich ... ich bin auch hier."

„Wo bist du? In Niederrad? Und was? Du willst jetzt eine deiner preiswürdigen Storys schreiben und ich soll dich an den Tatort lassen?" Er lacht leise und melodisch. So wie immer.

„Ich bin einer der Zeugen. Kevin ist gerade verhaftet worden. Kat ist eine Freundin. Du musst ..."

„Ich muss was? Dich mal wieder aus der Scheiße holen? Was hast du bei diesen Menschen überhaupt zu suchen?!"

„Bist du hier?", frage ich, ohne auf das, was er da gesagt hat, einzugehen.

„Ich bin fast da. Ja."

„Ich will nur vor der Absperrung warten und ..."

„Und dann Informationen von mir bekommen, die ich dir nicht geben darf? Severin ..." Er ist enttäuscht. Von mir. Aber das ist nichts Neues für mich.

„Komm zur alten Pferderennbahn. Ich werde dich finden. Warte auf mich. Keine Alleingänge." Mit diesen Worten beendet er das Gespräch, und mein Blick fällt auf Lydia, die immer noch starr dasteht, ihren Blick auf den *Greifvogel* gerichtet, in dem nur Claudia zurückgeblieben ist, um aufzuräumen.

„Lyd!", rufe ich sie, bevor ich bei ihr ankomme und meine Hand auf ihre Schulter lege. „Mein Vater sagt, dass sie bei der alten Rennbahn sind."

„Okay ..." Sie klingt abwesend, trotzdem nicke ich und schiebe sie dann mit mir in die richtige Richtung. Um uns herum stehen noch ein paar Polizeiautos. Die Polizisten nehmen noch die Personalien der Anwesenden auf. Unsere haben sie ja bereits. Wie Hauptkommissar Kaschrek süffisant vermerkte.

Als wir bei der Baustelle ankommen, die einst eine Rennbahn war, erblicke ich bereits die Absperrungen, die Lichter und weiter hinten den abgeschirmten Tatort. Die Kollegen der Presse und vom Fernsehen sind auch bereits da. Woher sie diese Informationen haben, während ich meinen Vater darum anbetteln musste, ist mir ein Rätsel. Wahrscheinlich werde ich nie einer von ihnen sein. Ein echter Journalist, der die Story riecht, bevor sie passiert ist.

„Severin!" Die Stimme meines Vaters lässt mich zusammenzucken. Ich drehe mich um und mustere seine perfekte Erscheinung. Anzug, Krawatte, die Haare, die mittlerweile einen zarten Grauschimmer haben, wie immer ordentlich zurückgekämmt. Eigentlich ist er die schicke und autoritäre Version meiner selbst. Keiner könnte diese Ähnlichkeit je von der Hand weisen. Die dunkelbraunen Augen, die Grübchen an den Wangen, die Sorgenfalte zwischen unseren Brauen. Die gerade geschwungene Nase und die vollen Haare. Ja, sogar unser Körperbau ist beinahe identisch. Nur, dass er ein bisschen größer ist als ich.

„Du kennst das Mädchen also?", fällt er direkt mit der Tür ins Haus.

„Ja", gebe ich knapp zurück und erwähne dabei nicht, dass ich sie bereits seit zehn Jahren nicht mehr gesehen habe.

„Dann kommst du mit und identifizierst sie."

„Was?", frage ich fassungslos und starre ihn an. Wir beide wissen, dass das nicht üblich ist. Und wir beide wissen auch, dass die Polizei längst weiß, wer sie ist.

„Anhand ihrer Kleidung und des demolierten Gesichts, was eindeutig ein paar Tage zurückliegt, könnte es sich bei der jungen Frau auch um eine Diebin handeln. Der Geldbeutel, in dem die Unterlagen gefunden wurden, ist zerrissen, und die Bilder ihrer Personalien stimmen nicht überein."

„Dann ist es vielleicht gar nicht Kat?", frage ich mit viel zu viel Hoffnung in meiner Stimme. Aber eigentlich weiß ich selbst, wie viel gefälschte Ausweise Kat in ihrer Tasche mit sich trägt. Schon damals.

„Los jetzt, Severin!", ermahnt mich mein Vater und wirft dann einen genervten Blick zu Boden und auf seine verdreckten Schuhe. „Ich will so schnell wie möglich wieder weg hier."

Ich nicke, werfe noch einen Blick zu Lydia und klettere dann zusammen mit Papa unter der Absperrung durch.

Während er sich immer wieder das Jackett sauber klopft, konzentriere ich mich allein darauf, mein hämmerndes Herz zu beruhigen.

„Hey!" Kaschrek. Der hat mir gerade noch gefehlt. „Was zum Teufel will der hier? Das ist ein Tatort!"

„Bevor ich einen Haftbefehl und einen Durchsuchungsbeschluss unterzeichne, den Sie gerne noch heute Nacht hätten, Herr Hauptkommissar, möchte ich sichergehen, dass es sich bei der Frau wirklich um Katharina Georg handelt. Das verstehen Sie sicher."

„Und was hat das mit –"

„Mein Sohn kann sie identifizieren."

Kaschrek verzieht keine Miene. Natürlich nicht, er wird längst wissen, wessen Sohn ich bin. Seine Augen wandern über meinen angespannten Körper und ich komme mir verdammt klein vor. Diese Wirkung hat mein Vater immer auf mich. Wenn ich in seiner Nähe bin, werde ich wieder zu einem kleinen Jungen, der nicht genügt.

„Also gehen Sie mir aus dem Weg!"

„Verunreinigen Sie den Tatort nicht!", ruft er uns zornig hinterher. Mein Vater spart sich jeglichen Kommentar. Natürlich könnte er ihm jetzt eine Ansprache darüber halten, wie viele

Tatorte er wohl schon besichtigt hat und dass ein Staatsanwalt die Abläufe dort genau kennt. Aber so war er nie. Er ist kein Mann der großen Worte. Er schweigt und straft so.

„Bist du bereit, eine weitere Leiche zu sehen, Severin?", fragt er, bevor wir an einer aufgebauten weißen Wand vorbeigehen. Ich nicke nur, obwohl ich alles andere als bereit bin. Aber ich muss es sehen. Muss das hier verstehen.

Ich gehe einen weiteren Schritt und erstarre. Ich brauche nicht einmal näher an sie herantreten, um sie zu erkennen. Das Mädchen von früher, das ständig Schlägereien provoziert hat. Sie war immerzu wütend und so unzufrieden – außer wenn sie gemalt hat. Ein seltsamer Gegensatz, aber das war ihr Ventil. Ihr Fenster in eine andere Welt. In eine bessere Welt. Sie hat immer wieder davon erzählt, wie sie eines Tages die Wände ihrer Kinder bemalen wird. Dass ihre Kinder immer Dutzende Farben und Leinwände haben sollten, damit es ihnen nie an etwas fehlt.

Mein Blick fällt auf ihre Hände, die wie damals bunt von der Acrylfarbe sind. Farben, die Kevin ihr besorgt hat. Am Anfang waren es immer nur die Reste, die er hinter einem Atelier aus dem Müll geklaut hat. Ja, einmal hat er sogar eine Leinwand gefunden, sie mit Wandfarbe weiß getüncht und ihr dann geschenkt. Später hat Kevin immer wieder kleinere Jobs neben seinem eigentlichen Job angenommen und jeden Cent, den er da verdient hat, für ihre Farben ausgegeben.

„Ist sie es?", fragt mein Vater kühl. Seine Stimme reißt mich so sehr aus meinen Erinnerungen, dass ich kurz aufschluchze. Ein letztes Bild ihrer lebendigen Hände, wie sie voller Leidenschaft über die Leinwand fegen, als wäre sie eine Komponistin der Farben, blitzt vor mir auf. Dann trete ich einen Schritt näher und schließe meine Augen. Als ich meine Lider wieder öffne, mustere ich sie mit gespielter Haltung. Ihre dunklen Haare, die immer noch glänzen, das bunte Zopfgummi, das sie sich damals selbst gemacht hat und es immer noch trägt. Die ausgelatschten Stiefel. Ihre schmächtige Figur und das Piercing an ihrer Nase. Sie hat sich kaum verändert. Nein, alles, was anders an ihr ist, hat der Tod ihr genommen. Die rosigen Wangen und das verschmitzte Grinsen. Ihre hibbeligen Finger und ihre Zunge, die immer im Takt ihrer Hände über ihre Lippen gestrichen war. Das ist alles, was jetzt nicht mehr da ist. Sonst könnte sie immer noch das achtzehnjährige Mädchen sein, das ich damals auch hinter mir gelassen habe.

„Sie ist es", gebe ich knapp zurück, damit meine Stimme nicht bricht.

Eine Frau in einem weißen Overall nähert sich und zieht ein weißes Tuch vom Hals der Toten. Ein dumpfer Laut verlässt meine Kehle, als ich ihre entdecke. Aufgeschnitten und völlig entstellt.

„Jemand hat sich ihr von hinten genähert", sagt die Frau und führt ihre Finger an ihre eigene Kehle, als hielte sie ein Messer in der Hand. „Und dann." Sie macht eine schneidende Geste, die mir Übelkeit in jede Faser meines Körpers treibt. Bilder des Ordners tauchen vor mir auf, doch ich verscheuche sie sofort.

„Vorher gab es einen Kampf, was nicht ganz zu dem", sie macht zwei Anführungszeichen mit ihren Händen, „Von-hinten-Anschleichen passt." Sie kniet sich neben Kats Leichnam und hebt ihre Hände in die Höhe. „Hautreste, Blut. Sie hat offensichtlich jemanden gekratzt." Sie dreht ihre Hand und bildet eine Faust.

Sie kann noch nicht lange tot sein, wenn die Leichenstarre noch nicht vollkommen eingesetzt hat.

„Ihre Knöchel sind blutig und dick. Sie hat jemanden geschlagen. Ihr Körper und ihre Hände sehen generell so aus, als hätte sie öfter mal zugeschlagen."

Ich presse meine Lippen aufeinander, während mein Vater neben mir seufzt. „Und die Wunden des Jungen passen zu denen der Toten?"

Junge ... auch so eine Angewohnheit von ihm. Für ihn sind wir alle noch kleine Jungs.

„Ja, und Kevin Müller ist dem Computer bekannt. Der Abgleich ist bereits durch. Es sind seine Hautpartikel."

„Gut, dann halten sie ihn weiter fest und verhören ihn. Der Haftbefehl geht durch und ... der Durchsuchungsbeschluss natürlich auch", brummt mein Vater und sieht zu Kaschrek, der nur ein paar Meter von uns entfernt steht.

„Wir gehen", wendet er sich dann an mich und nickt den anderen hier zu. „Sie bekommen den Rest noch heute Abend." Sein Blick wandert wieder zu Kaschrek. „Und sie verhaften niemanden mehr, ohne den Haftbefehl von mir in der Hand zu halten."

„Ja, das nächste Mal warte ich, bis der Verdächtige über alle Berge ist", schnauft Kaschrek und nickt meinem Vater dann zum Abschied kühl zu.

„Wenn ich darüber auch nur ein Wort in deiner Zeitung entdecke, wirst du mich kennenlernen, Severin."

„Hier geht es schon lange nicht mehr um eine Story", sage ich nüchtern und halte ihm das Absperrband hoch.

„Geht es dir gut?" Eine Frage, die er aus Höflichkeit stellt, also nicke ich. „Du hast gerade eine Freundin tot gesehen, Severin. Du hast vor drei Wochen dabei zugesehen, wie zwei Frauen erstochen wurden. Dir kann es nicht gut gehen."

„Warum fragst du dann, wenn du sowieso viel besser weißt, was in mir vorgeht?"

Er schüttelt kaum sichtbar den Kopf. Dann steht Lyd vor uns. „Und das scheint die berüchtigte Lydia Heller zu sein."

Mein Magen verkrampft sich, als er ihr die Hand entgegenstreckt und sie mir einen fragenden Blick zuwirft.

„Lass dich am Sonntag blicken, Junge", wendet er sich noch einmal an mich. „Ich habe das hier für dich getan und dafür wirst du Sonntag erscheinen."

„Ach, seit wann interessiert es dich, ob neben Anastasia auch noch dein anderes Kind am Tisch sitzt?"

„Deiner Mutter bedeutet es etwas. Und wenn sie unglücklich ist, verliere ich Zeit, die ich für meine Arbeit brauche. Also. Wir sehen uns Sonntag. Um eins." Er sieht noch einmal zu Lydia. „Bring sie mit. Deine Mutter wird sich freuen, wenn du endlich mal eine Frau mitbringst."

„Danke für die Einladung!", ruft Lydia ihm schüchtern hinterher, während er bereits zu seinem Auto geht.

„Was war das?", hake ich angeekelt nach.

„Er hat mich eingeladen. Ich war höflich!", beschwert sie sich und tritt dann näher. „Geht es dir gut, Sev?"

„Sicher", wehre ich ab und mache mich dann auf den Weg zu ihrem Auto.

„Ich fahr dich heim", flüstert Lydia, als wir eingestiegen sind, und so sitzen wir erstmal mehrere Minuten schweigend nebeneinander.

„Was geht in deinem Kopf vor?", fragt sie irgendwann. Ich spüre, wie sie mich kurz ansieht, erwidere ihren Blick aber nicht.

„Dass ich jetzt aufwachen muss, weil zwei alte Freunde von mir wirklich meine Hilfe brauchen."

„Aber..." Sie macht eine kurze Pause, als müsse sie genau überlegen, wie sie mir das Folgende am besten sagt. „Kevin wirkt wirklich sehr schuldig, Sev. Allein die Wunden an seinem Hals und ..."

„Er war es nicht." Lydia beginnt unruhig auf ihrer Unterlippe herumzukauen, während ich starr aus dem Fenster blicke.

„Warum bist du dir da so sicher?"

Bilder blitzen vor mir auf. Bilder von Kevin, als ich noch sein Freund war und wir zusammen in der Wohnung seiner Mutter saßen. Kat wohnte eigentlich schon seit sie vierzehn war bei ihm, nur seine Mutter wollte es nie so nennen. Und vielleicht wollte auch Kat es nicht, weil sie immer selbstsicher und eigenständig rüberkommen wollte.

Ich erinnere mich daran, wie es war, Kevins Freund zu sein. Wie viel Liebe in diesem Schlägertyp gesteckt hat. Aber ich erinnere mich auch, was es für ihn hieß, Kat zu haben. Wie er sie angesehen hat, jede Sekunde ihres Lebens. In jeder noch so schlimmen Verfassung. Kat bedeutet ihm alles.

„Ich weiß es einfach."

Nach dem Gerichtsverfahren habe ich mir so sehr eingeredet, dass ich eine Welt verlassen habe, die schlecht für mich war. Aber warum? Warum war ich mir so sicher, dass sie schlecht ist? Vielleicht ist sie anders. Ja, vielleicht brennt in jedem von ihnen eine Leidenschaft, die ich so nie fühlen konnte. Aber schlecht war sie nie. Im Gegenteil. Sie war echter als alles, was ich davor und danach kennengelernt und gelebt habe. Die Liebe zur Eintracht, zum Fußball. Zueinander. Das alles war mehr, als ich je für möglich gehalten hätte. Und ich habe sie alle verlassen.

„Schaffst du das?", frage ich Lyd, als sie vor meiner Haustür anhält.

„Was? Alleine zu Hause zu sein?" Sie ringt sich ein klägliches Lächeln ab.

„Ja. Schließlich ist da immer noch der Mörder, der dich ..."

„Es ist meine Schuld, nicht wahr? Sie ist meinetwegen gestorben. Weil ich unbedingt weiterschnüffeln wollte." Sie hält das Lenkrad so fest, dass ihre Knöchel weiß hervortreten.

„Nein, Lydia. Das war geplant, und du hättest nichts ändern können."

Sie nickt und wirft mir dann einen gespielt sicheren Blick zu. „Ich schaffe das und kann allein sein."

„In Ordnung", brumme ich, weil es sowieso keinen Sinn hat, ihr zu widersprechen. Ich beuge mich kurz zu ihr, küsse sie auf die Stirn und steige dann aus.

Als ich endlich in meiner Wohnung bin, starre ich minutenlang einfach nur durch das Fenster in den Nachthimmel. Das Dunkel passt zur Leere, die sich in mir ausgebreitet hat. Ist so greifbar, jetzt da ich allein bin, dass es mir den Atem raubt. Seit ich Kat da habe liegen sehen, wünsche ich mir, ich hätte mehr Zeit mit ihr verbracht, als sie noch gelebt hat. Wünsche mir, ich hätte sie immer schon so verstanden, wie Kevin sie verstanden hat. Aber jetzt ist es zu spät. Zumindest für Kat. Aber nicht für Helena, Mic und Kevin. Ich habe die Chance, ihnen zu helfen und genau das werde ich tun.

Wie ein Roboter ziehe ich mich aus, stelle mich unter die Dusche und versuche mir den Tag abzuwaschen. Spätestens als ich nur mit einem Handtuch um meine Hüften im Bett liege, weiß ich, dass es keinen Sinn hat. Aber es bringt nichts, der Vergangenheit hinterherzutrauern. Ich muss mich auf Mic und Kevin konzentrieren. Auf die Menschen, die eine Zukunft haben könnten, die Kat niemals haben wird. Sie wird niemals Kinder bekommen und ihre Zimmerwände bemalen. Das ist vorbei. Ein längst geträumter Traum, der nie zur Realität werden wird.

Ich lasse mir noch einmal alles durch den Kopf gehen, was Helena erzählt hat. Vor allem die Geschichte mit dem Ordner erscheint mir zu seltsam. Was für ein Zufall müsste das sein?

Plötzlich weiß ich, was ich zu tun habe. Ich muss Mic in der U-Haft besuchen. Egal, ob er mich sehen will oder nicht. Ich muss.

Das Klingeln meines Handys reißt mich aus meinen Gedanken. Ich drehe mich zur Seite und greife nach dem Ding. Achim. Hin und her gerissen, warte ich einen Moment, fest entschlossen, nicht abzunehmen, doch dann ziehe ich den grünen Telefonbutton doch zur Seite.

„Ja?", melde ich mich.

„Was verdammt nochmal hast du gestern getan?!" Seine Stimme klingt zu amüsiert, als dass ich mir wirklich Sorgen machen könnte. „Das Mädel sitzt hier und heult." Er lacht.

„Ich erinnere mich nicht wirklich. Aber ich habe ihr einen Kaffee angeboten", verteidige ich mich.

„Kommst du?" Achim klingt beinahe so, als würde er flehen.

„Eher nicht", brumme ich ins Telefon und recke meinen Nacken.

„Severin. Es ist Freitag und du bist achtundzwanzig. Schwing die Hufe!"

Wenn der wüsste, was heute los war. „Ich kann nicht."

„Du glaubst nicht, wer hier gerade reinmarschiert ist."

Ich stöhne genervt. „So lange es nicht Jessica Alba ist, interessiert es mich nicht und wird mich auch nicht überzeugen."

„Lydia Heller!"

„Was?!" Ich setze mich auf und ziehe meine Augenbrauen zusammen, als würde ich sie gerade vor mir haben und zornig tadeln. „Was will die da?"

„Woher soll ich das wissen? Ich kenne sie nur aus deinen Erzählungen und von dem Foto, das du mir gezeigt hast. Aber sie sieht etwas lädiert aus."

„Geh zu ihr und sag ihr, dass sie da verschwinden soll!"

„Bitte was? Sie kennt mich nicht. Wie psycho wär das denn?!"

„Achim!"

„Komm selbst her und mach das. Ich biete dir an, sie zu beschäftigen, damit sie nicht wegrennt. Die Alte wirkt eh, als wäre sie gerade erst aus der nächstliegenden Anstalt entflohen."

„Nenn sie nicht so!", zische ich ins Telefon. „Ich komme."

Mit diesen Worten lege ich auf, schmeiße das Telefon irgendwo aufs Bett und drücke mein Gesicht in ein Kissen, um meine Schreie zu unterdrücken. Warum zum Teufel macht sie das? Und was hat jemand wie sie im *Kingston* zu suchen?

Als ich mir gerade eine Hose und ein Shirt übergezogen habe, brummt mein Handy mehrmals. Ich suche es zwischen meinen Laken und öffne den Chat.

Sie sucht einen Kerl. Ich glaube, sie hat ihn gefunden.

Oh, oh, Severin, der ist ganz schön muskulös.

Ich schnalze mit der Zunge.

Bist du ein verdammtes Klatschweib?, tippe ich ein und warte auf seine Erwiderung.

Der Kerl sieht nicht gerade nach der netten Sorte Kerl aus. Soll ich ihn schlagen?

Witzig, ist alles, was ich antworte, bevor ich mein Handy in meine Hosentasche schiebe. Wie kann Lydia in eine Bar gehen und einen Kerl treffen? Nach allem, was heute passiert ist?

Als ich mir meine Jacke und Stiefel übergezogen habe, nehme ich noch einmal mein Handy heraus und denke nach.

Wie genau sieht der Kerl aus?, schreibe ich dann, bevor ich die Tür öffne.

Groß, muskulös, Glatze. Hat ein Tattoo am Hals. Einen Adlerkopf.

„Ach, verdammte Scheiße", fluche ich vor mich hin und lege meine Hand auf die Klinke. Dann zögere ich aber. Es ist ihre

Sache. Ihr Leben. Sie kann selbst entscheiden, was sie tut und in welche Gefahren sie sich bringt. Dennoch tippe ich einen Namen in mein Handy ein und drücke auf Anruf.

„Was willst du?", ertönt Tims kratzige Stimme.

„Hat Lydia noch irgendwelche Informationen von dir gewollt?"

Er schweigt viel zu lange. So lange, dass ich genau weiß, dass da etwas dahinterstecken muss.

„Tim!", fordere ich ungeduldig.

„Sie wollte nur etwas über einen Julian Klaasen wissen. Er gehört wohl zu den Eagles."

„Und du hast wieder deine Kontakte spielen lassen und ihr gesagt, wo er immer abhängt, wenn er sich nicht auf die nächste Pyro-Scheiße vorbereitet oder im *Greifvogel* mit den anderen feiert? Du bist ein so grandioser Idiot, Tim!", knurre ich und beende das Gespräch. Julian ist nicht die Sorte Mensch, mit der man sich umgeben sollte. Ganz und gar nicht. Da wäre es mir beinahe lieber, wenn sie bei Kevin wäre.

Ich schüttle den Kopf, gehe hinunter in den Keller und schleppe mein Fahrrad vor die Tür. Nicht gerade die perfekten Temperaturen für einen Fahrradausflug, aber seit ich kein Student mehr bin, verzichte ich so oft wie möglich darauf, mit der Bahn zu fahren. Als Student war ich auch schon arm. Jetzt aber habe ich nicht einmal mehr ein Semesterticket. Und für November sind acht Grad ja noch erträglich.

Zehn Minuten später schließe ich mein Fahrrad an einer Laterne an und gehe durch das kleine Tor hinein in ein Haus, bis ich über eine Steintreppe hinab in die Bar gelange. Es ist viel zu voll und laut, um mich wirklich taktisch zu orientieren, aber auf Achim ist wie immer Verlass. Hinten an der Bar winkt nämlich jemand, als hätte er gerade einen Anfall. „Oh

Mann", nuschle ich vor mich hin und gehe an dem blonden Mädchen von gestern vorbei zu Achim. Die Blonde hat schon Ersatz gefunden. So ist das Leben.

„Wo ist sie?"

Er verzieht den Mund „Freut mich auch, dich zu sehen."

Ich sehe ihn nur mit meinem Echt-jetzt?-Machst-du-auf-zickiges-Mädchen?-Blick an und schon gibt er nach.

„Da hinten." Er deutet zur kleinen Bühne, auf der heute keine Band spielt, sondern Leute tanzen. In der hintersten Ecke erkenne ich das offene rotblonde Haar von Lydia und vor ihr den Mann mit dem Tattoo. Julian. Ich kenne ihn nicht persönlich, aber schon damals, als ich noch bei den Eagles war, wurde viel über ihn und seine Brutalität geredet. Er war schon immer eine Art Vorzeige-Hool.

„Verdammt", entfährt es mir, als ich begreife, was Lydia da tut. Ihre Haare sind offen, ihre Bluse aufgeknöpft – gerade so, dass man nicht alles erkennen kann, aber genug, um Lust auf mehr zu wecken. Dieses kleine Biest. Trotz allem schleicht sich ein winziges Lächeln auf meine Lippen, weil ich Lydias Art, sich zu beschaffen, was sie haben will, schon immer mochte. Es passte gar nicht zu der eher wenig selbstsicheren Lydia Heller.

„Was willst du tun? Dazwischen gehen und den Riesen verscheuchen?", fragt mich Achim gegen den Lärm und reicht mir einen Gin Tonic. Ich werfe ihm einen skeptischen Blick zu. Er weiß, dass ich es nicht leiden kann, dass er ständig für mich bestellt.

„Danke", sage ich trotzdem und sehe dann wieder zu Lyd. „Ich habe keine Ahnung. Ich denke, ich bleibe hier und schreite ein, wenn sie meine Hilfe braucht."

„Ach so", lacht Achim. „Weil du gegen den ja auch locker 'ne

Chance hast." Er gluckst wie ein Irrer und erntet dafür wieder einen bösen Blick von mir.

„Ich überleg mir was."

„Ich fasse mal zusammen, Severin", beginnt Achim und lehnt sich zu mir rüber. „Seit ich dich kenne, als wir zusammen bei der *Frankfurter Post* unser Volontariat gemacht haben, habe ich dich fast täglich erwischt, wie du Lydia Heller gestalkt hast. Das Mädchen, mit dem du zusammen studiert und es dann verloren hast, weil du Peter Pan warst." Er räuspert sich, als wäre er ein professioneller Berichterstatter. „Genau dieses Mädchen steht jetzt da hinten und redet mit einem zwielichtigen Typen, nachdem sie dich mehrmals im Krankenhaus besucht hat, und du ... du willst hier warten, bis der Typ sie in sein Bett zerrt?!" Er schüttelt verständnislos den Kopf.

„Sie wird nicht mit ihm ins Bett gehen. Darum geht es ihr nicht", wehre ich entschieden ab.

„Ach nein? Sieht für mich aber ganz so aus." Er deutet zu den beiden, und ich beobachte fassungslos, wie Lydia mittlerweile am Kragen seines Oberteils herumspielt.

„Sie ist irre geworden", brumme ich zornig und kippe mir den Gin Tonic herunter. „Ein Bier", gebe ich dann eine neue Bestellung auf und sehe dabei leider zu dem Mädel von gestern und sie ... sieht mich an. Verdammt.

Ich hebe unbeholfen, aber locker meine Hand und winke ihr halbherzig zu, während sie mir eine ebenso eindeutige wie böse Geste zurückschickt.

„Was genau habe ich ihr eigentlich getan?", richte ich mich an Achim.

„Mit ihr geschlafen und ihr dann einen Kaffee statt deine Handynummer angeboten", sagt er und zuckt mit den Schultern.

„Was denkt sie? Dass sie einen Kerl in einem Club kennenlernt, betrunken mit ihm nach Hause geht, mit ihm schläft und der dann verpflichtet ist, sie seinen Eltern vorzustellen?"

Achim verzieht den Mund. „Frauen."

„Ja", stimme ich zu und nehme mein Bier entgegen.

„Naja, aber insgeheim wünschst du dir ja, dass Lydia sich genau so verhalten würde. Es sind immer die Falschen."

„Die Falschen?", hake ich mit einem wissenden Lächeln nach. Achim ist nämlich alles andere als ein Frauenschwarm oder -versteher.

„Naja, die, die gerne mehr wollen, willst du nicht, und die, die nichts wollen, … die willst du. Menschen sind seltsam. Dabei könnte alles so einfach sein."

„Das Leben ist nicht einfach, Achim, wie sollte es also die Liebe sein?" Ich hebe meine Brauen, während er leise gluckst.

„Wo ist der Traum deiner schlaflosen Nächte hin?"

„Mh?", mache ich und drehe mich um. Lydia und der Kerl sind verschwunden. „Scheiße!", stoße ich hervor, stelle mein Bier ab und laufe zum Ausgang. Nach einem kurzen Blick zu den Toiletten bin ich mir sicher, dass sie hinaufgegangen sein müssen. „Mann, Lydia!", knurre ich und hechte die steinernen Stufen hinauf, doch auf der Hälfte werde ich von einem Mann aufgehalten. Vielleicht ein wenig älter als ich und womöglich angetrunken. Aber ich bin mir sicher, ihn nicht zu kennen.

„Sie soll damit aufhören."

„Was?", hake ich irritiert nach und blinzle ein paar Mal. „Sie wurde einmal gewarnt. Jemand anderes musste bezahlen. Das nächste Mal bezahlt sie."

Ich starre ihn fassungslos an und halte ihn nicht auf, als er sich von mir losreißt und nach oben flüchtet. Sein Gesicht brennt sich in mein Bewusstsein. Ich muss ihm nach. Muss ihn fragen, wer ihn beauftragt hat, das zu sagen, denn ich bin mir sicher, der Mörder selbst würde sich hier nicht blicken lassen.

Als ich mich endlich fange, die Treppen hinaufstürze und endlich oben ankomme, sehe ich ihn noch in Richtung Hauptwache im Dunkeln verschwinden, als ich plötzlich Lydias Stimme höre. Sie klingt aufgebracht und kommt aus einer kleinen Ladennische aus der anderen Richtung. Ich entscheide ohne zu zögern, nach ihr zu sehen, statt dem Kerl zu folgen, und gehe um die Ecke. Sie steht da, vor ihr Julian, und langsam richten sich ihre Augen panisch auf mich.

„Was wird das hier?!", frage ich sicher. Sicherer, als ich mich im Angesicht Goliaths gerade fühle.

„Und was geht dich das an?!", knurrt Julian und zieht Lydia an ihrer Hüfte zu sich. Wut ballt sich in mir zu einer Faust.

„Sie ist meine Freundin", sage ich kühl, aber meine Stimme ist autoritär und sicher.

„Deine Freundin?" Er entfernt sich ein wenig. Etwas, womit ich nicht gerechnet habe, aber den Jungs bei den Eagles lag es schon immer fern, die Frauen von anderen anzupacken.

„Du bist Julian", stelle ich fest, um Lydias Pläne nicht vollends zu durchkreuzen. Er sieht mich an und legt den Kopf ein wenig schief.

„Ich bin Severin. Ich war mal Teil der Eagles."

„Teil der Eagles ist man ein Leben lang", entgegnet er. „Das gilt auch für Verräter."

Ein wenig erfüllt es mich mit Stolz, dass selbst der große Julian von mir weiß, auch wenn er nur von meinem Verrat weiß.

„Kevin wurde heute Nacht verhaftet", rede ich weiter, um sein Interesse aufrechtzuerhalten. „Kat wurde ermordet."

Er verzieht keine Miene. „Ich hatte heute Abend andere Dinge zu tun."

„Wir brauchen deine Hilfe!", platzt es plötzlich aus Lydia heraus. „Weißt du etwas über die Rauchbombe, die gegen Düsseldorf im Stadion deponiert wurde?"

„Und wenn?", grinst er. „Dann würde ich ja wohl kaum ausgerechnet Herrn Severin Klemm oder Frau Heller davon erzählen. Geht's noch?"

Ich habe nichts anderes erwartet. „Der Typ ist eine Sackgasse", flüstere ich Lydia zu.

Sie nickt. „Dann nicht", sagt sie mit Stolz in der Stimme. „Aber einen Versuch war es wert."

„Ich kann euch wirklich nicht helfen", sagt er und entfernt sich mit einem enttäuschten Blick von Lydia. „Und diese Masche war ziemlich uncool, Herzchen." Mit diesen Worten geht er und hinterlässt eine peinlich berührte Lydia, die es nicht wagt, in meine Augen zu sehen.

„Du kommst mit zu mir", bestimme ich, greife nach ihrem Arm und führe sie zu meinem Fahrrad.

***

„Nimm es!" Ich höre seine Stimme wie damals. Als wäre sie hier bei mir, um mich zu leiten.

„Was kann schlimmstenfalls passieren?" Er sah mich mit einem süffisanten Lächeln auf den Lippen an und hielt mir wieder seinen Kettenanhänger mit dem weißen Pulver entgegen.

„Sucht – das wäre so ungefähr das Erste, was mir einfällt",

gab ich lachend zurück. Er schüttelte den Kopf. „Du bist einer von uns. Vergiss das nicht."

„Warum sollte ich das vergessen, nur weil ich nüchtern bleiben will?" Ich schnaufte, nahm aber den Anhänger an mich und streute es auf die Glasplatte vor mir.

„Heute Nacht kriegen wir sie. Wir kriegen sie und dafür müssen wir wach sein."

„Und mit klarem Geist", wendete ich ein. Wieder schüttelte er nur den Kopf und reichte mir schließlich ein kleines Röhrchen. „Los!" Ich zögerte nur kurz, beugte mich hinunter und schniefte das Zeug ein, das sich unerbittlich in meine Schleimhäute brannte.

Hätte ich damals schon gewusst, was dieses Zeug anrichten würde ... aber ich darf die Schuld nicht bei mir suchen. Ich darf nicht vergessen, wer ich bin, und wer er war. Ich lebe. Aber dieses Leben wird ewig nur aus dem bestehen, was ich noch zu vergelten habe. Sie werden leiden. Sie werden schreien und sich wehren. Ja, ihnen werden die Herzen und Seelen brechen, so wie sie mir damals brachen.

Das wird mir nicht wieder passieren. Es wird nicht so weit kommen.

Ich gehe weiter und lasse meinen Blick über die Baustelle wandern, die nun immer ihr Blut in sich tragen wird. Es war sinnvoll. Notwendig. Aber eine Sache passt nicht – drängt sich in all das hinein, ohne dass ich es kontrollieren kann.

10

SONNTAG, 11. NOVEMBER 2018, 09.27 UHR

SEVERIN

„Au!" Ich zucke zusammen und versuche das Poltern und den spitzen Schrei zu ignorieren, aber es gelingt mir nicht wirklich.

„Lyd!", knurre ich also völlig verschlafen und blinzle, um etwas zu erkennen. Die Jalousien sind noch heruntergelassen.

„Entschuldige, aber deine kleine Wohnung steht voller Krams", zischt sie leise, so als hätte sie mich nicht sowieso bereits geweckt.

„Das nennt man Möbel. Mach das Licht an, wenn du mitten in der Nacht hier herumspionierst."

„Ha ha!", entgegnet sie nervös. „Wir müssen los!"

„Das Spiel ist erst um 18 Uhr", antworte ich irritiert und werfe einen Blick auf die alte Uhr über meinem Kühlschrank. Es ist gerade mal halb zehn und wir sind erst gegen fünf eingeschlafen. Das ist ein Schlafdefizit von mindestens drei Stunden.

„Das Essen bei deinen Eltern?!" Sie sieht mich entrüstet an.

„Glaub mir, da willst du nicht mit hin", brumme ich, stehe auf und gehe zur kleinen Küche.

„Kaffee?"

Sie rümpft ihre Nase mit einem kurzen Blick zu der Kaffeemaschine. „Musst du immer nackt rumlaufen? Es ist Winter!"

„Erstens sind es draußen sicher um die acht Grad und zweitens trage ich eine Boxershorts. Das nennt man nicht nackt."

Während ich die Kaffeemaschine befülle, läuft Lydia durch die Wohnung wie ein Huhn, das nicht weiß, wo es sein Ei hinlegen soll. Ich stöhne und wende mich ihr schließlich zu. „Was ist?"

„Ich habe nichts zum Anziehen und ... das hier hatte ich gestern schon an."

„Und du gehst davon aus, dass meinem Vater so etwas auffallen würde?" Ich hebe belustigt einen Mundwinkel.

„Natürlich!", zischt sie und funkelt mich böse an. „Und dann ..."

„Dann was? Dann denkt er, dass du die Nacht bei mir verbracht hast? War es nicht genau so?" Mein Grinsen wird breiter, während sich ihr Gesicht immer mehr zu einer zornigen Miene verzieht.

„Wir fahren bei mir vorbei."

„In Kronberg? Sicher nicht", gebe ich zurück und hole zwei Becher aus dem Schrank, um sie mit Kaffee zu befüllen.

„Ich habe noch eine Wohnung", sagt sie so leise, dass ich kurz überlege, ob ich mir ihre Worte nur eingebildet habe.

„So?", hake ich also mit einer unverfänglichen Antwort nach.

„Naja. Es ist die Wohnung einer Freundin, aber ich bin oft da und habe deshalb auch Sachen dort. Leb damit, Severin Klemm."

Ich hebe meine Brauen und nähere mich ihr langsam. „Soll das heißen, du hast dich von Jens getrennt?"

„Nein, das heißt es nicht. Ich habe nur keine Lust mehr ..."

„Ständig rausgeschmissen zu werden und nicht zu wissen, wo du hin sollst?"

Ihre Lippen beben vor Zorn. Also entscheide ich, das Thema lieber auf sich beruhen zu lassen. Wir wissen beide, dass ich recht habe. Jens hat sie nicht nur einmal rausgeschmissen und Lydia musste dann immer Asyl bei Freunden oder ihrem Vater suchen.

„Und wo ist diese Flüchtlingswohnung?"

„Du bist nicht witzig!", zischt sie, nimmt den Kaffee und lässt sich viel zu locker auf die Couch sinken. „Auch im Nordend."

„Uh. Gehoben."

„Sei einfach leise!", brummt sie und nippt unbeholfen an ihrem Kaffee.

„Ich ziehe mir was an und dann fahren wir zu deiner Freundin", gebe ich nach, stehe auf und laufe in mein Schlafzimmer, das ich in dieser Nacht natürlich Lydia überlassen habe. Kurz mustere ich die weißen Hemden, die ich seit Ewigkeiten nicht mehr getragen habe. Und obwohl ich weiß, dass es ein Leichtes wäre, eines von ihnen überzustreifen und meinen Vater damit glücklich zu machen, greife ich nach einem weißen Shirt und schlüpfe hinein. Zumindest lasse ich mich zu einer beigen Chino hinreißen. Das muss reichen.

Als ich zurück ins Wohnzimmer komme, mustert mich Lydia einen Augenblick zu lange, sagt aber nichts.

Ich gehe noch kurz ins Bad, wasche mir mein Gesicht und fahre mir dann mit dem Wasser durch meine leicht gewellten Haare, die vom Sommer noch ein paar hellere Strähnen aufweisen, obwohl mein Haar sonst eher dunkel ist. Normalerweise müsste ich mich rasieren, aber ich entscheide mich für den Dreitagebart. „Können wir?"

Sie nickt und folgt mir. Gestern hat sie darauf bestanden, mein Fahrrad in der Stadt zu lassen und mit ihrem Auto zu fahren, nachdem sie mir zehn Minuten lang versicherte, dass sie nur so getan hat, als sei sie betrunken. Also laufen wir jetzt zu der Stelle, an der wir gestern geparkt haben, und schweigen den Weg über.

Nur ein paar Minuten später hält sie vor einem schicken Altbau und sieht mich auffordernd an.

„Na los!"

„Ich soll mitkommen?", hake ich irritiert nach, steige aber aus, weil Lydia heute nicht so wirkt, als wäre ihr Geduldsfaden allzu lang.

Sie öffnet die Wohnung mit einem eigenen Schlüssel und sieht sich um. „Lea?"

„Lydia!", ruft eine Stimme zurück, und nur einen Augenblick später erscheint eine dunkelhaarige junge Frau im Flur und mustert mich von oben bis unten. „Wir haben Besuch?", fragt sie in einer ganz anderen Tonlage als gerade noch und wirft mir ein Lächeln zu. Ich mustere sie skeptisch. Sie wirkt beinahe wie ein Fisch, dem es seit Ewigkeiten nach Wasser dürstet. Nur, dass das Wasser in diesem Fall Männer sind und ich wohl ... das erste Wasser in Sicht.

„Das ist Severin", brummt Lydia mit einem merkwürdigen Unterton. „Beschäftige ihn einfach, bis ich mich umgezogen habe." Mit diesen Worten verschwindet sie durch eine der Türen, und Leas Grinsen wird noch breiter.

„Kein Jens mehr?", fragt sie spielerisch und kommt näher.

„Wir sind nur Freunde. Jens ist hochaktuell", gebe ich knapp zurück.

„Gut zu wissen."

Ich fahre mir lautlos stöhnend durch meine Haare und lächle sie unecht an. Ich bin niemand, der einen Flirt abschmettert, zumindest nicht bei einer Frau wie ihr, aber gerade bin ich nicht wirklich in Stimmung.

„Krankenschwester?", frage ich also mit einem Blick auf ihre Uniform.

„Ja", sagt sie und lächelt verschämt, bevor ihr Blick zu ihrer Armbanduhr wandert. „Und deshalb muss ich jetzt auch leider los. Ich hoffe wir sehen uns, Severin." Sie geht mit langsamen Schritten an mir vorbei, nimmt ihren Schlüssel von der Ablage und verschwindet.

Lydia kommt erstaunlich schnell wieder, die Haare offen, aber immer noch geglättet, eine helle Bluse und einen dunklen Rock, der von ihrer Taille an eng hinuntergleitet. Ich wende meinen Blick ab, als sie bemerkt, dass ich sie anstarre, und gehe auf die Tür zu. „Können wir?"

„Lass mich bei deinen Eltern bloß nicht allein, verstanden?", sagt sie, als sie einsteigt und sich den Rock glattstreicht.

„Verstanden, Chef", lache ich und werfe dann doch noch einen Blick auf sie. Auf ihre roten Lippen und die blauen Augen, die mich mit einer Mischung aus Skepsis und Neugierde ansehen. „Du siehst hübsch aus", nuschle ich dann und lächle sie schief an.

„Ich weiß, dass du mich so nicht magst, Sev. Also gib dir keine Mühe", sagt sie und startet den Motor, um nur eine Minute später in die Wolfsgangstraße abzubiegen.

„Da hinten dann rechts."

„Wohnt ihr direkt am Holzhausenpark?", hakt sie mit einem Hauch Anerkennung in der Stimme nach.

„Meine Eltern wohnen da", verbessere ich sie und sehe dabei zu, wie sie unbeholfen den viel zu hohen Bordstein hochfährt, um zu parken.

„Welches ist es?", fragt sie, als wir auf der Fürstenbergerstraße stehen. Ich deute auf eines der Häuser und höre, wie Lydia augenblicklich den Atem anhält.

„Lydia, du bist doch mittlerweile nur noch in solchen Kreisen unterwegs. Was zum Henker ist los mit dir?"

„Da drin bist du aufgewachsen, Severin?"

Ich schließe kurz meine Augen und nicke. „Bin ich."

Sie sagt nichts mehr, was auch besser so ist. Keiner versteht, wie ein Kind, das hier aufgewachsen ist, ein Hool werden konnte oder schließlich ein erfolgloser Journalist, der in einer abgeranzten Studentenbude haust. Aber das muss auch niemand verstehen.

Während Lydia sich vor der Haustür noch unzählige Male den Rock und die Haare richtet, lausche ich dem vertrauten Ton der Klingel. Mama liebt London, weshalb sie die Klingel so eingestellt hat, dass sie die Melodie des Big-Ben-Glockenschlags spielt.

Als die Tür geöffnet wird und ich in Mamas geweitete Augen sehe, bereue ich ein wenig, so lange nicht hier gewesen zu sein. Damals habe ich ihr versprochen, jeden Sonntag zum Essen zu kommen. Aber natürlich habe ich mich nicht daran gehalten.

„Severin!", sagt sie mit ihrer warmen, melodischen Stimme und schließt mich in ihre Arme. Obwohl sie eine so zierliche kleine Person ist, habe ich nie jemanden kennengelernt, der fester umarmen kann als sie.

„Severin", quittiert nun auch mein Vater, der hinter ihr im hellen Flur auftaucht, mein Erscheinen eher knapp.

„Das ist Lydia Heller", stelle ich Lyd vor und berühre ihre Schulter, um sie in das Haus zu schieben. Sie wirkt beinahe, als wäre sie reif fürs Sauerstoffzelt.

„Hallo, meine Liebe", sagt Mama und schließt auch sie in ihre Arme, während ich meinem Vater die Hand reiche.

„Severin!", schallt es durch das Haus, und im nächsten Moment stürmt Alexander auf mich zu und reißt mich beinahe von den Füßen.

„Du kleiner Wirbelwind!", lache ich und schwinge ihn herum, bevor ich unseren Check durchführe. Er ist groß geworden. So groß, dass ich schon wieder bereue, mich so von ihnen allen fernzuhalten.

„Alexander, das ist Lydia, eine Freundin von … der Arbeit", sage ich und deute auf sie, während sie sich ein wenig bückt. „Lydia, das ist Alexander … der Große. Mein kleiner Neffe." Ich fahre ihm durch seine hellen strubbeligen Haare. Er streicht sie sofort wieder glatt und wird nervös, als er Lydia die Hand reicht. Mit sechs Jahren etwas früh, um bereits Frauen beeindrucken zu wollen.

„Severin."

„Das war das vierte Severin in nur zwei Minuten", sage ich und erhebe mich, um in Anastasias stahlblaue Augen zu sehen.

„Nimm es uns nicht übel, dein Erscheinen hier grenzt ja an ein Wunder." Sie kann es einfach nicht lassen. Dennoch gehe ich einen Schritt auf sie zu und umarme meine große Schwester eher halbherzig. So war es bei uns schon immer. Anastasia kann Nähe nicht sonderlich gut leiden, aber als Geschwister wäre es seltsam, sich nur die Hand zu reichen. Also schieben wir jedes Mal unseren Hintern nach hinten, umarmen uns mit einem Meter Abstand und klopfen uns gegenseitig völlig unbeholfen auf den Rücken. So wie das eigentlich Kerle untereinander tun.

Ich streiche Alexander erneut durch das Haar, um irgendwie diese seltsame Stille zu überspielen.

„Hast du dir die Hände gewaschen?" Anastasias akkurate Brauen heben sich.

„Wie oft noch, Nasti. Ich rauche nicht."

„Aber hier riecht es nach Rauch."

„Ähm ..." Lydia hebt unbeholfen ihren Finger und tritt näher. „Das war dann wohl ich."

„Aha", entfährt es Anastasia und sie mustert Lydia, als könne sie so jede Bazille und jeden Rest Nikotin an ihr scannen.

„Lydia", stellt sie sich dann vor und vermeidet es geschickt, ihr die Hand zu reichen. Sie ist in der Tat jemand, der Menschen erstaunlich schnell einzuschätzen versteht. Anastasia wirft mir einen zufriedenen Blick zu. „Und sie ist deine Freundin?"

„Eine Freundin", verbessere ich, und als Anastasia gerade etwas erwidern will, trennt Mama uns mit einer Geste und bittet uns dann in das Esszimmer.

Ich atme schwer, lege wieder eine Hand auf Lydias Rücken und schiebe sie aus dem Entree des Hauses in das Esszimmer.

Wir setzen uns und so sehr ich mir auch Mühe gebe, hinaus in den Garten zu starren, ich bemerke Anastasias prüfenden Blick auf mir.

„Wo ist Richard?", frage ich also und greife mir eine kleine Teigtasche, um den Mund vollhaben zu können, wenn ich nicht antworten will.

„Dubai."

„Aha", gebe ich zurück und schnaufe ganz leise.

„Was? Er hat einen Job, Severin. Einen richtigen."

„Schön für ihn. Aber ihr wart doch gerade erst da", sage ich, ohne auf den Seitenhieb einzugehen. Ich weiß, dass sie meinen

Beruf nicht als echten Job wahrnimmt. Aber das weiß ich nicht erst seit heute, also kann ich mir jeglichen Kommentar sparen.

„Und Sie, Lydia, was machen Sie?"

„Ich – ach duzen Sie mich doch."

Anastasia hebt eine Braue. „Schön, Lydia, du darfst mich auch gerne Anastasia nennen. Also? Was machst du beruflich?"

Ich greife hinter mich und nehme mir einen Wein von der kleinen Bar meines Vaters. Bevor Anastasia oder sonst jemand sich beschweren kann, kippe ich etwas in mein Wasserglas und nehme einen großen Schluck.

„Ich bin stellvertretende Pressesprecherin bei der Eintracht", gibt Lydia viel zu schnell und hektisch von sich. „Und du?"

„Anwältin. Bei Zuarek, Klemm und Partner. Das sagt dir sicher etwas, oder?"

Lydia nickt mit zusammengepressten Lippen.

„Das Klemm im Namen hat sie unserem Daddy zu verdanken", werfe ich grinsend ein, doch es vergeht mir, als mich Anastasias zorniger Blick trifft.

„Das Klemm im Namen steht mittlerweile für mich. Ich bin Partnerin."

„Kinder!", ermahnt uns Mama, als sie an den Tisch tritt. Sie wirft kurz einen Blick auf die Weinflasche, mein Glas und dann auf mich, bevor sie den Kopf schüttelt, zur Vitrine geht und ein Weinglas herausholt. Ohne große Umschweife nimmt sie mein Glas, schüttet den Wein um und stellt ihn vor mir ab.

„Wenn man sich um diese Uhrzeit betrinkt, Severin Benjamin Klemm, dann mit Stil", sagt sie tadelnd und holt sich dann selbst ein Glas.

„Lydia?", fragt sie und hebt ein weiteres Weinglas.

„Oh nein, danke, ich muss heute noch arbeiten."

Mama nickt und setzt sich dann neben mich.

„Mama, muss das sein?" Anastasia sieht zwischen ihr und der Weinflasche hin und her.

„Alter, Nasti, sie ist eine erwachsene Frau!"

„Und du bist ein erwachsener Mann, der solche Worte nicht benutzen sollte", ertönt Papas Stimme von hinten. Ich drehe mich um und mustere sein Gesicht. Er wirkt müde und ausgelaugt, aber seine Körperhaltung verrät nichts davon. Aufrecht, stramm und stark, wie immer.

„Papa hat mir erzählt, dass er dich gestern auf einen Tatort mitnehmen musste." Anastasias Stimme macht mich mittlerweile so wütend, dass ich das Weinglas immer fester umklammere. Ich habe ihre Art und diesen hohen vorwurfsvollen Ton in ihrer Stimme schon als Kind gehasst.

„Schön, dass Papa dir das erzählt hat", entgegne ich und mustere Lydias verkrampfte Hände. Es ist kein Wunder, dass sie sich hier nicht wohlfühlt. Ich habe es auch nie.

Kurz weist Anastasia Alexander zurecht, weil er ihr zu viel herumläuft, und wendet sich mir erst wieder zu, als er enttäuscht auf einem Stuhl sitzt und an seiner Gabel herumspielt.

„Du weißt schon, dass du dich nicht in Ermittlungen einzumischen hast, oder?" Es klingt beinahe angewidert. Sie rümpft dabei ihre Nase.

„Weiß ich."

„Was ist heute los mit dir? Keine frechen Sprüche oder überhaupt mal eine vernünftige Antwort in deinem kleinen Journalisten-Repertoire?"

„Ich habe einfach keine Lust, Nasti."

Sie lacht herablassend und verschränkt ihre gepflegten Hände mit dem übertreuerten Ehering vor sich auf dem Tisch.

„Wirklich, Severin? Du willst rein gar nichts sagen?"

„Gut erkannt", brumme ich und trinke weiter meinen Wein.

Mama und Papa mischen sich natürlich nicht ein. Nicht, wenn es Anastasia ist, die sie zurechtweisen müssten.

„Es geht dich nichts an. Und ich will nicht, dass du Papa noch einmal für deine Spielchen ausnutzt, haben wir uns verstanden?"

„Verstanden?", frage ich prustend. Was denkt sie, wer sie ist? Meine Mutter? „Du hast mir rein gar nichts zu sagen."

„Wenn du wieder mit diesem asozialen Pack deine Zeit verbringst, dann mach das. Aber lass unsere Familie da raus."

Ich schweige, was sie zum nächsten Seitenhieb animiert. „Nichts zu sagen, mh?"

„Er hat gestern eine Freundin von ihm gesehen. Tot." Alle im Raum starren Lydia unverhohlen an. „Also vielleicht sind diese ganzen spitzen Kommentare etwas unangebracht", redet sie weiter, greift dann nach meinem Weinglas und nimmt einen Schluck, bevor ihr offensichtlich klar wird, was sie da gerade gesagt und getan hat.

„Wir beruhigen uns jetzt alle und reden über andere Dinge. Arbeit hat an diesem Tisch nichts zu suchen", sagt Mama schließlich und deutet auf die Amuse-Gueule, die auf der silbernen Schale hübsch aufgereiht sind. „Von Siebert."

Aber Anastasia ist nicht von ihrer Beute abzubringen, wenn sie erst einmal die Fährte aufgenommen hat. „Hätte er Papas Stellung nicht ausgenutzt, hätte er das Hooligan-Mädchen auch nicht tot sehen müssen", erklärt sie schroff.

„Sie hat einen Namen!", schreie ich sie an und haue meine Faust auf den Tisch. Die Gläser klirren und lassen meine Wut mit ihren hohen Tönen ansteigen. Wie ein Vulkan, der ausbrechen will.

„Du hast keine Ahnung, wer sie war, Anastasia. Also halt dich da raus!"

„Mir ist egal, wer ..."

„Halt dich da raus!", brülle ich nun. Ich weiß, dass ich nicht derart die Beherrschung verlieren darf. Es dauert nicht lange, bis Papa seine Hand auf meine Schulter legt und mir damit zu verstehen gibt, dass ich mich beherrschen oder gehen soll.

„Nimmst du deine Tabletten nicht mehr?" Anastasias Schlag trifft. Sie verliert nie die Beherrschung so wie ich. Nein, sie verletzt Menschen auf eine andere Art.

Lydia verändert unruhig ihre Stellung neben mir.

„Wir gehen", bestimme ich und will gerade nach Lydias Arm greifen, als Papa mich zurückhält. „Komm, mein Junge." Er zieht mich aus meinem Stuhl. Nicht unsanft. Eher liebevoll. Wie ein Arzt es mit seinem Patienten machen würde. In der Irrenanstalt.

Er führt mich durch den großen Flur in sein Arbeitszimmer, wo er mich auf einen der ledernen Sessel bugsiert und mir eine Zigarre anbietet. Ich lehne ab, während ich unruhig meinen Kiefer hin und her knacken lasse.

„Warum musst du ihr immer alles brühwarm erzählen?", knurre ich dann und balle meine Hand zu einer Faust, um meine Wut irgendwo anders hinfließen zu lassen. „Warum kann es nichts geben, was einfach nur zwischen uns beiden bleibt?!"

Papa geht um seinen Schreibtisch herum und hebt gelassen eine Akte, bevor er sie vor mir wieder auf den Tisch fallen lässt. „Deshalb, Severin."

Mein Blick wird zu einem einzigen Fragezeichen. Ich sehe auf den Pappdeckel, erkenne den Namen auf dem beigen Papier, realisiere es aber nicht.

„Was soll das?"

„Ich habe gestern erfahren", beginnt er ruhig und setzt sich in seinen gigantischen Schreibtischstuhl, „dass der Fall von damals neu aufgerollt werden soll."

„Was?" Blinzelnd beobachte ich jede seiner Regungen.

„*Wie bitte*, Severin", verbessert er mich und legt seine Finger aufeinander. „Das alles hat nichts zu bedeuten und wird auch sicherlich nicht weiterverfolgt. Aber du brauchst einen Anwalt und da …"

„Nein!" Ich schüttle energisch den Kopf.

„Anastasia wird nur die Klage abweisen. Ihr müsst nichts miteinander zu tun haben."

„Du kannst sie nicht einfach einweihen, ohne dass ich meine Zustimmung gegeben habe! Das ist doch scheiße. Immer die gleiche Scheiße."

„Sie ist deine Schwester und wird dir helfen."

„Auf ihre Hilfe kann ich verzichten", gebe ich zurück, stehe auf und gieße mir einen Whiskey ein. „Außerdem ist der Fall seit Jahren abgeschlossen. Kevin und Mic haben ihre Strafe abgesessen."

„Es gibt wohl neue Erkenntnisse."

„Mir ist es egal. Ich brauche Anastasia nicht."

„Du hast keine Wahl. Ich bin Staatsanwalt und nicht mehr in der Lage, dir zu helfen. Verstehst du das?"

„Ich habe dich auch nicht um Hilfe gebeten. Und Anastasia schon gar nicht." Ich schließe meine Augen, atme tief durch und sehe Papa dann wieder ernst an. „Du musst mir noch einen Gefallen tun."

„Muss ich das?", fragt er mit einer argwöhnischen Miene.

„Ich *muss* zu Mic und Kevin."

„Was? Willst du nach all den Jahren, in denen du dich geweigert hast, Anwalt zu werden, jetzt etwa Anwalt spielen?"

Ich höre den Vorwurf in seiner Stimme, ignoriere ihn aber. „Paps. Bitte."

Er zögert. Zu lange, um ablehnen zu können. Also wird er mir einen Deal anbieten. Und genau so ist es.

„Wenn du diesen Fall hier von Anastasia bearbeiten lässt, dann bin ich gewillt, dir eine Sondergenehmigung auszustellen", lässt er sich ein Wort nach dem anderen auf der Zunge zergehen. Rechte Hand wäscht linken Vorderfuß. Sein anwaltliches Motto, seitdem ich ihn kenne.

Ich beiße die Zähne zusammen und brauche eine ganze Weile, bis ich meinen Kopf endlich zwinge, leise zu nicken.

„Severin …", beginnt er, als ich mich bereits erhebe. „Sie ist deine Schwester."

Ich marschiere zur Tür, drehe mich im letzten Moment noch einmal um und schaue ihn an. Ihn, hinter diesem alten riesigen Schreibtisch in seinem Ledersessel. Beinahe immer, wenn ich an meine Kindheit denke, habe ich dieses Bild vor meinen Augen.

„Wir waren schon immer nur blutsverwandt, Paps. Nicht mehr und nicht weniger", sage ich knapp.

Papa nickt und schiebt einen Zettel über den Tisch. „Ich gebe dir das nur, damit ich dich nicht beim Schnüffeln in meinem Büro erwischen muss." Ich zögere kurz, gehe dann aber zurück und greife nach dem Blatt Papier.

„Und noch etwas", sagt er und steht dann ebenfalls auf. „Misch dich nicht zu sehr ein, Severin. Ich bitte dich. Halt dich zumindest so lange zurück, bis Anastasia die Anklage abgewendet hat."

„Es ist seltsam, nicht wahr?", murmle ich völlig in Gedanken versunken. „Ausgerechnet in dem Moment, in dem ich mich entscheide, Mic und Kevin zu helfen, da … wird der Fall neu aufgerollt."

Wir sehen uns unendliche, stumme Sekunden an. Und ein Teil von mir ist sich sicher, dass er es war, als ich den Raum verlasse. Dass er dafür gesorgt hat, nur damit ich die Finger von all dem lasse. Aber noch einmal werde ich sie nicht im Stich lassen.

Als ich zurück an den Tisch komme, hat Mama bereits einen im Tee, Anastasia erklärt Alexander, welches Besteck für welchen Gang geeignet ist, und Lydia sitzt mit offenem Mund da und beobachtet das Familientheater. Zumindest wird sie sich hiernach nie wieder fragen, wie ein Junge aus einer vermeintlich perfekten Familie enden konnte wie ich. Denn jetzt wird auch ihr klar sein: Diese Familie ist nicht einmal im Ansatz perfekt.

„Mom, wir müssen jetzt gehen", sage ich, als ich bei ihr ankomme und Lydia einen flüchtigen Blick zuwerfe.

„Aber … das Essen. Bleibt noch, bis wir gegessen haben", sagt sie irritiert und auch irgendwie nicht von dieser Welt und erhebt sich.

„Wie immer unhöflich", quittiert Anastasia meine Aussage, ohne mich auch nur anzusehen. „Hast du, was du wolltest, ja?"

Ihr Tonfall zeigt mir eindeutig, dass sie ganz genau weiß, dass ich Papa erneut um einen Gefallen gebeten habe. Aber es ist mir egal. Soll sie es doch wissen. Dagegen unternehmen kann sie recht wenig.

„Es tut mir leid, aber Lydia kommt sonst zu spät zu dem Spiel", brumme ich und drücke Mama einen flüchtigen Kuss auf die Wange, bevor ich Lydia zu mir hochziehe.

„Kleiner Mann, halt die Ohren steif", raune ich Alexander zu, drücke ihm noch einen Kuss auf die Wange und sehe dann Nasti an. Keiner von uns beiden macht Anstalten, sich wirklich zu verabschieden, also hebe ich nur meine Hand. „Bis hoffentlich nicht so bald."

Ihre Antwort ist nur ein herablassendes Zucken mit den Augenbrauen.

Im Flur drückt Papa mir einen weiteren Zettel in die Hand. Die Sondergenehmigung, um Mic zu besuchen.

„Danke", raune ich fast unhörbar und reiche ihm meine Hand. Als er sie ergreift, zieht er mich in eine kurze Umarmung. Ich habe keine Ahnung, wann wir uns das letzte Mal in den Arm genommen haben, aber kurz fühlt es sich wirklich vertraut an.

„Pass auf dich auf, Severin. Bitte. Lass dich da nicht wieder reinziehen. In Ordnung?"

Ich nicke und warte dann noch, bis Lydia sich verabschiedet hat, bevor ich die Tür aufmache und endlich hinaus in die kühle Luft trete.

„Musste das sein, Severin?"

Ich schnaufe und drehe mich erst zu ihr um, als wir am Auto angekommen sind. „Ich halte es da drin nicht aus. Nicht mit ihr."

Lydia presst unbeholfen die Lippen aufeinander und nickt dann.

„Musst du wirklich Tabletten nehmen?"

Ich hebe meine Brauen und sehe sie einen Moment lang stumm an. Lydia nimmt wirklich kein Blatt vor den Mund.

„Ich musste als Kind Tabletten nehmen. Sie dachten wohl, so heilt man meine aktive Seite. Aber … das ist lange vorbei. Nasti mag es einfach, in alten Wunden herumzustochern."

Wieder nickt Lydia nur und wirft mir dann einen fragenden Blick zu. „Kommst du mit zum Spiel?"

„Nein", gebe ich schnell und kühl zurück. „Ich bin noch nicht so weit und meine Krankschreibung endet erst morgen."

„Und wo soll ich dich hinbringen?"

„Ich fahre mit der Bahn."

„Und wohin?"

„Ich gehe Mic besuchen. Du gehst zum Spiel. Und dann sehen wir weiter."

Wieder nickt sie nur, als hätte sie es verlernt, mir verbal zuzustimmen, und dann kommt sie ohne Vorwarnung auf mich zu und umarmt mich. Ein seltsames Gefühl durchfährt mich.

„Danke für alles, Sev", flüstert sie, küsst meine Wange und steigt in ihr Auto.

Als sie endlich um die nächste Kurve gefahren ist, nehme ich den Zettel raus, den Papa mir im Arbeitszimmer gegeben hat.

Ich brauche einen unglaublich leeren und schwarzen Moment, bis ich begreife, was dort steht. „Katharina Georg war schwanger."

11

SONNTAG, 11. NOVEMBER 2018, 15.23 UHR

LYDIA

„Ach scheiße. Das wird knapp", zische ich mit einem Blick auf die Uhr, der mir eindeutig zeigt: Ich wäre besser nicht zum Essen zu Severins Eltern gefahren. Aber es musste sein, sein Vater hat mich schließlich eingeladen.

Ich fingere eine Zigarette aus der Packung. Die vorletzte. Also muss ich, obwohl ich jetzt schon zu spät bin, noch zur Tanke. Ansonsten stehe ich das Spiel bestimmt nicht durch. Oder ich muss mal wieder bei Eric schnorren. Der Präsi hat immer genug Reserve.

Ich setzte den Blinker und lenke den Wagen runter von der Autobahn Richtung Bürostadt. Nur zu genau weiß ich, dass es dort eine Tankstelle gibt. Früher haben Papa und ich schließlich immer das Auto an der Hahnstraße abgestellt und sind den Rest zu Fuß gelaufen. Später, als er zum Stab gehörte, hatten wir einen Durchfahrtsschein. Für einen Platz am Zugang zum ehemaligen Eisstadion. Früher …

Heute habe ich natürlich meinen Platz in der Tiefgarage unter dem Stadion, aber in mir verkrampft sich etwas allein bei der Vorstellung, dort hineinzufahren. Auch, wenn ich es nicht zugeben möchte: Dieser grauenhafte Anblick am 19. Oktober steckt mir noch immer in den Knochen. Tiefer sogar, als ich es manchmal wahrhaben möchte.

„Wenn du nicht auf deinen Parkplatz willst, besorgen wir dir einen Platz an der Zufahrt zum Stadion. Kein Problem", hat Max gesagt. Aber ich dachte, bis zum Schalke-Spiel vergehen ja fast vier Wochen und Zeit heilt ja bekanntlich alle Wunden. „Alles gut. Es wird schon gehen", habe ich ihm also geantwortet. Ganz schön großspurig. Denn jetzt rutscht mir mein Herz doch ordentlich in die Hose.

An der Tankstelle hat sich eine Schlange aufgereiht. Die Eintracht-Fans versorgen sich mit ein paar Dosen Bier und Zigaretten.

„Wegzehrung", grinst mich ein blonder Kerl im Okocha-Trikot breit an. Vorne drauf prangt Tetra Pak. Ich muss lächeln, weil ich genau weiß, dass das Stadion keine fünfzehn Minuten entfernt ist. Und weil ich am Trikot erkennen kann, dass der Bursche schon in den frühen 90ern dabei war. Was ich wiederum von Papa gelernt habe, der dieses famose Tor von Jay Jay gegen Oliver Kahn 1993 immer gerne in Form eines Kammerspiels zum Besten gegeben hat. Ich diente dann als die drei Abwehrspieler, die Okocha umkurvt hat. Und Mama war Olli Kahn. Nur hinwerfen musste sie sich in unserer Küche nicht. Immerhin.

Mama mochte Fußball nie sonderlich, und ich habe mich immer gefragt, wie die beiden es miteinander ausgehalten haben. Papa war jedes Wochenende im Eintracht-Fieber. Egal, ob zu Hause oder auswärts. Er hat nur ganz wenige Spiele versäumt. Und selbst unter der Woche hat er schon damals kaum ein anderes Thema gehabt.

Das alles begann in den 70er Jahren. Die Weltmeisterschaft im eigenen Land 1974 – die berühmte Wasserschlacht gegen Polen im Waldstadion –, das hat ihn damals angefixt. Und das Pokalendspiel der Eintracht gegen den HSV in Düsseldorf hat ihm dann wohl den Rest gegeben. Drei Tage Delirium ... Oder waren es zwei Wochen?

Von diesem Sommer an ist er Samstag für Samstag in die Kneipe an der Trambahn-Endstation in Schwanheim gepilgert und dann mit der 21 zum Stadion. Anschließend wieder zurück. Nach Siegen haben sie die Trambahn fast zum Entgleisen gebracht. Nach Niederlagen ist so manches auf dem knapp sechs Kilometer langen Heimweg zu Bruch gegangen. Wobei der größte Teil der Strecke am Waldrand entlang lief. Arme Bäume.

Und nur, wenn die Laune richtig im Keller war, haben sie einen Umweg über die Lyoner Straße genommen. Da gab es dann wenigstens ein paar Anwohner, die man verschrecken konnte. Und ein paar Mercedessterne weniger.

„Weit vor meiner Zeit", denke ich an die deftigen Auseinandersetzungen zwischen den Hooligans und der Polizei. Mit Schaudern. Weil ich es liebe, wenn sie zu Tausenden nach Bordeaux fahren und diese unglaubliche Einheit leben. Ohne Gewalt. Na ja ... fast.

Ich glaube, Mama hat Papas neue Leidenschaft am Anfang nicht ernst genug genommen und sie fast sogar ein wenig lustig gefunden. Später nicht mehr. Sie hatten sich Silvester 1973 kennengelernt und eigentlich hätte sie früh erkennen können, dass das zwischen dem bedingungslosen Fußballfan und der leidenschaftlichen Balletttänzerin schwierig werden würde. Sie feierte am 17. August 1974 ihren 18. Geburtstag, während Papa in Düsseldorf seine Helden feierte.

„Ach Papa …" Meine traurigen Augen schauen mich im Rückspiegel an. „Mama hat dich doch oft genug gewarnt."

Sie hat fast 25 Jahre durchgehalten. Er im Fußballfieber, sie in irgendeinem Museum oder mit Freunden bei einer Vernissage. Dann sagte sie irgendwann bei einem ganz normalen Sonntagsfrühstück – Papa immer noch beim Auswärtsspiel in Ulm – zu mir: „Dieser Fußball bringt Ehen auseinander", und strich mir übers Haar. Das war fünf Tage vor Weihnachten. Papa kam mit einer 0:3-Klatsche abends ziemlich durch den Wind nach Hause. Die wahre Niederlage hatte er verpasst. Am zweiten Weihnachtsfeiertag zog Mama aus. Ließ alles zurück. Auch mich. Und ich brauchte zwei Jahre, um Papa zu verzeihen und zu verstehen, dass sie bei diesem ganz normalen Sonntagsessen das letzte Mal über mein Haar gestrichen hatte. Für immer.

Ein schrilles Hupen reißt mich aus meinen Gedanken. Ich hebe entschuldigend den Arm und winke nach hinten. Vor lauter Erinnerungen habe ich einfach nicht mitbekommen, dass die Ampel auf Grün umgesprungen ist.

„Sorry!", rufe ich. Wohl wissend, dass mich in den Autos hinter mir keiner hören kann.

Fünf Minuten später biege ich in die Rennbahnstraße ein und werfe einen schnellen Blick nach rechts. Die Szenen von gestern Abend schwirren durch meinen Kopf. Verstanden habe ich das alles noch nicht. „Aber ich werde der Wahrheit auf die Spur kommen", rede ich mir ein. „Ganz sicher!"

Der Ordner an der Einfahrt zu den Tiefgaragen grüßt freundlich. Er kennt mich und weiß sicher genau, was dort unten passiert ist. Natürlich. Die Kollegen reden ja schließlich miteinander. Und außerdem haben die Zeitungen ausgiebig von der Bluttat berichtet. Im Gegensatz zu dieser Bombenattrappe. Kein Wort. Nicht in den Zeitungen, nicht im Fernsehen. Nicht einmal in den sozialen Medien. Staudinger versteht sein Handwerk.

Dann verschluckt mich die dunkle Einfahrt und ich bin froh, dass schon an der nächsten Ecke der nächste Ordner steht. Er will mir mit ausgestrecktem Arm zeigen, dass ich nach rechts fahren soll, erkennt mich und winkt nur kurz.

Wenige Meter hinter ihm steht ein halbes Dutzend Security-Leute. Und sogar ein Mannschaftswagen der Polizei hat Stellung bezogen.

Aha. Die Sicherheitsvorkehrungen sind also noch einmal drastisch erhöht worden. Doch während ich das denke, durchzuckt mich das Gefühl, dass an der Theorie „Amoklauf eines geistig verwirrten Mannes" etwas nicht stimmen kann. Auch wenn der Kerl drei Tage später netterweise umgebracht wurde, sein Mörder gefasst und die Akten geschlossen werden konnten.

Ich kann einfach nicht glauben, dass der Doppelmord und die Rauchbomben-Attrappe nichts miteinander zu tun haben sollen. Außer der Tatsache, dass der Mörder ausgerechnet Severins Freund Mic kannte.

Viertel nach drei. „Du bist zu spät", raune ich mir mit einem Blick in den Spiegel zu. „Und du siehst ziemlich fertig aus." Das wird Max sicher mit einem netten Kommentar quittieren. Aber er hat keine Ahnung, was gestern alles passiert ist. Ehrlich gesagt, kann ich es selbst kaum einordnen und wirklich begreifen. Und dann noch dieses seltsame Essen bei Severins Eltern. Ich verstehe nicht, wie eine Familie so kaputt sein kann, obwohl sie doch alles haben.

Ich werfe die Wagentür zu. Gedanken abschütteln und nichts wie raus hier. Nach oben. Und vorher noch schnell im Pressebereich vorbeischauen. Nachsehen, ob alles perfekt ist.

„Oh, Lydia. Schön, dass du auch noch kommst." Auf diesen Satz hätte ich liebend gerne verzichtet. Aber es war klar, dass Staudinger es sich nicht nehmen lassen würde, mir wegen meiner Verspätung einen Einlauf zu verpassen. Einen kleinen zumindest. Das verlangt seine Position. Und eigentlich hat er ja recht. Ich mag es selbst nicht besonders, wenn man zu spät kommt. Weder bei anderen noch bei mir selbst. Auch wenn es nur eine Viertelstunde ist.

„Hatte noch einen Termin beim Staatsanwalt", höre ich mich sagen und im gleichen Moment beiße ich mir heftig auf die Lippe. Mag schon sein, dass das genau betrachtet nicht einmal gelogen ist, aber was um alles in der Welt antworte ich, wenn er mehr wissen will?

„Tja, du bist ja jetzt eine wichtige Zeugin", lässt er sich entlocken und ist auch schon um die Ecke. Dass er an dem Abend nicht greifbar war und ich stattdessen erst in der Tiefgarage halbwegs vernünftig reagiert und dann noch die Attrappe gefunden habe, nagt an ihm. Klar: Wer oben angekommen ist, lebt gleichzeitig in ständiger Angst, wieder abzustürzen. So ist das Geschäft.

Die Angriffsfanfare meines Telefons reißt mich aus meinen Gedanken.

„Max", melde ich mich, ohne darauf zu warten, wer dran ist. Ich weiß es schließlich. Und er soll wissen, dass ich es weiß.

„Ly. Bist du schon in der Arena oder noch auf dem Weg?"

„Ja, bin gleich oben. Muss nur noch im Pressebereich nach dem Rechten sehen. Ist Eric auch schon da?"

„Na klar. Wir wollen ja schließlich wissen, was das Gespräch mit deinem alten Herrn gebracht hat."

„Ja, dann in fünf Minuten auf der Terrasse."

Eigentlich habe ich es mir zur Angewohnheit gemacht, die ersten Kollegen im Pressecafé zu begrüßen. Die Kollegen von der WAZ kommen immer zeitig. Aber heute müssen sie ihren ersten Kaffee in Frankfurt ohne mich schlürfen. Ich marschiere mit einem hastigen Gruß an den Ordnern vorbei nach oben in den VIP-Bereich. Nehme wie immer die Treppe und falle beinahe über meine eigenen Füße.

„Lydia Heller. Streich doch mal das Blut zurück", versuche ich mich zu beruhigen und peile die nächste Toilette an. Mit der Zunge habe ich über meine Lippe geleckt und diesen merkwürdigen Eisengeschmack wahrgenommen.

„Wann hörst du endlich damit auf. Dann schon lieber Fingernägel kauen", raune ich mir selbst zu und tupfe mir die Lippe. „Noch so ein paar Tage, und Nahrungsaufnahme geht nur noch mit der Schnabeltasse."

Max und Eric haben es sich in der zweiten Sitzreihe bequem gemacht. Hier auf der Haupttribüne sind wir um diese Zeit noch ungestört. Anpfiff ist um 18 Uhr. Vor halb fünf tut sich aber am Sonntag nicht so viel. Beim späten Spiel nutzen die meisten auf dieser Seite der Arena die Mittagszeit noch für ein bisschen Quality-Time mit der Familie oder Freunden.

„Nach dem 3:0 in Stuttgart letzte Woche haben wir heute die Chance, mit einem Sieg gegen Schalke an den Bayern vorbeizuziehen und auf einen Champions-League-Platz zu klettern. Hätte man mir das vor zwei Jahren gesagt, hätte ich das als Spinnerei abgetan." Eric gestikuliert wild, mit weit aufgerissenen Augen. Seit fast 20 Jahren ist er jetzt Präsident, aber außer ein paar Wiederaufstiegen fehlen die grandiosen Momente. Den Pokalsieg im vergangenen Sommer mal ausgeschlossen. Eine tiefere Befriedigung, als damals in seinem Gesicht stand, habe ich noch bei keinem Menschen gesehen.

„Ja. Stell dir vor. Wir in der Champions League …" Max lässt sich dieses Wort auf der Zunge zergehen.

Einen Moment lang bleibe ich etwas hinter der Sitzreihe, in der sich die beiden in die Sessel gedrückt haben. Dafür liebe ich sie. Für diese Leidenschaft, mit der sie an die Eintracht glauben. Beinahe immer vor den Spielen sitzen diese gestandenen Kerle da wie zwei Jungs, die Peter Pan und Huckleberry Finn in einer Person sind, und malen sich aus, was passieren könnte. Papa würde hier jetzt prächtig reinpassen.

Ich räuspere mich, um mich doch noch bemerkbar zu machen. Viel zu zart, um den Redefluss unterbrechen zu können. „Ja, heute drei Punkte und es könnte die tollste Vorweihnachtszeit werden, die wir in Frankfurt jemals erlebt haben. Mit dem großen Finale gegen die Bayern zwei Tage vor Weihnachten. Dann brennt die Hütte!"

„Das wollen wir nicht hoffen", unterbreche ich Eric, der sich solche Vergleiche besser gar nicht erst einprägen sollte. Die beiden schrecken auf und reißen die Köpfe herum. Die letzten Wochen sind auch an ihnen nicht spurlos vorübergegangen.

„Ly! Hast du mit deinem Vater sprechen können?", kommt Max ohne Umschweife zur Sache, und ich bin mir noch nicht sicher, wie sie meine doch eher kargen Infos aufnehmen werden. Entwarnung kann man das ja nun nicht gerade nennen, was ich mitbringe. Im gleichen Moment entscheide ich, das Material meines Vaters mit den Erkenntnissen von Tim ein wenig aufzupeppen.

„Habe ich. Und zumindest ein Stück weit konnte er helfen."
„Heißt?", hakt Max nach.

„Na – ihr müsstet euch ja erinnern können. Damals hat es einen möglichen Investor gegeben, der dann plötzlich von der Bildfläche verschwunden ist. Und zwar genau in dem Moment, in dem du, Eric, ihn durch deinen Freund bei der Kripo hast durchleuchten lassen. Erinnerst du dich?"

„Dein alter Herr meint sicher diesen Chen Lie oder so …"

„Ling. Genau. Chen Ling. Du hattest ein ungutes Gefühl bei ihm."

„Stimmt, Aber warum sollte der uns jetzt erpressen wollen?" Eric starrt zum Videowürfel hinüber. Gerade so, als würde dort jeden Moment die Antwort aufleuchten.

„Das hat sich T … äh Papa auch gefragt. Aber eine Antwort ist uns nicht eingefallen. Gab es da irgendetwas zwischen euch? Etwas Persönliches vielleicht?"

Ich wundere mich über mich selbst. Diese Frage war geradezu genial platziert. Mit ihr überreiche ich gekonnt den schwarzen Peter an Eric. „Haben Sie stets eine hübsche Gegenfrage in petto, wenn die Kollegen versuchen, Sie in die Ecke zu drängen. Gegenfragen sind das wahre Geheimnis einer gewieften Pressearbeit", höre ich Professor Straudt gerade an mir vorbeihuschen. Allen Erstsemestern brachte er das in seinem Seminar *Dialektik II* nahe.

„Nein. Eric hatte damit gar nichts zu tun. Sein Informant bei der Polizei hat damals einen Kollegen eingebunden – warum auch immer – und der hat offenbar einige Informationen unterschlagen. Das wurde mir jedenfalls von der Polizei so mitgeteilt", macht Max meine feine Strategie zunichte. Jetzt bin wieder ich an der Reihe.

„Und wenn ihr das alles wisst, warum sollte ich dann meinen Vater besuchen und alte Geschichten bei ihm ausgraben?"

Einen Moment lang herrscht Stille. Eric reicht mir seine Zigarettenschachtel und ich nehme dankbar an. Meinen Auftritt hier habe ich mir anders vorgestellt. „Mal wieder nur das kleine Mädchen zu sein, das Altbekanntes hervorkramt und neu verpackt serviert – das ist dir zu wenig", trommelt es in meinem Kopf. Ich nehme einen tiefen Zug.

„Ly, weil dieser Teil der Geschichte auf gar keinen Fall für eine Erpressung reicht", raunt Max mir zu. „Wir haben damals einen legalen Weg gefunden, das fehlende Geld zusammenzubekommen. Es konnte nur nicht als Investition einfließen. Dann hätte die AG neu bewertet werden müssen, um nicht über die berühmten 49,9 Prozent zu kommen. Also haben sich die Retter der Eintracht entschieden, eine Spende vorzunehmen."

„Eine Spende?"

„Ja, aber das ist damals wirklich alles grundsolide gelaufen. Zwar last minute, aber eben genau deshalb auch grundsolide. Mit notarieller Beurkundung und nicht über das Präsidium, sondern über den Aufsichtsrat. Ling hat mich dann nochmal angerufen und übelst beschimpft. Das war's. Danach habe ich nie wieder etwas von ihm gehört oder ihn hier gesehen." Er zuckt mit den Schultern.

„Dann ... dann führt die Spur ins Nichts?"

„Tut sie. Ja." Max' Gesicht verrät mir in diesem Moment nicht, ob er mit diesem Fazit zufrieden ist oder nicht. „Ich fürchte, wir werden abwarten müssen, was der Briefschreiber als Nächstes tut, oder doch ganz schnell die Polizei in Kenntnis setzen. Der Innenminister ist wirklich nicht gut auf uns zu sprechen. An der Stelle sollten wir alles richtig machen."

Ich brauche ein paar Sekunden, um mich von diesem Tiefschlag zu erholen.

„Aber die Drohbriefe sind nicht *nichts*", höre ich mich laut denken. „Auch wenn ihr Inhalt eher klingt, als sei er von jemandem geschrieben, der nicht sonderlich viel auf dem Kerbholz hat."

„Genau genommen, gibt es keine wirkliche Forderung in den Briefen. Nur diese kryptische Androhung, etwas an die Öffentlichkeit zu bringen, wenn wir nicht freiwillig aus der Europa League aussteigen. Was ja eh ein Scherz ist", erklärt Eric. „Genau deshalb haben wir das Thema ja auch auf kleiner Flamme gehalten. Denkst du, wir würden riskieren, dass Menschen gefährdet werden, wenn wir glauben würden, dieses Arschloch meint es ernst?"

„Und warum haben wir dann nicht sofort die Polizei informiert?", will ich wissen und lasse mich resigniert in einen Sitz neben ihnen sinken.

„Panik können wir jetzt am allerwenigsten gebrauchen. Und mal ganz abgesehen davon, geht es dem Schreiber um Europa und nicht um die Bundesliga. Das Spiel heute ist mit keinem Satz erwähnt und nach dem Sieg am Donnerstag in Limassol steht doch schon fest, dass wir in der K.o.-Runde sind. Da gibt es kein Zurück mehr. Es sei denn aus irgendwelchen fadenscheinigen Gründen heraus. Nur – und das muss uns allen klar sein –, mit so einer Nummer würde uns die UEFA nie wieder starten lassen, darauf könnt ihr euch verlassen. Das ist doch alles absurd!" Eric beendet den Satz mit einem Hustenanfall.

„Was trinken?", frage ich hilfsbereit.

Er nickt. „Ne Cola. Sei so lieb", würgt er hervor.

Ich schaue Max fragend an, doch der ist so sehr in seine Gedanken vertieft, dass ich entscheide, nicht auf die Antwort zu warten und ihm ein Wasser mitzubringen.

Ich bin ganz froh, durch den Getränkeservice meine Gedanken sortieren zu können. Schließlich erwarten die beiden einen Rat von mir. Und der sollte Hand und Fuß haben.

Ein merkwürdiges blaues Flackerlicht empfängt mich, als ich wenig später in Richtung Getränkebar vor dem weitläufigen verglasten Treppenhaus nach links abbiege. Es kommt von unten. Wahrscheinlich machen sie auf der Bühne vor dem Museum irgendeine Spezialshow mit Lichteffekten für das Auswärtsteam ... *Blau und Weiß, wie lieb' ich dich*. Im gleichen Moment sehe ich Hauptkommissar Kaschrek in Begleitung von einem halben Dutzend Beamten die Treppe hinaufhechten.

Verdammt, was ist jetzt wieder? Ich schaue dem Spektakel einen Moment lang völlig verwirrt zu.

Was will der hier? Und warum fährt er mit seinem Überfallkommando direkt vor die Haupttribüne? Ist irgendetwas passiert?

Ich reiße eine Cola vom Tresen und dränge mich an einer Gruppe vorbei nach draußen. Ich muss erst noch mit Eric und Max sprechen, bevor die Polizei hier aufschlägt.

Einen Moment später bin ich bei den beiden angekommen. Sie stehen in der Sitzreihe und sprechen miteinander. „Hinsetzen", befehle ich und drücke Eric die Cola in die Hand. „Bitte!"

Beide sind verwirrt, machen aber, was ich möchte. Dann versuche ich zehn Informationen in zehn Sekunden loszuwerden. Was natürlich nur zum Teil gelingt.

„Hauptkommissar Kaschrek stürmt gerade mit einer Einheit die Treppe hinauf. Es sieht nicht so aus, als sei er zum Fußballgucken da. Sie sind mit einem Mannschaftswagen und Blaulicht direkt vor die Haupttribüne gepresscht. Ich weiß gar nicht, ob die das dürfen. Aber auf jeden Fall müssen wir uns jetzt schnell abstimmen, was wir sagen wollen", presse ich hervor und ärgere mich im gleichen Moment, warum ich nicht einfach die Ruhe bewahren kann. Schließlich haben wir nichts verbrochen. Nur ein bisschen geschwiegen.

„Siehst du jetzt, warum ich die Polizei nicht informieren wollte? Was meinst du, was passiert, wenn die Polizei einen solchen Aufmarsch auf der Osttribüne hinlegt, dann knallt's. Darauf könnt ihr euch verlassen."

„Worauf können wir uns verlassen?", dringt plötzlich und unvorbereitet die Stimme von Hauptkommissar Kaschrek in Erics Erklärung. Er hat sich direkt hinter uns aufgebaut. Mit vier Beamten im Schlepptau.

„Müssen Sie sich so heranschleichen?", frage ich mürrisch, um zu verschleiern, dass sein Kommen für uns eigentlich keine Überraschung war. „Und vor allem ... Was gibt Ihnen das Recht, unser Gespräch zu belauschen? Schon mal was von Privatsphäre gehört?" Ich bin überrascht über mich selbst und sehe aus dem Augenwinkel, dass es Eric und Max nicht anders geht. Max hat sogar amüsiert den Mundwinkel verzogen.

„Nun mal Fuß vom Gaspedal, junge Frau!" Der Satz kommt in einer Mischung aus Vergnügen und Triumph und treibt mir einen Kälteschauer über den Rücken. Mit dieser Reaktion habe ich wiederum nicht gerechnet.

„Schon mal gesehen?" Kaschrek schwenkt ein Blatt Papier in der Luft. Lauter ausgeschnittene Buchstaben sind darauf aufgeklebt, und mir wird schwarz vor Augen. Ich erkenne ihn sofort. Den Drohbrief. Aber wie kann das sein?

„Äh. Nein. Was ist das?" Lügen gehört wohl heute zu meinen bislang unentdeckt gebliebenen Fertigkeiten als Pressesprecherin.

„Und Sie?" Er reibt das Papier Max und Eric genüsslich unter die Nase. Mit Erfolg.

Eric reißt zuerst der Geduldsfaden. „Ja. Aber wie kommen Sie dazu? Dieses ... Schreiben ... haben wir in den letzten Tagen erhalten", vermeidet er bewusst das Wort Drohbrief.

„Und in keiner Sekunde darüber nachgedacht, mich oder einen meiner Kollegen darüber zu informieren? Ja, warum denn auch?" Kaschreks Stimme klingt jetzt bedrohlich. Sie überschlägt sich beinahe. „Wissen Sie, was das ist? Das ist nicht nur eine kleine Unterlassung. Das ist Behinderung der Staatsgewalt. Ich ermittle hier noch immer in einem Mordfall und Sie halten es nicht für nötig, mich über den Erhalt von zwei Drohbriefen zu informieren? Am liebsten würde ich Sie für 24 Stunden einbuchten, Herr Präsident." Er sagt das Wort mit viel zu viel Ekel in der Stimme und hebt direkt zur nächsten Tirade an. „Glauben Sie, alles, was Sie im Namen Ihres Vereins tun, ist gerechtfertigt? Gibt es im Fußball keinen Moment, in dem man erahnt, dass man eines Tages Rechenschaft vor sich selbst ablegen muss, statt sich hinter irgendwelchen Beratern zu verstecken?"

In diesem Moment scheint er sich selbst nicht mehr ganz sicher, ob seine Wortwahl angemessen ist. Er stockt.

Eric schaut zu Boden. Ich weiß, am liebsten würde er jetzt mit der Faust ins Gesicht von Hauptkommissar Kaschrek eintauchen, aber auch ihm ist klar, dass wir die Polizei in Kenntnis hätten setzen müssen. Nicht auszudenken, wenn gegen die Zyprioten sechs Tage nach dem Düsseldorf-Spiel etwas passiert wäre. Nur – mein Gott – spätestens seit Erics verbaler Auseinandersetzung mit diesen Hasspredigern im Frühjahr flattern doch tagtäglich irgendwelche üblen Schmähschriften auf seinen Schreibtisch.

„Tut mir leid", höre ich Eric sagen, während ich schon zum Verteidigungsschlag ausholen will.

„Woher haben Sie das Scheiben denn?", will ich wissen und ziehe den einen der beiden Drohbriefe aus meiner Tasche. „Hat sich der Erpresser die Mühe gemacht, eine Kopie für eventuelle Nachforschungen der Polizei anzufertigen?" Erst beim letzten

Wort begreife ich, dass mir genau dieser schnippisch vorgetragene Satz sehr schnell und sehr übel auf die Füße fallen könnte. Ich hänge schließlich mit drin. Und erst vor einer Minute habe ich behauptet, nichts von dem Brief zu wissen.

„Dann sind es offensichtlich Sie, die demnächst 24 Stunden in unserem feinsten Etablissement verbringen möchte", richtet Kaschrek seinen jetzt sehr genervten Blick auf mich. „Wenn Sie das alles für ein Späßchen halten, Fräulein Heller, tun Sie mir leid." Seine dunklen Augen durchbohren mich beinahe. „Vielleicht wären Sie doch besser mit etwas mehr Zeit zum Ortstermin erschienen, als sich in – wo? – Hoffenheim herumzutreiben. Dann hätten Sie nacherleben können, mit welcher brachialen Konsequenz der Mörder vorgegangen ist. Aber das hat Ihnen ja sicher Herr Klemm schon haarklein erzählt. Und Sie durften dabei seine Wunde betrachten."

„Ach was, Herr Hauptkommissar. Lydia Heller ist erst seit einem halben Jahr bei uns. Verzeihen Sie ihr schnoddriges Mundwerk. Sie versucht uns doch nur zu verteidigen. Sprich: Sie macht ihren Job. So wie Sie Ihren. Aber Sie haben natürlich recht. Wir haben die Situation offensichtlich unterschätzt", sagt Max ruhig und in seiner typischen Art. So, als wäre das alles nur ein blödes Missverständnis. „Deshalb haben wir uns ja gerade hier getroffen und das Thema besprochen. Sie sind uns quasi nur zuvorgekommen." Er lächelt halbherzig, und ich bin ihm so unendlich dankbar, dass er mich, gerade was Severin betrifft, aus der Schusslinie gebracht hat.

„Wir hatten gerade entschieden, Sie in Kenntnis zu setzen. Frau Heller wollte Sie anrufen." Auch Eric hat seine Sprache wiedergefunden.

Ich habe gewiss schon ein paar Menschen beim Lügen ertappt. Mich an diesem Tag inklusive. Doch die beiden verdienen sich eindeutig die goldene Zitrone für die aberwitzigste Lügengeschichte aller Zeiten. Ich bin kurz davor lauthals loszulachen, aber Max verhindert das Schlimmste, indem er mir mit seinem Rechten einen blauen Zeh verpasst.

„Ly, entschuldige bitte", säuselt er.

„Nicht so schlimm", antworte ich und blicke zu Kaschrek. Vier tiefe Falten auf der Stirn zeigen mir eindeutig, dass er über das, was Max und Eric gesagt haben, nachgrübelt. Und tatsächlich scheint es so, als würde die Geschichte, die Max ihm gerade aufgetischt hat, seltsamerweise Wirkung zeigen.

Das kann er uns so doch nicht abnehmen, zuckt es durch meinen Kopf, doch Kaschrek quittiert Max' Geschichte einfach nur mit einem tonlosen „Soso" und signalisiert den Kollegen hinter ihm, dass sie sich zurückziehen können.

„Danke. Ist gut", weist er ihnen den Weg ins Innere. „Kontrollieren Sie bitte nochmal die zusätzlichen Einsatzkräfte, vor allem in der Tiefgarage. Wir wollen ja nicht, dass aus dem Spaß doch noch Ernst wird."

Dann schiebt er sich in die Sitzreihe mit dem Rücken zum Spielfeld. Dabei berührt er fast Erics Knie. Ein unangenehmer Moment der Stille folgt und ein Blick in Erics Augen zeigt mir, dass seine Faust wieder locker sitzt. Ich muss etwas tun. Mein Blick wandert zu Max, aber ihm scheinen die Geistesblitze ebenfalls ausgegangen zu sein. Oder hat er das Gefühl, Kaschrek in diesem Moment besser das Kommando zu überlassen und abzuwarten, was noch kommt?

Immerhin: Die Katze ist aus dem Sack und noch haben keine Handschellen geklickt. Ein kläglicher Versuch, mich aufzumuntern, um nicht das nächste Stück Lippe zu opfern.

„Sehen Sie", dehnt Kaschrek seine Worte genüsslich aus,

„diesen Drohbrief haben wir heute bei einer Hausdurchsuchung gefunden."

„Kevin", schießt es mir durch den Kopf. Und ich weiß: Jetzt muss ich Eric und Max helfen. Sie wissen nichts vom Mord an Katharina und der Verhaftung von Kevin. Aber sie werden ihn kennen. Schließlich gehören beide zu den Offiziellen, die seit jeher die Nähe zu den Fans gesucht und gefunden haben. Eric hat nicht nur einmal Spiele inmitten der Ultras geschaut, und Max gehörte als junger Mann zu ihnen. Bevor sie jetzt irgendetwas Dummes sagen, muss ich sie aufklären.

„Bei Kevin Müller von den Eintracht Eagles?", fahre ich mitten hinein in die Erklärung des Hauptkommissars. „Der Mann, der verdächtigt wird, seine Freundin Katharina ermordet zu haben?"

Wieder krachen Blitze aus Kaschreks Augen auf mich nieder. Das hat er sich anders vorgestellt. Klar: Eric und Max wissen jetzt, dass sie zu diesem Thema besser nichts sagen. So viel habe ich mit meinem Vorpreschen erreicht. Immerhin. Ich lächle Kaschreks Blitze einfach weg.

Diesmal ist es Eric, der den Ball sofort aufgreift: „Na wunderbar. Dann haben Sie das Problem ja schon gelöst." Er steht auf und haut Kaschrek seine Hand auf die Schulter. „Guter Mann!"

„Gibt es denn auch schon ein Motiv?", setze ich hinterher. Wenn das alles stimmt, dann lösen sich für uns eine Menge Probleme auf einen Schlag.

Kaschrek fühlt sich wohl gebauchpinselt, denn seine Stimme verliert immer mehr an Zorn und Zynismus.

„Nun ja. Wir haben auf dem Server unter anderem eine Aufnahme von einem Interview von Ihnen, Herr Presfeth, gefunden. Darin erzählen Sie die Geschichte von der Lizenzverweigerung. Wahrscheinlich ein bisschen zu – sagen wir – aufgemotzt.

Mit den Millionen auf dem Beifahrersitz und so", genießt er jedes Wort, während ich versuche, Eric mit meinen Augen zu fixieren und ihm flehentlich zu signalisieren, auf keinen Fall darüber nachzudenken, Herrn Kaschrek einfach zur Seite zu schieben und zu gehen. Mehr denn je macht sich bei mir das Gefühl breit, dass irgendetwas nicht stimmt und Kaschrek einfach nur froh ist, einen Schuldigen gefunden zu haben. Aber solange er uns keinen Ärger wegen der nicht gemeldeten Drohbriefe macht, ist alles gut. Aber warum dieser Idiot hier mit Blaulicht ankommen musste, verstehe ich nicht. Er hat ganz offensichtlich nicht vor, hier irgendjemanden festzunehmen.

„Wir gehen davon aus, dass Müller mit seiner Freundin Katharina Georg gemeinsame Sache gemacht hat und Geld erpressen wollte."

„Ja, aber in den Briefen war nicht von Geld die Rede", schränkt Max ein.

„Noch nicht. Wir haben einen dritten Brief gefunden, in dem 100.000 Euro gefordert werden, sonst würde am 29. November gegen Marseille eine Bombe hochgehen."

„Unfassbar", rutscht es mir heraus.

„Tolle Arbeit", stimmt Max mir bei. Wohlwissend, dass mein ‚Unfassbar' alles andere als bewundernd gemeint war.

„Und dann sind Kevin und seine Freundin in Streit geraten? Worüber eigentlich?", frage ich nach.

„So wie es aussieht, ist sie zwischendurch mit diesem Michael Lampert … ins Bett gesprungen und das hat ihrem Freund Kevin nicht gefallen."

„Aber der sitzt doch in U-Haft." Ich blinzle irritiert und auch ein wenig fassungslos. Auch, weil er uns so offen die Details nennt. Das ist sicher wieder irgendeine Taktik, um uns zum Reden zu bringen.

„Genau, Frau Heller, so schließt sich der Kreis. Müller, Katharina Georg, Lampert …. und der Tiefgaragenmörder – zu viert wollten sie ans große Geld. Haben wohl wirklich diesen Irren in Dortmund kopieren wollen. Jetzt sind zwei von ihnen tot und auf die beiden anderen warten Anklagen wegen Mordes und lange Haftstrafen. So kann es gehen."

Eric nickt fast unmerklich. Max starrt hinunter aufs Spielfeld. Ich denke, er kannte Kevin und Katharina. Mit ihren wilden Eintracht-Tätowierungen kam man an den beiden ja auch nicht vorbei. Und vielleicht kennt er auch Mic.

Ob er ihm all das, was Kaschrek gerade aufgelistet hat, zutraut? Mord und Totschlag?

„Na, dann können wir dank Ihnen ja ganz beruhigt das Schalke-Spiel angehen", höre ich Eric. Wieder klopft er Kaschrek auf die Schulter. Und auch Max stimmt in die Lobeshymne ein. „Das nimmt uns enorme Lasten von den Schultern, Herr Hauptkommissar. Und wenn Sie mal nur zum Fußball herkommen wollen, Anruf genügt. Aber jetzt entschuldigen Sie uns. Die Stadiontore werden gleich geöffnet. Frau Heller bringt Sie gerne zu Ihrem Wagen", verabschiedet er sich knapp und schiebt sich an mir vorbei. „Ly, wir sehen uns später!" Die beiden ziehen beinahe euphorisch ab. Erst jetzt spüre ich, wie sehr sie die ganze Geschichte belastet hat. „Eintracht", jubelt Max. „Frankfurt" übernimmt Eric das Echo.

Ich habe das Gefühl, als sollte ich mich besser krankmelden. Mein Kopf dröhnt und meine Gedanken fallen übereinander her. Ich lecke mit der Zunge über meine Lippe und schmecke Blut. „Lydia Heller. Hör auf dich selbst zu beißen", raune ich mir tonlos zu und wische mit dem Handrücken über die offene Stelle.

„Geht es Ihnen nicht gut?", fragt Hauptkommissar Kaschrek. Ich hatte für einen Moment vergessen, dass er noch immer neben mir steht.

„Soll ich Sie …?"

„Nein. Nein. Ich finde schon allein raus. Bin schließlich Polizist", lächelt er plötzlich und schiebt mich auf den Sitz. „War sicher alles ziemlich viel für Sie. Schnaufen Sie erstmal durch. Frische Luft tut gut." Dann ist er auch schon verschwunden.

Kann das alles sein? Hat mich tatsächlich Kevin angerufen und bedroht? Hat er wirklich seine Freundin getötet? Wegen Mic? Sollte sich Severin so in Mic täuschen?

„Egal. Hauptsache, die Welt ist wieder in Ordnung", rede ich mir schließlich selbst ein und zünde mir eine Zigarette an. Dann greife ich nach meinem Handy. Ich muss die neuen Entwicklungen unbedingt sofort Sev erzählen.

12

SONNTAG, 11. NOVEMBER 2018, 17:35 UHR

SEVERIN

Ihren Besucherschein des zuständigen Gerichts!", fordert mich die Frau hinter der Glaswand auf. Ihre Stimme klingt ätzend in meinen Ohren. Nervös wühle ich das Formblatt heraus, um das ich Papa gebeten habe.

„Sind Sie angemeldet?", fragt sie nörgelnd. Müsste sie das nicht in ihrem Computer aus der Steinzeit selbst sehen können? Und abgesehen davon, dürfte ich Mic nicht besuchen, hätte ich mich nicht angemeldet.

„Natürlich. Severin Klemm."

Sie wirft kurz einen Blick auf meinen Besucherschein und dann wieder auf mich. Ihr Blick spricht Bände. Sie hat längst erkannt, dass ich der Sohn des Oberstaatsanwalts bin und mir so einen Freibrief in den Besucherraum der JVA erschlichen habe. Aber es kann mir egal sein.

„Hat Sie der Staatsanwalt nicht darüber informiert, dass Sie eine halbe Stunde vor Ihrem Termin hier sein müssen?"

Ich runzle die Stirn und suche nach einer funktionierenden Uhr. „Ich bin doch …"

„Fünf Minuten zu spät, Herr Klemm", unterbricht sie mich sofort.

„Ja, weil ich dort drüben auf Ihre Anweisung hin gewartet habe", brumme ich und deute auf den Stuhl hinter mir. Sie schnalzt nur mit der Zunge und bittet mich dann wieder Platz zu nehmen, bis endlich ein Beamter kommt und mich abholt.

Nach dem dritten Dröhnen der Tür beim Öffnen pocht mein Kopf und die Unruhe in mir steigt. Ich habe Mic so lange nicht gesehen. Vielleicht lässt er mich achtkantig hinauswerfen? Oder es stimmt, was Hel im *Greifvogel* gesagt hat, und er steht immer noch zu unserer Freundschaft.

Ich habe es nicht über mich gebracht, mich bei Mic selbst anzumelden, damit er mich auf die Besucherliste setzt. Stattdessen habe ich ihn im Unwissen gelassen und das über meinen Vater geklärt. Typisch Severin.

Als mich mein Begleiter in einen Raum mit einigen Tischen geführt hat, setze ich mich und warte. Die Zeit kommt mir unendlich und gleichzeitig viel zu kurz vor, und dann wird die Tür geöffnet und Mics Blick fällt auf mich. Er bleibt stehen, als er mich erkennt, und braucht eine ganze Weile, bis er einen zögerlichen Schritt nach dem anderen auf mich zu macht.

„Severin?", fragt er, als wäre er sich nicht sicher, ob ihm sein Verstand nur einen Streich spielt. Ich reibe meine Hände aneinander, während sich der Uniformierte, der Mic hereingeführt hat, zur Tür zurückzieht.

„Mic …", ist alles, was ich herausbekomme. Wir schweigen einen Moment lang, bis ich mich endlich fange. Mic darf nicht viel Besuch empfangen und auch nur eine halbe Stunde. Ich werde ihm die Zeit nicht mit meiner Unfähigkeit, mich ihm zu stellen, rauben.

„Ich will dir helfen", sage ich also schnell und kaum verständlich. Plötzlich bin ich wieder der kleine Junge von damals.

„Helfen?" Mic sieht mich mit warmen Augen an. Er hat sich kaum verändert. Da sind nur mehr Sorgenfalten und seine Augen von schwarzen Ringen ummantelt.

„Ja, ich glaube nicht, dass du etwas mit alldem zu tun hast, und ich … habe etwas gutzumachen."

Mic streicht sich nachdenklich über seine Lippen und mustert mich fragend.

„Hat dich seit Samstag schon jemand besucht?", schiebe ich schnell hinterher.

„Nein", gibt er knapp zurück. In seiner Stimme schwingt Skepsis mit, weshalb ich das frage. Ich atme tief ein und aus.

„Jemand hat Katharina umgebracht, Mic. Sie haben Kevin festgenommen."

„Was?" Seine Augen weiten sich verständnislos. Seine Mimik schwankt zwischen Trauer und Wut.

„Ich glaube nicht, dass er es war."

„Aha", formt Mic einen knappen Ton und lehnt sich zurück, aber seine Haltung bleibt angespannt. Er will ganz eindeutig nicht zeigen, wie sehr ihn diese Nachricht trifft. Vor allem vor mir nicht. Aber ich weiß, wie viel Kat ihm bedeutet hat und wie es wirklich in ihm aussieht. „Und jetzt willst du den Mord und die Leichen im Stadion aufklären und deine Schuld bei Kevin und mir begleichen?" Die Kälte, mit der er den letzten Teil des Satzes sagt, versetzt mir einen Stich. Aber was habe ich auch erwartet?

„Du musst mir genau sagen, was dieser Ordner von dir wollte und was du über ihn weißt, Mic. Wir haben nicht viel Zeit."

Mic scheint mit seiner unerwarteten Sonntagsüberraschung überfordert. Er mustert mich, als würde er abwägen, ob er mir trauen kann.

„Und zu damals hast du nichts zu sagen, Snobbi?"

Ich beiße die Zähne zusammen. „Wenn das hier vorbei ist."

Mic nickt und beugt sich dann zu mir vor.

„Ich habe schon mit der Polizei geredet, Sev, und nichts hat sie auch nur dazu veranlasst, meine Version der Geschichte zu glauben. Ich hatte nichts damit zu tun."

„Ich weiß", raune ich und würde ihn am liebsten in den Arm nehmen. Aber schon meine leichte Bewegung auf Mic zu, sorgt bei unserem Wächter für erhöhte Aufmerksamkeit. Er räuspert sich.

„Aber es gibt eine Sache, von der keiner etwas weiß", flüstert Mic verschwörerisch.

„Und mir willst du sie sagen? Ausgerechnet mir?"

„Du hast mich im Stich gelassen, Sev. Es hat wehgetan, aber es ist nicht so, als hätte ich es nicht verstanden. Im Gegenteil. Ich habe das damals gemacht, damit du eine andere Zukunft hast als wir."

Ich schlucke Steine.

„Ich gehe davon aus, dass du bereits weißt, dass ich den Fahrdienst für seine Mutter erledigt habe?"

Ich nicke.

„Gut. Eines Nachts rief er mich an. Seiner Mutter ging es schlecht, sie war verwirrt und der Krankenwagen würde zu lange brauchen. Wahrscheinlich war es ihm auch einfach zu teuer. Auf jeden Fall fuhr ich los." Er sieht sich kurz um, als dürfte das hier wirklich niemand hören. „Ich trug sie in mein Auto und fuhr los, aber auf halber Strecke ist sie komplett ausgerastet. Ich war ganz allein, also hielt ich an und wollte sie versorgen, doch rein körperlich ging es ihr gut. Sie packte meine Hand und wiederholte immer wieder einen Satz."

Er schließt kurz die Augen, als würde er die Bilder der Nacht vor sich aufrufen. „*Er hat ihn mir weggenommen.* Das sagte sie, immer und immer wieder. Ich versuchte, sie zu beruhigen, weil ich ja wusste, dass es ihrem Sohn gut ging, aber ... sie wiederholte es unablässig."

„Also hatte sie Angst, dass ihm etwas passiert, oder davor, dass ihn jemand in der Hand hat?"

„Ich weiß es nicht. Aber es muss jemanden gegeben haben, der ihn dazu gezwungen hat. Er war oft abwesend. Hat sich viel zu oft bei mir entschuldigt, ohne überhaupt irgendetwas zu tun. Er war immer leichenblass und ... ich weiß nicht, Sev."

„Bei mir hat er sich auch entschuldigt ... bevor er zugestochen hat."

Mic nickt, als wolle er mir damit stumm zeigen, dass er davon weiß.

„Kannst du mir seine Adresse nennen?"

Mic atmet schwer, sieht sich erneut um und flüstert mir dann die Adresse zu. Ich nicke und berühre aus einem Affekt heraus seine Hand.

„Keine Berührungen!", fordert der Polizist an der Tür barsch.

Ich hebe beschwichtigend meine Hände und lehne mich wieder zurück. „Wusste dieser Kerl etwas von deiner Pyrobombe?"

„Meiner Pyrobombe?" Er lacht halbherzig. „Das waren nicht meine Pläne. Du weißt, dass ich Pyro verachte, seit dieser kleine Junge damals in unserem Block verletzt wurde."

„Und wie kommen die Pläne dann in deine Wohnung?"

Er zuckt mit den Schultern. „Wie kam dieser Ordner auf mich? Wie kam er auf die Idee, mich ausgerechnet dann zu grüßen, wenn er eine Bombenattrappe platziert und kurz davor zwei Frauen umgebracht hat? Warum sagt er mir, ich soll zum Stadion kommen, und liegt dann tot vor mir? Und noch viel schlimmer: Wie sollte Kevin ausgerechnet die Frau umbringen, die alles für ihn bedeutet? Das wäre ein Witz, wenn es nicht so traurig wäre. Jemand hat es auf Kevin und mich abgesehen."

„Und wer soll das sein? Habt ihr Feinde? Und warum zum Henker hast du dieses beschissene Messer aufgehoben, Mic?"

„Es ging alles so schnell. Ich habe Bernd da liegen sehen und dann das Messer und … es war eine Kurzschlussreaktion und dann kam auch schon dieser Bulle", antwortet er beinahe tonlos. „Und Feinde … Außer den gegnerischen Hools meinst du?", prustet er, als könne er in der kurzen Zeit nicht all seine Feinde aufzählen. „Die Familie des Fans, den wir damals verprügelt haben, hat keinen Grund und auch nicht die Befähigung, so etwas durchzuziehen. Ich glaube, sie waren uns beinahe dankbar, weil er danach aufgewacht ist und kein Hool mehr war."

„Ich denke, niemand ist wirklich dankbar, wenn du sein Kind schwer verletzt", gebe ich zurück.

Mic mustert mich einen Augenblick. „Nein, nein, von der Familie kommt da nichts. Nicht von denen. Wir haben die Verantwortung übernommen und während der Reha und darüber hinaus jeden Monat Geld geschickt. Solange er arbeitslos war jedenfalls."

Ich fahre mir nachdenklich durch meine Haare und presse die Lippen aufeinander.

„Was war das damals mit dem Jungen?"

„Der in unserem Block?" Ich nicke. „Naja, sein Vater hat ihn mit zu uns genommen, obwohl er hätte wissen müssen, dass es viel zu gefährlich ist. Jemand von den Eagles hat ihn nicht gesehen, Pyro angezündet und ihm damit die linke Gesichtshälfte verbrannt. Aber kaum jemand weiß davon, weil das in der Presse ganz klein gehalten wurde." Er verzieht den Mund. „Kat hat das Zeug damals reingeschmuggelt. Aber so wirklich drankriegen konnten sie uns nicht. Also ist auch das im Sande verlaufen."

„Könnte der Vater Grund haben, sich an euch zu rächen?"

„Könnte er. Aber warum sollte er? Und wie soll er Pläne in meine Wohnung schmuggeln, Sev?"

„Ich habe keine Ahnung", gebe ich zu. „Aber wenn es etwas damit zu tun hat, dann gibt es eine Verbindung zwischen dem Ordner und ihm."

„Ihre Zeit ist zu Ende." Ich erschrecke, als der Polizist plötzlich neben uns steht. Ich war so ins Gespräch vertieft, dass ich alles andere, auch die Zeit, ausgeblendet habe.

Mic erhebt sich, als wüsste er, dass es keinen Sinn macht, noch um wenige Minuten zu betteln.

„Es war schön, dich zu sehen", sagt Mic und lässt damit meinen Atem stocken. Er ist einfach ein zu guter Mensch.

„Dich auch", raune ich.

„Rede mit Gustav! Pass auf dich auf. Vertrau ihnen nicht, Severin", flüstert er noch, bevor der Wachmann ihn aus dem Raum führt.

„Wem?", rufe ich ihm hinterher, doch da verschwindet er schon mit dem Klicken des Schlosses hinter der Tür.

Ich werfe einen Blick auf die Uhr an der Wand. Das Spiel im Stadtwald wird gerade angepfiffen. Höchstwahrscheinlich werde ich sie dann alle im *Greifvogel* finden. Und vor allem Gustav.

Als ich zwei Stunden später ohne Chino und dafür mit einer stilechten 501er in Niederrad ankomme, treffen auch die ersten

Mitglieder der Eagles gerade ein. Sie sind nach dem 3:0 über Schalke bester Laune. Weil ich aber keine Ahnung habe, wie sie ohne Gustavs persönlichen Schutz auf mich reagieren, bleibe ich lieber in der kleinen Hausnische gegenüber dem *Greifvogel*, bis endlich Gustav auftaucht.

„Gustav!", rufe ich und schlendere viel zu lässig über die Straße. Etwas fühlt sich so vertraut an und auch nach viel zu viel Sehnsucht. Sehnsucht, wenn ich in ihre freudigen, leidenschaftlichen Gesichter sehe und diese Verbundenheit zwischen ihnen allen spüren kann. Ein Verein, der sie alle vereint.

„Snobbi. Schon wieder? Kriegst du etwa nicht genug von uns?" Er lacht und klopft mir beinahe väterlich auf die Schulter, bevor er mich in die Kneipe schiebt und auf den grandiosen Sieg Bier für alle bestellt. Dabei sind sie jetzt schon mehr als nur angeheitert.

„Was gibt's?", fragt Gustav dann, als wir uns wieder an einen Tisch weiter hinten im Inneren der urigen Kneipe verzogen haben. Ich mustere die vielen Bilder von Spielern, aber auch Mitgliedern der Eagles an der Wand. Die Schals und Wimpel, bis Gustav mich mit seinem Räuspern zurück in das Hier und Jetzt holt.

„Ich war bei Mic."

„Und?", fragt Gustav und sieht mich leicht benebelt an. Ich habe keine Ahnung, ob das hier der richtige Zeitpunkt ist, um mit ihm über so ernste Dinge zu reden. Aber vielleicht sorgt gerade sein Zustand dafür, dass er noch offener mir gegenüber ist.

„Er sagte, ich solle zu dir gehen."

„Und warum?"

„Keine Ahnung", gebe ich zu und trinke ein paar große Schlucke, bevor ich mich wieder dabei erwische, wie ich die

Jacke eines der Eagles neben mir betrachte. In diesem Moment würde ich nichts lieber tun, als zu meinen Eltern zu rennen, meine Jacke aus dem Schrank zu holen und sie wieder anzuziehen. Wieder ein Teil dieser Gemeinschaft sein.

„Aha", erwidert Gustav wenig überzeugt und winkt dann Helena zu uns. Ich mustere ihre roten, geschwollenen Augen.

„Warst du etwa beim Spiel?", frage ich mit einem Unterton, den ich mir hätte sparen können, denn Hel kneift augenblicklich ihre Augen zu Schlitzen zusammen.

„Kat hätte das gewollt. Ich habe sie so geehrt, wie sie es verdient hat. Misch dich da nicht ein, Snobbi!"

Ich nicke und senke meinen Blick.

„Warum glaubst du, dass diese Pläne wirklich von Mic sind, Hel? Er sagte mir, dass das nicht stimmt."

Sie schnalzt mit der Zunge und setzt sich dann neben mich auf einen knarrenden Stuhl.

„Du hast keine Ahnung, was der Knast mit Mic gemacht hat. Er ist nicht mehr der Junge, den du einmal kanntest." Ihr Kiefer knackt unruhig hin und her.

„Aber er würde nie ..."

„Maß dir nicht an, zu urteilen, was er tun würde und was nicht, Sev!", knurrt Helena dazwischen und packt grob meinen Arm. „Auch wenn du jetzt hier sitzt und angeblich helfen willst. Du kennst ihn nicht. Nicht mehr. Keinen von uns!"

„Ist ja gut", brumme ich und hebe meine Hände, vor allem, um mich aus ihrem schmerzhaften Griff zu lösen. Ihre Fingernägel haben kleine Halbkreise auf meiner Haut hinterlassen, obwohl dank der Ereignisse der letzten 24 Stunden kaum etwas von ihnen übrig ist. „Trotzdem denke ich, dass sie ihm jemand untergejubelt hat."

„Und wer? Wer sollte das gewesen sein, außer mir?", spuckt sie mir entgegen.

Ich räuspere mich und beuge mich dann vor. „Bist du dir wirklich sicher, dass niemand sonst in eure Wohnung eingedrungen sein kann?"

„Eingedrungen", prustet sie und schüttelt den Kopf. „Warum? Um irgendwelche Pläne zu deponieren? Denn zu holen gibt es bei uns sicher nichts! Mic hat es gerade mal so geschafft, bei einem Rettungsdienst zu arbeiten, meinst du, da kommt genug rum, damit ein Einbrecher das alles auf sich nimmt?"

„Vielleicht war es Kevin und er hat Mic die Pläne gezeigt und dann bei euch gelassen", suche ich nach einem Ausweg, aber es ist zwecklos. Helena schüttelt nur immer wieder den Kopf und Gustav mustert mich mit einem schmutzigen Blick.

„Kevin, der Idiot, hätte so etwas niemals bauen können. Weißt du, was er stattdessen gemacht hat, Severin? Er hat beschissene Drohbriefe an die Eintracht geschickt! Drohbriefe."

Ich tue ein wenig überrascht, damit sie nicht bemerken, dass ich das längst von Lydia weiß. Sie hat mich zwar nicht erreicht, weil ich gerade bei Mic war, aber eine Nachricht mit den wichtigsten Neuigkeiten zum Besuch Kaschreks bei ihnen in der Arena geschickt.

„Gustav", wende ich mich wieder an ihn. „Warum wollte Mic, dass ich zu dir gehe?"

Er leckt sich nachdenklich über seine Lippen und streicht dabei den grauen Bart darüber. „Woher soll ich das wissen?"

Seine Augen sehen mich kurz durchdringend an. Er weiß genau, weshalb Mic mich hierhergeschickt hat. Sein Blick wandert weiter zu Helena. Sie ist es also, weshalb er nicht auspackt. Aber warum hat er sie dann überhaupt an unseren Tisch gerufen?

Als wir uns eine ganze Weile lang einfach nur angeschwiegen haben, steht Helena auf und geht. Sie verschwindet in der mittlerweile großen Menschenmenge vor der Bar. Lautes Singen und Johlen dringt zu uns herüber. Ich lehne mich vor und sehe Gustav ernst an. „Was ist los?"

Er schließt geheimnisvoll die Augen und atmet tief durch. „Kannst du dich an Saskia erinnern?", bringt er endlich hervor.

Ich runzle die Stirn, nicke aber. Saskia war damals ein Mädchen aus Mics Hochhauskomplex. Sie war seine Sandkastenliebe, bis irgendwann Helena auf den Plan trat.

„Mic und sie ...", beginnt er und sieht sich verschwörerisch um. „Sie haben damals eine Nacht miteinander verbracht, als er gerade frisch mit Helena zusammen war."

„Was?", stoße ich hervor und schüttle den Kopf. Mic war damals mein bester Freund. Wäre das wirklich passiert, dann hätte er es mir gesagt oder ich hätte es bemerkt. Das kann nicht sein.

„Es ist wahr, Snobbi. Und neun Monate später ..."

„Nein!", fahre ich ihm dazwischen. „Nein, sprich nicht weiter!"

„Aber ich denke, dass es das ist, was Mic wollte. Er hat einen Sohn. Und Helena weiß nichts davon." Er senkt seine Stimme noch einmal. „Saskia lebt mit ihm zusammen hier in Frankfurt und sie haben sich darauf geeinigt, dass sie nichts sagt, solange Mic monatlich etwas für das Kind zahlt. Unterhalt und so. Aber inoffiziell. Damit sie Stütze kassieren kann."

Ich streiche mir unruhig mit meiner Hand übers Gesicht. Das kann nicht wahr sein. Mic liebt Helena. Warum sollte er sie derart belügen?

„In dem Jahr, in dem er dann im Gefängnis saß, da bat er mich, ihr das Geld zu geben. Habe ich natürlich alles ordentlich abgewickelt. Ehrensache. Und jetzt hat er mich wieder darum gebeten, aber …"

„Geht es hier um Geld, Gustav? Hat Mic mich hierhergeschickt, damit ich ihr das Geld gebe?"

„Ich gehe davon aus."

Mein Kopf pocht unerbittlich, während ich das nächste Bier bestelle.

Mic hat also ein Kind. Einen Jungen. Und er hat es mir damals nicht gesagt. Gustav wusste es. Aber ich … vielleicht wusste Mic schon immer, dass ich ein Verräter bin.

„Ich werd sehen, was ich tun kann", raune ich und trinke weiter. Trinke, bis ich kaum noch mitbekomme, dass Gustav auf einen Bierdeckel die Adresse, eine Uhrzeit und die Summe schreibt und mir die Pappe zusteckt. Ich akzeptiere wortlos und lasse mich von der Musik und der Stimmung tragen. Da habe ich mir einen Kopf darüber gemacht, wie ich alles wiedergutmachen könnte, und schwups soll ich einen Freundschaftsdienst erfüllen. Na, wenn das kein Zeichen ist.

Ausgestattet mit diesen guten Nachrichten, dauert es nicht lange, bis ich mich fast wie früher fühle. Ein paar der Eagles stehen im Kreis und erzählen jede einzelne Aktion mit lauter Stimme und großen Gesten nach, bevor sie schließlich alle darauf anstoßen und betrunken herumwanken. So wie auch ich.

Ich vermisse das hier. Vermisse es, mit ihnen etwas zu teilen. Mit überhaupt jemandem etwas zu teilen. Mein Leben besteht nur noch aus der Arbeit, für die ich keinerlei Anerkennung erhalte, und aus Nächten in Clubs mit Achim, den ich nie wirklich an mich herangelassen habe. Wir sind Kollegen, mehr aber auch nicht.

„Severin, verdammt!" Eine Hand packt mich und wirbelt mich herum. Ich lache, bis ich in Lydias zornige Augen starre.

„Ich versuche, dich seit zwei Stunden zu erreichen!"

„Und warum?", frage ich mit schwerer Zunge.

„Bist du dicht?!"

Wieder muss ich kurz auflachen. „Und wenn?"

„Anastasia hat mich angerufen", sagt sie dann und stemmt ihre Arme in die Hüfte.

„Was?" Ich verziehe nur mein Gesicht, weil ich nicht wirklich begreife, was sie da sagt und wie das passen soll.

„Ja, du hast richtig gehört. Deine Schwester hat MICH im Stadion über den Sicherheitsdienst erreicht – weiß der Himmel, wie sie das gemacht hat –, weil sie dich nicht erreichen konnte. Und sie ist wirklich eine furchtbare Person!"

„Ich weiß", gebe ich schulterzuckend zurück.

„Du kommst jetzt mit an die frische Luft!", zischt sie und zieht mich Richtung Ausgang, doch Gustav stellt sich uns in den Weg.

„Sieh an, die Pressesprecherin beehrt uns erneut", lacht er und stößt ihr seinen nach Alkohol riechenden Atem ins Gesicht. Sie weicht einen Schritt nach hinten und lächelt gespielt.

„Stellvertretende Pressesprecherin", verbessert sie.

„Und will die stellvertretende Pressesprecherin nichts mit uns trinken?"

„Ich ..." Lydia verzieht den Mund, lächelt aber weiter, bis Gustav ihr ein Glas Bier reicht und sie erstarrt. Ihr Blick ist eisern auf das Bier gerichtet.

„Was ist los?", frage ich lachend und pikse sie in die Seite, woraufhin sie herumfährt und mir auf den Oberarm schlägt.

„Wir gehen jetzt!", knurrt sie voller Zorn.

„Oh oh! Ärger im Paradies", lacht Gustav und entfernt sich ein wenig von uns.

„Auf der Stelle, du betrunkener Schwachkopf!", fügt Lydia so laut hinzu, dass es wirklich jeder hören kann. Ich beiße die

Zähne zusammen, folge ihr aber brav hinaus, damit sie mich nicht noch weiter bloßstellen kann.

„Anastasia ist heute deine Akte durchgegangen, und da stimmt etwas nicht", ist alles, was sie sagt, als wir draußen ankommen.

„Warum sagt sie dir so etwas?", frage ich und halte mich an einer Laterne fest, um nicht zu stürzen.

„Weil sie wohl glaubt, dass ich deine Freundin bin oder so was. Wie auch immer. Du musst sie anrufen."

„So?", frage ich lachend und deute auf mein eigenes Gesicht. „Ich rufe niemanden an, Lyd. Ich geh da jetzt wieder rein und feiere mit meinen Brüdern!" Mit diesen Worten wanke ich wieder Richtung Kneipe.

„Mit deinen Brüdern?!", hakt Lydia pikiert nach. „Deine Brüder?"

„Ja, Brüder!", knurre ich und drehe mich wieder zu ihr, wobei ich fast den Halt verliere. „Weil die da drin immer bei mir sein wollten, weil uns was verbunden hat. Und nicht, weil sie mich ausnutzen wollten, um ihre Chefs zu beeindrucken und mich still zu halten."

Lydia hebt ihre Brauen und starrt mich an, als hätte ich sie gerade geschlagen. „Das denkst du von mir?"

„Tiger Lili, das denke ich nicht nur, es ist so. Deshalb bist du zu mir gekommen. Und dass ich jetzt hier bin …" Ich deute auf den *Greifvogel*, „das habe ich auch dir zu verdanken! Weil du ja so unbedingt mehr erfahren wolltest. Aber als ich gesagt habe, dass ich das nicht kann und nicht will … ja … das war dir einfach egal. Weil ich dir egal bin! Ich bin nur ein beschissenes Mittel zum Zweck für dich."

„Das ist nicht wahr!", entgegnet sie mit bebender Stimme. „Vielleicht habe ich dich um Hilfe gebeten, ja. Aber das bedeutet nicht, dass ich dich ausnutze. Du weißt genau, dass du mir viel bedeutest."

„Ach", lache ich, „Weiß ich das?"

„Ich bringe dich nach Hause", wechselt sie abrupt das Thema und greift nach meinem Arm, doch ich schiebe ihn augenblicklich und viel zu grob weg.

„Ich bin kein Kind!"

„Du benimmst dich aber gerade wie eins!", schreit sie mir entgegen. Ich bin mir sicher, dass ich sie noch nie zuvor so aus der Haut habe fahren sehen.

„Schön. Mir egal", gebe ich zurück und setze mich in Bewegung. Mir ist längst die Lust vergangen, zurück in den *Greifvogel* zu gehen, also laufe ich einfach irgendwohin und höre hinter mir Lydias klackernde Schritte.

„Hör auf, mich zu verfolgen", blaffe ich nach hinten, doch der Hall ihrer Schritte verebbt nicht.

„Dann hör du auf wegzulaufen."

„Ich bin erwachsen und kann weglaufen, vor wem und wann ich will", lalle ich, drehe mich um und gehe an ihr vorbei in die Richtung, aus der wir gekommen sind. Sie lässt nicht locker und folgt mir.

„Du bist ein kleiner Junge, mehr nicht!"

„Ach ja?", frage ich, fahre herum und packe ihre Schultern. Ihr Atem stockt, während ich mich langsam zu ihr beuge. Ihr so nah komme, dass ich ihren Atem auf meinen Lippen spüren kann. „Wirke ich jetzt immer noch wie ein kleiner Junge auf dich?", raune ich, hebe siegessicher einen Mundwinkel. Ich kann dabei zusehen, wie Lydia verkrampft schluckt und ihre Wangen sich ein wenig röten, aber sie versucht nicht, sich aus meinem Griff zu befreien. Stattdessen rücke ich noch ein wenig nach. Nur so viel, dass unsere Lippen nur noch Millimeter voneinander entfernt sind. „Kein Junge", flüstere ich rau und entferne mich dann wieder von ihr, während sie den angehaltenen Atem ausstößt.

Hinter uns wird die Tür aufgestoßen und der Lärm des *Greifvogels* weht über die Straße. Als ich Gustav und einen mir unbekannten Kerl in der ledernen Jacke der Eagles erkenne, überlege ich kurz, zu ihnen zurückzugehen, doch etwas ist seltsam an der Art, wie sie sich umsehen, also packe ich Lydia am Arm und ziehe sie mit mir in einen dunklen Häusereingang.

„Der ist doch nicht dumm, Gustav. Der riecht den Braten", knurrt der Unbekannte.

„Hauptsache, er liefert das Geld ab. Er ist uns etwas schuldig."

Ich öffne fassungslos den Mund. Hat Gustav mich also belogen? Gibt es gar kein Kind?

„Was hast du davon? Um das bisschen Geld kann es dir wohl kaum gehen", schnaubt der andere und fährt sich nervös durch seine Haare.

„Es ist ein Auftrag, den ich erledige", gibt Gustav zornig zurück.

„Ein Auftrag? Meinst du nicht, es reicht langsam mit Aufträgen?"

„Es ist der letzte. Das sichert uns hier bis zum Lebensende ab und hilft Mic. Ich kann nicht anders."

Der Mann schnaubt wieder. Und dann öffnet sich erneut die Tür und Helena stößt zu ihnen. „Hat er es geschluckt?"

„Reden die da gerade über dich?", flüstert Lydia neben mir, doch ich lege meinen Finger auf ihre Lippen, um sie zum Schweigen zu bringen.

„Hat er", ertönt Gustavs Stimme, die bei Weitem nicht mehr so trunken klingt wie noch vor zwanzig Minuten, als er mit mir geredet hat.

„Mir gefällt das nicht."

„Willst du Mic die nächsten zehn Jahre im Knast besuchen, Helena?"

Sie schüttelt halbherzig den Kopf.

„Es wird alles gut", versichert Gustav ihr, sieht sich noch einmal um und geht dann zusammen mit ihnen wieder hinein in die Kneipe.

„Na, tolle Brüder hast du da", zischt Lydia neben mir, und erst als ich zu ihr hinabblicke, bemerke ich, wie nah wir uns schon wieder sind. Viel zu nah. Ein seltsames Gefühl zuckt durch meine Brust.

„Ihre Loyalität gilt nun einmal einem anderen", sage ich knapp, weil ein Teil von mir versteht, dass sie alles tun wollen, um Mic da rauszuholen, auch wenn sie dafür mich verraten müssen.

„Und worum ging es da?"

„Gustav hat mir erzählt, dass Mic einen Sohn hat und ich seiner Mutter Geld bringen soll."

Lydia rümpft die Nase und sieht mich vorwurfsvoll an. „Das wolltest du doch nicht etwa machen, oder?"

„Halt dich einfach da raus", knurre ich und gehe wieder zurück auf den Gehweg. Obwohl ich es verstehe, verletzt es mich. Was wollten sie damit erreichen? Hätten sie mich auflaufen lassen und behauptet, dass ich Schmiergeld zahle? Aber wie hätten sie das tun sollen, ohne jegliche andere Beweise? Da muss etwas anderes dahinterstecken.

„Wir gehen jetzt, Severin!"

„Du gehst. Ich mache, was ich will. Verstanden?", zische ich und gehe weiter, ohne noch einmal zurückzublicken.

„Ich rufe die Polizei an."

„Und weshalb?", frage ich lachend, obwohl daran nichts witzig ist, und drehe mich nun doch zu ihr um.

Lydia holt die Meter bis zu mir auf und sieht mich ernst an. Ihre blauen Augen sind so wunderschön. Was? Ich fahre mir irritiert durch meine Haare. Ich bin wirklich betrunken. Zu betrunken.

„Auf Gustavs Arm war ein Tattoo, Severin."

„Ja, das Auge des Adlers", sage ich mit einem gespielt verschwörerischen Ton. „Das ist unser Zeichen. Nichts Besonderes. Für mich sieht es eher aus wie ein Horusauge."

„Eventuell liegt das daran, dass Horus in der Gestalt eines Falken dargestellt wird und der ähnelt einem Adler, du Schlaumeier", brummt sie und schüttelt dann den Kopf. „Dieses Symbol war auf der Bombenattrappe. Also wenn du jemanden suchst, der zusammen mit Mic gearbeitet hat ... Es war dein toller Gustav! Und ich werde der Polizei bei der Gelegenheit auch sagen, dass sie dich verarschen wollten." Sie dreht sich um und will davonstapfen, doch ich halte sie an der Schulter fest.

„Das wirst du nicht!", knurre ich.

„Oh doch! Und du wirst mich nicht daran hindern, Severin Klemm!"

„Lydia!" Ich ziehe sie zu mir zurück und sehe sie böse an. „Das wirst du nicht!"

„Du tust mir weh!", faucht sie und windet sich aus meinem Griff. „Hast du jetzt vollkommen den Verstand verloren?"

„Ich?!", schreie ich und balle meine Hände zu Fäusten. Alles um mich herum knistert und ... ich drehe mich um und trete gegen eine der Laternen. Sie springt aus und lässt Lydias Gesicht ein wenig verschwimmen.

„Hat Anastasia recht? Musst du Pillen nehmen, sonst passiert das hier?" Sie wirkt plötzlich ängstlich.

„Was?" Meine Hände schmerzen mittlerweile, so sehr balle ich sie zusammen. „Was?", wiederhole ich einfach wieder, weil ich nicht fassen kann, dass Lydia diese Aussage gegen mich benutzt.

„Ich habe wirklich Angst, Sev."

„Als ob ich dir jemals etwas tun würde, verdammt!", fahre ich sie an, gehe auf sie zu und berühre ihre Schultern. „Du bist der einzige Mensch, der mir wirklich etwas bedeutet, und du ... du denkst was? Dass ich dich schlagen könnte?! Die Pillen, von denen Anastasia gesprochen hat, das war Ritalin. Damit haben sie mich als Kind vollgestopft, weil ich nicht in ihr perfektes Bild gepasst habe und zu aktiv war!"

Lydias Augen werden weicher und ihre Wangen wieder ein wenig rosig. „Ich habe Angst um dich, nicht um mich", wehrt sie ab.

„Du bist genauso wie sie!", brülle ich nun. „Genauso!"

„Beruhig dich!", flüstert sie, doch es ist viel zu spät.

„Ich soll mich beruhigen? Warum? Weil du so schreckliche Angst vor mir hast? Weil du mich am liebsten auch mit Pillen vollstopfen willst?!"

„Ich will doch nur, dass du begreifst, dass die da drin nicht deine Freunde sind!", fleht sie nun beinahe.

„Weißt du, wer die einzigen Menschen sind, bei denen ich diesen Ausdruck, den du jetzt in den Augen hast, nie sehen musste?!" Ich deute auf den *Greifvogel*. „Die Menschen da drin, die du verurteilst und bei der Polizei anschwärzen willst."

„Hast du mich nicht verstanden: Ich habe keine Angst vor dir!", schreit Lydia plötzlich. „Ich habe Angst um dich! Bekomm das endlich in deinen Schädel!" Ihre Augen füllen sich mit Tränen. „Und genau deshalb werde ich die Polizei rufen. Du musst erkennen, dass sie nicht deine Brüder sind."

„Wenn du das machst, Lydia, dann bist du für mich gestorben!", sage ich ernst, lasse sie los und gehe weiter. Dieses Mal folgt sie mir nicht. Dieses Mal bleibe ich allein zurück. Allein mit meiner Wut und dieser … ja, Trauer.

Meine Beine tragen mich wie von selbst rüber zur alten Pferderennbahn und ohne es wirklich zu wollen, klettere ich über die Absperrung und gehe zu der Stelle, an der ich Katharinas Leiche gesehen habe.

Nichts ist mehr übrig. Alles wirkt so, als hätte hier nie jemand sein Leben gelassen. Die ganze Welt dreht sich einfach. Was ist ein Leben schon wert, wenn es so schnell verschwindet?

Meine Lippen beginnen zu beben und ein mir wohlbekanntes Kribbeln wandert von meiner Brust in meine Kehle. Etwas ergreift Besitz von mir, das viel stärker ist als ich. Wutschnaubend suche ich nach etwas und finde eine Absperrung, auf die ich zugehe und so lange dagegentrete, bis ich Tränen über meine Wange wandern spüre. Ich erinnere mich nicht, wann ich das letzte Mal geweint habe. Aber das hier kann ich nicht stoppen. Ich spüre die Tränen kaum, bis mein Mund seltsame Geräusche von sich gibt und ich zu Boden sinke. So viele Dinge prasseln auf mich ein, dass ich sie nicht einmal zu fassen bekomme. So unendlich viel Wut und Schmerz. Und immer wieder sehe ich diese Angst in Lydias Augen. Ich habe immer geglaubt, dass sie nie Angst vor mir haben wird. Nicht wie all die anderen. So wie meine Familie. Aber sie ist kein Stück besser. Sie denkt genauso über mich wie sie. Sie … hat Angst vor mir.

Minuten- oder stundenlang sitze ich an dieser Absperrung gelehnt und weine einfach, schluchze und jammere wie ein armseliges Etwas, bis ich hinter mir ein Geräusch höre.

Weil ich befürchte, dass Lydia mich nun doch verfolgt hat, wische ich mir mit meinen dreckbesudelten Fingern über die Augen, als mich im nächsten Moment ein dumpfer Schlag gegen meine Schläfe nur noch schwarze Leere erkennen lässt.

13

SONNTAG, 11. NOVEMBER 2018, 22.38 UHR

LYDIA

Dieser Arsch!" Der Kerl auf der anderen Straßenseite dreht sich verstört nach mir um. Er denkt wohl, ich habe ihn gemeint. Ich hebe meine Hand und lächle entschuldigend zu ihm hinüber. „Nein, nein. Nicht Sie. Ich war in Gedanken. Sorry", rufe ich ihm zu. Er grinst, dreht sich ab und läuft weiter.

Dieser Blödmann. Severin Klemm. Aber warum bin ich eigentlich überrascht? Ich hätte es doch wissen können. Der war schon immer so. Genau so. Wie Papa.

„Warum meinen Männer eigentlich immer, dass sie nur als ganze Kerle betrachtet werden, wenn sie stur für ihre Sache durchs Feuer gehen?", schimpfe ich leise vor mich hin. Und drehe mich sofort irritiert um.

Gott sei Dank. Der Kerl von der anderen Straßenseite ist

schon um die Ecke verschwunden. Keiner da, der mich für verrückt erklären könnte, weil ich merkwürdige Wortfetzen vor mich hin brummele. Aber die letzte halbe Stunde mit Severin kann ich nicht schweigend herunterwürgen.

Das war schon immer so. Wenn Papa mich wegen meiner durchwachsenen Schulnoten genervt hat, bin ich in mein Zimmer abgerauscht und habe dann vor mich hin gegrummelt. Irgendwann war es mir zu blöd, wie eine meckernde Ziege in meinen 15 Quadratmetern herumzustolzieren. An diesem Tag habe ich begonnen, mich selbst zu interviewen. „Frau Heller. Wie uns zu Ohren gekommen ist, hatten Sie heute eine deftige Auseinandersetzung mit Ihrem Teamchef. Was ist passiert?", habe ich mich dann mit leicht tiefgestellter Stimme selbst gefragt.

Und geantwortet: „Dieser Mann hat jahrelang gute Dienste für das Team geleistet, aber irgendwann ist auch mal Schluss. Da musst du dir als junger Nachwuchssportler auch mal eine blutige Nase holen."

Das Gute an der Methode war, dass ich dadurch, dass ich mich selbst interviewte und Antworten für ein imaginäres Radiopublikum gab, in der Bewertung neutraler sein musste. Jeder Satz war ja nicht so einfach mal aus Wut herausgeschrien. Jeder konnte ihn hören. In meiner Fantasie jedenfalls. Aber das reichte meistens, um ziemlich schnell wieder herunterzukommen. Weil Wut und Fantasie eigentlich nicht so gut miteinander können. Es sei denn, man ist ein wutschnaubender Serienkiller im Fernsehen. Oder so ein durchgeknallter Besoffener wie Severin.

In einem abgedunkelten Schaufenster direkt an der Ecke Bruchfeldstraße/Schwarzwaldstraße bleibe ich stehen und betrachte einen Moment lang mein verheultes Gesicht.

„Lydia Heller. Sie haben den Ausraster von Severin Klemm live miterlebt. Was sagen Sie – ist er noch zu retten?", frage ich und halte mir die rechte Hand mit einem imaginären Mikro vor die Nase.

„Ach wissen Sie. Ich glaube, es ist ein Rückfall in alte Zeiten. Einmal Ultra, immer Ultra", höre ich mir selbst zu.

„Und – ich nehme an – damit ist er für Sie endgültig gestorben?"

Einen Moment lang gehe ich dem Hall meiner eigenen Stimme nach. Gestorben. Endgültig? Wir haben uns fünf, sechs Jahre nicht gesehen. Und nur, weil wir uns jetzt zufällig über den Weg gelaufen sind und versuchen, die Wahrheit über dieses … dieses … ja was ist es eigentlich? Ein Verbrechen, ein Komplott, eine Verschwörung oder einfach nur die Tat eines Irren? Also nur, weil wir das herausbekommen wollen, sollen wir jetzt auf einmal … etwas miteinander haben, das beendet werden muss?

„Frau Heller", hört sich meine Stimme etwas zu getragen an. „Unsere Hörer haben doch ein Recht darauf zu erfahren, wie Ihre nächsten Schritte sein werden. Also: Werden Sie, nachdem ja alles geklärt zu sein scheint, was für Sie von Interesse war, also die Sache mit den Drohbriefen, werden Sie also jetzt Ihr normales Leben wieder aufnehmen?"

Ich wische mir hektisch die letzten Tränen weg und versuche, mein Spiegelbild mit einem freundlichen Lächeln zu begeistern. Und die Antwort klingt so ein bisschen nach *Notting Hill*. „Ach wissen Sie, ich kenne Herrn Klemm schon seit vielen Jahren. Wir haben zusammen studiert. Aber mehr war da nie und wird auch nie sein. Also: Ja. Natürlich. Ich werde mein normales Leben weiterleben."

Abrupt drehe ich mich um und marschiere weiter Richtung *Greifvogel*. Dort steht mein Auto. Glaube ich jedenfalls.

Irgendwo da habe ich einen Parkplatz ergattert. Was am Tag eines Spiels in Niederrad ja ohnehin fast einem Wunder gleichkommt. Selbst eineinhalb Stunden danach.

Natürlich werde ich mein normales Leben aufnehmen, hämmert es in meinem Kopf. In Kronberg bei Jens. Der mich noch schlimmer verarscht, als es Severin jemals getan hat? Apropos: Ich fingere mein Telefon aus der Tasche und tippe auf seine Nummer. Es ist kurz vor Mitternacht. Wahrscheinlich schläft er schon. Aber das ist mir gerade ziemlich egal.

„Was ist denn?"

Schon bei den ersten drei Worten, die ich nach einer Woche Schweigen von ihm höre, verkrampft sich meine Nackenmuskulatur. „Ich bin's. Wollte nur sagen, dass es spät wird. Die Herren wollen das 3:0 gegen Schalke gebührend begießen. Ich schlafe dann bei Lea." Ich wundere mich, wie locker ich selbst diese Lügengeschichte über die Lippen gebracht habe, und stelle sachlich fest: Ich bin eine notorische Lügnerin. Nicht nur beruflich. Auch privat. Rund um die Uhr. Wann immer es mir einfällt. Ich muss beinahe lachen. Aber das bleibt mir im Hals stecken. Jens hat nur ein „Is gut. Bin ab morgen dann auch wieder weg" für mich übrig, dann ist das Gespräch weg.

Gehe ich jetzt zurück in den *Greifvogel*? Zu Severin? Hole ich ihn da raus und bringe ihn nach Hause, damit er nicht noch mehr Unsinn anstellt? Vor allem aber, damit ihm nichts passiert? Ich sehe es vor mir. Genauso wie am 19. Oktober auf dem Metall der Rauchbombe.

„Du musst Kaschrek anrufen", schreie ich mich fast selbst an. Dass mir das nicht längst eingefallen ist. Mag ja sein, dass es richtig war, die Polizei bei den Drohbriefen außen vor zu lassen. Aber jetzt … jetzt ist Severin in Gefahr und bildet sich auch noch ein, am sichersten Ort der Welt zu sein. Da, wo keiner reinkommt, weil sie alle die Hosen voll haben. Dass ich nicht lache.

Zittrig suche ich in meinem Mantel nach der Karte von Hauptkommissar Kaschrek. „Herrgott. Irgendwo muss sie doch sein", flehe ich fast. Die Vorstellung, dass alle dort unter einer Decke stecken und Severin eventuell im falschen Moment dahinterkommen könnte, treibt meinen Puls deutlich in den dreistelligen Bereich. Da ist endlich die Karte. Dreimal tief einatmen. Dann werde ich ruhiger und tippe die Ziffern ein.

„Dies ist die Nummer von Hauptkommissar Helmuth Kaschrek. Leider rufen Sie außerhalb meiner Dienstzeit an. Sie können mir aber eine Nachricht hinterlassen. Ich melde mich schnellstmöglich. Piep."

„Herr Hauptkommissar. Tut mir leid, wenn ich Sie so spät störe, aber ich glaube, es ist wichtig. Wissen Sie noch: Das Symbol, das auf dem Päckchen mit der Rauchbombe abgedruckt war, das der Ordner deponiert hat. An das ich mich erst gar nicht erinnern konnte. Ich weiß jetzt, wo es herkommt. Ich habe es als Tattoo gesehen. Vor nicht einmal einer halben Stunde. Auf Gustavs Arm. Das sind nicht nur vier Hools, die der Welt etwas beweisen wollen. Das ist eine ganze Verschwörung. Hören Sie. Ich fahre jetzt zurück in mein Büro in der Arena. Sie können mich unter dieser Nummer …"

Ein Pfeifton unterbricht mich, bevor ich die Nummer sagen kann. Aber er wird sie sicher sehen oder längst haben. Schließlich hat er mich bereits angerufen, als ich auf dem Weg zu Papa war.

Auf den nächsten Metern spüre ich die tiefe Erleichterung, die sich in mir breit macht. Zum ersten Mal nach Tagen habe ich das Gefühl, genau das Richtige getan zu haben. Selbst, wenn Kaschrek meinen Anruf erst morgen abhören würde, hätte ich alles richtig gemacht. Etwas bemerkt und es nicht zurückgehalten, sondern auf schnellstem Weg die Polizei informiert. So wie es jeder normale Mensch tun würde.

„Da bist du ja!", entfährt es mir, als ich ein paar Schritte weiter endlich mein Auto entdecke. Ich trommele mit zwei Fingern auf das Dach. „Ganz so blöd, wie manche meinen, bin ich offensichtlich doch nicht."

Bis zum Stadion zurück sind es keine fünf Minuten und auch wenn der Ordnungsdienst an der Einfahrt nicht schlecht staunt, mich um kurz vor Mitternacht noch einmal zu Gesicht zu bekommen, winkt er nur kurz. „Muss noch was erledigen", rufe ich ihm zu.

„Okay. Wir machen hier in einer halben Stunde Feierabend. Dann sollten sich auch die letzten Zuschauer aus dem VIP-Bereich auf den Heimweg gemacht haben."

„Was? Wird da immer noch gefeiert?"

Nicole Gerber schiebt sich an der Gelbweste vorbei. „Ja, Frau Heller. Vielleicht können Sie mal auf die Herren einwirken. Nächste Woche ist ja auch noch ein Spiel." Sie lacht. Sicher, weil sie weiß, dass das nun wirklich kein Argument ist. Jedenfalls nicht für die Fans einer Mannschaft, die gerade den FC Schalke 04 mit 0:3 nach Hause geschickt hat. Und für das Präsidium oder den Vorstand und die Macher hinter den Kulissen schon gar nicht. „Das wird schwer", will ich gerade antworten, als ihr Funkgerät piepst. „634 an 2. Gerade fahren die beiden letzten Fahrzeuge aus der Tiefgarage. Wir machen dann Feierabend. Okay?"

„2 an 634 – okay. Ja. Aber bitte noch mal komplett kontrollieren, dass nicht noch irgendjemand in einer Ecke hockt. Und anschließend kommt ihr alle zu Gate 2 zum Auschecken. Und bitte. Keiner geht hinten raus. Nur weil der Weg zur Bahn kürzer ist. Ich will eine komplette Liste. Alle, die reingekommen sind, gehen auch wieder raus. Alle!"

„Wow. Sie wollen es aber genau wissen." Ich schaue die Frau in Schwarz fragend an. Und beiße mir sofort auf die Lippe. Warum verlassen immer wieder Worte und ganze Sätze meinen Mund, die ich im gleichen Moment bereue?

Als ob ich nicht wüsste, dass Frau Gerber und ihr Team nach dem Düsseldorf-Spiel in die Kritik geraten sind und am Samstagmorgen zum Rapport antreten mussten. Weil der Mörder sich offensichtlich mit seinem gelben Leibchen einfach an den Kontrollen vorbeigemogelt hat. Wer kontrolliert auch schon einen Ordner.

„Sorry, war blöd", murmle ich, bevor sie mich mit einem bösen Blick durchbohren kann. Wir kennen uns vom Sehen, aber wir haben nie viel miteinander zu tun gehabt. Wir haben nur auf der Fahrt nach Marseille, die sie mit 30 ihrer Mitarbeiter begleitet hat, um im Zweifel deeskalierend einzuwirken, falls die Fans in der französischen Hafenstadt auf dumme Ideen gekommen wären, einen Kaffee getrunken. Es war ein merkwürdiger Moment. Die Fans durften ja nicht zum Spiel und sind trotzdem gefahren. Also mussten unsere Ordner mit. Wie immer bei Auswärtsspielen. Und so war ich wahrscheinlich an dieser Raststätte die Einzige, die das Spiel am Abend live erleben durfte.

Unseren Café au lait haben wir ziemlich einsilbig getrunken und uns seither auch nur noch zwei-, dreimal flüchtig getroffen. Bei Besprechungen oder in der Arena. Beim Spiel gegen Düsseldorf war sie nicht vor Ort, sondern auf irgendeinem Konzert in der Festhalle. Soweit ich weiß. Aber sie nimmt ihren Job ernst. Mächtig ernst. Und es wurmt sie gewaltig, dass einer ihrer Leute für zwei Tote und einen Verletzten verantwortlich war. Und vielleicht sogar für diese Rauchbombe.

„Wie war es heute?", frage ich so belanglos wie möglich.

„Alles okay. Wir haben 15 Prozent Manpower draufgesattelt, aber es ist ja alles ruhig geblieben. Kein ausgeflippter Ordner, keine Bombe, nichts", entfährt es ihr in diesem merkwürdig gefühllosen Tonfall, der mir schon in Marseille an ihr aufgefallen ist. Wobei ihre Augen jetzt wieder eine ganz andere Sprache sprechen.

„15 Prozent draufgesattelt?", frage ich eine Spur zu naiv.

„Na ja. Sie wissen doch: Schalke ist jetzt nicht gerade Gefahrenstufe 10. Aber mit 700 bis 800 Kräften sind wir schon im Einsatz. Normalerweise. Heute haben wir dann alles rangekarrt, was laufen konnte. Damit wir auf 900 kommen wie bei einem Hochsicherheitsspiel."

„Verstehe", nehme ich das Angebot an, ein bisschen über den Tag zu plaudern. Nach Büro ist mir eigentlich ja auch gerade nicht. Und Eric und Max noch in die Arme zu laufen, die sich wahrscheinlich in Max' Büro auf einen Absacker zurückgezogen haben, auch nicht. Schalke mit 3:0 aus dem Stadion getrieben, an den Bayern in der Tabelle vorbeigezogen … auf einen Champions-League-Platz … bessere Gründe, die höheren Weihen entgegenzunehmen, kann es wohl kaum geben. Wenn die beiden anfangen, über die Zukunft ihrer Eintracht zu philosophieren, lässt man sie am besten in Ruhe.

„Wie lange machen Sie den Job schon?"

„Fast acht Jahre. Warum?" Die hochgewachsene Frau, die ihr Haar streng nach hinten frisiert hat, lebt offenkundig davon, alles zu hinterfragen.

„Gehört das Misstrauen zum Job?", returniere ich treffsicher.

„Irgendwie schon. Wobei es ja beides ist. Du musst deinen Leuten absolut vertrauen und den anderen 50.000 in der Arena besser nicht", zwingt sie sich ein knappes Lächeln und mir Achtung ab. „Wobei 49.990 davon ja gar nichts Böses im Schilde führen, sondern nur so reagieren, wie Menschen es nun mal tun."

„Wie reagieren Menschen denn normalerweise?" Ich halte ihr meine Zigaretten hin. Sie nestelt eine heraus. Macht erst einmal einen tiefen Zug.

„Normalerweise rauche ich auf dem Gelände nicht", sagt sie. „Wie Menschen reagieren?" Sie pustet den Rauch über mich weg. „Nun: Schon mal probiert? Wenn einer zum Mond guckt, machen es alle, und wenn einer zusammensackt, bilden alle anderen automatisch eine Traube. Da kannst du die Uhr nach stellen. Das ist normal. Der kann sterben. Völlig egal. Sie bilden eine Traube. Weil alle immer nur ich, ich, ich denken und null Verständnis für die anderen haben. Etwa für die Sanitäter, die zu dem Mann wollen. Es denkt ja auch keiner daran, dass ein NZG etwas auslöst."

„NZG?"

„Ja, ‚nicht zuzuordnender Gegenstand'. Etwa ein Rucksack, der versehentlich irgendwo liegengeblieben ist."

Sofort schießen meine Erinnerungen an die ominöse Tasche durch meinen Kopf und automatisch muss meine Lippe dafür büßen.

„Und manchmal liegt er auch nicht versehentlich herum", nicke ich.

„Ja. Die Düsseldorf-Nummer ... Seien Sie froh, dass ich nicht da war. Ich hätte alle Beteiligten rund gemacht. Und die Hälfte meiner Truppe hätte sich ihre Papiere abholen können. So eine Pennertruppe! Verdammt!"

Bevor ich antworten kann, sprudelt der Zorn über den völlig missratenen Einsatz aus ihr heraus: „Ich habe mit Hauptkommissar Kaschrek am Samstagmorgen die Videos angesehen. Das hätte alles nicht passieren dürfen. Den Ordner kannte doch jeder. Einer der Ältesten unter den Gelben. Lieber Kerl. Hilfsbereit. Jeder mochte ihn. Ein bisschen durch den Wind. Und vor allem: Jeder wusste, dass er sich schon Wochen vorher wegen seiner Mutter für diesen Abend abgemeldet hatte. Und dann streift der sich seine gelbe Weste über und marschiert mal eben am Haupteingang an den Kollegen vorbei. Unfassbar. Klar: Wenn du stundenlang bis zu 5.000 Leute abgefingert und sämtliche Taschen kontrolliert hast, geht irgendwann psychisch und physisch nicht mehr viel. Aber trotzdem: Da hat jeder wie vom DFB vorgeschrieben seine Lehrgänge besucht und weiß: Keiner kommt hier rein, der nicht ein Ticket oder einen speziellen Zugang hat. Die waren einfach im Lummerland. So 'ne Scheiße! Und die Kollegen im Innenraum sind nicht besser. Haben ihm noch zugewunken."

„Woher wissen Sie das so genau?" Ich schüttle ungläubig den Kopf.

„Das ist alles auf den Videos deutlich zu sehen. Und alle wussten doch, dass diese Bilder nach jedem Spiel zumindest stichpunktartig kontrolliert werden. Falls es mal wieder ein paar Kollegen nicht lassen können und sich falsch verhalten. Zum Beispiel ihre Hälse Richtung Spielfeld recken. Das dürfen die nicht, das ist ein Kündigungsgrund. Himmel nochmal!"

„Echt jetzt?", frage ich überrascht.

„Na klar. Sie sollten mal in die Verträge schauen. Die müssen eingehalten werden. Ich habe schließlich keinen Bock zu riskieren, dass wir am Ende drauflegen müssen, weil die Eintracht wegen Mängeln unser Honorar reduziert."

„Und das ist alles auf den Videos?", will ich wissen.

„Naja, nicht alles, es gibt schließlich Schwenkbereiche, da kommt die normale Überwachung nicht hin. Zumindest bieten sie keine sauberen Bilder. Und das wissen die Ultras natürlich auch. Das sind ja alles andere als verblödete Pyro-Freaks, die sich die Raketen in den Hintern stecken, um sie ins Stadion zu bringen. Jedenfalls nicht die zwei, drei Gruppierungen, die alles lenken und genau wissen, wo es langgeht. Die Burschen sind hochintelligent und wissen genau, was sie tun. Wenn die Order rausgeht, Platz stürmen, wird der Platz gestürmt. Basta. Und wenn es heißt, an der Linie stehenbleiben, bleiben 10.000 stehen, glauben Sie mir. Genau an der Linie. Keinen Zentimeter drüber." So etwas wie Hochachtung klingt bei Nicole Gerber durch, als sie ihren Satz mit einem letzten tiefen Zug aus der Zigarette ausklingen lässt.

Ich bin beeindruckt. Da stehen sich zwei Gruppen gegenüber, die zahlenmäßig selbst dann, wenn man die 40.000 Normalos unter den Zuschauern abzieht, in keinem vernünftigen Verhältnis aufeinanderprallen. 1.000 zu 10.000. Da würde jeder das Weite suchen und bekäme von der Polizei noch einen Orden dafür.

„Wie sehr lieben Sie eigentlich diesen Job?", höre ich mich fragen.

„Naja. Ziemlich", bekomme ich eine unerwartet knappe Antwort.

Ein Transporter hat neben uns gehalten, die Türen werden aufgerissen und fünf Männer in blauen Leibchen steigen lachend aus. „Nicole, wir sind durch. Endlich Feierabend. Kommst Du noch auf einen Absacker zum Dom?", hält eine Frohnatur mit hessischem Dialekt Nicole die flache Hand entgegen.

Sie schlägt ein. „Ja. Okay. Ich schicke noch die Personallisten in die Zentrale und weise die Nachtwache ein. Dann kann's losgehen."

„War nett, mit Ihnen zu plaudern." Ich halte ihr meine Hand entgegen. Sie hat einen kräftigen Händedruck, und ich nehme mir in diesem Moment vor, sie auf einen Kaffee einzuladen. „Beim nächsten Spiel?", stelle ich in den Raum. „Kaffee in Augsburg?"

„Warum nicht", antwortet sie. „Wobei ich erst morgen weiß, ob ich zum Begleittross gehöre. Wenn nicht, dann am Zweiten gegen Wolfsburg. Okay?"

„Gerne."

„Melde mich", brummelt sie und ist im Zwielicht des Eingangsbereichs verschwunden.

Ich schaue ihr nach und brauche einen Moment, um zu entscheiden, wie für mich dieser Tag zu Ende gehen soll. Doch noch ins Büro in der Arena? Mit dem Risiko, Eric und Max in die Arme zu fallen und nicht vor dem Morgengrauen ins Bett zu kommen, oder einfach nach Hause? Jens wird überrascht sein, wenn ich doch noch auftauche. Keine gute Idee. Schauen, was Tim mit dem angebrochenen Vormittag anstellt? Oder am Ende doch Severin aus dem *Greifvogel* holen?

Pling macht mein Handy. Severin. Das Display lässt mein Herz für einen kleinen Moment höher schlagen. Dann ist der Alltag zurück. „Lydia. Komm zurück. Ich brauche dich. Alte Rennbahn." Soll ich mich über den Ton ärgern oder froh sein, dass er sich doch noch gemeldet hat?

Ich habe keine Antwort. Selbst dann noch nicht, als ich längst auf die Mörfelder Landstraße in Richtung Oberforsthaus eingebogen bin. Zwei Minuten später schleiche ich die Bruchfeldstraße entlang. Niemand zu sehen.

„Mensch, Severin. Wo bist du denn!?", sage ich halblaut. Dabei spüre ich Wut in mir hochsteigen. Wut, die durch Angst geschürt wird. Nur ein paar Meter weiter ist Katharina umgebracht worden. Hier möchte ich nicht herumlaufen und nachsehen, ob Severin irgendwo sturzbetrunken in den Büschen liegt. Ich spähe mit weit aufgerissenen Augen über die Hecken. Nichts, also stelle ich mein Auto ab, steige aus und sehe mich weiter um.

„Severin!" Keine Antwort. So besoffen kann er ja nicht sein. Immerhin war seine Nachricht fehlerfrei. Ich gehe ein paar Meter auf das Grundstück, auf dem der DFB sein Leistungszentrum bauen will. „Severin Klemm! Das ist nicht lustig!", rufe ich lauter und deutlich genervter, als mich plötzlich von hinten eine Hand an der Schulter packt und brachial zurückreißt. Ich verliere den Halt und im gleichen Moment fühle ich einen heftigen Schmerz. Eine Nadel, die mir brutal in den Hals gerammt wird. Ich will schreien, doch kein Ton verlässt meinen Mund, als ich schlaff zu Boden gleite.

Sterbe ich jetzt?, schießt es durch meinen Kopf. Dann sehe ich nur noch ein dunkles Grau, das in ein grauenhaftes Schwarz hinübergleitet.

14

MONTAG, 12. NOVEMBER 2018, 08.06 UHR

SEVERIN

„Hey! Aufstehen!" Ein sanfter Schlag trifft mich an meiner Hüfte. Ich blinzle gegen den hellen Schein einer Lampe und den unangenehmen Schmerz in meinem Kopf an.

„Was ist passiert?"

„Ich habe die Polizei verständigt. Sie haben unbefugt diese Baustelle betreten und … hier geschlafen." Ich wende meinen Blick in die Richtung, aus der die Stimme kommt. Ein Mann mit Helm und einer Stablampe in der Hand. „Sie können froh sein, dass dieser November so mild ist. Sonst hätte ich hier wohl eine weitere Leiche gefunden und die Absperr-Maßnahmen der Polizei hätten uns noch ein paar Tage mehr gekostet."

„Ist gut", brumme ich, damit er nicht weiter auf mich einredet und damit meinen Kopf zum Zerbersten bringt.

„Ich geh' ja schon", erkläre ich mit erhobenen Händen und versuche umständlich auf die Beine zu kommen.

„Nö. Sie gehen nicht. Die Polizei kommt jeden Moment."

„Oh, bitte nicht", nuschele ich mir eher selbst zu. Die Nummer hier wäre mal wieder ein gefundenes Fressen für Kaschrek und meinen Chef und Lydia ... überhaupt alle. Ich taste mit der rechten Hand meine Hosentaschen ab, finde jedoch weder Handy noch meine Geldbörse. „Scheiße." Und dann fällt mein Blick auf mein Handgelenk. „Nein!" Ein Schluchzen verlässt meine Kehle, das ich nicht aufhalten kann. Meine Uhr ist weg. Sie ist das Einzige, was mir wirklich etwas bedeutet.

„Sie bluten übrigens." Der Mann mit Helm deutet mit dem Finger in Richtung meines rechten Ohrs und holt mich damit glücklicherweise aus meinen nostalgischen Gedanken.

„Ach wirklich?", frage ich sarkastisch, weil ich die Wunde an meiner Schläfe genau spüre. Ich fasse vorsichtig hin, streiche sanft über die Beule und schaue dann fassungslos auf meine rotgefärbten Finger.

„Sie finden hier einen bewusstlosen, blutenden Mann, der ganz offensichtlich niedergeschlagen und ausgeraubt wurde, und haben nichts Besseres zu tun, als die Polizei zu rufen?!"

„Genau in solchen Momenten ruft man die Polizei, junger Mann."

„Oder eben erstmal einen Krankenwagen. Und die Polizei wegen eines Überfalls und nicht wegen unbefugten Betretens. Noch dazu, wenn der unbefugte Betreter das Opfer selbst ist." Einen Moment lang muss ich über diesen Satz nachdenken. *Unbefugter Betreter* ... einen Pulitzer-Preis gibt es dafür sicher nicht ...

„Ach, dann hat sie der Räuber wohl hierhergetragen, ja?!" Er lacht höhnisch, und ich starre ihn einfach nur unverhohlen an. Es hat keinen Sinn, mit ihm zu diskutieren, und schon gar nicht jetzt, da ich aus dem Augenwinkel zwei Streifenpolizisten auf mich zukommen sehe.

„Guten Morgen", sage ich ein wenig zu euphorisch und rappele mich endgültig auf.

„Haben Sie uns angerufen?", wendet sich einer der beiden an den Typen mit seinem lächerlichen gelben Helm, den er trägt, als könnten Steine vom Himmel fallen. Gebäude gibt es hier nämlich noch nicht.

„Ja, Lessner. Georg Lessner. Als ich heute Morgen die Baustelle kontrollieren wollte, habe ich diesen Mann gefunden. Er lag hier herum. Das ist unbe…"

„Unbefugtes Betreten eines Privatgrundgeländes", komme ich ihm zuvor und halte den Polizisten in einem Anflug von Theatralik meine Hände entgegen. „Mein Name ist Severin Klemm. Machen Sie nur, dass er aufhört zu reden. Dann komme ich freiwillig mit."

Die Polizisten wechseln überraschte Blicke, dann führt mich aber einer von ihnen zum Wagen, während der andere noch Lessners Aussage aufnimmt.

Ist nicht so, als würde es irgendjemanden interessieren, was mit mir ist. Und mir brummt nach zehn Metern Aufrechtgehen noch intensiver der Schädel. Also schweige ich, was mein Handy und meinen Geldbeutel betrifft, und setze mich ohne Widerstand in das Auto, nur um mich kurz darauf gegen die Scheibe zu lehnen und meinen Kopf zu kühlen.

„Wir fahren jetzt erst einmal in die Goldsteinstraße zum Revier und nehmen Ihre Anzeige auf. Sie wollen doch Anzeige erstatten?", will er wissen.

„Und ob ich das will. Irgendjemand hat mir schließlich eine übergezogen und meine Sachen geklaut." Ich halte ihm meine rechte Schläfe hin. „Sehen Sie?"

Der Polizist nickt und dreht sich herum. „Fahr los", brummt er seinem Kollegen zu und greift zum Funk. „Bringen den Mann zum Revier. Kommen." Eine krächzende Stimme antwortet irgendetwas von Krankenwagen. „Ja. Kopfwunde. Das sollte sich mal jemand ansehen. Und: Informiert Ihr bitte die Kollegin Lacker?!"

Lacker?

„Was will denn die Kommissarin von mir? Ist die nicht bei der Mordkommission?", mische ich mich ein. Eine Antwort bleiben die beiden mir schuldig. Es dauert bestimmt zwei Minuten, ehe sich der Mann auf dem Beifahrersitz noch einmal herumdreht. „Wissen wir auch nicht, aber sie wird es Sie sicherlich wissen lassen, sobald wir da sind."

Eine Viertelstunde später hat sich ein Sanitäter meine Wunde angesehen und mich mit einer scharf riechenden Tinktur in ein Stehaufmännchen verwandelt. Das Zeug hat gebrannt wie Feuer. Mit einem Mullbüschel bewaffnet, den ich auf meine Wunde drücken soll, hat mich dieser Kerl dann noch vor eine Bürotür geschoben und mich zurückgelassen. Aber nicht ohne mehrmals zu betonen, dass ich mich noch einmal ärztlich untersuchen lassen muss, weil ich eine Gehirnerschütterung haben könnte.

Ich öffne die Tür einen Spalt und stecke den Kopf hinein. „Frau Lacker …?"

„Herr Klemm, setzen Sie sich!", sagt sie, ohne von ihren Unterlagen aufzublicken, und deutet auf den Stuhl gegenüber ihrem Schreibtisch. Ich runzle die Stirn, setze mich aber.

„Haben Sie vielleicht eine Schmerztablette?", frage ich dann nach gefühlten Stunden, in denen sie weiter irgendeine Akte durchforscht hat. Wieder hebt sie ihre Hand, ohne mich anzusehen, und deutet auf einen rechteckigen weißen Kasten mit einem grünen Kreuz an der Wand.

„Danke", brummele ich vor mich hin und suche mir zwei Tabletten heraus.

„Wer hat Sie denn so übel zugerichtet?", fragt sie und sieht mich nun endlich an. Als ich wieder vor ihr sitze, atme ich tief durch. „Ich weiß es nicht. Ich war gestern betrunken und … bin dann von hinten erwischt worden." Ich nehme die Hand mit dem Mull für einen Moment herunter.

Sie legt den Kopf ein wenig schief und begutachtet die Platzwunde an meiner rechten Seite.

„Mh", macht sie nur und schiebt dann die Akte zur Seite. „Und warum wurden Sie von hinten angegriffen, Herr Klemm?"

„Geld?", stelle ich eine Gegenfrage. „Mein Geldbeutel und mein Handy sind jedenfalls weg."

„Das kann einer meiner Kollegen gerne aufnehmen", sagt sie ruhig und kühl.

„Passt schon", murmle ich gelangweilt. „Eine Anzeige gegen Unbekannt bringt mir die Sachen wohl kaum zurück."

„Mh", macht sie wieder und lehnt sich in ihrem Stuhl zurück. „Ich habe eine Frage an Sie, Herr Klemm." Sie schweigt kurz und räuspert sich dann. „Sie waren gestern bei Michael Lampert in der JVA Preungesheim. Warum?"

Mein Kopf dröhnt mächtig. Noch wirken die Tabletten nicht, aber ich versuche nachzudenken. Schließlich entscheide ich, zur Abwechslung bei der Polizei einfach die Wahrheit zu sagen. „Weil ich nicht glaube, dass er mit der ganzen Sache etwas zu tun hat. Und noch weniger, dass er ein Mörder ist."

„Ach nein? Also sagen Sie, dass wir den Falschen haben?" Sie hebt interessiert ihre Brauen.

Ich denke kurz darüber nach, ihr zu sagen, was Lydia gestern gesehen hat. Aber entweder hat sie es der Polizei längst selbst gesagt oder ich kann froh sein, dass es niemand weiß. Gustav kann ebensowenig hinter all dem stecken und Mic dafür ins Gefängnis gehen lassen. Das ist einfach nicht möglich.

„Ich sage nur, dass ich Mic nicht für den Täter halte."

„Und warum?"

„Weil er kein Mörder ist. Weil er keine Pyro mag. Weil er dem Ordner sogar mit dessen Mutter geholfen hat. Weil einfach alles nicht passt." In meinen Kopf hämmert es etwas weniger. Obwohl mein Puls garantiert mit diesem Satz nach oben geschnellt ist. Schönen Dank an die Pharmaindustrie.

Sie hält einen Moment inne. Dann notiert sie etwas, bevor sie den Kugelschreiber zur Seite legt und ihre Finger vor ihrem Gesicht verschränkt. „Was haben Sie auf dieser Baustelle gemacht, Herr Klemm?"

„Die Wahrheit?"

„Ich bitte darum", sagt sie mit einem zustimmenden Nicken.

„Ich war sauer und betrunken und ... traurig, weil dort eine alte Freundin gestorben ist. Aber ich kann eigentlich nicht behaupten, dass ich mir sonderlich viel dabei gedacht habe. Sauer, betrunken, traurig, keine gute Mischung."

„Offensichtlich", kommentiert sie und verzieht dann den Mund. „Sie können gehen. Der Kollege draußen ... ach nein, Sie wollen ja keine Anzeige aufgeben. Also: Klemm. Passen Sie auf sich auf. Und noch etwas: Sie beide, Sie und Frau Heller, sind viel zu oft an Orten unterwegs, an denen seltsame Dinge passieren. Nehmen Sie einen guten Rat an: Lassen Sie uns unsere Arbeit machen und halten Sie sich raus."

Ich nicke nachdenklich und erhebe mich. „Wir werden in nächster Zeit wohl eher nicht mehr zusammen an irgendwelchen Orten auftauchen."

„Und warum nicht?", hakt sie nach, während sie meine Hand ergreift.

„Weil wir seit gestern Abend getrennte Wege gehen. Denke ich", murmele ich und drehe mich mit einem gekünstelten Lächeln um.

Es ist wie damals. Lydia und ich sind uns nah, bis wir uns zu nahe kommen, uns gegenseitig Vorwürfe machen und uns dann verlieren. So wird es wohl immer sein. Ich schüttele den Kopf fast unmerklich und mache auf sie wohl einen leicht verwirrten Eindruck.

„Was haben Sie als Nächstes vor?" fragt sie mit einem fast mitleidigen Lächeln.

„Nach Hause. Muss mal unter die Dusche, Klamotten wechseln und dann in die Redaktion. Mein erster Tag seit ... na, Sie wissen schon", antworte ich.

„Kann ich Sie mitnehmen? Ich fahre ins Präsidium. Da liegt das Nordend fast auf dem Weg."

Ich wundere mich nicht, dass sie aus dem Kopf weiß, wo ich wohne. Mir ist einfach nach dieser Nacht und diesem Morgen nicht mehr danach, mir über so etwas Gedanken zu machen.

„Gerne."

Schweigsame zwanzig Minuten später sind wir da.

„Danke", brumme ich und verschlucke das übliche „Auf Wiedersehen".

Aber vielleicht ist es gar nicht so schlecht, zu wissen, dass ich sie anrufen kann, wenn ich in der Klemme stecke. Sie scheint nicht ganz so voreingenommen zu sein wie ihre Kollegen.

Mit beiden Händen suche ich meine Taschen ab und stelle fest, dass nicht nur meine Geldbörse und mein Handy weg sind, sondern auch mein Schlüssel.

Ich verziehe den Mund und sehe mich um. Es ist nicht weit bis zu meinen Eltern, aber wenn ich da so auftauche, wie ich gerade aussehe, wird Mama mich sicher nicht mehr gehen lassen. Also fällt das flach. Lydia ist sicherlich arbeiten, so wie ich heute auch arbeiten muss … aber ihre Freundin Lea ist Krankenschwester und arbeitet im Schichtdienst. Wenn ich Glück habe, ist sie zu Hause. Die nächstliegende Chance, als Fußgänger an eine Dusche heranzukommen.

Die 15 Minuten Fußweg bringen mir meine Kopfschmerzen zurück und gleichzeitig die Hoffnung, dass Lea als Krankenschwester etwas dagegen unternehmen kann.

Ich biege um die Ecke, stehe vor der großen Tür zu Leas Wohnung und zögere. Warum bin ich ausgerechnet hierher gegangen? Wahrscheinlich, weil ich keine Freunde habe und Lydia gerade … mit ihr will ich einfach nicht reden. Und sie ist Gott sei Dank bei der Arbeit. Also beuge ich mich vor, studiere die Namensschilder und klingle.

„Ja?", ertönt die melodische Stimme, die ich gestern das erste Mal gehört habe.

„Hey, hier ist Severin. Du erinnerst dich?"

Sofort ertönt das Dröhnen des Türöffners, und ich marschiere die Treppe hinauf, bis Lea mich mit einem skeptischen Blick empfängt.

„Lyd ist nicht da, ich denke, sie hat in Kronberg geschlafen", empfängt sie mich mit einem koketten Lächeln.

„Interessiert mich nicht", gebe ich knapp zurück und trete ziemlich nahe an sie heran. Als sie meine Wunde sieht, hebt sie sofort eine Hand und berührt meinen Kopf ganz sanft mit ihren Fingern.

„Was ist passiert?"

„Nichts Wildes. Der andere sieht schlimmer aus", sage ich mit einem Zwinkern und hebe einen Mundwinkel. Lea schüttelt belustigt den Kopf und macht schließlich den Weg in ihre Wohnung frei.

„Kaffee? Oder lieber Cognac?"

„Kaffee", antworte ich, obwohl Schnaps gerade ziemlich verlockend klingt. Aber an meinem ersten Arbeitstag mit Fahne in der Redaktion aufzutauchen, ist eher eine semi-gute Idee.

Sie startet ihre Kaffeemaschine und holt eine Schüssel mit Wasser und einen Schwamm, um meine Wunde neu zu versorgen. Dabei wandern ihre Augen immer wieder von meiner Schläfe zu meinen Augen und meinem Mund. Aber mir war schon gestern klar, dass sie nicht abgeneigt ist. Lydia ist bei Jens in festen Händen und ich bin zu haben. Also nicht einmal verwerflich.

„Weiß Lydia, dass du dich prügelst? Normalerweise mag sie so etwas gar nicht."

„Ich habe auch kein Bedürfnis, Lydia unbedingt gefallen zu wollen", gebe ich knapp zurück und inhaliere den Dampf aus meiner Tasse.

„Ah ja", kommentiert sie knapp. „Das sah aber gestern anders aus." So wie mich Lea mustert, könnte jetzt jedes flapsig daher gesprochene Wort die Verbindung zu Lydia endgültig löschen. Und ehrlich gesagt, habe ich keine Ahnung, ob ich das will.

„Wie lange seid ihr schon befreundet?"

„Ein paar Jahre. Wir haben uns in der Klinik kennengelernt. Blinddarm", plaudert Lea drauflos. „Irgendwann gab es dann Krach mit Jens und sie ist zu mir gekommen. Seitdem bin ich sozusagen das Asylantenheim für Teilzeitwitwen. Aber so plötzlich, wie sie manchmal kommt, so plötzlich ist sie auch wieder weg. Husch!" Sie macht eine Geste mit ihrer Hand.

„Aber nun mal zu dir. Warum bist du hier?" Sie blinzelt etwas zu sehr mit ihren Augen herum. Etwas, das ich nicht sonderlich leiden kann. Frauen nutzen es zu oft aus, um besonders attraktiv zu wirken.

„Ich wurde überfallen und dabei wurden mir auch gleich mein Geldbeutel, mein Handy und mein Schlüssel geklaut", erkläre ich und lächle sie kläglich an. Die Uhr erwähne ich nicht, weil ich nicht darüber nachdenken will. „Und da dachte ich, dass du eventuell neben deinen heilenden Händen auch eine Dusche für mich hättest. Ich muss in die Redaktion." Ich hebe einen Mundwinkel, während sie jede meiner Lippenbewegungen studiert. „Und die Entscheidung, hierherzukommen, war genau richtig. Ich denke, einen schöneren Montagmorgen habe ich selten verbracht." Ich zwinkere ihr zu, und augenblicklich steigt ihr eine sanfte Röte in die Wangen. „Und die schönste Krankenschwester inklusive", beende ich meinen kleinen Flirt. Warum auch immer ich das hier gerade tue. Lea ist heiß. Super heiß. Aber sie ist Lydias beste Freundin.

„Meine Patienten im Krankenhaus sind oft schroffer, also kann ich mich wohl auch nicht über den Einsatz an meinem freien Tag beschweren", sagt sie und kichert leise vor sich hin, während sie irgendeine Salbe auf meine Wunde aufträgt. „Trotzdem solltest du nachschauen lassen, ob du eine Gehirnerschütterung hast."

„Das wird überbewertet", gebe ich zurück und trinke meinen Kaffee aus.

Als ich wenige Minuten später aus der Dusche komme, hat sie mein Shirt halbwegs in Form gebracht. Selbst der Blutfleck am Kragen ist kaum noch zu sehen. Ich ziehe es über und mustere ihren schmalen Körper in der Jogginghose und dem Top.

„Kannst du Lydia sagen, dass … sie sich bei dieser Nummer melden soll, wenn sie auftaucht?" Ich nehme einen Zettel von ihrem Couchtisch und kritzele die Nummer der Redaktion darauf. Vielleicht erreicht sie da ja jemanden.

„Sicher. Dass Jens wieder mal abhaut, kann nicht lange dauern", sagt sie offensichtlich ein wenig enttäuscht und nimmt den Zettel entgegen.

„Und danke", füge ich noch hinzu, bevor ich zur Tür gehe. Nicht gerade die feine Art, hierherzukommen, um sich verarzten zu lassen und dann zu verschwinden. „Ich muss jetzt unbedingt arbeiten", erkläre ich meinen schnellen Aufbruch und öffne die Tür, ohne dass sie noch viel mehr sagen kann als: „Du kannst gerne jederzeit wiederkommen."

„Wie zum Henker siehst du denn aus?", begrüßt mich Achim, als ich gerade noch pünktlich um elf in unser Büro trete und mich in den Stuhl sinken lasse.

„Frag nicht."

„Wenn man dich mal einen Abend allein lässt!" Er wirkt tatsächlich fast beleidigt. „Ich hab gestern zwanzigmal bei dir angerufen. Wegdrücken ist wirklich uncool, Severin."

„Das war dann wohl der Kerl, der mein Handy geklaut hat", brumme ich und stütze meinen Ellbogen auf den Tisch, um mein Gesicht in meine Hände zu legen.

„Dein Handy wurde geklaut?"

„Nein, Achim, das war ein Witz – ja, wurde es!" Ich schüttle entnervt den Kopf, dabei kann Achim am allerwenigsten für die ganze Sache.

„Wir haben hier noch ein Dienst-Handy", sagt er plötzlich, holt ein Uralt-Handy aus einer Schublade und schiebt es zu mir rüber. „Wenigstens kannst du mich dann anrufen, wenn was ist."

„Danke", brumme ich halbherzig und gehe zur Tür. „Werde mich wohl besser mal bei Pauli zurückmelden."

Der lange Gang bis zur Chefredaktion kommt mir heute irgendwie noch länger vor als sonst. Pauli ist vielleicht bei einigen hier wirklich beliebt, aber wir beide sind nie warm miteinander geworden. Er kann es nicht lassen, mir immer wieder seine vierzig Jahre Berufserfahrung unter die Nase zu reiben. Und dank dieser Berufserfahrung wird hier alles gemacht wie im letzten Jahrhundert. Fortschritt ade. Da kann Papa mir noch so oft erzählen, wie viel ich von diesem Steinzeit-Redakteur lernen kann. Ich fühle mich eher ausgebremst.

Kann aber auch sein, dass mein ungutes Gefühl vor allem daher rührt, dass Pauli und mein Vater sich über drei Ecken kennen und ich es nicht leiden kann, wenn Papa hinter meinen Rücken irgendwelche Dinge für mich regelt. Ich will mein Leben selbst hinbekommen. Ohne ihn, sein Geld und seine Verbindungen.

Ich klopfe ziemlich zaghaft und in der Hoffnung, dass Pauli an diesem Montag noch im verlängerten Wochenende ist, an seine Tür. Ist er natürlich nicht.

„Herein", dröhnt es von innen, und die Tür wird aufgerissen. „Klemm, Sie Dusseltier. Endlich. Schön, dass Sie wieder auf den Beinen sind", brummt der alte Kerl und will mir grob auf meine Schulter hauen. Der Mann misst gute zwei Meter, also versuche ich auszuweichen und deute Schutz suchend auf meine Schläfe.

„Was denn? Ich dachte, der Kerl hat Sie am Bauch erwischt?" Er zieht sich mit erhobenen Händen zurück.

„Nein, nein, das ist frisch. Von gestern Nacht. Ich wurde niedergeschlagen", antworte ich schnell und deute auf die Stelle wenige Zentimeter unterhalb vom Rippenbogen, wo das Messer eingedrungen ist. „Das mit dem Messer war hier."

Pauli braucht einen Moment, um mir folgen zu können. Ich kann in seinen Augen sehen, wie er die einzelnen Aktionen durchgeht. Sein Blick wechselt von meinem Bauch hinauf zu meinem Kopf und wieder zurück. Dann fängt er sich wieder.

„Umso besser, lieber Klemm, dass wir entschieden haben, dass Sie erst einmal richtig gesund werden müssen." Er lacht übermäßig laut. „Bevor wir Sie wieder auf die Menschheit loslassen."

„Das klingt nach Innendienst?", gebe ich irritiert zurück.

„Innendienst? Wo kommen wir da hin! Nur sollten Sie erst einmal einen weiten Bogen um die Arena machen!"

Das klingt nicht gut. Gar nicht gut. Und zwei Minuten später weiß ich, dass ich recht hatte. So recht.

Julius Bregnaz hat für mich die Eintracht-Berichterstattung an jenem Freitagabend übernommen. „Wir haben ihn aus dem Kino geholt, als wir erfuhren, dass Sie in der Klinik sind", erklärt mir Pauli. „Und er hat das ordentlich gemacht. Vor allem, wenn man bedenkt, dass er eigentlich *The Greatest Showman* zum 30. Hochzeitstag mit seiner Frau ansehen wollte." Pauli überschlägt sich beinahe. Und ich weiß genau, was jetzt kommt. Meinen schnellen Einwand „Aber jetzt bin ich ja wieder da" überhört er und haut mir stattdessen um die Ohren, dass Bregnaz die Berichterstattung bis auf Weiteres übernehmen wird.

„Weihnachten sehen wir dann weiter, Klemm. Sie übernehmen jetzt erstmal den Tipp der Woche. Also … An die Arbeit. Die Mittagskonferenz ruft." Er klatscht enthusiastisch in die Hände, was mir nur ein Stirnrunzeln entlockt. „Schön, dass Sie wieder da sind. Und wenn irgendetwas ist: Meine Tür ist immer offen." Er drückt sich an mir vorbei und ist auch schon verschwunden.

Ich gehe, nein – ich schleiche zurück in mein Büro. „Erschieß mich!" Ich lege meinen Kopf resigniert auf den Schreibtisch.

„Du hast jetzt den Tipp der Woche. Das ist doch auch cool", versucht Achim mich zu trösten. Der Flurfunk war wie immer schneller als ich selbst.

„So musst du auch nicht wieder ins Stadion."

„Jaja", gebe ich zurück, hebe meinen Kopf wieder und gehe meine Post durch.

„Außerdem können wir jetzt auch andere Bars checken und du schreibst darüber." Achim grinst wie ein verdammtes Honigkuchenpferd, während mir einfach nur übel wird.

„Im Tipp der Woche geht es nicht um Kneipen, Achim, sondern um Filme."

„Aber du kannst es dazu machen. Erst Film gucken, dann passend essen gehen oder so." Er sieht mich mit einem breiten Grinsen an.

„Sicher", gebe ich knapp zurück. Achim hat eine Meinung von mir, die hier sonst keiner teilt. Er überschätzt mich. Oder alle anderen hier unterschätzen mich.

„Jungs! Ihr seid vollzählig!", ertönt eine weibliche Stimme von der Tür. Amelie tritt ein und nimmt ihren Platz ein.

„Wie geht's dir?" Sie mustert mich und deutet dann auf einen kleinen Sekt und Schokolade, die rechts neben meiner Ablage stehen. „Von allen Kollegen."

Ich hebe meine Brauen. Wow, da haben sie ja wirklich was springen lassen.

„Danke", sage ich trotzdem mit einem winzigen Lächeln.

„Was hast du gemacht? Deine rechte Gesichtshälfte ist ganz blau und was soll der Verband?"

Ich verdrehe die Augen, wie es sonst nur Lydia macht. Lydia … Sofort verscheuche ich den Gedanken und hebe dann einen Zettel in die Höhe, dessen Inhalt ich noch nicht gelesen habe. „Ich muss leider auf einen Außentermin. Tipp der Woche, die neue Altstadt", verkünde ich etwas zu überschwänglich. Mit diesen Worten erhebe ich mich und verschwinde aus dem Raum, ohne mich wirklich zu verabschieden.

15

MONTAG, 12. NOVEMBER 2018, 14.57 UHR

SEVERIN

Statt meiner Arbeit nachzugehen, mache ich mich auf den Weg zu der Adresse, die Mic mir bei meinem Besuch in Preungesheim zugeflüstert hat.

Als ich eine gute halbe Stunde später aus der Bahn steige, wird mir schnell klar, in was für einem Viertel ich hier gelandet bin und dass dieser Ordner sicher nicht viel Geld hatte.

Ich ziehe mir die Kapuze meines Pullis über den Kopf, straffe meine Lederjacke darüber und biege in die kleine Straße ein, an deren Ende das Haus des Ordners steht. Ich atme tief durch, bevor ich das kaputte, knarrende Tor öffne und die kleine Stufe zur Tür hinaufgehe.

„Da wohnt niemand mehr", ertönt eine Stimme vom Nachbarhaus. Ich wende mich um und sehe in ein bebrilltes, weibliches Gesicht. Sicher ist sie schon älter als sechzig und mustert mich mit Argwohn, Neugier und Sensationslust.

„Ich wollte nur zu …"

„Üble Geschichte, der Bub hat zwei Frauen umgebracht und ist dann selbst erstochen worden. Sagt jedenfalls die Polizei. Und die musses ja wisse", erklärt sie in tiefstem Hessisch.

„Und was ist mit der Mutter passiert?", hake ich nach und gehe einen Schritt auf sie zu. Sie trägt diese fiesen gelben Handschuhe, die ich von meiner Mutter kenne, und entfernt gerade Unkraut aus einem Beet in ihrem Vorgarten.

„Die Behörde hat sie in ein staatliches Pflegeheim eingewiesen. Sie konnte ja schließlich nicht allein bleiben. Aber wenn Sie mich fragen, besser so, als mit einem Mörder zusammenzuleben."

Ich presse die Lippen aufeinander und nicke. Obwohl ich dabei zugesehen habe, wie er zwei Frauen getötet und auch mir dieses Messer in den Bauch gerammt hat, kann ich ihn nicht als das Monster sehen, als das ihn alle anderen hinstellen. Seine Augen waren so voller Angst.

„Können Sie mir etwas über den, äh, Mörder erzählen? Ich bin von der Presse", sage ich mit einem liebevollen Grinsen und ziehe meinen Journalistenausweis aus meiner Hosentasche und wedele vor ihrer Nase damit herum. Achim hat mir seinen gegeben, weil meiner mit dem Geldbeutel verschwunden ist. Das Foto verdecke ich geschickt mit meinem Daumen. Was völlig unnötig ist, denn sie möchte viel zu gerne auf die Titelseite, als dass sie genau hinschaut.

„Oh", flötet die Frau, rückt ihre Schürze zurecht und blinzelt mich entzückt an. „Isch weiß in der Tat sehr viel. Mir warn ja schließlich 30 Jahre lang Nachbarn."

Ich hebe eine Braue, lächle aber weiter. Das alte Klatschweib kommt mir gerade recht.

„Kaffee?", fragt sie, zieht sich die Handschuhe von den Fingern und öffnet mir die Gartentür, ohne meine Antwort abzuwarten. Dann stapft sie mit den Worten „e Stück Kuche gibt's auch, junger Mann" ins Haus.

Während sie den Kaffee aufsetzt, nehme ich auf einer alten Holzbank Platz und mustere die altbackene Einrichtung. Ein heimisches Gefühl macht sich in mir breit. Opa hatte zwar keine Vorhänge mit Blümchenmuster, ausgeblichene Sitzkissen und Ton-Katzen überall herumstehen, aber er hat alte Dinge geschätzt. Dinge, die eine Geschichte haben. Er konnte mir stundenlang Geschichten zu seinem Esstisch erzählen, der einst ein Fass auf dem Schiff eines berühmten Kapitäns gewesen war.

„Milch? Zucker?"

„Einfach schwarz, danke", gebe ich zurück und vertreibe die Gedanken an meinen Opa.

„Wollen Sie meine Aussage aufnehmen?", fragt sie aufgeregt, als sie mir einen Teller mit Streuselkuchen zuschiebt und sich auf den Hocker setzt.

„Ist nicht nötig. Ich habe ein sehr gutes Gedächtnis", wehre ich ab. „Was wissen Sie denn?"

„Früher war hier alles besser. Ja, erst als Margarete krank geworn is und ihr Sohn hierher gezogen is, weil er sei Arbeit verlorn hat und sie pflege konnte, fing das alles an."

„Was fing an? Und wo kam er her?"

„Naja, andauernd diese zwielichtigen Kerle da vor der Tür und dann hat der Junge immer geschrien. Nachts, wenn er geschlafen hat. Der war irre, sage ich Ihnen. War sogar in einer Klapse vorher." Sie hebt ihren Finger und lässt ihn vor ihrem Kopf kreisen.

„Er war in einer Anstalt? Weshalb?"

„Darüber hat er net geredet. Aber irgendwas ist damals

wohl bei seiner Arbeit passiert. Hat dann auch den Job gewechselt."

„Und wo kam er her?", wiederhole ich.

„Irgendwo ausm Norden. Und vorher war er in Berlin."

Sie rappelt sich auf, holt die Kaffeekanne und gießt ein. Ich trinke ein paar Schlucke und verziehe den Mund. Wirklich weiter komme ich mit ihren Aussagen nicht. Aber was habe ich auch erwartet?

„Letzte Woche kam dann die Polizei und die habe das ganze Haus auf de Kopp gestellt."

Spannend … Ich schnaufe leise. „Und haben sie was gefunden?"

„Keine Ahnung. Sie warn aber ziemlich gründlich, dabei warn sie ja vorher schon oft genug da."

„Vorher?", hake ich irritiert nach und beuge mich ein wenig zu ihr hinüber. Langsam, aber sicher fühle ich mich, als wäre ich mitten in einer Verschwörung mit einer alten, katzenliebenden Frau gelandet. Na super, Severin.

„Jaja, sicher. Der Junge hatte als Probleme mit der Polizei. Und der war wohl auch schon vorher in 'nen Mord verwickelt, weil nämlich der Hauptkommissar auch schon ma da war, um den Bernd zu befragen. Und ich weiß, dass der nur Morde untersucht."

„Hauptkommissar Kaschrek?"

„Ich weiß doch net, wie der heißt, aber es is son große Kerl mit 'nem Bart."

Ich runzle die Stirn und werfe einen Blick durch das Küchenfenster, von wo aus man hinüber in die Küche des Ordners blicken kann.

„Und was hat der Hauptkommissar dann gemacht, wenn er hier war?"

„Er hat auf ihn eingeredet wie auf en lahme Gaul. Ich nehme an, er wollt den Fall endlich zu den Akten legen, aber der Junge hat net ausgepackt. Er hat sich immer nur die Ohren zugehalten wie ein Kind. Dabei war der schon über vierzig. Mindestens."

„Interessant", murmele ich und fahre mir mit dem Finger über meine Unterlippe. „Sonst noch etwas Ungewöhnliches?"

„Ungewöhnliches? Nicht dass ich wüsste. Doch halt: Obbe in seim Zimmer hat er die ganze Wand voller Fotos und Zeitungsausschnitte. Immer wenn es dunkel war, konnt ich des von hier aus sehe." Sie deutet hinaus. „Da, guckese. Des Fenster da obbe. Und Drogen hat er genomme, der Bernd. Hab ihn immer gesehen, wenn er das Zeug heimlich hinten im Garten genomme hat und dann seinen versteckten Schlüssel benutzt hat, um wieder ins Haus zu kommen. Statt einfach die Tür aufzulassen. Nicht grad der schlauste Bub."

„Drogen ...", raune ich, weil es mich keinen Deut weiterbringt. Und während ich noch überlege, wie meine nächste Frage ausfallen muss, klatscht die Alte vehement in die Hände. „Gott, ich muss ja los. Skatabend im Gemeindehaus. Des hätt ich ja beinah vergesse", ruft sie, trinkt aus und erhebt sich. Ich blinzle irritiert, trinke aber ebenfalls aus und lasse mich von ihr zur Tür bringen. Ein wirklich seltsames Gespräch.

Ich schlendere die Straße entlang, bis die Frau mit einem alten Mercedes an mir vorbeifährt und zum Abschied aufgeregt winkt. „Wenn sie noch ein Foto von mir für die Geschichte brauche, kommese einfach vorbei", schreit sie mir durchs offene Fenster zu.

Ich winke mit einem faden Lächeln zurück und hoffe, dass ich dieser Frau nie wieder begegnen werde.

Als sie endlich um die Ecke gebogen ist, sehe ich mich um

und mache kehrt. Im Schutz der beginnenden Nacht zurück zu dem Haus, vorbei an dem Tor und hinein in den Garten.

Als ich an der Terrassentür stehe, sehe ich mich noch einmal um, bevor ich mich bücke und jede Pflanze und jeden Stein anhebe. Nichts. Wahrscheinlich ist der Schlüssel, mit dem der Ordner immer die Tür geöffnet hat, längst nicht mehr da. Als ich gerade schon aufgeben will, fasse ich noch einmal über die Tür auf die kleine Hervorhebung. Meine Finger berühren tatsächlich etwas Metallenes. Einen Schlüssel. Ich lache, weil das so absurd ist, und schließe dann die gläserne Tür auf.

Ein seltsam muffiger Geruch empfängt mich. Von draußen dringt nur das gedämpfte Licht der einzigen Straßenlaterne weit und breit durch die zugezogenen Vorhänge ins Haus.

„Wollen doch mal sehen, was du kannst", flüstere ich und fingere an meinem Ersatz-Handy herum. Kurze Zeit später erhellt ein kleines Licht den Raum vor mir. „And the Oscar goes to ... Achim."

Vorsichtig schleiche ich durch das Wohnzimmer, das sehr altbacken eingerichtet ist und sicher schon ein paar Jahrzehnte auf dem Buckel hat. Mit jedem meiner Schritte knarrt der staubige Boden unter mir und lässt mich innehalten.

Hier ist niemand. Wer also soll hören, dass das Holz knarrt? Ich bemühe mich, meinen Puls und meine Atmung zu beruhigen, als ich meinen Rundgang im Erdgeschoss beende, zurück in die Diele trete und die erste Treppenstufe nehme. Wieder dieses laute knarzende Geräusch, das mir Panik in meine Glieder treibt. Die Handy-Taschenlampe gibt nicht wirklich viel Licht ab, aber die Beleuchtung anzumachen, erscheint mir nicht ratsam. Ganz abgesehen davon, dass die Stadt den Strom sicher längst abgestellt hat. Vom Treppenabsatz aus erstreckt sich ein kleiner Flur. Drei Türen kann ich sehen. Einen Moment lang schließe ich die Augen, um mir vorzustellen, wo sich das Haus der Nachbarin jetzt befindet. Ich entscheide mich schließlich für die rechte Tür. Das müsste das Zimmer sein, das sie beschrieben hat. Gänsehaut überflutet meinen Körper. Das hier ist ein Eingriff in die Privatsphäre, der mir nicht erlaubt ist. Trotzdem kann ich nicht anders und gehe einen weiteren Schritt hinein. Mustere das ungemachte Einzelbett, über dem ein paar Bilder an der Wand hängen. Ich trete näher. Das Gesicht einer Frau lacht mich von Dutzenden Bildern an. Auf einem hat sie ihre Arme um ihren Sohn geschlungen und sie sehen … glücklich aus. Ja, selbst dieser Bernd wirkt, als sei er ein ganz anderer Mensch als der, der mir in der Tiefgarage begegnet ist.

Ich seufze und lasse meinen Blick weiterwandern. Hin zu dem Bild eines Jungen auf einem Zeitungsartikel. Ein junger Mann in der Uniform der Polizei. Seine Schultern sind gestrafft, sein Mund zu einem ernsten Grinsen verzogen.

„Jüngster Bundespolizist in der Geschichte Mecklenburg-Vorpommerns", lese ich die Überschrift und werfe dann erneut einen Blick in das Gesicht des Mannes. Er sieht wirklich verdammt jung aus.

Ich atme tief durch. Mehr als die Überschrift hat er nicht ausgeschnitten, aber allein das Bild zeigt mir, dass das nicht Bernd ist. Vielleicht sein Sohn? Hat er sich von ihm abgewendet, weil er psychische Probleme hatte?

Ich schüttle den Kopf. Es hat keinen Sinn, Vermutungen anzustellen, also drehe ich mich um und suche nach diesen Zeitungsausschnitten und anderen Unterlagen. Unter dem Schreibtisch auf dem Boden werde ich fündig. Hat er sie etwa von der Wand gerissen? Vor Wut? Trauer? Hass?

Jeder einzelne von ihnen handelt von dem jungen Polizisten. Ich gehe sie durch und als ich mir schon sicher bin, dass im nächsten Artikel sicherlich stehen wird, dass er für all seine guten Taten das Bundesverdienstkreuz bekommen hat, halte ich den Atem an. Vor mir erscheint das Bild eines Bahnhofs, der mir bekannt vorkommt. Ich hebe es auf und leuchte mit meinem Handy auf den Artikel darunter. Ein Bahnhof, an dem Polizisten hinter einer Absperrung stehen. „Junger Polizist bei Verfolgungsjagd in Rostock von Zug erfasst."

Ich schlucke schwer, während meine Augen den Artikel überfliegen und mein Verstand es nicht begreifen will.

Der Ordner … Bernd … war der Fahrer der Unglücksbahn und wurde kurze Zeit später in eine Klinik eingewiesen.

Meine Hand wandert an meinen Mund, als ich die Aussagen der Zeugen lese, die die Journalisten zu einem Statement gebracht haben.

„Sein Partner hat unten an dem Polizeiwagen gewartet, falls der Täter abhauen will", berichtete eine Frau, die alles genau mitbekommen haben will, der Rostocker Zeitung. „Es kam zu einer Rauferei und dabei stürzte er direkt vor den Zug."

Ich schließe die Augen, und der Zeitungsartikel entgleitet meiner Hand, flattert geräuschlos zu Boden. Ich schaue dem Papier erst hinterher und dann wieder auf die Wand neben dem Schreibtisch. Dorthin, wo das Foto von Bernd und seiner Mutter hängt. Dieser Mann da auf dem Bild war nicht in der Tiefgarage. Es war ein anderer, ein gebrochener Mann. Der, der einen jungen Polizisten überfahren hat. Schuld trug er keine. Aber macht es das besser? Wohl eher nicht.

Ein knarrendes Geräusch reißt mich schroff aus meinen Gedanken. Es kommt von unten. Mein Atem stockt und das Blut in meinen Adern gefriert. Jemand ist hier. Ich mache das Licht aus und mein Blick fällt zum Fenster. Draußen ist es bereits dunkel und aus dem ersten Stock zu springen, ohne dass diese Person da unten hört, wie ich das Fester öffne ... kein guter Plan.

Wieder ertönt dieses Knarren von unten, das mir Kälte in den Nacken treibt. Mein Herz schlägt laut gegen meine Brust und mit jedem Schlag dröhnt es in meinen Ohren. Jetzt nur nicht durchdrehen. Vielleicht ist die Nachbarin vom Skat zurück und hat mein Licht gesehen.

In diesem Moment höre ich den wimmernden Ton der ersten Treppenstufe und bin wie erstarrt. Was soll ich tun? Meine Kehle verengt sich, und als die Person bereits einige Stufen genommen hat, bringe ich meinen Körper endlich dazu, mir wieder zu gehorchen und zurück zu dem Bett zu gehen. Die einzige Möglichkeit, sich hier zu verstecken. Ohne weiter nachzudenken, lege ich mich flach auf den Boden und rolle mich geräuschlos darunter. Mein Atem geht schnell und laut. Viel zu laut. Wer auch immer da gerade die Treppe hinaufkommt. Er sollte nicht hier sein und das macht ihn gefährlich.

Ich beruhige meinen Atem und halte ihn schließlich ganz an, als ich schwarze Biker-Stiefel sehe, die im Türrahmen stehen bleiben. Ein Schauer überkommt mich. Nackte Panik, die mich dazu verleiten will zu schreien, aber ich bleibe ganz ruhig. Atme nicht. Meine Lungen bersten beinahe, aber ich bin mir sicher, dass dieser Kerl da nichts Gutes im Sinn hat und schon gar nicht, wenn er mich entdeckt.

Als sein Stiefel sich bewegt und einen Schritt auf mich zu macht, zucke ich zusammen. Sofort verkrampfe ich meine Hände, balle sie zu Fäusten, um wieder Kontrolle über meinen Körper zu bekommen.

Im nächsten Moment krieche ich ein wenig vor. Ich muss sehen, wer das ist. Muss sein Gesicht sehen. Was, wenn das der Mann ist, der hinter all dem steckt?

Er macht einen weiteren harten, lauten Schritt, und als ich schon denke, dass er jede Sekunde das Bett durch die Luft schleudert und auf mich eintritt, höre ich plötzlich, wie eine Flüssigkeit auf den Boden platscht. Er geht zum Schreibtisch, tränkt auch diesen und geht dann weiter durch den Flur.

Fuck. Der will doch nicht ernsthaft das Haus abfackeln. Was mache ich jetzt? Ich werde zusammen mit diesem Haus verbrennen. Ich muss aufstehen und gehen. Muss rennen, wenn es nötig ist, aber ich darf nicht hier bleiben.

Als ich gerade entscheide, mich unter dem Bett hervorzukämpfen und um mein Leben zu rennen, höre ich ihn die Treppe hinunterpoltern.

Ein paar Sekunden lang geschieht gar nichts, dann höre ich, wie ein Streichholz an der Reibefläche entlanggezogen wird.

Verdammt! Ich rolle mich unter dem Bett hervor, springe auf die Füße und sehe, dass sich eine Spur aus Feuer in das Zimmer schlängelt, wie eine bösartige, tödliche Schlange.

Der Schreibtisch steht innerhalb von Sekunden in Flammen und verschlingt die Geschichte in ihm und um ihn herum. Ich springe auf das Bett, um zur Tür zu kommen, doch vor mir auf dem Boden brennt die Stelle, die der Kerl getränkt hat.

Mein Körper zittert, bebt, während ich die Decke vom Bett nehme, sie mir umschlinge und losrenne. Wenn ich noch länger warte, dann gibt es keine Treppe mehr, über die ich entkommen kann.

Ich stolpere einfach weiter. Durch den Flur, zur Treppe, hinunter und dann hinaus aus dem Haus. Als ich die Tür öffne, strömt der Sauerstoff hinein und lässt das Inferno hinter mir zerbersten. Ich falle nach vorne und lande im heißen Gras vor der Tür. Ein Teil von mir will liegen bleiben. Einfach liegen bleiben und atmen, aber ein anderer Teil in mir weiß, dass ich hier weg muss.

Die Nachbarn werden bemerkt haben, dass das Haus in Flammen steht, und die Feuerwehr rufen. Und ich darf hier auf keinen Fall gesehen werden.

Also stemme ich meine Arme auf den Boden und hieve mich mit letzter Kraft hustend nach oben. Ich blicke mich ängstlich um. Irgendwo muss der Kerl doch sein.

Und dann entdecke ich ihn. Mein Puls dröhnt laut in meinen Ohren und ein kalter Schauer überkommt mich, obwohl direkt hinter mir das brennende Haus unerträgliche Hitze ausströmt.

Nur ein paar Meter vor mir sitzt der schwarzgekleidete Mann auf einem Motorrad. Das dunkle Visier seines Helmes ist in meine Richtung gedreht. Er sieht mich an. Sekunden, in denen Gift durch meine Adern gepumpt wird und mich innerlich verbrennt.

Dann bewegt sich seine Hand zum Takt des aufheulenden Motors und er fährt kreischend davon.

Ich sacke zusammen, starre ihm hinterher, bevor ich mich endlich wieder sammle und aufstehe.

Weg hier. Einfach weg hier. Nur wohin? Diese beschissene Gegend hier kennt wahrscheinlich nur der Teufel persönlich.

Warum zum Henker bin ich hergekommen? Dann höre ich die ersten Sirenen und renne weiter. An der nächsten Ecke öffnet sich ein kleiner Park zur Straße hin. Um diese Uhrzeit traut sich wahrscheinlich keine Menschenseele in diesen verranzten Park, also kann ich ein paar Sekunden nach Luft schnappen. Ich lasse mich auf eine Bank sinken. Rappele mich aber sofort wieder auf. Ich darf auf keinen Fall schon wieder irgendwo einschlafen und dann in der Nähe des abgebrannten Hauses rußverschmiert von der Polizei aufgegabelt werden.

Ich muss weiterlaufen. Weitergehen. Ich muss …

An der nächsten Bank stütze ich mich ab und huste mir beinahe die Seele aus dem Leib. Meine Hand wandert zu meinem Dienst-Handy. Ich muss Hilfe holen. Aber keine meiner Nummern ist auf diesem dummen Steinzeitding gespeichert. Ich denke einen Moment lang nach, dann atme ich zweimal tief durch und wähle schließlich die einzige Nummer, die ich im Kopf habe.

***

Brenn alles nieder. All die falsche Schuld. All die falschen Erinnerungen. All das, was niemand von ihnen verdient hat. All die gespielte Ehrlichkeit und Reue. Ich brenne alles nieder und lasse nur das zurück, was in ihren Seelen wirklich lebt. Asche und verbrannte Erinnerungen.

Viel zu lange habe ich ihn angesehen. Viel zu lange war ich wie erstarrt, als er aus diesem Haus rannte. Viel zu unachtsam. Er hätte verbrennen können. Sterben können.

Als seine dunklen Augen mich trafen – ich sah, dass sie lebten – durchfuhr mich Erleichterung. Er darf nicht sterben. Er soll nicht sterben. Er muss leben!

Der Wind peitscht in mein Gesicht, während ich schneller fahre als je zuvor. Das Adrenalin pumpt durch meine Venen.

Was hat er in dem Haus gemacht? Ist er mir auf der Spur? Ausgerechnet er? Das ist unmöglich.

Ich hätte dieses verdammte Haus viel früher abfackeln sollen. Ich hätte nicht zulassen dürfen, dass Severin Dinge sieht, die er nicht versteht und niemals verstehen wird. Ich muss ihn schützen, darf nicht noch einmal einen solchen Fehler machen. Ich muss dafür sorgen, dass er lebt und sich nicht weiter in Schwierigkeiten bringt.

Bilder prasseln auf mich ein. Bilder, weil Severin mir so ähnlich ist. So verdammt ähnlich. Aber das darf mir nicht im Weg stehen, also ersetze ich Severins Gesicht durch ein anderes, ähnliches Gesicht. Ersetze diesen hilflosen Blick durch einen, der Wut und Rache will.

Und am Ende hat es nichts mehr mit Severin oder ihm zu tun, sondern nur mit mir. Mir ganz allein. Denn ich bin es, dessen Herz schon vor langer Zeit aufgehört hat zu schlagen. Wirklich zu schlagen.

16

MONTAG, 12. NOVEMBER 2018, 19.13 UHR

SEVERIN

„Ich sollte dich direkt bei der Polizei abliefern", knurrt Nasti mich vom Fahrersitz aus an. Ich lehne mich gegen die Scheibe und atme tief durch.

„Darfst du nicht, du bist meine Anwältin."

„Meinst du, ich weiß nicht, warum du ausgerechnet mich angerufen hast?!"

„Erstens habe ich nicht dich angerufen, sondern zu Hause. Zweitens hättest du ja nicht kommen müssen."

„Hätte ich nicht. Aber anschließend hätte ich dich verteidigen müssen, weil du ein Haus abgefackelt hast. Und das hätte für uns beide nicht gut ausgesehen. Abgesehen davon ... Wolltest du diese Geschichte wirklich Papa erzählen? Hast du vergessen, auf welcher Seite er steht?" Sie schüttelt den Kopf und trommelt nervös auf ihrem Lenkrad herum. „Richard war ziemlich sauer, dass er den Kleinen bei Mama und Papa abholen musste. Weil ich ja meinen Bruder irgendwo auflesen muss."

„Ich hab das Haus nicht abgefackelt", brumme ich bestimmt zum hundertsten Mal. „Und was der Schnösel Richard denkt, ist mir wirklich Latte."

„Achte auf deinen Ton!", zischt sie und spitzt ihre Lippen. „Du bist voller Asche, hustest, als würdest du seit sechzig Jahren rauchen, und deine Klamotten sind ... angesengt."

„Red Adair lässt grüßen ..."

„Severin!", ermahnt sie mich und hält das Auto am Straßenrand an. „Sag mir jetzt bitte, was genau passiert ist!"

„Ich bin mit einem Schlüssel in das Haus gegangen."

„Eingebrochen", verbessert sie mich. „Auch wenn du draußen einen versteckten Schlüssel gefunden hast, ist es Einbruch."

„Ist gut", sage ich und wende ihr mein Gesicht zu. In ihrem steht jetzt wirklich so etwas wie Sorge. Ein seltener Anblick bei Nasti.

„Also gut. Für die Akten ... Ich bin dort eingebrochen und habe die Unterlagen des Ordners durchsucht. Dann habe ich ein Geräusch von unten gehört und mich unter dem Bett versteckt."

„Unter dem Bett versteckt? Wirklich? Wie früher, als du dich vor Papas strafendem Blick unterm Bett in Sicherheit gebracht hast? Was bist du? Ein kleines Kind?"

Ich schnaufe. „Das war der scheiß Mörder und nicht Papa, Nasti. Ich bin mir sicher und ich hab das einzig Richtige getan."

Sie schließt die Augen und atmet tief durch. „Was für ein Mörder? Die zwei Frauen wurden von dem verstorbenen Hausbesitzer ermordet und diese Katharina von deinem feinen Freund Kevin. Genauso wie dieser Bernd von deinem anderen Freund Mic. Also was soll das jetzt für ein Mörder sein?"

„Das würdest du nicht verstehen. Mic und Kevin sind unschuldig, und ich denke, dass dieser Ordner es irgendwie auch war."

Sie sieht mich mit großen Augen an. „Der Ordner, den du dabei gesehen hast, wie er die Frauen erstochen hat, bevor er dir das Messer in die Rippen gerammt hat?" Sie hebt ihre Hände, als würde sie die Logik dahinter nicht sehen. Und ja, ich würde mich an ihrer Stelle wohl selbst für verrückt halten.

„Ich denke, er wurde damit beauftragt."

„Oh, Severin. Bitte lass diese Verschwörungstheorien. Die Mörder wurden gefasst, und du solltest dich jetzt wirklich einfach nur raushalten." Ihre Stimme wird nachdrücklicher.

„Warum? Warum, Nasti? Sie sind meine Freunde und ich kann sie nicht schon wieder hängenlassen. Außerdem glaube ich mittlerweile, dass ich ein Teil des Ganzen bin."

„Sie sind nicht deine Freunde. Sie waren es nie. Und das alles kommt sehr ungünstig."

„Ungünstig …", schnaube ich. „Als ob es für so etwas einen günstigen Zeitpunkt gibt."

„Hör mir zu", sagt sie ernst und dreht sich noch weiter zu mir. „Wegen der Untersuchung des Vorfalls im Stadion haben sie Mic noch einmal durchleuchtet und dabei den Fall von damals zu Rate gezogen. Dabei ist ihnen aufgefallen, dass an dem Bahnhof ein junger Polizist ums Leben gekommen ist."

Ich starre sie an und brauche einige Sekunden, bevor ich mich wieder fange. „In Rostock?"

„Ja. Sie haben Zeugen, die sagen, dass der Polizist euch verfolgt hat, Severin."

„Nein", wehre ich ab und beiße die Zähne zusammen. Versuche mit all meiner Kraft die Bilder des jungen Polizisten zu vertreiben, die an der Wand des Ordners hingen und gerade in

Rauch aufgegangen sind. Mein Herz brennt wie Feuer und verschließt mit ätzender Säure meine Kehle. „Nein."

„Doch, Severin. Es passt alles zusammen. Ihr seid nach eurer Tat abgehauen. Sie wissen auch, in welche Richtung ihr geflüchtet seid, weil du noch mit deinem Handy den Krankenwagen gerufen hast. Sie wissen, dass ihr euch kurze Zeit nach dem Tod des Polizisten vom Tatort entfernt habt."

„Nein!", schreie ich sie nun an. „Uns hat keiner verfolgt. Das hat doch niemand mitbekommen. Genau deshalb habe ich ja einen Krankenwagen gerufen, verstehst du?!" Die Bilder von damals zucken durch meinen Kopf. Der Spielplatz. Wir waren allein. Da war niemand. Die Flucht zum Bahnhof. Auf der Treppe. Ja, da war ein Polizist.

„Aber der Polizist war nicht unseretwegen da", flüstere ich tonlos.

„Das kann schon sein, Severin. Aber Zeugen haben euch dort gesehen. Und die Unruhe und der Tumult an dem Bahnhof haben dafür gesorgt, dass dieser junge Mann ums Leben gekommen ist."

„Nein!", sage ich einfach wieder, weil ich es nicht anders verkrafte. Ich kann nicht. Kann nicht mit der Vorstellung leben, dass wir Schuld an dem Tod dieses jungen Mannes tragen, dessen Gesicht ich vor nicht einmal einer Stunde zum ersten Mal gesehen habe. Außerdem weiß ich tief in mir, wie es wirklich war. Aber diese Erinnerung habe ich zu lange verborgen, um sie jetzt ans Tageslicht zu holen.

„Ich werde das abwenden, Severin. Ich glaube, die Zusammenhänge sind konstruiert. Es ist nicht eure Schuld. Aber du musst dich etwas zurückhalten."

„Der Ordner …", raune ich matt. So, als wäre meine ganze Kraft verbraucht. „Er war der Fahrer des Zugs."

„Was?!" Nasti starrt mich noch fassungsloser an und lässt dann ihr Gesicht gegen das Lenkrad sinken. So wie jetzt habe ich sie nie zuvor gesehen. Ja, sie wirkt beinahe wirklich so, als würde sie sich ernsthaft um mich sorgen.

„Das … Severin … das …" Ihr versagt die Stimme und immer wieder schüttelt sie den Kopf. „Das ist unmöglich. Das … kann kein Zufall sein."

„Sag ich doch", brumme ich und bemühe mich weiter, dieses Foto zu vergessen.

„Ich weiß, du willst das jetzt nicht hören, aber Mic und dieser Ordner müssen das alles geplant haben, Severin. Bitte sieh das endlich ein. Jetzt haben sie sogar noch eine Verbindung."

„Mic wusste doch gar nichts von diesem Polizisten. Genauso wenig wie ich. Keiner wusste etwas von ihm. Keiner!" Ich spüre, wie meine Stimme bricht.

„Was meinst du, wie die Polizei überhaupt darauf kam? Es war Michael, der das bei einer Befragung hat fallen lassen."

Ich ziehe schmerzhaft Luft in meine Lunge und starre auf das Armaturenbrett. Mic wusste also, dass damals ein Polizist ums Leben gekommen ist. Er wusste es und … ja und was? Hat er den Zugfahrer vielleicht sogar gesucht, um sich mit ihm auszutauschen? Kannten sie sich schon vorher?

Ich reibe mir mit meinen Händen durch mein Gesicht und gebe kehlige Laute von mir. Das alles passt nicht zusammen.

„Vielleicht will sich jemand an uns rächen."

„Rächen? Severin, wenn es einen anderen Mörder gibt, der sich an euch rächen will, dann würde er euch töten und nicht Unbeteiligte."

Ich reibe meine Augen mit beiden Fäusten. So als würde ich dann endlich klarsehen. Sie hat recht. Das Einzige, was als Erklärung übrigbleibt, ist, dass Mic, Kevin und der Ordner gemeinsame Sache gemacht haben. Ja, auch sie wollten sich rächen. An der Eintracht und vielleicht sogar an mir.

Trotzdem passt etwas nicht in das Bild. Die Pyrobombe und Katharina. Kevin würde Katharina doch nie etwas antun. Oder etwa doch? Ich beiße mir auf die Unterlippe, als ich plötzlich Zweifel bekomme. Kevin war schon immer ein aufbrausender Mensch. Ja, auch er und Katharina haben sich nicht nur einmal vor versammelter Mannschaft gefetzt. Kann es also sein, dass diese Schlägerei zwischen ihnen zu weit ging und tödlich endete? Aber wer war dann dieser Kerl auf dem Motorrad, der das Haus abgefackelt hat? Wer hat Lydia angerufen und ihr gedroht?

Plötzlich schießt mir ein anderer Gedanke durch den Kopf. Lydia hat gestern gesagt, dass Gustavs Tattoo auch auf der Bombe geprangt hat. Und ich weiß, dass Gustav alles, was er tut, mit seinem ganz persönlichen Motiv kennzeichnet. Mit dem Auge des Adlers. Alle Eagles tragen es auf der Haut.

Ich versuche mir wieder das Bild des Mannes auf dem Motorrad zu vergegenwärtigen. Seine Statur würde zu der von Gustav passen, und ich weiß, dass er früher viel Moped gefahren ist.

„Verdammte Scheiße", flüstere ich und greife in meine Tasche. Die Serviette, auf die er die Adresse, den Betrag und den Zeitpunkt für die Geldübergabe an Saskia notiert hat, ist im Gegensatz zu meinem Geldbeutel noch da. 20 Uhr, Mainzer Landstraße.

„Ich muss da hin", sage ich schnell und halte Nasti die Serviette unter die Nase.

„Was ist das?", will sie wissen und blickt mich kritisch an.

„Ich denke, dass sie mich dort in eine Falle locken wollen. Und um herauszufinden, wie sie das machen wollen, muss ich in diese Falle tappen", erkläre ich Nasti, aber vor allem mir selbst. „Nasti, ich brauche Geld."

„Hast du jetzt völlig den Verstand verloren?", fragt sie, nimmt mir die Serviette ab und stopft sie in ihre Fahrertür.

„Nasti!", flehe ich.

„Nein!", bestimmt sie und startet den Motor. „Du landest noch im Gefängnis, wenn du so weitermachst. Und auch, wenn ich selbst nicht weiß warum, da will ich dich nicht sehen."

„Ich brauche deine Hilfe, Nasti. Ist das echt zu viel verlangt?"

„Zu viel verlangt ... Severin. Ich gehe bei Mama und Papa ans Telefon, weil die beiden nicht da sind. Organisiere, dass Richard Leonard abholt. Hole dich am anderen Ende der Stadt in der Nähe eines Tatortes ab, höre mir die wildesten Theorien an, statt dich einfach in der nächstbesten Ambulanz abzuliefern, und decke dich. Schon vergessen?" Sie seufzt und fährt los.

„Du deckst mich nicht, du bist meine Anwältin und darfst nichts sagen", stelle ich klar. „Ich muss da hin!"

Sie holt tief und langsam Luft. „Okay. Wir fahren da hin. Aber wir bleiben im Auto. Wenn dich da irgendwer so erwischt, wie du gerade aussiehst, hast du nämlich 'ne fette Klage wegen Brandstiftung und Geldschieberei am Hals."

„In Ordnung", sage ich und bin ihr in diesem Moment tatsächlich dankbar.

„Warum tue ich das?", flucht sie und setzt den Blinker. „Eigentlich kann ich dich ja nicht einmal leiden."

„Und trotzdem bin ich dein Bruder."

„Du bist mit Sicherheit adoptiert", zischt sie und ich bin mir sicher, dass sie schon öfter mit dem Gedanken gespielt hat. Aber meine Ähnlichkeit mit Paps kann selbst sie nicht von der Hand weisen.

Als wir vor dem Hochhaus im Gallusviertel ankommen, parkt Nasti und schaltet das Licht aus.

„Und was jetzt?"

„Warten", knurrt sie zwischen zusammengebissenen Zähnen. „Wenn sie dich wirklich in eine Falle locken wollen, wird hier ja wohl pünktlich um 20 Uhr irgendjemand auftauchen. Das ist in genau 16 Minuten."

„Und wenn sie uns längst gesehen haben?"

„Dann können sie uns nichts anhaben. Wenn sie mein Auto anrühren, verklag ich sie. Punkt."

Ich hebe meine Brauen und rutsche ein wenig im Sitz hinunter. Nasti ist wirklich die Letzte, mit der ich gerade hier sein will. Aber sie ist da und nur das zählt.

Wir schweigen Ewigkeiten, ohne dass etwas passiert, bis Nasti sich plötzlich räuspert.

„Richard hat sich verliebt."

Ich verschlucke mich und bekomme einen ausgewachsenen Hustenanfall, bevor ich „Richard hat was?" erwidern kann.

„Eine Kollegin."

Ich starre sie an, während sie ihren Blick nach vorn gerichtet hat. Ihr Kiefer zuckt leicht und die Knöchel ihrer Hände, mit denen sie das Lenkrad umklammert, treten weiß hervor. Ansonsten sieht sie sehr gefasst aus.

„Und …?"

„Ich wusste, dass sie etwas miteinander haben. Es war okay für mich. Wir haben gesagt, keine Gefühle. Aber …"

„Oh, Nasti. So was geht nie gut", versuche ich irgendetwas dazu zu sagen. Nasti braucht normalerweise nie Trost. Einen Moment lang überlege ich, ob ich ihr meine Hand auf die Schulter legen soll. Aber Nasti und ich haben nie wirklich derartige Zärtlichkeiten ausgetauscht, also tätschle ich nur kurz und unbeholfen ihren Arm.

„Ich weiß", flüstert sie mit gebrochener Stimme. „Er sagt, dass er sich noch nie so gefühlt hat wie mit ihr. Und dass ich ..."

„Was?", hake ich nach und lege nun doch meine Hand auf ihre Schulter.

„Dass ich kalt wie eine Hundeschnauze bin. Aber ich bin nicht kalt. Ich weiß, dass das so rüberkommt." Sie wendet ihr Gesicht zu mir, und das erste Mal in meinem Leben sehe ich Tränen in ihren Augen. „Aber so ist das nicht. Hier drin ..." Sie legt ihre Faust auf ihre Brust. „Bin ich nicht kalt. Es tut weh. Es tut verdammt weh!"

„Hast du ihm das auch gesagt?"

„Spinnst du?" Mit einem Schlag haben sich ihre Züge wieder verwandelt. Sie presst ihre Lippen aufeinander. „Ich kann ihm das nicht zeigen. Das würde mich schwach aussehen lassen und gerade jetzt muss ich stark sein."

„Gerade jetzt musst du das nicht, Nasti. Er ist dein Mann, ihr habt ein Kind. Du musst nicht so tun, als wäre alles okay."

„Aber ich kann nicht anders", flüstert sie und atmet dann schwer. „Sag Mama und Papa nichts."

„Dein Geheimnis ist bei mir sicher", sage ich und strecke ihr meinen kleinen Finger entgegen. Es gab in unserem Leben eine ganz kurze Zeit, als ich sechs und sie acht war, da waren wir so etwas wie Freunde. Damals haben wir Geheimnisse ausgetauscht und uns mit dieser kleinen Geste geschworen, dass wir sie für immer für uns behalten. Komme, was wolle.

Sie lächelt ein wenig und ergreift mit ihrem kleinen Finger meinen.

„Da ist jemand", sagt sie plötzlich und deutet auf einen Mann in schwarzer Kleidung, der die Straße entlangkommt und nur zehn Schritte entfernt vor dem Haus mit der Nummer 444 stehen bleibt. Ich traue meinen Augen kaum. Es ist wirklich Gustav.

„Kannst du dein Fenster aufmachen?"

Nasti hebt ihre Schultern und betätigt dann den Schalter. „Nur wenn der Motor an ist."

Ich verziehe den Mund und entscheide mich dafür, die Autotür einen Spaltbreit aufzumachen. Kühle Luft dringt in den Innenraum des Autos und ich höre ganz leise eine Stimme, die nicht zu Gustav gehört und wohl aus dem Fenster im Parterre kommt.

„Er taucht nicht auf."

„Verdammt!" Das ist eindeutig Gustav. „Er ist eben ein Verräter durch und durch."

Am liebsten würde ich die Tür ganz aufreißen, aussteigen und diesem Arschloch zeigen, dass ich sehr wohl hier bin, aber längst begriffen habe, dass sie mich in eine Falle locken wollen. Nur in was für eine?

„Lass uns das hier abblasen. Mics Plan geht nicht auf."

Mics Plan? Meine Brust brennt. Mein Herz hämmert dagegen und lässt meinen Körper taub zurück. Mics Plan? Er wollte das hier? Aber warum? Natürlich … Ich lache leise über mich selbst, während Nasti mich verwirrt mustert. Ich bin ein Verräter und nun verraten sie mich.

Plötzlich geht die Treppenhausbeleuchtung an. Eine Glühbirne neben dem Eingang wirft gelblich-trübes Licht auf die mit einem furchtbaren Graffiti beschmierte Haustür und die Gestalt davor. „Hau ab", zischt die unbekannte Stimme. Gustav macht sich auf der Stelle aus dem Staub.

Als er verschwunden ist, schließe ich die Tür wieder und sage nichts. Auch Nasti schweigt, bis sie irgendwann nach Luft schnappt.

„Moment. Ich war hier schon mal." Sie kneift ihre Augen zusammen und mustert die Bemalung der Tür. „Die Haustür. Ich bin schon mal durch diese Tür gegangen."

„Wie? Durch diese Tür?", hake ich irritiert nach und sehe mich um. Das hier ist keine Gegend, in der man Nasti erwarten würde. „Ich glaube kaum."

„Ich bin ganz sicher. Einmal im Jahr nehmen wir ehrenamtlich Fälle von Menschen an, die sich einen vernünftigen Anwalt nicht leisten können. Pro bono."

„Und hier wohnt einer dieser Mandanten?"

„Ja", sagt sie und schüttelt dabei den Kopf, als könne sie es selbst kaum fassen. „Das war wirklich ausgesprochen seltsam, denn die Frau hat mich am Ende quasi gekündigt."

„Worum ging es da?"

„Drogenbesitz und Dealerei."

„Ist es möglich, dass sie wollten, dass es so aussieht, als würde ich Drogen kaufen?"

„Ausgerechnet bei der Person, die ich damals verteidigt habe? Das wäre …"

„Könnten sie davon wissen?"

„Wer?", hakt Nasti irritiert nach.

„Die Eagles. Mic. Gustav, Kevin … Könnten sie wissen, dass hier eine Drogendealerin wohnt, mit der du zu tun hattest? Die du verteidigen wolltest? Könnten sie …"

„Himmel", sagt Nasti plötzlich und schlägt sich die Hand vor den Mund. „Dieser Michael wird immer noch von einem Anwalt aus unserer Kanzlei verteidigt. Paps hat das damals eingefädelt und –"

„Diese beschissenen Arschlöcher", entfährt es mir, wofür ich einen zornigen Blick von Nasti ernte.

„Sie wollten es so aussehen lassen, als …"

„Als? Was hat das mit mir zu tun, Severin?" Sie verzieht den Mund nach rechts und links, doch auch ihr fällt keine Begründung für diese Verbindung ein.

„Warum warst du hier und sie nicht bei dir in der Kanzlei?"

„Das war ein Hausbesuch, sie hatte nicht die Mittel, zu uns zu kommen und sie wäre wahrscheinlich auch nicht aufgetaucht. Sie ist eine der Sorte, die man zu ihrem Glück zwingen muss", erklärt Nasti mit einem Blick auf mich, der mir eindeutig sagen soll, dass ich auch zu dieser Sorte Mensch gehöre.

„Oh verdammt, Nasti. Du musst hier weg."

„Was? Warum?", fragt sie und sieht sich panisch um.

„Das hier sollte nicht auf mein, sondern auf dein Konto gehen. Sie wollten nicht, dass es so aussieht, als würde ich Drogen bei ihr kaufen. Sondern so, als wollten wir sie bestechen."

„Aber wie?", fragt sie nachdenklich und startet den Motor, weil sie nun auch zu begreifen scheint, dass unsere Anwesenheit hier nicht gut aussieht.

„Heißt diese Dealerin vielleicht Saskia?"

„Ja", gibt Nasti unsicher zurück und parkt das Auto nervös aus.

„Ich denke, sie wollten es so aussehen lassen, als würde ich eine Zeugin bestechen. Und dafür jemanden nehmen, den du kennst und von der du weißt, dass sie Geld braucht."

Ich fahre mir nervös durchs Haar und denke nach, was Saskia wissen könnte. Warum dieser Verdacht vor Gericht Bestand haben könnte. Aber Saskia war nie dabei. Sie weiß wahrscheinlich nicht einmal wirklich, was ein Fußball ist. Was also könnte sie zu dem Vorfall in Rostock zu sagen haben, weshalb es sich für mich lohnen würde, sie zu bestechen?

„Wir müssen zu dir. In die Kanzlei. Du musst meine Akte genau mit mir durchgehen. Alles, was damals passiert ist und was uns vorgeworfen wird. Und ich muss ... mit der Polizei reden."

„Mit der Polizei? Bist du dir sicher?", fragt Nasti, die langsam wieder ihre kühle Stimme und Ausstrahlung annimmt.

„Ja, da gibt es eine Kommissarin, der ich, denke ich, vertrauen kann. Ich muss mehr über den anderen Fall wissen. Oder ich muss ..." Ich stoppe mich selbst. Wenn ich zu Tim gehe, ohne Lydia, wird er wohl kaum etwas für mich tun. Also muss ich erst Lydia finden oder mit der Polizei reden.

„Bring mich nach Sachsenhausen."

„Sehe ich etwa aus wie dein Fahrdienst?"

„Ehrlich gesagt bist du das den ganzen Abend schon. Also ja."

„Kauf dir endlich ein eigenes Auto. Oder nimm Paps Angebot an, dir eines zu kaufen."

„Du weißt, dass ich kein Geld von ihm annehme und auch keine Geschenke."

„Du bist zu stur für diese Welt, Severin. Irgendwann werden dich alle anderen überholen, weil sie um die Mauer herumgehen, statt sich den Kopf an ihr wund zu schlagen und immer nur auf einer Stelle zu verharren. Den einfachen Weg zu gehen, ist kein Verbrechen."

„Irgendwann werde ich sicher durch die Mauer kommen, glaub' mir. Auch wenn es für mich eine ziemlich blutige Angelegenheit werden könnte."

Sie schenkt mir ein kleines Lächeln und fährt dann Richtung Sachsenhausen.

Es ist seltsam, dass nach all den Jahren ausgerechnet diese Situation, für die ich eigentlich nur Vorwürfe von ihr erwartet habe, uns näherbringt. Vielleicht nicht für immer. Ja, wahrscheinlich werden wir schneller als erwartet wieder so sein wie vorher, wenn das hier vorbei ist. Aber für diese kurze Zeit sind wir Verbündete. So wie wir es früher einmal waren.

Als ich aussteige, berühre ich noch einmal ihre Schulter und sehe sie fest an. „Zeig deinem Mann, dass du Gefühle hast, Nasti. Das ist der einzige Weg."

Sie nickt mit zusammengepressten Lippen. „Pass auf dich auf und komm morgen in die Kanzlei, dann gehen wir alles durch."

„Mache ich", murmle ich und steige aus. „Danke, Nasti."

Sie nickt nur und fährt dann sofort los, nachdem ich die Tür zugeschlagen habe. Ich sehe ihr einen Moment lang nach, bevor ich mich zum Haus begebe und klingele.

„Lydia?", ertönt Tims besorgte Stimme durch die Sprechanlage.

„Falsch geraten, zweiter Versuch!"

Ohne ein weiteres Wort ertönt der Türöffner, und Tim erwartet mich bereits oben vor seiner Tür.

„Wo ist sie?"

„Wo ist wer?", frage ich irritiert und schiebe mich an ihm vorbei in seine Wohnung.

„Lydia. Wo ist sie? Seit gestern Abend erreiche ich sie nicht mehr. Sie war nicht bei der Arbeit, ohne Bescheid zu sagen, und weder Lea noch Jens haben sie gesehen. Ich dachte, sie ist bei dir, weil du auch nicht an dein Handy gehst."

„Das wurde mir geklaut …"

„Und den Dieb hast du bis in die Tiefen der Hölle verfolgt?" Tim mustert jeden Zentimeter an mir und rümpft die Nase. „Wann hast du das letzte Mal in einen Spiegel geschaut?"

„Das ist eine lange Geschichte. Erzähl ich dir später", antworte ich ungeduldig. „Ich hab Lydia gestern Abend noch gesehen."

„Und wo ist sie dann hin?" Tim fährt sich nervös durch sein lichtes Haar.

„Sie wollte mit der Polizei reden, wegen eines Verdachts", sage ich und verschweige bewusst unseren Streit. Gleichzeitig machen sich tiefe Sorgenfalten auf meiner Stirn breit. Warum habe ich sie allein weggeschickt? Sie im Stich gelassen. Ausgerechnet in Niederrad. Dort, wo keine 24 Stunden zuvor Kat ermordet wurde. Was, wenn sie dem Kerl, der mich angegriffen hat, begegnet ist? Was, wenn Gustav bemerkt hat, dass sie sein Tattoo gesehen hat, und ihr gefolgt ist?

„Was, wenn sie entführt wurde?", jammert Tim plötzlich los.

„Entführt? Wir sind hier nicht in 'nem Kinofilm, Tim. Sie ist sauer auf mich. Vielleicht …"

„Weil sie sauer auf dich ist, soll sie einfach so bei der Arbeit fehlen? Zum ersten Mal in ihrem gesamten Leben?!", unterbricht er mich barsch. „Du hast ja wohl 'nen Knall. Nimm dich nicht immer so wichtig."

Ich beiße mir auf die Lippe. Tim hat recht. Das passt nicht zu Lydia.

„Ich rufe jetzt die Polizei." Tim ist so aufgebracht, wie ich ihn selten zuvor gesehen habe.

„Warte", sage ich und halte ihn am Arm fest. „Du musst erst zwei Dinge für mich überprüfen."

„Was für Dinge?" Er schaut mich regelrecht angewidert an.

„Ob Lydia gestern Abend nach 23 Uhr noch bei der Polizei war, um einen Verdacht loszuwerden, und … etwas über einen Todesfall in Rostock."

„Hast du mal auf die Uhr geguckt? Soll ich jetzt meinen Kontakt anrufen und sagen: Alter, du musst nochmal ins Präsidium. Ein Kumpel braucht ein paar Infos …" Er lacht, als wäre ich jetzt völlig verrückt geworden.

„Ja. Genau das sollst du machen, Tim. Hier stimmt etwas nicht, und wir sind die Einzigen, die klären können, was das ist."

„Ja, Lydia ist weg. Also muss ich die komplette Kavallerie rufen!"

„Nein, nicht alle. Einen Polizisten. Deinen Freund. Wenn wir in Erfahrung bringen, ob und wenn ja, was Lydia der Polizei gestern noch mitgeteilt hat, werden wir auch erfahren, wo sie ist." Ich hoffe inständig, dass sie ihre Information noch weitergegeben hat und jetzt vielleicht entspannt bei Kaschrek im Büro hockt, um ihre Aussage zu Papier zu bringen. Und dass sie den ganzen Tag nicht an ihrem Arbeitsplatz aufgetaucht ist, weil Eric und Max ihr wieder einen Spezialauftrag gegeben haben.

„Severin!", schreit mich Tim an und schüttelt mich durch. „Lass uns zur Polizei gehen!"

„Erst brauchen wir die Informationen. Glaub mir, Tim. Dann gehe ich mit dir, wohin du willst", fordere ich zorniger und trete einen Schritt näher.

„Ich habe keine Angst vor dir", knurrt Tim.

„Ich will dir auch keine Angst machen, sondern dich als Freund um etwas bitten."

„Wenn sie nicht mehr bei der Polizei war, weiß ich, wo sie ist, Tim."

„Du kannst die Polizei auch einfach fragen, ob Lydia sie angerufen hat."

„Tim!", flehe ich nun. „Bitte! Vertrau mir einfach!"

Er atmet tief durch, und ich kann förmlich spüren, wie die wildesten Gedanken durch sein Hirn sausen. Er nickt widerwillig, greift zu seinem Handy auf der Küchentheke und lässt mich wortlos stehen.

Durch die Balkontür kann ich sehen, dass er mit jemandem spricht. Immerhin. Er hat ihn erreicht. Vielleicht ist der Typ ja sogar im Dienst und kann … Tim hebt in diesem Moment den Daumen.

Eine schier endlos lange Minute später kommt Tim mit einem zufriedenen Gesichtsausdruck wieder rein.

„Was hat er gesagt?", dränge ich.

„Er forscht nach, das kann eine Weile dauern." Sein Blick wandert zu einer Uhr an der Wand. Es ist kurz nach zwölf. „Vielleicht solltest du duschen gehen", meint Tim und deutet auf meine verkohlte Kleidung. „Und etwas anderes anziehen."

„Ja, okay… danke." Ich schlucke schwer. „Könntest du in der Zeit vielleicht raussuchen, was du über das Unglück am Bahnhof in Rostock im September 2008 finden kannst?"

„Habe ich eine Wahl?", entgegnet er mit erhobenen Brauen. Als ich nichts erwidere, schüttelt er nur den Kopf und brummelt irgendwas vor sich hin , während er mir ein frisches Handtuch und Oberteil ins Bad legt.

Kurze Zeit später fallen warme Tropfen auf mich und waschen mir den Dreck der letzten Stunden ab. Was sie nicht wegwischen können, sind meine Ängste. Wenn Lydia wirklich etwas passiert ist, nachdem ich sie allein gelassen habe … Nein … Sie ist nur ausgelaugt von den letzten Tagen und hat Freiraum von allem gebraucht. Sie wird sich melden. Sie muss einfach.

Als ich zehn Minuten später aus dem Bad komme und mich zu Tim geselle, während ich mir noch meine Haare trocken rubble, sehe ich wieder etwas mehr nach Mensch aus. Nur das Oberteil von Tim ist so ganz und gar nicht meins. Viel zu groß und viel zu pink. Typisch Tim. Er musste mir aber auch ausgerechnet diese Farbe raussuchen.

„Sexy", quittiert er meinen Aufzug grinsend.

„Sehr witzig, Tim."

„Ich sammle gerade die Daten zusammen, und mein Kontaktmann wird sicher auch noch eine ganze Weile brauchen.

Willst du dich vielleicht etwas hinlegen? Du wirkst so, als hättest du die letzte Nacht nicht wirklich geschlafen."

„Ich war eher bewusstlos, als dass ich wirklich freiwillig geschlafen habe, aber ich denke, das zählt als Ruhephase", gebe ich schulterzuckend zurück.

„Ähm ... ja", ist alles, was Tim dazu sagt. „Dann nicht."

Ich setze mich auf den anderen Stuhl in seinem kleinen Computerkabuff und warte. Warte und warte, bis mich plötzlich das Klingeln von Tims Handy weckt. Verdammt, ich muss wohl doch kurz eingeschlafen sein.

Tim sagt kaum etwas. Nur immer mal wieder ein „Mmh" oder „Aha", bis er endlich auflegt und mich zufrieden anschaut.

„Und?"

„Nun ...", genießt Tim seinen Erfolg. „Sie hat gestern um 23.37 Hauptkommissar Kaschrek auf dem Dienst-Handy angerufen und ihm auf Band in der Tat etwas von einem Tattoo erzählt, das sie bei einem der Eagles gesehen hat und von der Bombenattrappe kannte."

„Und was hat die Polizei daraufhin unternommen?"

„Nichts. Also, erst einmal nichts. Weil Kaschrek die Nachricht erst nach Mitternacht abgehört und erst heute Morgen seine Kollegin darüber informiert hat."

Deshalb war Frau Lacker schon morgens in Niederrad, schießt es mir durch den Kopf. Ich schließe die Augen und denke nach. Ist es möglich, dass Gustav bemerkt hat, was Lydia gesehen hat? Schließlich hat sie wirklich geschockt auf seinen Arm gestarrt. Und jeder von ihnen weiß genau, wer die Bombenattrappe im Stadion gefunden hat.

„Wir müssen zur Polizei", sage ich laut und schaue Tim an.

„Sag ich doch die ganze Zeit", antwortet er und nickt. „Und übrigens", wirft er noch ein. „Es hat zwar ein paar Stunden gedauert, aber da war auch ordentlich was los im September 2008 in Rostock." Er deutet auf einen Stapel Papier. „Hab dir ausgedruckt, was ich gefunden habe." Sein Blick wandert erneut zu der Uhr. „Und die Bullerei müsste jetzt auch schon aufhaben. Also los."

17

DIENSTAG, 13. NOVEMBER 2018, 06.17 UHR

SEVERIN

„Herr Klemm, das wird langsam zur Gewohnheit", brummt Hauptkommissar Kaschrek, als er an mir vorbeigeht.

„Wäre mir ebenfalls lieber, wenn es nicht so wäre", gebe ich zurück und mustere den langen schmalen Gang.

„Worum geht es diesmal?"

„Eine Vermisstenanzeige", kommt Tim mir zuvor, wofür er nur einen müden Blick von Kaschrek erntet.

„Und wer ist es?"

„Lydia", sage ich und verfolge seine Reaktion. „Lydia Heller." Wenn sie nach ihrer Nachricht noch mit jemandem telefoniert hat, dann mit ihm. Aber er wirkt nicht gerade so, als hätten sie noch einmal miteinander gesprochen.

„Ich habe sie vorgestern noch im Stadion gesehen", sagt er stattdessen und fährt sich nachdenklich über seinen Bart. „Wie dem auch sei. Ein Kollege wird sich darum kümmern."

Ich nicke, während er an uns vorbei in sein Büro geht und stattdessen Hauptkommissarin Lacker zu uns tritt. „Ich kümmere mich um die beiden", raunt sie Kaschrek zu. Er hebt den Blick und schaut seine Kollegin skeptisch an.

„Ist das jetzt ein Fall der Mordkommission?"

„Könnte einer werden", gibt sie knapp zurück und bittet uns in ein kleines Zimmer. Mein Magen fühlt sich an, als säße ich gerade im Freefalltower auf der Dippemess.

„Könnte einer werden", spreche ich ihre Worte fassungslos nach. Was meint sie damit?

Lacker ignoriert meine aufgerissenen Augen allerdings und beginnt das Gespräch ohne große Umschweife. „Was genau ist passiert?"

Ich erzähle ihr von unserem Streit und auch von Lydias Verdacht mit dem Tattoo. Es macht keinen Sinn, vor ihr die Ahnungslosen zu spielen. Soll sie doch wissen, dass wir längst von Lydias Nachricht an Kaschrek wissen. Wenn Gustav wirklich etwas mit Lydias Verschwinden zu tun hat, müssen sie ihn schnellstmöglich hochnehmen. Alles andere ist jetzt egal.

„Das Problem ist, dass Frau Heller erwachsen ist und ihren Aufenthaltsort selbst wählen kann."

„Aber es sind schon fast vierundzwanzig Stunden!", wirft Tim nervös ein.

Lacker mustert ihn einen Augenblick und versucht ihn zu beruhigen. „Dieses Zeitfenster hat rein gar nichts zu sagen. Wird ein Kind vermisst, schreiten wir viel schneller ein. Wenn jemand Suizidgedanken hat, auch, und es gibt noch etliche andere Gründe. Aber hier fehlt mir der dringende Verdacht, es könne sich um ein Verbrechen handeln."

„Nach allem, was passiert ist?", fahre ich sie an.

„Was genau ist denn passiert, Herr Klemm? Die Morde sind meines Wissens aufgeklärt, und damit hat auch das Erpresserschreiben an die Eintracht seine Wirkung verloren. Wie ich Ihnen heute Morgen schon sagte. Lassen Sie uns unsere Arbeit machen und halten Sie sich aus den Ermittlungen raus. Vielleicht wurde Frau Heller das alles zu viel und sie ist untergetaucht. Es gibt viele Stationen, an denen sie zuerst suchen müssen. Sie hat einen Vater – bei ihm könnte sie sein. Haben Sie ihn mal angerufen?"

„Da ist sie nicht", brumme ich und balle meine Hände zu Fäusten, was Lacker nicht entgeht.

„Ich bin nicht Ihr Feind, Herr Klemm. Keineswegs. Aber ich brauche Gründe, um die Abwesenheit von Frau Heller zu einer Entführung zu machen."

„Reicht es nicht, dass sie das Tattoo bei einem Ihnen bestens bekannten Hool gesehen hat?"

„Wir lassen das untersuchen. Die Bombenattrappe habe ich heute Morgen noch einmal in die KTU geschickt. Der Bericht dürfte demnächst kommen. Und dieser Gustav Schneller ist zum Verhör vorgeladen. Sie sehen, wir liegen hier nicht auf der faulen Haut", erklärt sie immer noch mit ruhiger Stimme und erweckt bei mir wieder das Gefühl, einen Menschen vor mir zu haben, dem ich vertrauen kann. „Auch in Ihrer Angelegenheit waren wir natürlich aktiv. Aber die Spurensicherung hat nichts Verwertbares gefunden."

„Es geht aber nicht um mich!" Ohne es zu wollen, landet meine Faust mit einem lauten Knall auf dem Tisch und lässt die beiden zusammenzucken. „Und was ist mit dem Anruf, den Lydia bekommen hat? Die Person am Telefon hat deutlich gesagt, dass sie sich aus der Sache heraushalten soll, und sie bedroht. Reicht das nicht?"

Lacker hebt ihre Brauen. „Ich versuche mein Möglichstes, Herr Klemm. Zumindest ihre Handydaten kann ich überprüfen lassen. Aber bitte beruhigen Sie sich. Höchstwahrscheinlich hat sie sich wirklich nur eine Auszeit von all dem genommen."

„Das sehe ich als sehr unwahrscheinlich an", quittiere ich ihren letzten Satz und erhebe mich. „Frau Lacker. Ich kenne Lydia. Sie würde nicht einfach abtauchen."

„Sie würden sich wundern, wie oft ich Sätze wie diesen gehört habe und wie oft diese Menschen am Ende festgestellt haben, dass sie die Person nicht wirklich kannten."

„Da ist noch etwas", sage ich und halte sie an der Schulter fest, als sie ebenfalls aufgestanden ist und die Tür öffnen will.

„Ich denke, dass ich in diese Geschichte früher oder später auch reingezogen werde. Und wenn das passiert, Frau Lacker, dann brauche ich Sie, um nach der Wahrheit zu suchen."

Sie schaut mich einen Moment lang intensiv an und schiebt dann mit einer ruhigen Bewegung meine Hand von ihrer Schulter. „Das ist mein Job, Herr Klemm. Machen Sie sich keine Gedanken." Sie atmet noch einmal tief durch und öffnet die Tür. „Auf Wiedersehen."

„Wo gehen wir jetzt hin?", fragt Tim, als wir vor dem Präsidium auf die Straße treten.

„Ich für meinen Teil muss zu meiner Schwester", gebe ich zurück und blinzle gegen den Schmerz der aufgehenden Sonne an.

„Du solltest schlafen, Severin. Du siehst wirklich übel aus."
„Vielen Dank."
„So kannst du ihr nicht helfen."
„Kann ich", sage ich knapp und bewege mich in Richtung Eschersheimer. „Da vorne ist eine S-Bahn-Station."

„Quatsch. Ich bringe dich", ruft Tim mir hinterher und winkt mit dem Autoschlüssel. Es wird langsam zur Gewohnheit, mich herumkutschieren zu lassen. Und auch, wenn ich es hasse, stimme ich zu. Die Gefahr, in der Bahn einzuschlafen, ist einfach zu groß.

„Im Handschuhfach habe ich Koffein-Tabletten", sagt Tim, als er den Motor startet und mir noch einen skeptischen Blick zuwirft.

„Du weißt, dass die Dinger 'ne Einstiegsdroge sind, oder?"

„Und du weißt, dass ich sie damals schon in Prüfungsphasen genommen habe und immer noch kein Koks schniefe."

„Nicht gerade beruhigend", murmle ich und nehme mir eine der Tabletten heraus, um sie zu schlucken. Ich darf nicht schlafen. Was, wenn Lydia etwas zustößt?

Keine zehn Minuten später sind wir da. Noch sind die Straßen der Stadt nicht vom morgendlichen Berufsverkehr verstopft. „Ich warte hier", sagt Tim so sicher, dass ich ihm nicht widerspreche und einfach aussteige. Es dauert eine halbe Ewigkeit, bis ich in dem riesigen Hochhaus in dem Stockwerk der Kanzlei angekommen bin.

„Anastasia Klemm", nenne ich der Empfangsdame den Namen meiner Schwester und sofort deutet sie mir den Weg in eines der hinteren Büros. Nach all den Jahren bin ich das erste Mal wieder hier. Das letzte Mal saß Papa noch auf dem Stuhl, auf dem nun Nasti sitzt und telefoniert. Als sie mich durch die Glasscheibe erkennt, winkt sie mir zu. Ich trete ein, setze mich ihr gegenüber auf den Stuhl und warte.

„Hör zu", sagt sie dann, als sie den Hörer weggelegt hat, und nimmt ein Blatt heraus. „Saskia hat mit dem Vorfall in Rostock nichts zu tun." Sie deutet auf eine Zeile auf dem Papier. „Aber sie hatte eine Verbindung zu diesem Bernd. Dem Ordner, der die beiden Frauen getötet hat."

„Was?", frage ich und nehme das Blatt an mich.

„Ich habe keine Ahnung, wer genau sie ist oder wie sie da reinpasst, aber sie hat als Zeugin ausgesagt."

„Und was hat sie gesagt?"

„Steht da nicht", sagt Nasti knapp und mustert meinen Aufzug, während sie ganz leicht die Nase rümpft.

„Es wird aber noch besser, Severin. Ich habe ein wenig nachgeforscht und herausbekommen, dass Saskia gar nicht mit Drogen dealt. Das war alles eine Finte. Was sie stattdessen macht …" Sie nimmt einen anderen Zettel heraus, den sie offensichtlich selbst ausgedruckt hat. „Sie betreibt zusammen mit ihrem Vater einen kleinen Baumarkt. Und im Baumarkt bekommt man …"

„Die Zutaten für eine Bombe", raune ich.

„Richtig. Und als ich noch weiter geforscht habe, habe ich herausgefunden, dass es eine Steuerprüfung bei ihnen in dem Baumarkt gab und immer wieder nicht aufgeführte Lieferbestände fehlten. Ich denke", sie macht eine künstliche Pause, „dass diese Saskia mit den Zutaten für Bomben dealt."

Ich runzle die Stirn und sehe auf das Foto auf dem Ausdruck. Saskia und ihr Vater.

„Und nun zu meiner Vermutung. Diese Hooligans … sie müssen wissen, dass die Polizei dich ebenfalls in dieses ganze Bombending mit reinziehen will. Oder einer deiner *Freunde* wird einfach eine Aussage machen, dass du beteiligt warst. Wenn das geschieht, gibt es keinerlei Beweise. Würde es aber geben, wenn du dieser Saskia Geld gibst, als würdest du sie bestechen, damit sie nicht aussagt, dass du an dem Plan beteiligt warst. Eine klassische Bestechung. Keine Ahnung, was sie ihr dafür versprochen haben, aber ich gehe jede Wette ein, dass sie bei ihrer Aussage dann gespielt einknicken und uns beide der Bestechung bezichtigen würde."

Ich blinzle ein paar Mal und starre meine Schwester an. „Nasti ... du bist wirklich gut."

Sie runzelt ihre Stirn und setzt eine halb herablassende und halb stolze Miene auf. „Hast du wirklich gedacht, dass ich hier nur wegen Papa sitze?"

„Natürlich nicht", antworte ich schnell und grinse sie an. „Und was machen wir jetzt?"

„Also zuerst einmal gibst du dieser Saskia kein Geld. Am besten begegnest du ihr erst gar nicht." Sie nimmt ein Papier aus einem anderen Aktenberg. „Dann gibt es da noch die Anzeige wegen fahrlässiger Tötung. Aber ..." Sie verzieht den Mund. „Das kriegen die nicht durch. Völlig an den Haaren herbeigezogen. Der Polizist, der damals gestorben ist, hat einen Drogendealer verfolgt. Offensichtlich waren er und sein Kollege zuvor undercover eingesetzt."

„Wir waren also nur zur falschen Zeit am falschen Ort."

„So könnte man das sagen. Natürlich sorgte das Handgemenge am Bahnhof dafür, dass ein erfahrener Polizist auf die Gleise stürzte ... aber deshalb ist es nicht eure Schuld."

Ich nicke, aber der Kloß im Hals wird nicht kleiner. Trotz allem werde ich das Gefühl nicht los, dass ich Schuld daran trage.

„Kannst du mir noch einen Gefallen tun?"

Sie nickt mir auffordernd zu.

„Lydia ist verschwunden."

„Okay und was kann ich da machen?", hakt sie kühl nach.

Ich sehe sie matt und müde an.

„Mir sagen, dass alles wieder gut wird."

Ihr Gesicht zuckt kurz, als hätte sie mit allem gerechnet, nur nicht damit. Kurz bewegt sich ihre Hand, als wollte sie nach meiner greifen, aber sie entscheidet sich dagegen und sieht mich einfach nur durchdringend an. „Alles wird gut, Severin", flüstert sie dann so sicher, dass es mir wirklich einen kleinen Teil der Last von meinem Herzen nimmt.

„Pass auf dich auf!", sagt sie noch, bevor ich durch die Glastür verschwinde.

Unten wartet Tim wirklich immer noch. Ein leichtes Lächeln bildet sich auf meinen Lippen, als ich begreife, dass er doch vielleicht so etwas wie ein Freund ist.

„Und?", fragt er aufgeregt.

„Nichts Neues." Ich bin nicht in der Lage, zu reden oder ihm von all den anderen Dingen zu erzählen.

„Du musst zu Lydias Vater fahren und herausfinden, ob er da ist. Ich muss … noch etwas erledigen."

„Okay", gibt er skeptisch zurück, hakt aber nicht weiter nach, sondern fährt mich ohne ein Wiederwort zu der Adresse, die ich ihm gebe. Ich nehme die Zettel, die er mir über den Fall ausgedruckt hat, nuschle ein „Bis später" und schlage die Tür hinter mir zu.

Während ich Tims Elektroauto kaum hinter mir wegfahren höre, blicke ich starr auf das Haus vor mir und vor allem auf den dritten Balkon im zweiten Stock. Ich kann nicht zählen, wie oft ich Tage und Abende dort in dieser Wohnung und auf diesem kleinen brüchigen Balkon verbracht habe.

Tief atmend, um mir Mut zu machen, trete ich vor bis zur Haustür und klingle. Die Tür wird sofort aufgedrückt. Ein kurzes Lächeln huscht über meine Lippen. Nach all den Jahren haben sie es immer noch nicht geschafft, die Freisprechanlage zu reparieren.

Als ich im zweiten Stock ankomme, steht die Tür einen Spalt offen. Auch so eine Angewohnheit, die sich nicht verändert hat.

„Hel", rufe ich trotzdem durch die Wohnung, als ich eintrete, damit sie nicht allzu geschockt ist, dass ich es bin, den sie hier gerade freiwillig in ihre Wohnung gelassen hat.

„Severin?" Sie steckt ihren Kopf aus der Küchentür und mustert mich mit einer Mischung aus Schuld, Irritation und Wut. „Was willst du?"

„Reden. Ich weiß, was ihr da gestern vorhattet." Ich halte meine Stimme ruhig und gelassen, obwohl es in mir lodert. Die Sorge um Lydia frisst mich innerlich auf, aber auch die Enttäuschung über Gustav und sie.

„Aha", sagt sie, zuckt mit den Schultern und verschwindet wieder in der kleinen Küche.

Als ich im Türrahmen stehe und ihr beim Kaffeemachen zusehe, mustert sie mich immer wieder.

„Was willst du hören, Snobbi? Dass es mir leidtut?"

„Nein. Ich will wissen, was ihr euch davon versprochen habt."

Sie fixiert mich mit ihren braunen großen Augen. „Es war Gustavs Idee. Sie wollten dich zum Mittäter machen, Mic überreden, dass er gegen dich aussagt, Saskia hätte seine Aussage dann unterstützt und er wäre mit einem Deal früher rausgekommen."

Ich beiße die Zähne zusammen, bis ich den Schmerz in meinem Kiefer spüre, der mir ein wenig der Wut und Trauer nimmt.

„Und warum das Ganze? Ich stehe auf Mics Seite."

„Gustav glaubt dir wohl nicht, dass du was drehen kannst. Also ist er seinen Weg gegangen. Du kennst ihn doch."

Bewaffnet mit zwei Tassen, drückt sie sich an mir vorbei in das Wohnzimmer und bedeutet mir, ihr zu folgen.

Das Sofa ist genau dasselbe alte grüne Sofa von damals, nur dass die kleinen Muster nun von weißen Tüchern bedeckt sind, auf denen so viele Haare kleben, dass sie wohl als Fell durchgehen würden.

Mein Blick wandert kurz zu dem Katzenbaum, in dem Hazel und Nut sitzen und mich lauernd fixieren. Die beiden Katzen und ich waren nie wirklich Freunde. Aber wir haben gelernt, eine Art Koexistenz in dieser Wohnung zu führen. Zumindest war das früher so. Ich lasse meinen Blick weiterwandern, hin zu Hels Schreibtisch und den unzähligen Kartons, die sich daneben stapeln.

„Du verkaufst immer noch online?"

Ihr Blick folgt meinem und sie nickt. „Es bringt Geld. Und ich kann von zu Hause aus arbeiten." Mit diesen Worten setzt sie sich und sieht auffordernd auf den Platz neben sich.

„Du siehst furchtbar aus", sagt sie dann, als ich ebenfalls Platz nehme und den Kaffeebecher umklammere.

„Ich ... hatte ein paar harte Nächte und ... Lydia ist verschwunden."

„Das Mädchen, mit dem du da warst?"

Ich sehe sie mit erhobenen Brauen an. „Du weißt, wer Lydia ist, Hel."

Sie nickt und atmet dann tief durch. „Es tut mir leid. Das alles war eine dumme Idee. Mic wusste nichts davon."

„Ach nein?"

„Nein. Ich habe Gustav auch gesagt, dass er nicht gegen dich aussagen wird. Und er hat alle Beteiligten davon überzeugt, es wäre Mics Plan." Sie zuckt mit den Schultern, als wäre das alles ein Schulstreich.

„Hel ...", sage ich ernst und lege meine Hand auf ihr Bein. „Mic war das nicht."

„Warum bist du dir da so sicher?" Sie schüttelt den Kopf und trinkt von dem Kaffee.

„Weil er Pyro hasst. Und ... du kennst ihn, Hel. Ja, vielleicht hat er sich verändert. Vielleicht kenne ich sein heutiges Ich nicht. Aber er hat im Gefängnis nicht gelogen."

„Ich weiß nicht …", murmelt sie und starrt in die Ferne.

„Hat Mic wirklich einen Sohn?"

Sie presst ihre Lippen aufeinander und nickt. „Saskia ist eine furchtbare Mutter, eigentlich lebt er bei uns, aber jetzt, da Mic im Gefängnis ist … ist er bei dieser Schlampe."

„Er wird wieder freikommen."

„Frei? Er hat jemanden umgebracht, Severin!"

„Hel … das ist Mic. Ihr liebt euch, seit ich denken kann. Glaubst du wirklich, dass er jemanden töten könnte?"

„Es ist unwichtig, was ich glaube. Die Polizei glaubt es. Und … ich will nicht darüber reden", sagt sie matt und streicht sich durch ihr blondes Haar, das so viel Glanz verloren hat.

„Da muss irgendetwas hinter all dem stecken. Wie konnte Mic sich überhaupt mit einem Ordner anfreunden … das grenzt an Hochverrat."

„Er hat es geheim gehalten."

Ich nicke und schließe kurz meine Augen. „Hast du dein Branding noch, Hel?"

Sie nickt zögerlich.

„Verdeck es! Auf der Bombenattrappe wurde das Auge des Adlers als Symbol gefunden. Bisher wissen sie nur, dass Gustav es trägt."

„Und du?" Sie macht eine nickende Kopfbewegung in Richtung meines Oberarms, während ich meine feuchten Hände an meiner Hose reibe.

„Ich habe es überstechen lassen. Vor einer Weile." Ich schiebe meinen Ärmel hoch und zeige ihr den Adler, den ich über das Branding habe stechen lassen. Sie rümpft kurz ihre Nase, sagt aber nichts dazu. „Ich habe diesen Teil meines Lebens vor langer Zeit hinter mir gelassen."

„Ich weiß", flüstert sie mit einem Anflug von Wehmut in der

Stimme. „Da gibt es noch etwas ..." Sie schluckt schwer, steht auf und holt eine kleine Karte von ihrem Schreibtisch. „Das habe ich in Mics Sachen gefunden."

Ich nehme die Visitenkarte an mich und starre sie irritiert an. „Was hatte Mic mit meiner Schwester zu tun?"

Immer wieder sehe ich auf die kleine Karte in meiner Hand. Die Visitenkarte meiner Schwester.

„Dreh sie um!", fordert sie mit bissiger Stimme. Ich tue, wie mir geheißen, und erstarre.

„Danke, Michael", lese ich, was Nasti auf die Karte geschrieben hat. Darunter prangt ihre Handynummer.

„Er hatte eine Affäre."

„Mit meiner Schwester? Niemals", wehre ich ab. „Mic und Nasti ... beim besten Willen nicht."

„Wenn du das sagst." Helena wirkt nicht gerade überzeugt.

„Ich werde das Gefühl nicht los, dass das hier etwas Persönliches ist. Warum wird meine Schwester plötzlich in all das hineingezogen? Was hat sie damit zu tun?"

„Hineingezogen? Sieht für mich eher so aus, als hätte sie sich da ganz allein hinein*begeben*."

Ich werfe ihr einen verächtlichen Blick zu und knalle den Stapel Papier, den Tim mir ausgedruckt hat, auf den Tisch.

„Weißt du, dass damals am Bahnhof in Rostock ein Polizist gestorben ist?"

Sie hebt ihre Brauen. „Sicher, Mic musste deshalb aussagen."

„Wie – er musste aussagen. Nur er?"

„Weiß nicht. Der Rest vielleicht auch. Du nicht?"

Ich antworte nicht sofort, sondern überfliege erst ein paar Seiten. „Nein. Ich nicht. Und da steht in keinem Zeitungsartikel etwas über irgendwelche Eintracht-Fans, die damit etwas zu tun hatten", murmele ich. „Nur, dass der Polizist nach Aussage seines Kollegen einen Mann verfolgt hat und dabei vor den Zug kam." Ich nehme die Blätter und lasse sie erneut wütend auf Hels Couchtisch fallen.

„Warum also sollte Mic dazu eine Aussage machen? Was zum Teufel soll das alles?"

Sie stöhnt und lehnt sich nach hinten. „Ich habe wirklich keine Ahnung, Snobbi."

„Es muss eine Verbindung geben. Es kann doch unmöglich Zufall sein, dass dieser Ordner, der mit Mic und auch mit mir in Verbindung steht, damals genau an diesem Bahnhof die Bahn gesteuert hat, vor die dieser Polizist gefallen ist."

„Was?", entfährt es Hel. Ihre Augen weiten sich.

„Ja. Er war der Fahrer." Ich halte ihr einen Zeitungsbericht mit seinem Gesicht vor die Nase. „Bernd S. lenkte die Todesbahn!"

„Das klingt wie eine Verschwörung."

„Ich war damals da. Mic, Kevin, Kat... und dieser Ordner." Ich stehe auf und wandere im Zimmer auf und ab. „Mic sitzt im Bau. Kevin auch. Kat ist tot und der Ordner ... auch."

„Bleibst also nur noch du." Hel lacht hysterisch auf, was aber nur ihre Unsicherheit überspielen soll. Dafür kenne ich sie noch gut genug.

„Also geht es wirklich um damals ...", raune ich und schüttle dabei ungläubig den Kopf.

„An deiner Stelle würde ich abhauen. Du siehst, was aus den anderen geworden ist, die damals beteiligt waren."

„Und wohin? Wohin, wenn es sein kann, dass Lydia in Gefahr ist?!" Ich fahre mir aufgebracht durch mein Gesicht und meine Haare. Ich bin zu müde, zu ausgelaugt und dennoch fühlt sich mein Körper, als wäre er wach. Nur mein Geist, der ist zu schwach für das hier.

„Vielleicht ist sie einfach untergetaucht, um nicht auch in diesen Wirbelsturm aus Intrigen und Scheiße zu geraten."

„Wie hieß dieser Polizist?", frage ich und deute auf die Zeitungsausschnitte vor mir auf dem Tisch. Hel wirkt irritiert, geht sie aber durch, bis sie an einem Blatt hängen bleibt. „Jonathan Würz", liest sie dann laut vor.

„Noch nie gehört …", brumme ich und beiße mir auf die Unterlippe. „Ich muss los."

Hel steht auf, reicht mir die Zettel und sieht mich ein paar Sekunden lang stumm an, bevor sie mich umarmt. „Pass auf dich auf, ja?"

Ich nicke und stürme dann zur Tür, während ich das alte Handy aus meiner Hosentasche fingere.

Du musst mich wieder abholen, tippe ich eine SMS an Tim und warte dann vor der Tür, bis der große schwarze Wagen vor mir hält.

„Ihr Vater hat nichts von ihr gehört", begrüßt Tim mich mit der nächsten schlechten Nachricht.

„Es ist persönlich", gebe ich zurück und setze mich. „Und jetzt bin offensichtlich ich an der Reihe."

„Was?"

„Du musst etwas für mich heraussuchen. Ich glaube, ich weiß jetzt, wer für all das verantwortlich ist."

„Und wer?", fragt Tim, während er, hektisch wie er ist, durch die Straßen über die Friedensbrücke Richtung Sachsenhausen fährt.

„Der Vater des Polizisten, der damals gestorben ist."

Tim schweigt, bis er in eine Parklücke fährt und wir in seine Wohnung flechten.

„Severin?"

„Mach auf!", befehle ich und sehe ihn nicht einmal an.

„Severin!", sagt er ausdrücklicher, woraufhin ich mich wutschnaubend umdrehe. Tim hält mir sein Handy entgegen. „Unbekannte Nummer", stottert er ängstlich.

„Geh halt ran!", knurre ich verständnislos.

Tim nickt und schiebt die grüne Taste zur Seite.

„Lautsprecher!", flüstere ich ihm zu und wieder nickt er nur und tippt mit seinen zitternden Fingern auf dem Bildschirm herum.

„Ich rede nur mit Severin", ertönt die verzerrte Stimme. Mir wird augenblicklich übel. Woher weiß er, dass ich bei Tim bin?

„Was wollen Sie?", würge ich hervor.

„Dir ein Angebot machen", ertönt die Stimme, als hätte die Person alle Zeit der Welt. In mir hingegen bricht Unruhe und Angst aus.

„Und das lautet?", frage ich in das Handy, das zusammen mit Tim bebt.

„Lauf, solange du noch kannst." Ein Knacken ertönt und das Telefonat ist beendet. Ich starre wie gebannt auf das Display, das schwarz wird. Und dann zu Tim, der mich fassungslos anstarrt und sich in Zeitlupe auf die Treppenstufe setzt. Ich fürchte, das alles ist jetzt eindeutig zu viel für ihn.

„War das eine Drohung?", frage ich, weil ich es von jemand anderem hören muss. Tim nickt stumm, und meine Kehle schnürt sich zu. Wieder habe ich das Gefühl, kotzen zu müssen.

„Los jetzt!", fordere ich dann, als ich mich einigermaßen gefasst habe, und deute auf seine Wohnungstür. Er schließt sie mit immer noch zitternden Händen auf und führt mich in sein Arbeitszimmer.

„Was brauchst du?" Seine Stimme klingt plötzlich stark und nicht mehr so ängstlich wie sonst. Aber ich kann die Panik an ihm sehen und spüren. Sie wächst und wird uns teuer zu stehen kommen, wenn wir sie nicht beide in den Griff bekommen.

„Würz, Jonathan, Rostock, Vater", diktiere ich ihm die Suchbegriffe. Er gibt sie mit schnellen Fingern ein. Macht noch ein paar seltsame Zeichenkombinationen dazu und drückt die Enter-Taste.

Pulsierend bewegt sich die Suchanzeige. Im gleichen Takt hämmert es in meinem Kopf. Was, wenn dieser Kerl am Telefon Lydia hat? Was, wenn …

„Harald Würz", unterbricht Tim meine Gedanken. „Oh verdammt …"

„Was?"

„Seine Frau hat kurze Zeit später Selbstmord begangen, weil sie den Tod ihres einzigen Sohns nicht verkraftet hat."

Ich schließe kurz meine Augen und presse meine Lippen aufeinander. „Und was ist mit diesem Harald?"

„Der…", murmelt Tim und scrollt sich durch ein paar Seiten, „lebt jetzt in Osnabrück."

„Und was macht er da?"

„Keine Ahnung, hier steht, dass er bereits in Rente ist. Aber, Severin, hier ist noch etwas …"

„Was?", frage ich und wappne mich innerlich, obwohl es keinen Sinn macht.

„Der Polizist … er hatte eine Frau und einen einjährigen Sohn."

Mit bebenden Lippen nicke ich. Keine Ahnung warum, vielleicht, um mir dieser Information und meiner Schuld daran bewusst zu werden. Vielleicht habe ich es ja sogar verdient, bestraft zu werden. Ich habe ihn gesehen und es niemandem gesagt.

„Sie leben jetzt in Köln."

„Das bringt uns alles nicht weiter ...", sage ich und bemühe mich, die Panik in mir zu unterdrücken. Tim ist mental nicht gerade stark, also muss ich es für uns beide sein.

„Du musst mehr über diesen Harald Würz herausfinden."

Tim nickt und beginnt dann wieder herumzutippen, während ich aufstehe und unruhig durch den Raum renne.

Könnte es wirklich der Vater des Polizisten sein? Aber wie sollte er das alles allein geschafft haben? Bilde ich mir vielleicht auch nur ein, dass da irgendein Zusammenhang besteht?

„So schnell kann ich da nichts herausfinden, Severin."

Ein Klingeln reißt uns beide zurück in die Realität. Aber dieses Mal ist es mein Handy.

Ich starre entsetzt auf das *Anonym* und nehme ab, doch außer einem Rauschen höre ich nichts. „Hallo?", frage ich in der Hoffnung, dass es doch nur jemand von der Arbeit ist. Wer sonst sollte auch diese Nummer haben? Nichts. „Hallo?", sage ich noch einmal.

„Severin?" Ich erstarre. Lydias Stimme klingt gebrochen und rau und so voller Angst.

„Lydia! Wo bist du?"

„Severin?" Ich balle meine Hand zur Faust und beiße meine Zähne aufeinander. „Ich habe Angst." Ein Schluchzen ertönt. Und mit jedem Ton pumpt mein Herz mehr Gift durch meine Venen. Durch meinen gesamten Körper.

„Ich hol dich da raus!", sage ich schnell und so sicher es meine Stimme zulässt.

„Deine Zeit läuft, Severin", ertönt nun wieder die verzerrte Stimme. „Ticktack." Mein ganzer Körper bebt, während ein grausames Lachen durch das Telefon tönt.

„Spielen wir ein Spiel. Du magst doch Spiele, nicht wahr?"

Ich sage nichts, woraufhin ein Seufzer ertönt. „Das war

keine Bitte, Severin. Wir spielen ein Spiel. Und für jede falsche Antwort …" Ein weiblicher Schrei ertönt im Hintergrund.

„Ist gut!", sage ich schnell und hektisch. Etwas in mir schmerzt und wird gleichzeitig taub. Meine Sicht verschwimmt.

„Schön … also …", sagt die grausame Stimme. „Wer hat Angst vorm schwarzen Mann?", singt er in das Telefon und lässt meine Beine schwach werden. Mein Blut pulsiert laut in meinen Ohren.

Meine Stimme ist verschwunden. Wieder ein Aufschrei im Hintergrund. „Niemand!", krächze ich spuckend. Tränen erfüllen meine Augen.

„Und wenn er kommt?", singt er weiter mit dieser bösartigen, amüsierten Stimme.

„Dann laufen wir."

***

Ich lege auf und sehe zu ihr. Ihre großen blauen Augen starren mich mit so viel Angst und Hass an, dass ich lächeln muss. Ihr Mund ist verschlossen mit einem alten Tuch. Dreck und Schmutz und ja, auch ein wenig Blut zieren ihr wunderschönes Gesicht.

Ich gehe einen Schritt auf sie zu und streiche ihr eine schmutzige blonde Strähne aus dem Gesicht. Sie zuckt zusammen. Als wäre ich hier das Monster.

„Keine Sorge, Kleines. Es wird bald zu Ende sein."
Sie gibt einen seltsamen Laut von sich.

„Wie ich das meine, fragst du?" Ich lächle und streiche ihr erneut über ihre zarte Haut.

„Severin ist ein schlauer Junge. Er wird früher oder später verstehen, was ich ihm gerade mitgeteilt habe. Und dann ..." Meine Brust erfüllt sich mit Glück und einer warmen Befriedigung. „Dann wird es ganz schnell vorbei sein, Kleines. Ganz schnell."

Wieder gibt sie einen erstickten Laut von sich.

„Aber bis dahin ... muss ich noch Dinge erledigen, meine Liebe." Mit diesen Worten tätschle ich ihr die zarte Schulter, gehe zur Tür und verschließe sie. In der Dunkelheit, allein in diesem Gefängnis aus Stahl, wird sie sich ihrer Schuld vielleicht bewusst. Ja, vielleicht begreift sie selbst, warum sie sterben muss.

18

SAMSTAG, 16. FEBRUAR 2008, 07.20 UHR

SEVERIN

Diese Scheiße hat sich entzündet", zischt Kat und reibt sich schmerzhaft den Arm.

„Heul nicht!", lacht Kevin und hebt seinen Ärmel, um stolz sein Brandmal zu demonstrieren. Das Auge des Adlers.

Gestern hat Gustav entschieden, dass wir vor dem Pokalspiel bereit sind, vollwertige Mitglieder der Eagles zu werden, und uns unser Brandmal verpasst. Wenn ich ehrlich bin, fühlt sich mein Arm auch so an, als würde er langsam, aber sicher absterben. Sagen würde ich das natürlich nie.

„Ich fasse nicht, dass Snobbi wirklich das beschissene Abi geschafft hat", ertönt Mics Stimme von der Sitzreihe hinter mir.

„Warum, weil ich so dumm bin?", frage ich lachend und stürze mich über den Bussitz, um ihm eine zu verpassen. „Außerdem ist das jetzt auch schon eine Weile her, du Idiot."

„Ach komm. Paps hat dir das Abi doch bezahlt. Hast nichts im Trichter, gehste auf die Richter", mischt sich Kev ein und wirft mir einen herablassenden Blick zu. Kevin und ich sind Freunde, ja, aber ein großer Teil in ihm hasst mich für meine Familie und meine Vorteile. Ich kann es ihm nicht verübeln.

„Nur weil ich mein Abi habe, heißt das noch lange nicht, dass ich anders bin als ihr."

„Kevin hat nicht einmal seinen Hauptschulabschluss geschafft", sagt Kat mit einem strafenden Blick zu Kevin, der nur schnauft. „Ich werde dafür sorgen, dass wir ein gutes Leben haben. Dafür brauche ich kein gekauftes Abi."

„Themawechsel", schlage ich vor, stehe auf und hole uns Bier aus dem Kasten. Die älteren Eagles sind bereits dabei, zu singen und zu feiern, und werfen immer wieder zornige Blicke zu uns. Es passt ihnen nicht, dass Gustav uns so sehr mit einbindet.

„Heute gibt's nen Blocksturm!", ruft einer der Älteren durch den Bus, und alle stimmen sofort in lautes Jubeln mit ein.

„Heute gibt's vor allem eine Schlägerei", flüstert Kev uns zu und knackst seine Fingergelenke.

„Chill dich", versucht Mic ihn zu beruhigen, doch Kev winkt nur ab. „Ich habe jetzt das Auge des Adlers auf meinem Arm, kleiner Mic. Ich werde es nutzen."

„Es ist ein Brandmal. Mehr nicht", zischt Mic und sieht mich flüchtig an.

„Pussys."

„Man muss kein scheiß Schläger sein, um ein Hool sein zu können", sage ich und sehe ihn ernst an. Kev sagt selten etwas gegen mich. Auch, wenn er mich innerlich verachtet, da ist dieser seltsame Respekt, der ihn daran hindert, gegen mich zu gehen.

„Das Auge des Adlers, es folgt dir zu mir …", beginnen die anderen Eagles im Bus unser Lied anzustimmen, und sofort stimmen Kev, Mic und ich mit ein, während Kat Snake spielt. Sie ist nicht wirklich ein echter Fußballfan. Sie gehört eher zu der Sorte, die sich gerne prügeln und saufen.

„Wir folgen unserer Liebe und sehen jedes Spiel ... durch das Auge des Adlers, folgen wir dir ...", singen die anderen weiter, während ich an die Worte meines Vaters von heute Morgen denke. „Verbau dir nicht alles."

Das sagt er schon so lange zu mir. Viel zu lange.

„Was ist los?", flüstert Mic mir zu und reibt sich heimlich den Arm.

„Nichts", lüge ich und schenke ihm ein unechtes Lächeln, das er natürlich sofort durchschaut.

„Du bist besser als das hier. Das beschäftigt dich, oder?"

Ich runzle die Stirn und sehe ihn ein paar Sekunden irritiert an. „Besser als das hier?", hake ich nach und lache. „Ich glaube eher, dass ich nicht gut genug hierfür bin, Mic. Das hier ist meine Familie. Die erste Familie, die mir wirklich das Gefühl gibt, geliebt zu werden. Aufgenommen zu sein. Ein Teil von etwas."

„Aber besser als Kevin", raunt er wissend.

„Es geht nicht um besser oder schlechter ...", gebe ich nachdenklich zurück. „Ich habe mich auch mehr als einmal geprügelt. Aber nicht, weil ich den Vorsatz hatte, mich zu prügeln."

„Ich weiß." Mic lehnt sich nach hinten.

„Ich werde Germanistik studieren, Mic. Ab Oktober."

„Alter!", ruft er durch den gesamten Bus und schlägt mir auf meine geschändete Schulter. „Das ist mega!"

„Psst!", mache ich und stimme dann einfach mit in das Lied ein, damit keiner etwas mitbekommt.

Wir fahren noch eine halbe Ewigkeit und kommen viel zu besoffen am Stadion an. Der Gästeblocksturm läuft ruhiger ab als erwartet und das Spiel auch. Ich nehme alles nur wie in Trance wahr. Meine Wut wird von den zornigen Schreien um mich herum angestachelt. Übelkeit klettert meine Kehle hinauf.

„Alter, hast du Fieber?", fragt Mic irgendwann. Ich muss ein paar Mal blinzeln, um ihn überhaupt zu erkennen. Mein Bein zittert nervös. Ich bin nicht in der Lage, meine Hände ruhig zu halten.

„Das ist das Ritalin ... mit dem Alkohol gemischt, verstärken sich die Nebenwirkungen manchmal", presse ich zwischen zusammengebissenen Zähnen hervor, weil mich allein seine Nachfrage so unendlich wütend macht.

„Warum nimmst du das Scheißzeug noch?!", schreit er mir durch den Lärm entgegen, während die Rostocker Fans und ihre Mannschaft das Weiterkommen in die nächste Runde feiern. In der zweiten Runde von einem Zweitligisten aus dem DFB-Pokal geschmissen. Na super.

„Paps wollte das", lüge ich. Ich lüge schon so lange. Ja, ich habe es gehasst, dass sie mich all die Jahre mit diesen kleinen Pillen ruhiggestellt haben. Aber in dem Moment, als ich sie abgesetzt habe, wollte ich nichts mehr als sie wiederzubekommen. Wieder das zu spüren, was sie mit mir machen.

„Bist du abhängig von dem Scheiß, Snobbi?", fragt nun Kat und rümpft dabei ihre Nase. Kev ist bereits irgendwo vollkommen außer sich verschwunden und wird sich wahrscheinlich mit den Ordnern anlegen.

„Bestimmt", gebe ich lachend zurück, aber Mics Blick haftet argwöhnisch auf mir. Ich hätte diese Scheißpille nicht nehmen sollen. In mir sammelt sich so viel Wut, dass ich mich kaum auf den Beinen halten kann. Schon witzig, dass diese kleinen Pillen eigentlich genau das Gegenteil bewirken sollen.

„Lasst uns gehen. Ich habe keine Lust, den Idioten da unten beim Feiern zuzuschauen", sagt er dann und zieht mich mit sich hinauf und durch die riesigen Gänge hinaus aus dem Stadion.

Ich werfe einen Blick auf meine neue Swatch-Armbanduhr, die Opa mir geschenkt hat. Mit dem Versprechen, dass ich irgendwann seine heißgeliebte Armbanduhr erben werde. Es ist schon halb zehn, also wird unser Bus bald fahren.

„Leute! Kommt mit!", ruft plötzlich Kev von der anderen Straßenseite und winkt uns zu sich. Wir brauchen eine ganze Weile, bis wir uns durch die wütende Menge gequetscht haben, die von beige-grünen Männchen zurückgehalten wird.

„Grün-weißer Partybus, shalalalala!", schreit Kevin einem vorbeifahrenden Polizeiauto zu und begrüßt uns viel zu überschwänglich.

„Da hinten ist der Bahnhof!" Er deutet nach links in die Straße. „Lasst uns die hässlichen Hansa-Fans suchen!"

„Was?", fragt Mic irritiert. „Wir müssen zum Bus."

„Scheiß auf den Bus. Die fahren nicht ohne uns. Außerdem haben wir noch Stunden Zeit."

„Nicht wenn wir verloren haben, du Idiot!", fahre ich ihn an. „Denkste echt, da bleiben unsere Leute noch hier?"

„Los!", weist er uns an und führt uns bis zur Hans-Sachs-Allee. Nur vereinzelt sind Menschen unterwegs, und dann erkenne ich den Grund, weshalb Kevin hier lang wollte. Ein wenig vor uns läuft ein Mann mit Hansa-Trikot und Schal. Ganz allein.

„Lasst uns gehen", sage ich vorsichtig, doch Kevin wird immer schneller. Bis er ihn erreicht, an der Schulter packt und zurückzieht.

„Wo wollen wir denn hin?"

Der Kerl ist vielleicht ein wenig älter als wir, aber er ist schlau genug, zu begreifen, dass er eindeutig in der Unterzahl ist. Kat stellt sich mit einer kranken Befriedigung in ihrem Gesicht neben Kevin und schubst den Hansa-Fan ein wenig.

„Ich will keinen Stress, ihr kleinen Baby-Hools", zischt er und dreht sich wieder um, doch Kevin packt ihn und schubst ihn in den kleinen Eingang eines Spielplatzes.

„Kevin!", sage ich laut, während Mic sich neben ihn stellt und den Kerl begutachtet.

„Machst du dir etwa in die Hose?" Kevin lacht grausam. Langsam wächst auch in mir wieder die Aggression heran. Ich muss meinen Kopf herunterkühlen.

Der Hansa-Fan steht auf, wird aber sofort wieder von Kevin auf den Boden getreten. Und dann tritt er weiter zu. Immer wieder und wieder. Der Rostock-Fan schreit, und ich packe all meinen Mut zusammen, um zu Kevin zu gehen und ihn an der Schulter zu berühren. „Es reicht!"

„Es reicht nicht!", schreit er spuckend. Da ist so viel Hass und Wut in seiner Stimme, dass ich einen Schritt zurückweiche.

„Willst du es einfach auf dir sitzen lassen, dass diese Wichser uns aus dem Pokal geschmissen haben und jetzt auch noch feiern?"

Er tritt wieder zu. Der Kerl stöhnt auf.

„Los!", fordert Kevin Mic auf. Er zögert kurz.

„Verpisst euch einfach!", knurrt der Kerl, und im nächsten Moment tritt ihm Mic mit voller Wucht in die Rippen. Das bestialische Lachen, das daraufhin aus Kevins Mund kommt, nimmt mir den Atem. Kat, die ein wenig abseits steht, stimmt lachend mit ein.

„Snobbi?" Kevin bückt sich und nimmt den Kopf des Fans in seine Hände. So als würde er ihn halten, damit ich zuschlagen kann.

„Er ist schutzlos, verdammt!" Meine Stimme zittert.

Kevin lacht wieder nur und dann schlägt er selbst mit der Faust zu. Etwas knackt unnatürlich. Blut strömt aus seiner Nase und aus einer Platzwunde an seinem Auge. Er hustet Blut. Weint und schreit. Ich nehme das alles wie in Zeitlupe wahr und tue nichts.

„Lass uns verschwinden!", dringt irgendwann Mics Stimme zu mir durch, und schon rennen die drei los.

„Komm, Severin!", schreien sie mir zu, während ich auf den blutenden Kerl unter mir starre. Er bewegt sich nicht mehr. Liegt einfach nur da.

„Los, Alter!"

Ich renne los. Renne gegen den Wind an, der mir Tränen in die Augen treibt. Laufe gegen den Schmerz und den Druck in meiner Brust an, bis ich vor mir den Bahnhof erkenne und abrupt stehen bleibe. Ich kann das nicht. Er braucht Hilfe.

Mit bebenden Händen nehme ich mein Handy aus der Tasche und wähle den Notruf. Die anderen sind bereits oben am Bahnsteig, also können sie mich nicht aufhalten.

„Spielplatz an der Hans-Sachs-Allee. Da liegt ein Mann. Er ist schwer verletzt", stammele ich in den Hörer, als mich eine weibliche Stimme fragt, wo ich bin und weshalb ich anrufe. Ich warte nicht länger, sondern lege auf und gehe zur Treppe, vor der ein Polizeiwagen steht. Die Tür ist geöffnet und ein Mann in seiner dunklen Uniform beugt sich gerade zum Funkgerät.

„119 auf dem Spielplatz der Hans-Sachs-Allee. Ein Schwerverletzter. 105 ist unterwegs. Verdächtige sind flüchtig. 036 auf dem Weg Richtung Bahnhof Holbeinplatz gesichtet", tönt eine Stimme durch den Funk. Ich erstarre.

„Wir verfolgen gerade einen Verdächtigen", entgegnet der Polizist. So schnell ich kann, husche ich an ihm vorbei hinauf zum Bahnsteig.

„Was machen wir?", frage ich an Mic gerichtet, während von Weitem das vertraute Dröhnen einer nahenden Bahn ertönt.

„Unten steht die Polizei."

Ein Schrei hinter uns lässt mich herumwirbeln. In Hansa-Farben gekleidete Männer kommen auf uns zu. „Was wollt ihr hier?" Sie lachen. Was wollen die überhaupt? Sie haben doch gewonnen.

„Was ist hier los?!"

„Dein kleiner Freund da hat meiner Freundin auf den Arsch gehauen", sagt der älteste und bulligste der Fans.

„Kann ich ja nichts dafür, wenn sie sich anzieht wie 'ne Schlampe", entgegnet Kev gelangweilt, und Kat stimmt sofort in sein Lachen ein. Obwohl es ziemlich hysterisch klingt.

Kurz darauf geht alles ganz schnell. Der Mann stürmt auf Kevin zu. Die anderen auf uns. Die Menschen am Bahnhof drängen sich von uns weg. Schreien. Ich werfe einen Blick nach vorne, wo gerade ein Mann einen Polizisten festhält, und dann … dann ertönt ein so lauter Schrei, dass die Männer innehalten und wir die Möglichkeit nutzen, wegzurennen. Weg von diesem Bahnhof. Weg von der Bahn, die gerade neben uns gehalten hat. Weg von der Menschentraube, die sich vorne am Bahnhof gebildet hat.

Wir rennen die Treppe hinunter. Der Polizist kommt uns entgegen, aber ich wende meinen Blick ab. Er hat offensichtlich keine Ahnung, dass wir an der Randale da oben beteiligt waren, denn er läuft einfach an uns vorbei.

Nach einer halben Ewigkeit bleibe ich stehen und stemme meine Hände auf meine Beine. Keuchend spucke ich auf den

Boden und bemühe mich, mein Herz zu beruhigen, das im Gleichtakt mit den Sirenen hinter mir die Melodie der Schuld spielt.

„Der Polizist … er …"

Mic greift nach meinem Arm und zieht mich weiter. „Komm!"

Doch in der nächsten Straße warten bereits Polizisten auf uns. „Scheiße", zischt Mic neben mir und sieht mich dann ernst an. „Verschwinde, Sev!"

„Was?!" Ich blinzle verwirrt.

„Verschwinde, Mann! Du bist auf beschissenen Drogen! Die werden dir deine ganze Zukunft versauen. Also verpiss dich. Jetzt!"

Ich zögere, bis er mich schubst. „Los!" Und dann renne ich davon und lasse sie im Stich.

19

DIENSTAG, 13. NOVEMBER 2018, 12.29 UHR

SEVERIN

„War das wirklich Lydia?" Tims Stimme klingt gebrochen.

„Ja", gebe ich fassungslos und taub zurück.

„Wir müssen zur Polizei."

„Ja", sage ich wieder nur. Mein Kiefer bebt. Meine Kehle verschließt sich. Lydia klang so ... schwach, ängstlich. Er hat sie. Er hat sie und er wird ihr etwas antun.

Nur eine halbe Stunde später sitzen wir wieder im Präsidium. Lacker und Kaschrek bitten uns irgendwann in ihr Zimmer.

Mein Herz pumpt schwer. Angst und Wut mischen sich zu einem grässlichen Gefühl.

„Was genau hat er gesagt?", fragt Kaschrek und sieht mich beinahe mitleidig an. Jetzt hat wohl auch er verstanden, dass das hier ernst ist.

„Er … dass ich laufen soll", gebe ich seine Worte wieder. „Kann man ihn nicht irgendwie orten?"

„Orten?", hakt Lacker mit erhobenen Brauen nach. „Und mit welcher Nummer?"

„Was ist mit Lydias Handy?"

„Das ist der Punkt, Herr Klemm", sagt Lacker langsam und zieht dann eine Tüte heraus. Ich blinzle und erkenne dann das Handy. Lydias Handy. Mein Herz brennt.

„Die letzte Nachricht darauf ist von Ihnen, Herr Klemm." Lacker nimmt es heraus und zeigt mir die Nachricht.

„Lydia. Komm zurück. Ich brauche dich!"

„Das habe ich nicht geschrieben", sage ich aufgebracht und verwirrt. „Sie wissen ja, dass mir mein Handy geklaut wurde."

„Das weiß ich", beginnt Lacker, „dennoch schließt das nicht aus, dass Sie diese Nachricht noch geschrieben haben, bevor Ihnen das Handy entwendet wurde."

„Ach und dann? Dann habe ich Lydia entführt, mich selbst k. o. geschlagen und mich schließlich selbst angerufen, um mir zu drohen?"

„Herr Klemm", bemüht sich nun Kaschrek mit ruhiger, einfühlsamer Stimme. „Können Sie uns einfach genau sagen, was an dem Abend passiert ist?"

„Wir haben uns gestritten und dann ist sie gefahren und ich bin zur Baustelle und wurde dort von hinten niedergeschlagen."

„Das ist ja praktisch", erwidert Kaschrek wenig überzeugt.

„Können Sie bitte etwas tun, anstatt mir haltlose Vorwürfe zu machen?", zische ich wütend zurück. „Lydia ist in Gefahr. Tun Sie irgendetwas!"

„Herr Klemm, da gibt es noch etwas." Lacker nimmt einen Zettel aus der Akte. „Zeugen berichten, Sie und Lydia Heller streitend gesehen zu haben. Ein Julian Mastrik hat außerdem ausgesagt, Sie am Samstag vor einem Club in Frankfurt gesehen zu haben. Auch da hatten sie einen Streit."

„Ich habe Ihnen doch eben selbst gesagt, dass wir uns gestritten haben." Ich presse meine Zähne aufeinander. Dieser beschissene Julian.

„Das ändert nichts an der Tatsache, dass Frau Heller das letzte Mal in Ihrer Gegenwart gesehen wurde. Und das bei einem Streit, und dann haben Sie ihr eine Nachricht geschrieben und sie an die Stelle gelockt, an der sie vermutlich verschwunden ist."

„Gelockt", wiederhole ich schnaufend. „Was wollen Sie jetzt tun? Mich festnehmen, statt nach echten Hinweisen zu suchen?"

Lacker und Kaschrek wechseln kurz Blicke.

„Bleiben Sie erreichbar, Herr Klemm."

„Sicher", zische ich und stehe auf. Ich weiß, dass sie nicht genug Gründe haben, mich festzuhalten. Und dass ich einen Weg finden muss, Lydia zu finden.

„Wussten Sie, dass Frau Heller das Tattoo am Handgelenk eines der Mitglieder der Eagles wiedererkannt hat?"

Ich bin überrascht und mustere Kaschrek. „Ja, das wusste ich."

„Sie hat es mir gestern aufs Band gesprochen und ich bin sofort zum *Greifvogel* gefahren, um einen von ihnen dazu zu befragen."

„Ist das so?", gebe ich gelangweilt zurück.

„Ja, und tatsächlich wurde mir gesagt, dass jeder Eagle dieses Zeichen als Brandmal auf seiner Haut trägt. Auch Sie, Herr Klemm."

„Schon lange nicht mehr."

„Soso ..." Kaschrek sieht mich ernst an. „Und wir haben noch etwas für Sie." Er zieht eine Tüte aus einer Schublade und hält sie mir vor die Nase. „Ihre Uhr und Ihr Geldbeutel wurden auf der Baustelle gefunden."

Mein Herz macht einen Satz und ich greife wie ein süchtiger nach der Tüte, um mir sofort meine Uhr wieder anzuziehen. Opas Uhr. „Vielen Dank", wende ich mich noch einmal ehrlich an Kaschrek und gehe dann zur Tür.

„Kommst du ohne mich klar?", frage ich Tim, der dableiben muss, falls der Entführer ein weiteres Mal anruft. Tim nickt und als er gerade den Mund öffnet, um etwas zu sagen, verlasse ich bereits das Zimmer und gehe so schnell ich kann, ohne verdächtig zu wirken, raus aus diesem Präsidium. Wenn sie erfahren, dass der Entführer das letzte Mal auf meinem Handy angerufen hat, werden sie mich entweder nicht gehen lassen oder mein Handy dabehalten. Und das kann ich nicht zulassen.

Was zum Teufel wollte mir der Typ am Telefon sagen? Er hat sicher nicht ohne Grund den schwarzen Mann erwähnt.

Meine Gedanken überschlagen sich, während ich, ohne es wirklich zu merken, zur Bahn laufe und nach Niederrad fahre.

Es muss Gustav sein. Er ist der Einzige, der etwas damit zu tun hat und Motorrad fährt. Auch in der Nacht bei dem Haus des Ordners war der Mann, den ich dort gesehen habe, komplett in Schwarz gekleidet. Aber was soll ich tun? Gustav zur Rede stellen? Ihn verfolgen, um so zu Lydia zu gelangen? Was, wenn er Lydia nur entführt hat, um mich doch noch dazu zu kriegen, für Mic die Strafe abzusitzen?

Egal, wie. Ich muss Gustav zur Rede stellen und vielleicht treffe ich dort auch Julian. Irgendetwas muss er doch damit zu tun haben, wenn er der Polizei solch einen Schrott erzählt. Vielleicht war ich nicht begeistert, wie sehr Lydia sich angebiedert hat, um Informationen aus ihm herauszubekommen. Aber gestritten haben wir uns nicht.

Als ich nach Stunden der Bahnfahrerei am *Greifvogel* ankomme, entdecke ich nur Claudia durch das Fenster hinter der Bar, also suche ich draußen nach Anhaltspunkten und erstarre, als ich Lydias Auto entdecke.

Ich sprinte darauf zu und starre durch die Scheibe. Ihre Tasche liegt auf dem Beifahrersitz. Als ich gerade die Polizei informieren will, fällt mir ein, dass Lydia einige belastende Dinge in ihrer Tasche haben könnte. Allein die Dinge, die Tim illegalerweise herausgefunden hat.

„Verdammt", fluche ich und überlege, ob es klug wäre, in ihr Auto einzubrechen. Wahrscheinlich würde mich das nur noch verdächtiger machen, aber …

„Severin." Gustavs Stimme lässt mich herumfahren. „Was machst du hier?"

Er ist offenkundig überrascht, mich hier zu sehen, und mustert mich von oben bis unten.

„Wo ist sie?", komme ich sofort zur Sache.

Er macht einen Schritt auf mich zu. „Von wem sprichst du?"

„Von Lydia."

„Und was soll ich mit ihr zu tun haben? Sie ist doch deine kleine Freundin."

„Ich weiß, dass du sie entführt hast! Weil sie wusste, dass du diese Bombe gebaut hast und nicht Mic."

Er hebt leicht seine Brauen und kommt noch einen Schritt näher. In seinen Händen hält er einen Karton.

„Ich hab keine Bombe gebaut. Da hat Lydia wohl einiges durcheinandergebracht."

„Du bist der schwarze Mann!", schreie ich ihn an und wanke einen Schritt zurück.

„Severin? Hast du etwas genommen?"

Ich schließe meine Augen und öffne sie dann wieder. „Nein.

Ich bin nur ... Sag mir einfach, wo sie ist!" Meine Stimme bricht und plötzlich spüre ich Tränen über meine Wange rinnen.

„Beruhige dich!", flüstert Gustav, so wie er es früher immer gemacht hat. Früher, als ich noch Ritalin geworfen habe.

„Gustav, sag mir jetzt, wo sie ist!", knurre ich, packe nach dem Karton und reiße ihn ihm aus der Hand, nur um ihn auf den Boden zu werfen und nach Hinweisen zu suchen.

„Du drehst gerade durch, Sev!"

„Ist mir scheißegal! Du wolltest, dass ich in den Knast gehe!"

„Und weiter? Hast du es nach all dem, was damals gelaufen ist, nicht verdient?"

Meine Lippen beben.

„Michael hat dir die Möglichkeit gegeben wegzurennen, weil er wusste, dass sie das Ritalin in deinem Blut finden werden und dir eine saftige Strafe auferlegt worden wäre. Er hat seinen scheiß Arsch für dich hingehalten. Und das Gleiche hättest du für ihn tun sollen!"

„Ich hatte nichts damit zu tun!", brülle ich und bemerke erst jetzt, dass ich auf den Knien hocke. Ich presse meine Hände gegen meinen Kopf. Aber ich kann nicht mehr. Kann einfach nicht mehr.

„Wann hast du das letzte Mal geschlafen oder gegessen?"

Ich schüttle einfach nur den Kopf und denke fieberhaft nach, ob ich zurückgehen und mir eine von Tims Koffeintabletten holen soll. Ich muss durchhalten.

„Komm!", weist Gustav mich dann an und zieht mich am Arm hinein in die Kneipe, wo Claudia mir schließlich ein Sandwich vor die Nase setzt. Ich esse es wie in Trance und irgendwann spüre ich nur noch, wie Gustav mich auf eine der Bänke legt und alles um mich herum schwarz wird.

321

Als ich wach werde, sind bereits einige Eagles hier, trinken Bier und unterhalten sich. Ein paar lachen auf, als sie sehen, dass ich mich langsam von der Bank erhebe. Sofort ist Gustav zur Stelle und bringt mir diesmal tatsächlich einen Kaffee statt eines Biers.

„Geht es dir besser?"

„Warum kümmert es dich? Gestern wolltest du mich noch in den verdammten Knast bringen!"

Er stöhnt leise auf und stellt dann den Kaffee vor mir ab. „Es ist anders als du denkst, Snobbi. Aber ich werde das nicht mit dir analysieren."

„Schön", gebe ich zornig zurück. Mein Kopf pocht fürchterlich und meine Glieder sind taub und schwer. „Ich muss jetzt gehen."

„Warum bist du überhaupt hergekommen?", fragt Gustav mit einem argwöhnischen Blick. Ich mustere ihn einen Moment. Den Mann, dem ich einmal blind vertraut habe.

„Ich hab keine Ahnung", gebe ich ehrlich zurück. Ich weiß nichts mehr. „Ich denke, ich wollte mit Julian reden ..."

„Julian wird dir nicht helfen."

„Das weiß ich", erwidere ich enttäuscht. Es muss doch irgendjemanden geben, der mich aus dieser Hölle holt. Der mir sagen kann, was hier passiert ist. Aber ich glaube längst nicht mehr, dass die Eintracht und die Drohbriefe etwas damit zu tun haben, also erhebe ich mich und gehe ohne ein weiteres Wort.

„Jemand hat auf deinem Handy angerufen", sagt Gustav noch, bevor ich aus der Tür verschwinden kann. „Ein Freund, er will sich mit dir an der Baustelle treffen." Ich runzle die Stirn, frage aber nicht weiter nach, sondern greife nach meinem Handy und gehe. Es ist ein stummes Einverständnis zwischen

Gustav und mir, dass ich hier längst nicht mehr dazugehöre.
Und tief in meinem Herzen weiß ich das auch.

Als ich hinaustrete, atme ich tief durch und werfe wieder einen Blick auf Lydias Auto. Mein Herz bringt meine Brust beinahe zum Bersten. Und trotzdem renne ich los, bis ich wieder an dieser beschissenen Baustelle ankomme. „Tim?" Er ist der Einzige, der wissen könnte, wo ich bin und mich hierher beordern würde. Aber keiner antwortet.

Die Dunkelheit verschluckt die Sandgrube. Verschluckt einfach alles. Dann höre ich plötzlich den Polizeichor und wenige Meter vor mir sehe ich ein helles Licht. Das … das ist unmöglich. Ich gehe ein paar Schritte vor. Lydias Handy … aber noch vor ein paar Stunden hat Lacker mir das Teil doch in einem dieser Polizeibeutel demonstriert.

Ich brauche einen Moment, um zu realisieren, dass es mein eigener Name ist, der aufleuchtet. Angst klettert meine Kehle hinauf. Verschließt sie mit brennenden Seilen.

Mit zusammengepressten Lippen nehme ich ab und höre Rauschen. Grausames Rauschen. Dieses Mal fehlt das seltsame Knacken. Mein Herz schlägt bis zum Hals, eine Gänsehaut prickelt unruhig in meinem Nacken. „Lydia?"

Meine Augen wandern nervös durch die schwarze Nacht. Ist er hier? Er muss hier sein, wenn er ausgerechnet jetzt anruft. Ich schlucke schwer.

„Nein", ertönt die Stimme und lässt mich zusammenzucken. Meine Haut brennt.

„Wer bist du? Was willst du?"

„Was ich will?" Ein verzerrtes Lachen ertönt. „Dein Herz in meiner Hand, Severin. Ich will es halten, es zerquetschen, dir alles nehmen und dann dabei zusehen, wie es aufhört zu schlagen."

Mein Mund ist trocken. So trocken, dass meine Stimme nur noch ein Krächzen ist. „Wirst du Lydia dann gehen lassen?"

Mein gesamter Körper bebt. Als würde sich meine Haut zusammenziehen und an mir nagen. Sich mehr von mir holen wollen. Alles von mir verschlingen.

„Dein oder ihr Herz. Du entscheidest. Wenn die Sonne aufgeht, nehme ich ein Leben." Mit diesen Worten legt er auf. Ich höre dieses vertraute Geräusch, stehe aber noch minutenlang da und halte mir das Ding ans Ohr, weil ich es nicht begreife. Nicht begreifen will. Wie soll ich sie finden?

Wieder sehe ich mich um. Er muss hier sein.

„Ich liefere mich dir aus!", schreie ich in die Dunkelheit und breite meine Arme aus, immer noch das Handy in meiner zitternden Hand. „Nimm mich einfach mit und lass sie frei!"

Da ist nichts. Nur das Summen der Laternen etwas weiter entfernt. Ein paar Autos fahren irgendwo, doch auch dieses Geräusch ist für mich nur stumm, hohl und leer.

Wie soll ich sie nur finden?

Mein Kopf hämmert, während ich mich bemühe, ihn abzukühlen. Ich brauche einen Plan. Ich muss verstehen, wie das alles zusammenhängt. Ich …

Meine Beine tragen mich zu Lydias Auto. Natürlich mache ich mich mit jedem Schritt, mit jeder Sekunde noch strafbarer. Aber ich muss. Ich habe keine Wahl. Da ist dieses Gefühl, dass es besser wäre, die Polizei zu rufen, aber ich unterdrücke es, gehe auf das Auto zu und ramme meinen Ellbogen durch die Scheibe. Ich steige ein und schließe ihr Auto kurz. Etwas, das Mic, Kev und ich früher unzählige Male gemacht haben, nur um die Autos von irgendwelchen Leuten umzuparken und ihnen dabei zuzusehen, wie sie völlig verwirrt nach ihren Fahrzeugen suchen.

Der Motor heult auf. Nur wohin? Wo zum Teufel soll ich hin? Tim ist bei der Polizei, Achim … würde zu viele Fragen stellen … Zu meiner Familie kann ich auch nicht. Nicht, solange ich nicht weiß, was er mit Nasti vorhat. Offensichtlich hat er es auch auf sie abgesehen.

Also fahre ich zu der einzigen Adresse, die übrigbleibt.

Mit zitternden Beinen steige ich aus, greife mir aber vorher noch Lydias Tasche, damit sie keiner durch das eingeschlagene Fenster klauen kann, und laufe auf die Wohnung von Lydias bester Freundin zu. Lea. Die Haustür steht einen Spalt offen, also stürme ich hinein und die Treppe hoch. Als ich klopfen will, schiebt sich auch ihre Wohnungstür knarrend auf. Oh nein.

Ich halte den Atem an. Unterdrücke die Angst und trete möglichst lautlos ein. Alles ist dunkel. So verdammt dunkel. Mein Puls beschleunigt sich und echot in meinen Ohren wieder.

„Lea?", rufe ich durch die Wohnung. Nichts. Ich gehe weiter. Blinzle immer wieder, damit meine Augen sich an die Dunkelheit gewöhnen. In der Stille ertönt ein Poltern. Ich mache einen Satz nach hinten und greife wie in Trance nach der Person, die durch den Flur zur Tür verschwinden will, bekomme sie aber nicht richtig zu fassen, also stürzen wir beide auf den Boden.

„Lass mich!"

„Lea? Ich bin's", bemühe ich mich, sie zu beruhigen, nehme Lydias Handy aus meiner Hosentasche und halte das leuchtende Display vor mich, um ihr mein Gesicht zu zeigen.

„Oh, Gott sei Dank!", wispert sie und fällt mir noch auf dem Boden in die Arme. „Die Sicherung ist rausgeknallt und als ich gerade nachsehen wollte, habe ich ein seltsames Geräusch gehört und Angst bekommen."

„Es war sicher nichts. Du hättest jemanden anrufen können, Lea."

Sie schüttelt den Kopf und presst Tränen aus ihren Augen. Etwas übertrieben für eine herausgesprungene Sicherung. „Ich hatte mein Handy im Bad und ... das war zu weit weg." Sie blinzelt gegen das Licht des Handys an. „Was machst du überhaupt hier?"

„Lydia ist in großer Gefahr, verstehst du? Ich muss ihr helfen, aber dafür brauche ich ..."

„Was brauchst du?", fragt sie mit bebender Stimme.

„Platz", ist alles, was ich dazu sage. „Wo ist der Sicherungskasten?"

„Im Keller. Die Sicherungen hier oben sind alle in Ordnung", flüstert sie, als wäre wirklich jemand hier. Ich erhebe mich. „Schlüssel?"

Sie deutet auf einen kleinen Schrank. Und sieht nachdenklich auf das Handy und dann zu Lydias Tasche, die ich auf den Boden gestellt habe. „Warum hast du Lydias Handy und ihre Tasche?"

„Erklär ich dir später", antworte ich nur und gehe hinunter in den Keller. Es dauert eine halbe Ewigkeit, bis ich den dämlichen Kasten und den zugehörigen Schlüssel endlich gefunden habe und die Sicherung wieder einschalte. Als ich wieder oben ankomme und die Tür hinter mir schließe, sehe ich Lea vor mir auf dem nun erhellten Flurboden sitzen. In ihrer Hand liegt Lydias Handy, vor ihr Bilder und Unterlagen und neben ihr ihre durchwühlte Tasche.

Ich trete näher, doch Lea weicht zurück. „Du..." Ihre Lippen beben. Ihr Blick ist panisch auf mich gerichtet.

„Was?", frage ich irritiert und mache noch einen vorsichtigen Schritt auf sie zu. Wieder weicht sie zurück.

„Hast du ihr etwas angetan?" Ihre Stimme ist schrill und voller Angst. Ich hebe meine Brauen. „Ich?"

„Ja, du!", schreit sie nun und hält die Unterlagen hoch. „Lydia hat sich über dich informiert!"

Ohne weiter nachzudenken, reiße ich ihr den gelben Umschlag aus der Hand und durchwühle die Zettel und Fotos, die sie bereits herausgezogen hat. Wie automatisch öffnet sich mein Mund. Fassungslos starre ich auf die Bilder von mir und … Amelia. Meiner Ex-Freundin.

„Was", raune ich eher mir selbst zu und gehe die Bilder weiter durch. Auf dem letzten greife ich grob nach ihrem Oberarm. Bei dem Anblick schließe ich kurz meine Augen. Amelia und ich sind schon seit mehr als einem halben Jahr getrennt. Und ja, in diesem einen Moment habe ich sie gepackt, aber das war eine unachtsame Situation, für die ich mich entschuldigt habe.

„Hier!", keift Lea und krabbelt weiter Richtung Tür. Ich nehme den Zettel entgegen und erstarre. „Eine Anzeige?!" Ich überfliege die Aussage, die Amelia bei der Polizei gemacht haben soll, immer und immer wieder.

„Lea, das ist nicht wahr!", sage ich fest.

„Sie hat bei der Polizei ausgesagt, dass du gewalttätig bist, Severin!" Leas Stimme hat nun weniger Stärke und klingt noch weniger nach einer Anklage. Nein. Es ist nur noch nackte Angst zurückgeblieben. Als sie fast bei der Tür angekommen ist, stürme ich auf sie zu und halte die Haustür geschlossen.

„Bitte lass mich gehen!", fleht Lea.

„Lea… ich bin nicht der Böse hier."

„Dann hast du also nicht als Kind zwei Monate in einer Klinik verbracht, weil du deine Schwester geschlagen hast?" Ihr gesamter Körper bebt und immer mehr Tränen verlassen ihre Augen. Meine Brust brennt wie Feuer. „Du hast nicht damals

Jens krankenhausreif geschlagen und bist da nur ungeschoren davongekommen, weil Lydia ihn überredet hat, dich nicht anzuzeigen?!"

„Das sind alles Dinge, die nichts hiermit zu tun haben!", fahre ich sie voller Zorn an. Warum hatte Lydia all diese Sachen in ihrer Tasche? Und warum zum Teufel hat Lea nichts Besseres zu tun, als das alles zu überfliegen, während ich ihre Sicherung wieder reinmache?

„Du bist gewalttätig!", weint sie und presst sofort ihre Lippen aufeinander. „Tut mir leid."

„Hör auf dich zu entschuldigen", sage ich nervös und verzweifelt. Was tue ich jetzt? Ich kann sie nicht gehen lassen. Sie wird sofort die Polizei verständigen, und diesem beschissenen Kaschrek wird es ein Vergnügen sein, mich einzubuchten, während Lydia in Lebensgefahr schwebt. Ich kann das nicht riskieren.

„Lea ... Du musst hierbleiben."

„Bitte lass mich gehen!"

„Nein!", brülle ich aus vollem Halse und packe sie an ihren Schultern. Ihr entfährt ein schrecklicher Laut, woraufhin ich mich sofort zurückziehe.

„Bitte Lea. Diese Unterlagen gehören nicht Lydia. Irgendjemand muss sie da reingelegt haben, um mich verdächtig zu machen. Das hier ist eine verdammte Verschwörung!"

„Eine Verschwörung?", wiederholt Lea mit einem hysterischen Lachen.

Aufgebracht gehe ich hin und her und fahre mir immer wieder übers Gesicht. Wer war das? Wer legt es darauf an, dass ich für all das verantwortlich gemacht werde?

Ich bücke mich unter die kleine Kommode in Leas Flur und durchsuche ihre Tasche, bis ich ihren Schlüssel finde und die Tür abschließe. Lea wimmert immer mehr und als sie plötzlich anfängt zu schreien, bleibt mir nichts anderes übrig, als ihr den Mund zuzuhalten. Sie windet sich unter meinem Griff und nun fange ich an zu heulen.

„Bitte, Lea. Bitte sei leise", flehe ich und endlich nickt sie. Ich lasse sofort von ihr ab.

„Ich schwöre dir, dass ich dir nichts tun will. Ich will doch nur …" Mehr Tränen, mehr Verzweiflung, mehr Wut überkommen mich. Ich raufe mir meine Haare und halte ihr dann meine Hand entgegen. „Komm mit!" Sie folgt meiner Anweisung sofort, und in mir wird alles taub. Ich benehme mich gerade genauso, wie sie es darstellen wollen. Aber was soll ich sonst machen? Ich habe keine andere Wahl.

Ich führe sie ins Wohnzimmer, wo sie sich zusammengekauert auf die Couch setzt und mich mit Argusaugen verfolgt, während ich hin und her laufe.

„Das kann kein Zufall sein …", flüstere ich wie ein Irrer. „Erst Mic, dann Kevin …"

„Was redest du da?", wagt sich Lea in einem Anflug von Übermut vor, wippt dabei aber weiter vor sich hin und hält ihre Beine umklammert.

„Irgendjemand will uns in den Knast bringen!", fahre ich sie an. „Irgendjemand hat es auf uns abgesehen. Kevin wurde wegen Mordes an seiner Freundin hinter Gitter gebracht. Mic wegen Mordes an diesem Ordner …"

Sie reißt panisch ihre Augen auf. „Bitte töte mich nicht!"

„Verdammt nochmal!" Ich schüttle den Kopf und knete meine Hände, um sie nicht an den Schultern zu packen und zu schütteln. „Warum sollte ich das tun?!"

„Deine Freunde sind Morder!"

„Aber ich nicht!", entgegne ich und erstarre … Mörder … Der Ordner … Kevin … Mic … Kat …

„Er will uns allen Mord anhängen", sage ich fassungslos und nur, um es zu begreifen, muss ich es laut sagen. „Dieser junge Polizist damals ..."

Ich bemühe mich an damals zu denken. An den Bahnhof. Diesen Zug, der gerade in den Bahnhof gefahren ist, diese Schreie und die Menschentraube.

„Er ist unseretwegen gestorben", flüstere ich und sinke zu Boden. „Der Ordner hat den Zug gefahren. Kevin hat sich mit diesen Kerlen wegen Kat angelegt und Mic und ich haben mitgemacht."

Langsam tippe ich mit meinem Daumen nacheinander meine Finger an, um meine Konzentration zu behalten. „Alle waren an dem Tod des Polizisten irgendwie beteiligt. Alle sind Mörder", sage ich und sehe, wie Lea immer unruhiger wird. „Verdammt. Er will, dass wir wegen Mordes verurteilt werden. Oder ..."

Ich denke an den Ordner. Nein. Er will, dass wir als Mörder sterben. Er will ... Ich denke an das, was Tim herausgefunden hat. Der Polizist hatte einen Sohn, der ohne Vater aufwachsen musste. Kat war schwanger und Mic hat einen Sohn mit Saskia. Aber ich habe keine Kinder und von dem Ordner weiß ich es nicht. Ich atme tief ein und aus. Die Mutter des Polizisten hat sich damals umgebracht. Sich die Pulsadern aufgeschnitten. Und so ist auch Kat gestorben, verblutet. Und wahrscheinlich will er genauso auch Lydia töten. Alles in mir verkrampft sich. Und ... Helena ...

„Nein!", fluche ich und beiße mir auf die Unterlippe. Aber wenn er Helena jetzt tötet, kann er Mic nicht mehr dafür verantwortlich machen ... Also wollte er nur eine töten. Und zwar die, die dabei war. Kat.

Ich balle meine Hände zu Fäusten und versuche fieberhaft

nachzudenken. Nachzudenken, wer dahinterstecken könnte, wenn es nicht der Vater des Polizisten ist.

„Wirst du sie töten?", fragt Lea mit gebrochener Stimme.

Ich werfe ihr einen traurigen Blick zu.

„Ich werde alles tun, um sie zu retten, Lea. Aber wenn sie stirbt, dann werde ich es sein, der sie getötet hat. Auch, wenn ich es nicht war."

Es ist längst egal, ob mir jemand etwas anhängen will. Das hier ist meine Schuld. Lydias Tod wäre meine Schuld. Und vielleicht habe ich mich zu lange vor dem versteckt, was damals passiert ist. Ja, vielleicht habe ich dieses Leben irgendwie auf dem Gewissen. Schon allein, weil ich nie jemandem gesagt habe, was ich damals wirklich am Bahnhof gesehen habe. Aber Lydia wird leben. Und wenn ich selbst dafür sterben muss.

20

DIENSTAG, 13. NOVEMBER 2018, 19.08 UHR

SEVERIN

Verzweifelt sehe ich immer noch hinab auf die Unterlagen, die Lea aus Lydias Tasche gezogen hat. Mein Blick fällt auf einen Zettel, den ich wiedererkenne. Mein Krankenhausbericht. Ich schlucke und bemühe mich, ruhig und gelassen danach zu greifen.

All die Jahre habe ich versucht zu vergessen, was damals passiert ist. Es war keine blöde Rauferei zwischen Geschwistern. Nein. Ich habe Nasti zwei Rippen gebrochen, weil ich sie so stark gegen die Wand geschubst habe. Ich kann mich nicht einmal mehr erinnern, warum ich eigentlich so extrem sauer war … ich weiß nur, dass Nasti Mama und Papa gesagt hat, es ging um ein Spielzeug, das ich haben, sie mir aber nicht geben wollte.

Daraufhin wurde ich zwei Monate lang in die psychiatrische Abteilung der Klinik in Bad Homburg eingewiesen. Noch mehr Untersuchungen. Noch mehr Ritalin. Und alles wurde nur noch schlimmer.

Ich lasse meinen Blick weiter wandern, bis mir auffällt, dass jemand etwas abgerissen hat. Die Anschrift der Klinik. Als hätte mich der Zettel verbrannt, lasse ich ihn fallen und weiche zurück. Die Klinik steht schon seit ein paar Jahren leer. Nächstes Jahr soll sie abgerissen werden.

„Das ist ein Scheißspiel", fluche ich, während sich in mir alles gegen den Gedanken sträubt, mitzuspielen. Zurück in diese Klinik zu gehen. Das ... kann ich nicht. Woher wusste dieses Schwein, dass ich ihre Tasche finden werde? Dass ich überhaupt an die Unterlagen gehen werde? Verdammt.

Ich atme tief durch und werfe einen Blick auf Lea, die mich immer noch voller Angst ansieht.

„Ich werde gehen."

Sie nickt nur, also sammele ich die Unterlagen zusammen und gehe.

Als ich mich in Lydias Auto setze, starre ich eine halbe Ewigkeit auf das Auto vor mir. Wie soll ich das schaffen? Wäre sie nur hier. Hätte ich sie nur nicht so angeschrien und vertrieben. Hätte ich ihr doch nur zugehört. Aber es hat sich nichts verändert. Ich bin derselbe sture Junge, der damals ihren Freund krankenhausreif geschlagen und von ihr erwartet hat, dass sie sich auf meine Seite schlägt, und gegangen ist, als sie es nicht getan hat. Sie im Stich gelassen hat, als Jens ihr die Schuld an all dem gab. Ich habe mich nicht verändert, während sie ... sie alles für mich getan hat und sogar allein zu dieser dummen Baustelle gefahren ist, weil sie eine Nachricht von mir hatte.

Ich schreie meine Wut hinaus und schlage wie besessen auf das Lenkrad ein, bis ich mich endlich fange und losfahre. Lea wird längst die Polizei gerufen haben, also beginnt ein noch größerer Wettlauf gegen die Zeit. Ich kann nur hoffen, dass sie nicht bemerkt hat, dass die Adresse meiner alten Klinik gefehlt hat.

Der Wind peitscht durch das zerbrochene Fenster, als ich über die 661 nach Bad Homburg rase. Was zum Teufel habe ich mir bei all dem gedacht? Wie konnte ich nur Lydias Auto aufbrechen? Lea einsperren? Warum habe ich mich verdammt nochmal nie unter Kontrolle?

Ich parke das Auto in einer Seitenstraße und laufe mit pochendem Herzen zu dem alten Gebäude. An einer Stelle kann ich durch die Absperrung schlüpfen und lasse damit all die Autos und Menschen hinter mir.

Der Typ, der Lydia hat, kennt mich zu gut. Er weiß zu viel über mich. Und wahrscheinlich weiß er auch, dass das hier der schlimmste Ort für mich ist.

Über ein zerbrochenes Fenster gelange ich in den untersten Gang. Graue lange Wände. Mauern, die mich einst gefangen gehalten haben.

Ich lausche jedem Geräusch. Jedem kleinsten Windhauch, der durch eines der kaputten Fenster zieht und jede Faser meines Körpers erstarren lässt. Lausche jedem meiner eigenen Schritte, während ich taub und blind dort hinlaufe, wo ich zwei verfluchte Monate meines Lebens verbracht habe.

Mein Körper bebt innerlich. Äußerlich bin ich ganz ruhig. Setze einen Fuß vor den anderen, bis ich die Treppe hinauf in die Psychiatrie gehe und schließlich in mein Zimmer komme. Ich spüre nichts. Rein gar nichts. Als hätte mein Herz beschlossen, sich zu verschließen. Sich von den Erinnerungen abzukapseln. Dennoch tauchen immer wieder Bilder vor mir auf. Bilder von Menschen, die ich damals kaum noch wahrgenommen habe. Ärzte, Schwestern, meine Familie. Ich habe sie kaum erkannt. Mein Körper war wach. Mein Geist ruhiggestellt. All meine Emotionen waren einfach abgeklemmt, als könne man so einen Menschen heilen. Als wäre das die Lösung.

Ein Knacken im Flur lässt mich zusammenzucken. Ich drehe mich um und starre in schwarze Leere. Dunkelheit, die meine Angst schürt und mich langsam wieder fühlen lässt.

„Hallo?" Ich würde mich dafür am liebsten selbst ohrfeigen. Eine dumme Art, mir meine eigene Angst nehmen zu wollen. Die Stille zu durchbrechen, die nun auch meine Brust erfüllt. Ein weiteres Knacken. Mein Herz brennt. Mein Hals schnürt sich immer weiter zu. Aber dieses Mal werde ich nicht stehen bleiben und zusehen. Ich werde kämpfen. Für Lydia. Also setze ich weiter einen Fuß vor den anderen und trete in den Flur.

Stille. Totenstille. Und dann beginnt Lydias Handy so laut zu klingeln, dass ich beinahe das Gleichgewicht verliere. Schnell fingere ich es aus der Tasche und nehme den Anruf mit nervösen Fingern an.

Ein Rauschen, das in dieser Dunkelheit wie mein persönlicher Tod klingt, dröhnt durch den Hörer. Eine halbe Ewigkeit passiert nichts, bis ich das schmatzende Geräusch höre, wie wenn jemand seinen Mund öffnet.

„Wer hat Angst vorm schwarzen Mann?" Ich erstarre. Dann ertönt hinter mir ein lautes Poltern, und ich renne los. Renne, bis ich durch das Licht von Lydias Handy Fußabdrücke auf dem staubbedeckten Boden erkenne. Ich folge ihnen. Ich muss ihnen folgen. Muss sie finden.

Ich renne weiter. Renne, bis die Fußspuren vor einer Tür enden. Ich leuchte auf das Schild darüber. Kreißsaal.

„Du schaffst das", flüstere ich und erkenne neben der Tür zwei Lichter. Ich schiebe die Tür auf und wieder ist da diese grausame Dunkelheit. Vorsichtig taste ich mich vor, stoße aber gegen eine metallene Liege. Das Handy rutscht mir aus der Hand und knallt auf den Boden. Sofort erlischt das Licht. Meine Brust erdrückt mich. Als würden meine Rippen sie würgen. Sie zerquetschen. Plötzlich höre ich ein Summen. Eine Melodie, gesummt von einem Mann. Ich erkenne es sofort. Es ist das Lied der Eagles. Das Auge des Adlers.

Die Zeit steht still. Alles steht still. Ich spüre jede einzelne Faser meines Körpers. Angst.

Als das Summen verstummt, höre ich laut und deutlich meinen Atem. Und dann blendet mich ein grässliches Licht. Ich blinzle und erkenne die Konstruktion, die normalerweise über einem OP-Tisch hängt. Sie ist auf mich gerichtet, als wäre ich ein Versuchskaninchen. Als würde dieses kranke Monster zusehen, wie ich mir vor Angst in die Hose mache. Ich greife vor mich, um mich aufrechtzuhalten und fasse in etwas Nasses. Kaltes. Es bleibt still. Ich bleibe still. Und dann höre ich, wie die Tür zugeschlagen wird. Und als hätte ich vorher seinen Herzschlag gehört, weiß ich, dass hier drin jetzt nur noch mein eigener existiert. Ich atme aus. Immer und immer wieder. Als müsse ich die angespannte Luft aus mir herausatmen, um endlich wieder ruhiger zu werden.

Irgendwann greife ich nach dem Licht und drehe es von mir weg. Drehe es ... schreie aus vollem Halse und stolpere zurück. Stoße gegen Schränke und Gerätschaften, mein Blick fest auf die eiserne Liege vor mir gerichtet. Auf ... Blut ... ein Messer ... und darunter unzählige Bilder. Bilder von Lydia. Meine Hand wandert zu meinem Mund, während ich mich langsam wieder vor bewege. Ich schmecke etwas Eisernes, nehme meine Hand sofort wieder weg und starre auf das Blut. Mein Magen verkrampft sich, während meine Augen von dem Blut an meiner Hand hin zu dem Messer und den unzähligen Nacktbildern von Lydia wandern. Dieser Wichser hat sie bei allem fotografiert. Beim Umziehen, bei der Arbeit, auf einem Stuhl sitzend. Gefesselt und das Gesicht geschändet. „Nein", raune ich und wische mir den Mund ab. Bittere Galle klettert meine Kehle hinauf. Krampfhaft beuge ich mich zur Seite und übergebe mich. Meine Kehle brennt, aber mein Herz brennt viel schrecklicher.

„Lydia …"

Als ich mich wieder aufgerichtet habe, greife ich nach der Lampe und drehe sie so, dass ich den Rest des Raumes erkennen kann. Überall hängen Bilder. Einfach überall. Zeitungsartikel, in denen sie einen Kommentar abgegeben hat. Und auf vielen Dingen hier sind jetzt meine Fingerabdrücke.

Ich presse meine Lippen aufeinander und verscheuche den Gedanken. Verscheuche alle Gedanken, bis auf den einen. Ich muss Lydia finden. Ich muss … mein Blick fällt auf eines der Bilder, auf denen sie gefesselt ist. Ich greife danach und mustere die Wände hinter ihr. Alte Keller oder Industriewände. Oder ist es Stahl? Verdammt. Das kann überall sein.

„Ahhh!", knurre ich zwischen zusammengepressten Zähnen und suche nach weiteren Bildern. Berühre sie alle. Es spielt längst keine Rolle mehr.

Doch alle Fotos, die ich sehe, geben mir keinerlei Hinweis darauf, wie ich sie finden kann. War das der Plan? Mich hierher zu locken, damit ich schuldig wirke? Habe ich überhaupt eine Chance, sie zu finden?

Voller Wut trete ich gegen den OP-Tisch und fege die Bilder von ihm hinunter, als wäre ich verrückt geworden. Als wollte ich diesen Anblick nicht länger mit ansehen können.

„Wo ist sie?", schreie ich in die Dunkelheit. Vielleicht hofft ein Teil von mir, dass er noch hier ist. Dass er mir jede Sekunde einen Hinweis gibt, damit ich Lydia finden kann. Aber es bleibt still. Da ist nur mein eigener schnaufender Atem. Was mache ich jetzt?

Tim. Ich muss Tim anrufen. Auch wenn er noch bei der Polizei hockt. Ich habe keine andere Wahl. Vielleicht hat dieses Schwein noch einmal angerufen, und sie wissen längst, wo sie ist. Ja, so muss es sein.

Ich greife nach meinem eigenen Handy und wähle die letzte Nummer. Das Freizeichen lässt mich jedes Mal wieder zusammenzucken.

„Ja?", ertönt Tims Stimme. Er klingt fahrig.

„Tim... gibt es etwas Neues?"

Es folgt eine kurze Pause, die mir Gänsehaut über meinen Körper jagt.

„Severin, wir können über alles reden."

Oh nein! Nein! Nein! Nein! Er denkt doch nicht wirklich, ich könnte Lydia entführt haben? Das ist...

„Tim... ich war das nicht! Ich versuche sie zu finden!", knurre ich verzweifelt ins Telefon. „Du musst mir glauben!"

„Du hast ihre Mitbewohnerin bedroht und eingesperrt", erwidert er ruhig und gelassen. Sie wollen also herausfinden, wo ich bin. Und das würde alles zerstören. Sofort nehme ich das Handy vom Ohr und lege auf. Ich muss das hier allein schaffen. Ich muss ihr allein helfen.

Ich presse meine Lippen aufeinander und entschließe mich zu gehen. Diesen grausamen Raum hinter mir zu lassen und ... und sie zu suchen. Wo auch immer.

Langsam schleiche ich die dunklen Gänge zurück zu dem Fenster, durch das ich hineingekommen bin. Es ist noch stiller als zuvor. Als hätte dieser Kerl diesem Gebäude auch noch das letzte bisschen Leben ausgesaugt.

Vorsichtig greife ich nach dem Fensterrahmen und schneide mich an dem geborstenen Glas. „Verdammte Scheiße!", fluche ich, springe hindurch, reiße mir dann ein Stück meines Shirts ab und wickele es notdürftig um meine Hand.

Als ich zurück durch den Zaun auf die Straße trete und vor Lydias Auto stehe, durchfährt es mich. Meine Brust fühlt sich an wie zugeschnürt. Unerbittlich und voller Härte. Wo soll ich jetzt hin?

Ich setze mich auf den Fahrersitz und starre wieder nur auf das Lenkrad. Ja, ein Teil von mir will zusammenbrechen und heulen. Einfach nur noch heulen. Aber ich kann nicht. Bald geht die Sonne auf, und dann ist Lydia verloren.

Ich schließe die Augen und gehe alles noch einmal durch. Erinnere mich an all das, was Tim herausgefunden hat. Aber alles, was bleibt, ist dieses Bild von dem jungen Polizisten. Der Täter muss eine Verbindung zu ihm haben. Er muss. Doch wie erfahre ich mehr über ihn, wenn Tim mich neuerdings auch für den Täter hält, das Haus des Ordners mit den Artikeln abgebrannt ist und Mic und Kevin im Gefängnis sitzen?

Bevor ich weiter Zeit verliere, starte ich den Motor und fahre zurück nach Frankfurt. Vielleicht eine dumme Entscheidung, aber ich bin mir sicher, dass Lydia nicht hier ist. Nein. Sie muss an einem Ort in meiner Nähe sein. Wahrscheinlich ein weiterer Ort, der etwas mit meiner Vergangenheit zu tun hat. Vergangenheit. Bei dem Gedanken sehe ich hinab auf meine Armbanduhr. Auf Opas Armbanduhr. Wäre er nur hier. Er würde sicher irgendetwas Schlaues sagen. Etwas, das mich beruhigt.

Kurz denke ich darüber nach, meinen Vater oder Nasti anzurufen. Aber was sollen sie tun? Sie sind der Polizei verpflichtet, und die fahndet sicher bereits nach mir.

Mein Blick fällt auf ein Straßenschild. Kronberg. Sofort wechsle ich meine Richtung und biege auf die Auffahrt ab.

Als ich vor Lydias Wohnung ankomme, warte ich einen Moment, bevor ich aussteige und auf die Tür zulaufe. Ich probiere alle Schlüssel durch, die sie an ihrem Autoschlüssel befestigt hat, bis einer funktioniert, und erstarre, als mich ihr Geruch in der Wohnung zu erschlagen droht. Alles hier wirkt vollkommen verlassen. So als hätte hier seit Monaten kein Leben mehr existiert, und dennoch ist ihr Geruch so deutlich, dass es mir Tränen in die Augen treibt.

Ich fasse mich wieder und gehe ins Schlafzimmer. Mein Blick wandert zum Fenster, durch das der Kerl die Bilder gemacht haben muss. Aber dahinter ist nichts außer Wiese und Gestrüpp. Und jetzt wird er sicher nicht hier sein.

Ich gehe rüber zum Schreibtisch und entdecke einen Laptop. Vielleicht kann ich selbst etwas über diesen Polizisten in Erfahrung bringen.

Schweißperlen treten auf meine Stirn, als ich ihn hochfahre und das Scheißteil ein Passwort von mir verlangt. Woher zum Teufel soll ich jetzt das Passwort kennen? Ich stehe wieder vom Schreibtisch auf und laufe unruhig durch das dunkle Zimmer.

Eintracht. Es muss *Eintracht* sein. Voller Vorfreude tippe ich das Wort ein ... falsch. Was weiß ich noch über Lydia? Ich schließe meine Augen. *Waldstadion.* Ihre besten Zeiten hat sie als Kind im Waldstadion verbracht. Wieder tippe ich, und dieses Mal öffnet sich der Desktop. Ich starre sekundenlang einfach nur darauf, weil ich nicht fassen kann, dass ich es wirklich geschafft habe.

Dann setze ich mich wieder und öffne einen Browser. Wie hieß dieser Polizist? Ich beiße mir auf die Unterlippe, so wie Lydia es wahrscheinlich ständig tut, wenn sie vor diesem Ding sitzt. Würz … Irgendetwas mit Würz. Jonathan. Schnell gebe ich den Namen ein und klicke auf Bilder. Unzählige Fotos des jungen Mannes strahlen mir entgegen und treiben Übelkeit in meinen Magen. Ich klicke mich durch, bis ich einen Artikel über seinen Unfall finde.

Die Polizei ermittelt noch, Selbstmord ist aber nicht auszuschließen.

Selbstmord? Ich runzle die Stirn und gebe nun „Jonathan Würz Selbstmord" ein. Sofort wird mir ein Video angezeigt. Im Hintergrund der Bahnhof von damals. Mein Herz macht einen Satz und ich atme erst ein paar Mal tief durch, bevor ich es anklicke.

„Wir stehen hier an dem Ort, an dem vor einer Woche ein junger Polizist ums Leben gekommen ist", eröffnet die Moderatorin ihre Reportage. „Es gibt verschiedene Zeugen, die sich widersprechen. Ein Teil von ihnen erzählt von einer Schlägerei am Bahnsteig. Der Polizist soll gerempelt worden und gestürzt sein. Andere behaupten aber, eindeutig gesehen zu haben, dass er auf die Gleise gesprungen ist." Sie deutet auf den immer noch abgesperrten Bahnsteig. „Laut Polizei ist Selbstmord noch nicht vollkommen ausgeschlossen. Anonyme Quellen berichten, dass Jonathan Würz das letzte Jahr als verdeckter Ermittler in einem Drogenring ermittelt und starke psychische Probleme davongetragen habe. Außerdem wird ihm hinter vorgehaltener Hand ein handfestes Drogenproblem nachgesagt." Sie tritt näher an die Kamera. „Leider ist es nicht unüblich, dass Polizisten in ihren verdeckten Ermittlungen zu sehr in die Szene eintauchen. Sein Partner soll allerdings besser mit der Sache umgegangen sein. Er war ebenfalls am Tatort, wartete aber unten am Wagen, um dem Drogendealer, den die beiden verfolgten, den Weg abzuschneiden. Als er zum Bahnsteig kam, war es leider zu spät."

Mein Mund ist trocken, als die Moderatorin sich verabschiedet und das Bild schwarz wird.

„Sein Partner ...", raune ich und denke an die Nacht von damals. Ich habe ihn gesehen, als er unten am Auto stand und später, als er hinaufrannte, während wir uns aus dem Staub machten. Zwar nicht angesehen, aber was, wenn er uns ganz genau gesehen hat? Wenn er ...

Ich klicke mich nervös weiter durch die vielen Bilder des Polizisten, bis ich ein weiteres Video der Moderatorin entdecke. Dieses Mal steht sie vor einem kleinen Haus.

„Berichten zufolge hat vor ein paar Stunden eine Frau in diesem Haus Selbstmord begangen. Das Tragische daran ist, dass uns gerade mitgeteilt wurde, dass es die Mutter des am 16. Februar im Bahnhof Holbeinplatz ums Leben gekommenen Polizeibeamten Jonathan Würz ist, der wie berichtet einen einjährigen Sohn und seine Frau zurückgelassen hat."

Im Hintergrund beobachte ich einen Mann, der die Absperrung ohne Probleme überquert und ins Haus rennt. Schreie dringen aus dem Haus, über die Straße und durch das Video zu mir. Grausame Schreie, weshalb ich das Video sofort abstelle und mir wieder Bilder ansehe. Und plötzlich wird mir etwas klar. Auf beinahe jedem Bild trägt der Polizist die beige-grüne Uniform, die damals jeder Polizist trug. Ich erinnere mich, dass ich mich kurz gewundert habe, dass der Polizist am Bahnhof damals eine dunkle Uniform trug, obwohl die in Rostock noch nicht wirklich vertreten war.

„Wer hat Angst vorm schwarzen Mann", flüstere ich, als mir klar wird, dass er diesen Moment meinte. Diesen einen Moment, in dem wir uns auf der Treppe begegnet und in völlig verschiedene Richtungen gerannt sind.

„Fuck", stoße ich hervor, während ich mich weiter durch die

Bilder klicke. Und dann erstarre ich, als vor mir ein Bild seiner Vereidigung aufpoppt.

Meine Kehle schnürt sich zu und ich gehe näher an den Bildschirm heran, um die Person im Hintergrund noch besser erkennen zu können. Ich wage es nicht zu zoomen. Wage es nicht zu atmen. Alles um mich herum ist still und leer.

Mit bebenden Lippen springe ich vom Stuhl auf und entferne mich. Fahre mir nervös und verzweifelt durch mein Haar. Das ist nicht möglich … Aber so weit ich mich auch von dem Bild entferne … die Gewissheit bleibt. Ich kenne die Person, die dort im Hintergrund steht.

21

SAMSTAG, 16. FEBRUAR 2008, 18.13 UHR

„Was ist mit dir?", fragt Jonathan und grinst mich verschmitzt an.

„Wir können niemanden verfolgen, wenn wir selbst drauf sind", brumme ich zurück und atme schwer.

„Du bist doch gar nicht drauf. Du bist ein anständiger Bulle."

„Das warst du auch mal."

„Komm schon!", sagt er und rammt mir leicht seinen Ellbogen in die Seite.

„Deine Mutter wird mich umbringen. Das halbe Polizeipräsidium wird mich umbringen."

„Du weißt von nichts, wenn jemand fragt."

„Aha", gebe ich nur wenig begeistert zurück. Ich weiß, dass er Probleme hat. Mehr noch, als ich sie habe. Er ist so jung. Vielleicht war es ein Fehler, ihn in diese verdeckte Ermittlung reinzuziehen.

„Wir haben es bis nach Hamburg geschafft", singt er vor sich hin, während ich mich hinters Steuer setze und den Motor des Polizeiwagens starte. Es ist ein seltsames Gefühl, nicht mehr zivil unterwegs zu sein. Nicht mehr diese Schrottkarre zu fahren, die sie uns für die Ermittlungen bereitgestellt haben.

„Und sieh an, wir sind dennoch wieder in Rostock."

„Weil wir einen Verdächtigen überwachen", lacht Jonathan, als müsse er mich von der Wichtigkeit unseres Falls überzeugen.

„Wir sind Streifenpolizisten, weil alles schiefgegangen ist, also bitte."

„Ist gut", brummt er zurück und nimmt sein Handy aus der Tasche. Eines dieser modernen neuen Smartphones. Ich kann wirklich so gar nichts damit anfangen. Aber wenn es ihm Freude bereitet.

„Anna macht sich Sorgen", sage ich irgendwann so beiläufig wie möglich, während ich zu der Wohnung des Dealers fahre, den wir überwachen sollen.

„Anna macht sich immer Sorgen." Er zuckt mit den Schultern. Ich schlucke schwer. Dieser Mann neben mir ist nur noch ein Abklatsch des Mannes, den ich einmal kannte. Des Jungen, den ich habe aufwachsen sehen.

„Sie ist deine Frau, wenn sie sich Sorgen macht, solltest du es nicht einfach abtun, Jonathan!", ermahne ich ihn und bereue im nächsten Moment schon, dass ich ihn wie einen kleinen Jungen belehre. Wir sind Partner.

„Ich werde es lassen. Ich versprech's. Es war das letzte Mal."

Ich hebe meine Brauen, sage aber nichts weiter. Ich müsste das eigentlich melden. Müsste ihn aus dem Verkehr ziehen und erst einen Drogenentzug absolvieren lassen. Ich habe wirklich keine Ahnung, wie er es geschafft hat, die psychologischen

Tests zu überstehen, die wir nach unserem Einsatz durchlaufen mussten.

„Ooh, schau dir das an!", lacht Jonathan und deutet auf das Ende der Straße, wo die ersten Fans aus dem Stadion laufen. „Eins zu null", amüsiert er sich und kichert wie ein Kind. „Ob es wohl Randale gibt?"

„Gibt es die nicht immer?"

„Hast du auch wieder recht", sagt er und tippt weiter auf seinem Handy herum.

„Steck das Ding weg!"

„Heute bist du aber auch mies drauf", beschwert er sich, tut aber wie geheißen.

„Ach, du Kacke. Haut der da gerade ab?!", wirft er dann etwas hektischer ein und deutet auf das Haus des Verdächtigen.

„Verdammt", knurre ich, halte den Wagen an und lösche das Licht, damit er uns nicht sieht. Mit einem Päckchen bewaffnet, geht er über die Straße und sieht sich immer wieder nervös um.

Wenn wir das hier nicht hinbekommen, werden wir es wahrscheinlich nie wieder zu Ermittlern schaffen. Dieser kleine Drecksack Fin. Eigentlich ist er beinahe so etwas wie ein Freund gewesen. Zumindest in dem Jahr, in dem wir andere Menschen gespielt haben. So lange gespielt haben, bis wir nach und nach zu ihnen wurden.

„Er geht sicher zum Bahnhof."

„Bahnhof?", frage ich irritiert und werfe Jonathan einen skeptischen Blick zu. „Mit Drogen bewaffnet? Und dann? Steigt er einfach in einen Zug?"

„Klar. Ist doch clever. Unter all den Hools fällt der doch gar nicht auf. Ich verfolge ihn. Ich bin mir sicher, dass er zum Bahnhof geht. Warte du und fahr dann in einem kleinen Abstand auch zum Bahnhof", ruft er mir beim Aussteigen zu. Ich will noch etwas erwidern, aber da huscht er bereits Fin hinterher und versteckt sich zwischen den Autos. Das hier ist gar nicht gut. Was tut Jonathan da? Das schreibt das Protokoll sicher nicht vor. Und wie kommt er auf die Idee, Fin würde mit der Bahn irgendwo hinfahren? Er war in dem gesamten Jahr immer nur zu Fuß unterwegs oder hat sich von anderen abholen lassen. Außerdem würde ein Dealer niemals auf die Idee kommen, sich mit den Taschen voller Stoff in die Bahn zu setzen. Und schon gar nicht, wenn gerade ein Fußballspiel in der Nähe geendet hat. Und genau das müsste Jonathan wissen.

Ich starte den Motor wieder und versuche auf dem Weg, meine finstersten Gedanken zu unterdrücken. Hat Jonathan am Handy mit Fin geschrieben? Hat er ihn gewarnt? Ihn zum Bahnhof gelotst, weil er genau weiß, dass dort zu viele Leute sein werden, um etwas zu unternehmen?

Ich umklammere das Lenkrad. Nein. Jonathan ist ein guter Polizist. Er mag vielleicht Probleme mit Drogen haben, die wir im letzten Jahr nun einmal nehmen mussten, um dazuzugehören. Aber ... er würde sie niemals schützen. Er weiß, dass sie nicht unsere Freunde sind.

Ich halte den Wagen vor dem Bahnhof. Immer mehr Fußballfans strömen herbei. Ich steige aus. Mustere den Bahnhof. Ich kenne ihn gut, also warte ich hier. Wenn Fin Jonathan bemerkt, ist das hier der einzige Fluchtweg. Ich lege beide Hände auf das Autodach, um mich zu beruhigen. Natürlich fällt es auch mir schwer, diesem inneren Drang zu widerstehen. Es gibt Abende, da wünsche ich mir nichts anderes. Aber ich wehre mich. Auch für sie. Nadine hat es sowieso schwer mit mir. Das Jahr war der Horror für sie. Und ich habe das Versprechen abgegeben, mich nicht wieder da reinziehen zu lassen. Ich werde nur noch meinem Job nachgehen.

Hinter mir ertönen schnelle Schritte, doch bevor ich mich umdrehen kann, springt das Funkgerät an und ich beuge mich ins Auto.

„119 auf dem Spielplatz der Hans-Sachs-Allee. Ein Schwerverletzter. 105 ist unterwegs. Verdächtige sind flüchtig. 036 auf dem Weg Richtung Bahnhof Holbeinplatz gesichtet", tönt die verzerrte Stimme durch meinen Funk.

„Mist", brumme ich und wende mich um. Oben auf der Treppe erkenne ich noch die Personen, die gerade an mir vorbeigerannt sind.

Ich nehme das Funkgerät an mich und informiere die Zentrale darüber, dass wir vor Ort sind. „Führe ein XP durch und mache dann Meldung", sage ich noch und will gerade hinaufgehen, um ihre Personalien aufzunehmen, da ertönen laute Schreie von oben.

Ich lasse die Tür zuknallen und gehe los. Vier Jugendliche kommen mir entgegen, und als ich sie gerade anhalten will, ertönen weitere Schreie von oben. „Er ist tot."

„Was?" Ich renne einfach los, ohne auf die Kiddies zu achten. Nur den einen nehme ich genau wahr. Er wendet seinen Blick so offensichtlich ab, dass ich ein mulmiges Gefühl bekomme. Sein Ärmel ist ein wenig hochgerutscht und macht die Sicht auf eine Art Auge sichtbar. In die Haut gebrannt.

Ich schüttle den Kopf und gehe weiter, nehme aber noch mein Funkgerät vom Gürtel und gebe die Information weiter, dass vier Jugendliche vom Bahnhof verschwinden.

„Jonathan?", rufe ich oben angekommen gegen den Lärm der Menschen an. Viel zu viele Menschen haben sich vorne am Zug versammelt.

„Polizei, gehen Sie bitte aus dem Weg!", knurre ich mit meiner autoritären Stimme, während sich langsam eine Schleuse bildet und mir den Blick auf den Fahrer der Bahn ermöglicht, der mit leichenblassem Gesicht und starren Augen aussteigt.

„Was ist hier los?", versuche ich Informationen zu erhaschen, während ich weitergehe. Als ich am Ende des Bahnsteigs ankomme, sehe ich alles und nichts. Als würde mein Verstand es nicht aufnehmen. Als könnte er es nicht verkraften und würde mich so davor beschützen.

Ich weiche einen Schritt zurück und schüttle den Kopf. „Nein", hauche ich in einer mir fremden, gebrochenen Stimme. Und erst, als ich höre, wie verletzt der Klang ist, beginne ich, es zu spüren. Meine Stimme hat es vor mir begriffen. Meine Augen auch, denn sie stehen bereits unter Wasser, als würden sie gerade ertrinken. Als würde ich ersticken. Alles in mir verkrampft sich. Mein Herz bricht und bricht. „Nein!" Nun flehe ich. Flehe irgendeinen Gott an. Mir ist egal, welcher Gott. Egal, welche Religion. Nur irgendjemand muss mir helfen. Muss einfach. Ich springe vom Steig hinab. Es ist grausam. Viel zu grausam, aber ich muss ihn halten. Ich muss ihn halten, damit er nicht allein ist. Ich muss bei ihm sein. Ihm all mein Leben geben, damit seines nicht endet. Aber es ist längst nichts mehr da. Er sieht nicht einmal mehr aus wie er selbst. Er hat alles verloren, und dennoch weiß ich genau, wer er ist. Auch wenn eine Stimme in mir immer wieder sagt, er sei es nicht. Tief im Inneren weiß ich es. Spüre es, weil das hier ein Loch in mich reißt.

„Jonathan!", flehe ich und greife nach ihm. Umklammere das, was geblieben ist. Drücke es an mich. Ich werde ihn nie wieder loslassen. Nie wieder.

Wie in Trance starre ich auf die Gleise. Starre ins Leere. In meine eigenen Erinnerungen an Ihn. An Ihn, als er noch ein kleiner blonder Junge war, der seinen Onkel vergötterte. Als er sich schließlich entschloss, Polizist zu werden. So wie ich. Als er als jüngster Polizist Rostocks vereidigt wurde. Als er eine Auszeichnung nach der anderen einheimste. Ich sehe all diese Bilder. Sehe ihn so lebendig vor mir. Wie kann er da einfach weg sein?

„Nein!", schreie ich und stehe auf. Beuge mich über ihn und überlege, wie ich am besten eine Reanimation durchführe. Die Stille um mich herum erdrückt mich. Was soll ich tun?

„Nein!", brülle ich nun und sinke wieder nieder. Brülle es immer und immer wieder und schlage erst auf seine Brust und dann auf die Gleise ein, bis ich selbst blute. Aber ich spüre den Schmerz nicht. Spüre nur dieses eine zerfetzende Gefühl, als würde auch mir das Leben auf bestialische Art genommen.

„Nein!" Meine Stimme ist nicht mehr als ein Wimmern, ein leiser Wunsch. Eine Bitte, alles ungeschehen zu machen. Ein Traum, dass ein so lebendiger Mensch nicht einfach tot sein kann.

„Wer war das?", höre ich mich plötzlich selbst sagen. Ich stehe auf. Die Menschen um mich herum weichen zurück. Weichen vor mir zurück, weil ich blutüberströmt mit verzerrtem Gesicht vor ihnen stehe. Meine Augen suchen den Fahrer. Er steht da. Ganz vorne und starrt hinab auf das, was er getan hat. Er kann es nicht fassen. Nicht fassen, dass er einem jungen Mann das Leben genommen hat. Und das wird er nie vergessen. Niemals. Nicht, solange ich lebe. Mir egal, ob sie sagen: Er kann ja nichts dafür. Hatte keine Chance.

Ich klettere hinauf und gehe durch die nun breiter gewordene Schleuse. Keiner findet Worte. Ja, die Menschen, die sonst immer laut und unnötig vor sich hinreden, sind verstummt. Es hat ihnen die Sprache verschlagen. Aber sie haben keine Ahnung, was es in mir alles zum Verstummen gebracht hat. Alles außer dem Gefühl, dass hierfür jemand büßen wird. Und beginnen werde ich mit Fin.

Wieder nehme ich mein Funkgerät und führe es wie ein Roboter an meinen Mund. „Toter Polizist am Bahnhof Holbeinplatz. TV auf Flucht."

Ich stecke das Funkgerät langsam zurück und drehe mich noch einmal um. „Ich werde diese Bastarde finden und sie einen nach dem anderen hierfür büßen lassen, Jonathan", flüstere ich so leise, dass nur ich es hören kann, aber trotzdem mit genug Entschlossenheit. „Ich werde einen nach dem anderen bestrafen. Ich verspreche es dir."

22

DIENSTAG, 13. NOVEMBER 2018, 22.37 UHR

SEVERIN

Ich starre immer noch auf den Laptop, obwohl der Bildschirm längst schwarz ist. Mein Mund ist trocken. Mein Herz pocht unerbittlich. Mein Verstand versucht es zu begreifen. Aber …

Ich schlucke schwer und schließe dann meine Augen, um noch einmal das Bild in mir aufzurufen. Es gibt keine Erklärung, außer der einen. Als ich die Augen wieder öffne und in das dunkle Zimmer starre, das nur durch das hereinscheinende Licht der Laterne beleuchtet wird, lasse ich das alles zu. Begreife es.

„Kaschrek." Es auszusprechen, macht es noch realer und gleichzeitig so abwegig. Ich denke an jeden Moment mit ihm. Dass er alleine zu mir in das Krankenzimmer kam. Monika Lacker, die sagte, er sei neu hier in Frankfurt. Die Nachbarin des Ordners, die mir erzählte, dass Kaschrek oft dort war. Ich fahre mir durchs Gesicht, als ich mich erinnere, dass er damals im Krankenhaus Motorradstiefel anhatte.

„Verdammt!" Wie konnte mir das alles entgehen? Er war es, den Lydia informiert hat, wo sie ist. Er war es, den wir immer wieder eingebunden haben. Deshalb wusste er auch, dass wir auf eigene Faust ermitteln.

Er war es. Einfach alles. Mics Verhaftung, auf die er so sehr gepocht hat. Die Durchsuchung bei Kevin. Er war der Erste, der nach Kats Tod im *Greifvogel* aufgetaucht ist.

Er … Er ist der schwarze Mann. Der Polizist, an dem ich vor zehn Jahren vorbeigelaufen bin. Der Polizist, der damals seinen Partner verlor.

Was tue ich jetzt? Ich kann niemandem Bescheid sagen, ohne dass dieser Bastard es mitbekommt. Er ist in alles eingebunden.

Ich reibe meine feuchten Hände an meiner Jeans und gehe dann wieder zum Schreibtisch. Gebe Kaschreks Namen und Frankfurt im Laptop ein, um irgendetwas zu finden. Einfach nur irgendetwas. Aber da ist nichts. Als wäre dieser Mann ein verdammtes Phantom. Wie kann so einer mit unserem Fall betraut werden?

Mit zusammengepressten Lippen nehme ich mein Handy heraus und denke nach. Ich muss etwas tun. Wenn meine Vermutung stimmt, wird Kaschrek dafür sorgen, dass Mic und Kevin ebenfalls sterben und es wie Selbstmord aussehen lassen. Und jetzt, da ich weiß, wer er ist, erscheint mir das wirklich möglich. Ich muss irgendetwas tun!

Aber alles, was mir einfällt, ist, die einzige Nummer anzurufen, die auf diesem verdammten Ding gespeichert ist. Also wähle ich sie und lasse viermal ungeduldig durchklingeln, bevor Achims verschlafene Stimme ertönt. „Severin? Bist du feiern?"

„Nein!", zische ich. „Hör mir genau zu, Achim!"

„Ja?", fragt er nun etwas skeptisch, schweigt aber.

„Mir wird etwas angehängt, weshalb ich nicht mit der Polizei reden kann. Außerdem ist einer der Polizisten … korrupt … ein Mörder. Du musst zu Kommissarin Lacker gehen!"

„Was? Jetzt?"

„Ja. Und du darfst ausschließlich mit ihr reden, hast du das verstanden? Es darf niemand dabei sein!"

„In Ordnung", nuschelt er.

Ich schrecke zusammen, als Lydias Handy klingelt. Unbekannt.

„Bleib dran!", sage ich zu Achim, lege das Handy vor mich und nehme das Gespräch an.

„Tick, tack, Severin", ertönt die verzerrte Stimme. Ich überlege kurz, ihm zu sagen, was ich weiß. Ihm zu sagen, dass er seine Stimme nicht länger verstellen muss, entscheide mich aber dagegen. Wenn er sich bedrängt fühlt, könnte er Lydia etwas antun, und das darf ich nicht riskieren.

Er schweigt, während ich dieses grausame Knacken im Hintergrund höre.

„Wo soll ich hinkommen?", frage ich, weil es meine letzte Hoffnung ist.

„Tick, tack", ist alles, was er noch sagt, bevor das Gespräch beendet wird. In mir explodiert die Wut in tausend Teile und lässt meinen Körper prickeln. Lässt meine Hand das Handy gegen die Wand schleudern. „Du beschissener Wichser!", schreie ich und lasse meinen Kopf unsanft auf die Tischplatte knallen.

Dieser Kerl hat mich ausgeraubt und Lydia eine Nachricht geschrieben. Dieser … Mein Blick fällt auf die Uhr an meinem Handgelenk. Opas Uhr, sie … sie geht. Ich blinzle und tippe fassungslos darauf. Ja, sie tickt sogar ganz leise. Was? Dieser Kaschrek muss sie repariert haben, bevor er sie mir eigenhändig zurückgegeben hat. Warum ist mir das nicht schon vorher aufgefallen?

„Achim", sage ich dann und realisiere erst jetzt, dass ich das beschissene Knacken aus den Telefonaten kenne. Ich kenne es so gut. So verdammt gut. „Du musst Lacker zum Osthafen schicken." Mit diesen Worten lege ich auf und starre weiter auf meine Uhr. Opas Uhr. Dieser beschissene Arsch. Er hat sie zum Laufen gebracht. So wie sie damals gelaufen ist, als ich bei Opa auf der Arbeit war. Am Osthafen, dort, wo Opas Container immer noch gelagert ist. Dort, wo alte Sachen von ihm sind, die ich noch nicht durchgesehen habe, weil ich es nicht übers Herz gebracht habe.

Ich schließe meine Augen und beginne zu lachen. Er hat wirklich alles geplant. Einfach alles. Jedes kleine Detail, bis hin zu dem Ort, an dem er Lydia festhält und der … auf mich gemeldet ist.

Ich habe Opas Lager quasi geerbt und somit … „Dieser Wichser."

Ich packe den Schlüssel und gehe so schnell ich kann hinaus, zurück zum Auto und steige ein.

Die Fahrt zieht sich ins Unendliche. Meine Hände werden immer feuchter, während ich das Lenkrad fest umklammert halte. So fest, dass ich meine Finger kaum noch spüre. Mein Blick fällt kurz auf ein Kippenpäckchen neben mir. Vielleicht der richtige Moment, um doch noch mit dem Rauchen anzufangen. Ich fingere eine Zigarette heraus und stecke sie mir an. Warum auch immer ich das tue. Um mich selbst zu beruhigen oder um mich Lydia nah zu fühlen. Eins von beidem. Aber ich huste mehr, als wirklich zu rauchen. Dieses Zeug wird mir nie schmecken.

Als ich am Osthafen ankomme, schmeiße ich die Zigarette raus und atme tief durch. Meine Lunge brennt und mein Herz schlägt beinahe durch meine Brust, aber ich stelle das Auto ab und steige aus. Angst flutet jede Faser meines Körpers, doch er bleibt stark. Meine Beine zittern nicht. Meine Hände sind ganz ruhig. Nichts von dem, was ich innerlich fühle, wird nach außen getragen. Aber in mir windet sich eine Schlange und erdrückt mein Herz, meine Brust und meine Kehle. Ich bin taub.

Vorsichtig setze ich einen Fuß vor den anderen. Meine Schritte werfen kleine Ringe in die Pfützen und hallen ganz leise von den umstehenden Gebäuden wider.

Irgendwo hier ist er. „Kaschrek!", rufe ich durch die dunkle nasse Gasse. „Ich weiß, dass Sie hier sind!"

Nichts. Nur Stille, die mich beinahe auffrisst. Meine Beine mit schweren Ketten zum Stillstand bewegt. Ich muss weiter. Muss ihn finden. Sie finden.

„Kaschrek!", schreie ich wieder. Wütender, fordernder. Und dann entdecke ich den Container meines Opas. Mir stockt der Atem und das Blut in meinen Adern gefriert, als ich sehe, dass er offensteht.

Ich löse meine Füße aus ihrer Starre und gehe auf den Kasten zu zu. Schritt für Schritt, bis ich durch das gelblich-trübe Mondlicht eine Person erkenne. Angebunden an einen Stuhl.

„Lydia!", stoße ich hervor. Ihre Lider öffnen sich schwer und nur ganz leicht. Aber sie erkennt mich. Sie ist noch da. Noch am Leben.

„Lydia", sage ich wieder und löse den Knebel aus ihrem Mund.

„Sev", wispert sie kraftlos, aber mit Hoffnung in der Stimme.

„Gott sei Dank", raune ich und umarme sie. Sie stöhnt und zuckt, was mir eindeutig zeigt, dass sie Schmerzen hat.

„Wie ich sehe, ist unser Ehrengast auch schon da." Ich erstarre, als die Stimme von Kaschrek hinter mir ertönt, und drehe mich selbstsicher um.

„Kaschrek."

„Ich muss zugeben, ich habe dir nicht zugetraut, dass du herausfindest, wer hinter all dem steckt." Er hebt einen Mundwinkel und tritt näher. Wieder trägt er seine schwarze Motorradkluft.

„Aber es ist nicht von Bedeutung, da keiner von euch lebend hier herauskommt."

„Sie haben gesagt, dass Sie Lydia gehen lassen!", fahre ich ihn an, was ihm nur wieder eine grausame Fratze entlockt.

„Habe ich das?"

„Die Polizei weiß, wo wir sind!"

„Hast du etwa vergessen, dass ich die Polizei bin? Ich habe den Anruf deines Saufkumpanen abgefangen. Er hat die nette Kollegin Lacker nie erreicht."

Meine Lippen beginnen zu beben und unruhig zu bitzeln. Nein. Er blufft. Aber wie soll er sonst davon wissen? Verdammt, ich muss mir irgendetwas einfallen lassen.

„Siehst du das da?" Er deutet draußen auf einen Kran. „Nachdem du Lydia getötet hast, bist du da raufgeklettert und hast dich … umgebracht. Tragisch, wenn man mich fragt. Aber jeder zweite Frauenmord ist … wer hätte es gedacht … eine Beziehungstat." Er deutet zwischen uns beiden hin und her. Lydia rührt sich kaum. Ich schlucke schwer. Mein Mund und meine Kehle sind wie ausgetrocknet.

„Und warum? Warum das alles?"

„Warum?", wiederholt er und geht langsam hin und her. „Das weißt du doch längst, oder?"

„Denken Sie wirklich, dass wir Schuld am Tod Ihres Kollegen tragen?" Ich lache, was ihm ein raues Knurren entlockt. „Das haben Sie sich schön zurechtgelegt. Finden wir einfach jemanden, der schuld sein kann, und rächen uns." Ich schüttle den Kopf und gehe einen Schritt auf ihn zu. „Und was ist mit Ihnen, Kaschrek? Wo waren Sie, als Ihr Kollege starb? Warum waren Sie nicht bei ihm, hm?"

„Weil ich Meldung über einen Schwerverletzen bekommen habe."

„Also auch wieder wir. Wie passend."

„Ihr habt mir alles genommen!", brüllt er nun und kommt auf mich zu. Packt mich und spuckt mir ins Gesicht. „Meinen Neffen, meine Schwester. Meine Familie!"

Ich erinnere mich, dass die Mutter des jungen Polizisten Selbstmord begangen hat, und begreife plötzlich das ganze Ausmaß. „Sie sind sein Onkel gewesen?"

Kaschrek lässt mich los und zückt eine Waffe. „Nimm das Messer!", fordert er mich auf und deutet mit seiner Pistole auf einen Karton, auf dem ein Messer bereitliegt.

„Nein", sage ich knapp und sehe ihn fest an. Fester, als ich es für möglich gehalten hätte, wenn jemand eine tödliche Waffe auf mich richtet.

„Nein", wiederhole ich einfach, als Kaschrek einen Moment lang bodenlos überrascht dasteht.

Er fasst sich schnell. „Dann also erst auf den Kran klettern, und ich erledige den Rest", sagt er und grinst völlig irre.

„Was wollen Sie eigentlich?", versuche ich ihn weiter hinzuhalten. Er hebt eine Braue und mustert mich.

„Was ich will? Gerechtigkeit."

„Und die sieht so aus? Ich nenne das Vergeltung. Und was hat Lydia damit zu tun?"

„Kollateralschaden. Eigentlich solltest du deine Schwester umbringen. Aber dann habe ich begriffen, dass es dieses Mädchen ist, das dir am meisten bedeutet." Er zeigt mit seiner Waffe auf Lydia, woraufhin ich mich sofort zwischen sie und ihn stelle. „Lydia hat nichts damit zu tun."

„Hatte Jonathan etwas mit euch kleinen Hool-Blagen zu tun? Hatte meine Schwester es? Sein Sohn, der jetzt ohne Vater aufwächst? Hatte ich etwas damit zu tun? Nein! Und dennoch sind wir es, die leiden mussten. Die immer noch leiden!" Er spuckt auf den Boden. „Ich werde nicht zulassen, dass das Gesetz versagt und euch frei herumlaufen lässt! Ich werde dafür sorgen, dass ihr gerichtet werdet. Ihr alle!"

„So war es also auch bei Kevin und Mic? Und Kat? Sie war schwanger!", schreie ich ihn an. Lydia macht seltsame Geräusche hinter mir, doch ich wage es nicht, mich umzudrehen.

Kaschrek lacht. „Das hatte einen ganz besonderen Reiz. Kevins Liebe und sein Kind sterben. Durch seine Hand."

„Wir wissen beide, dass er sie genauso wenig umgebracht hat, wie ich Lydia umbringen werde."

„Und auch Michaels Sohn wird ohne Vater aufwachsen, weil er seinen Kumpel Bernd erstochen hat. Wie tragisch."

„Sie sind verrückt. Sie haben ihn getötet, nicht wahr?", zische ich, woraufhin Kaschrek seine Waffe auf meinen Kopf richtet.

„Natürlich. Und dein werter Freund war so schlau, auf meine Nachricht zu reagieren und dann auch noch zu versuchen, das Messer aus seiner Brust zu ziehen. Nicht gerade der hellste Bursche."

Ich presse meine bebenden Lippen aufeinander. „Und Kat?"

„Kat hat so wunderbar eifersüchtig reagiert, als sie Beweise fand, dass Kevin fremdgeht." Er lacht.

„Beweise, die Sie deponiert haben? So wie die Pläne für die Bombe und diese lächerliche Botschaft auf Nastis Visitenkarte, die Hel gefunden hat?!"

Er grinst zur Bestätigung. Ich kann es kaum fassen. Er war das alles. Hat wahrscheinlich die letzten Jahre nichts anderes getan, als das alles zu planen. Wie also soll ich Lydia hier rausholen?

„Und als ich deinem Freund Gustav einen Deal anbot, um seinen Schützling Mic zu retten… da hat er sich ganz schnell gegen dich gestellt. Tut mir leid, dir das mitteilen zu müssen, Severin."

Ich schließe meine Augen und schüttle lachend den Kopf. Als ich sie wieder öffne, wedelt er mit der Waffe vor meinem Gesicht herum.

„Los! Oder ich erschieße sie hier und jetzt!"

Ich hebe beschwichtigend meine Hände und gehe auf ihn zu. Er schubst mich mit seiner Waffe auf den Kran zu und lacht dann wieder. „Na los! Rauf da!"

„Kaschrek … wir waren das nicht …", versuche ich irgendwie an seinen Verstand zu appellieren. „Uns haben ein paar Hansa-Fans da oben dumm angemacht und es gab eine winzige Prügelei, aber wir waren weit weg von Ihrem Kollegen!"

„Halt dein dreckiges Maul!", schreit er und schubst mich gegen die eisernen Stäbe. „Und klettere!"

Ich hole tief Luft und beginne dann zu klettern. Was soll ich sonst tun? Dieser Kerl ist ausgebildet. Ich hätte keine Chance, würde ich versuchen, ihm die Waffe zu entwenden. Ich bin machtlos. Völlig machtlos. Und Lydia wird meinetwegen sterben.

„Ich werde da runterspringen, wenn Sie Lydia gehen lassen!", rufe ich nach unten, während ich mich weiter mit aller Kraft an den Streben hochziehe. Der Wind peitscht mir unerbittlich ins Gesicht und treibt mir Tränen in die Augen. Oder ist es die ausweglose Situation? Ich habe längst jegliches Gefühl für mich und meinen Körper verloren. Gehorche nur noch wie eine Marionette.

„Höher!", brüllt Kaschrek von unten, als ich innehalte.

„Nein!" Meine Stimme ist kaum wiederzuerkennen. Rau und … ja, voller Angst und Panik.

„Nein?", ruft Kaschrek nach oben und verschwindet im Container. Zurück kommt er mit Lydia, die sich kaum auf den Beinen halten kann.

„Lass sie gehen!", schreie ich und wende mich so schnell ab, dass ich abrutsche. Schwarze Schatten tanzen vor meinen Augen, mein Magen verkrampft sich. Ich blinzle, um das Bewusstsein nicht zu verlieren. Es ist so hoch. So verdammt hoch. Aber ich fasse mich und greife nach der nächsten eisernen Strebe.

Mein Blick wandert wieder zu Kaschrek und Lydia. Er hält ihr die Waffe an den Kopf und sieht mich auffordernd an. „Höher!"

„Was soll das werden, Kaschrek? Sie wollen sie doch sowieso töten!", schreie ich zurück. Mein Herz pocht so laut, dass ich kaum etwas anderes wahrnehmen kann.

„Vielleicht überlege ich es mir ja noch einmal."

Das wird er nicht. All die Taten. All das, was er getan hat, um Gerechtigkeit zu bekommen, und die, die er für schuldig hält, hinter Gittern zu sehen – es war zu brutal. Zu kaltschnäuzig. Er wird sie töten. Deshalb all die Beweise, die gegen mich sprechen. Deshalb die Unterlagen in ihrer Tasche. Deshalb dieses beschissene Handy, das eigentlich in Polizeigewahrsam war. Selbst der Kerl, der mich im Club auf der Treppe bedroht hat.

Er wird mich zwingen, zu springen und sie töten, und ich weiß nicht, was ich tun soll.

„Lassen Sie uns reden!"

„Reden", lacht er hysterisch und schüttelt den Kopf. Die Zeit des Redens ist vorbei, Klemm. Das hier ist alles, was ich will. Was ich seit so langer Zeit will."

„Und Jonathan hätte das auch gewollt?", frage ich laut und deutlich und sehe dabei zu, wie er kurz zusammenzuckt. Ich nutze die Situation und klettere wieder ein Stück nach unten.

„Was tust du da?!", schreit er mich an und presst die Waffe noch mehr in Lydias Schläfe. Sie schreit auf, rau und heiser. Ihr Körper sackt kraftlos zusammen.

„Wenn ich nicht mitspiele, was dann?"

„Dann werde ich sie töten und dich höchstpersönlich hinauf schleppen", brüllt er spuckend und unruhig. Ihm geht die Geduld aus. „Ihr habt ihn umgebracht!"

„Das waren wir nicht!", schreie ich zornig zurück. „Keiner von uns war auch nur in seiner Nähe!"

„Hör auf zu lügen!" Seine Stimme bricht, so voller Hass ist sie. Ich schlucke und versuche meinen Mund zu befeuchten. Immer wieder wandern meine Augen zu Lydia, die so schwach wirkt. So ängstlich.

„Damit kommen Sie niemals durch, Kaschrek."

„Ach nein?!" Wieder dieses grausame Lachen. Wie von einem Irren. „Ich habe Bernd so lange verrückt gemacht, bis er mir wie ein kleines Hündchen gehorcht und diese Bombe platziert hat. Er hat mir wirklich abgenommen, dass sie echt ist. Bis er mir in den Wald vor dem Stadion gefolgt ist, wo ich ihn umbringen und es so aussehen lassen konnte, als wäre es Mic gewesen. Ich habe Katharina die Information zugespielt, dass Kevin sie betrügt, woraufhin sie sich geschlagen haben. Damit waren die Spuren gelegt, und ich durfte sie bestrafen. Ich habe all die Beweise bei Michael und Kevin versteckt, die ich brauchte. Ich war es, der alle Indizien so hinterlassen hat, dass kein Zweifel aufkommen kann, dass du sie umgebracht hast. Sie!" Er zerrt Lydia an ihrem Oberteil. Ein Wimmern verlässt ihren Mund. „Selbst, wenn nur sie stirbt, wird dir deine Geschichte keiner glauben."

„Und warum wollen Sie mich dann so unbedingt tot sehen?" Ich klettere weiter nach unten. Langsam und unauffällig. Kaschrek ist längst so sehr in Rage, dass er kaum etwas mitbekommt.

„Weil ich dich gesehen habe."

„Gesehen?" Ich starre ihn mit großen Augen an und prüfe kurz, wie weit es noch nach unten ist. Viel zu weit.

„Am Bahnhof. Und ich kenne diese Geste. Ich weiß, warum du deinen Kopf von mir abgewendet hast. Du bist es, der alles beenden wird und mir meinen Frieden zurückgibt.

Ich schüttle den Kopf. „Das kann niemand."

„Doch! Rache kann es! Gerechtigkeit kann es."

„Nein!", brülle ich sicherer. „Niemand kann Ihnen den Schmerz nehmen. Niemand. Sein Tod und der Tod Ihrer Schwester hat ein Loch in Ihre Brust, in Ihr Herz gerissen, das keine Gerechtigkeit der Welt je wieder füllen kann. Niemand wird Ihnen dieses Gefühl je nehmen können. Sie müssen entweder lernen, damit zu leben, oder ihre Familie entehren, indem Sie das Leben, das Ihnen geschenkt wurde, weiter missbrauchen!"

Kaschrek schweigt ein paar Sekunden und sieht mich dann wieder fest an. „Selbst, wenn", sagt er dann ganz ruhig, aber laut genug, damit ich es hören kann. „Der Teil in mir, der nach Rache dürstet … der wird heilen. Wird mich stärker machen. Wird alles ein wenig besser machen."

„Was Sie bei all dem übersehen, Kaschrek…", gebe ich zurück: „Sie sind längst zu dem Monster geworden, für das Sie mich halten und bestrafen wollen."

Wieder schweigt er eine halbe Ewigkeit.

„Tick, tack, Severin", sagt er dann zischend und grinst mich mit bestialischer Befriedigung an. „Tick, tack."

Ich presse meine Kiefer aufeinander. Was soll ich jetzt tun?

Geräusche reißen mich aus meiner Starre. Autos, die mit quietschenden Reifen zum Stehen kommen. Achim hat es geschafft.

Als ich gerade vor Erleichterung schreien will, reißt Kaschrek Lydia zurück in den Container.

„Nein!", schreie ich und klettere hinab. Klettere, so schnell ich kann, doch dann ertönt bereits ein lauter, gläserzerfetzender Schrei, der mir durch Mark und Bein geht.

„Nein!", brülle ich wieder. „Lydia … nein!"

„Hierher!", schreit Kaschrek in seiner normalen, autoritären Stimme. „Ich habe sie gefunden!"

Ich klettere unaufhörlich weiter, bis ich endlich unten ankomme und renne los. Lydia darf nicht tot sein. Doch ich komme nicht weit. Vor mir bauen sich mehrere Polizisten auf. Ganz vorne Frau Lacker. Sie alle haben ihre Waffe auf mich gerichtet.

„Nein! Kaschrek, er ist der Mörder!", sage ich hektisch und deute auf den Container. „Lydia … helfen Sie Lydia!"

Lackers Lider zucken kurz, dann dreht sie sich um und wirft einen Blick in den Container. „Lebt sie noch?", fragt sie an Kaschrek gerichtet. „Sie stirbt", gibt er zurück und schließt die Augen, als würde ihn das gerade wirklich treffen. Etwas in mir explodiert und ich renne auf die Mauer aus Polizisten zu.

Hinter ihnen erkenne ich Kaschrek, der seine Waffe zückt und auf mich zukommt.

„Ich glaube, er ist bewaffnet."

„Nein!", schreie ich und suche nach Augen, die mir glauben. Suche vergeblich, denn sie alle sind bereit abzudrücken, wenn ich noch eine falsche Bewegung mache.

„Es war Kaschrek! Das alles war Kaschrek!", flehe ich. Appelliere an sie alle, aber niemand hört meine Worte.

„Retten Sie wenigstens Lydia!", wende ich mich an Lacker, die sofort mit dem Finger zwei Polizisten anweist. Kurze Zeit später tauchen sie mit Sanitätern auf. Kaschrek wird unruhig und nähert sich.

„Sie wird sterben", flüstert er mir zu.

Ich balle meine Hand zur Faust und stürme auf ihn los. Ich werde ihn mit meinen bloßen Händen töten, wenn hier keiner begreift, dass dieser Mann gefährlich ist.

„Bleiben Sie zurück!", ruft Kaschrek, bevor er die Waffe auf mich richtet und … ein Schuss ertönt. Laut und erbarmungslos. Ich erstarre. Spüre die Schmerzen nicht. Spüre nichts, bis ich in Kaschreks Augen blicke. In ihnen steht eine Art Befriedigung. Eine krankhafte, matte Befriedigung, die immer mehr aus seinen Augen weicht. Sie weicht und weicht, und erst da begreife ich, dass nicht ich getroffen wurde, sondern er. Ich starre hinab auf seine Brust, aus der viel zu viel Blut strömt. Er stolpert vor. Stolpert in meine Arme. Mein Mund öffnet sich fassungslos. Hinter ihm erkenne ich Lacker, deren Waffe immer noch auf ihn gerichtet ist. Ihr Blick ist leer und erstarrt. Fassungslos.

Ich falle nach hinten, breche unter Kaschreks Last zusammen. Und trotz allem halte ich ihn.

„Sie warten auf mich", raunt er mit kratziger Stimme. Mit jedem Wort verliert er mehr Leben.

„Bestimmt", zwinge ich mich zu sagen. Ich weiß nicht warum, aber ein Teil von mir spürt den Schmerz, den er all die

Jahre gespürt hat. Versteht ihn. Ja, ein Teil von mir bereut, niemandem gesagt zu haben, was ich damals gesehen habe.

„Ein Mann war bei ihm", flüstere ich und sehe Kaschrek tief in die Augen. „Sie haben sich gestritten und … er hat Jonathan festgehalten. Er hat sich nur losgerissen und dann … war da die Bahn."

Kaschrek greift nach meinem Handgelenk und beginnt dann rau zu husten. „Danke." Es ist sein letztes Wort. Das letzte, was diesen Mund jemals verlassen wird. Für immer. Seine Augen verlieren jegliches Leben. Ich sehe, wie es nach und nach davonschwebt und nur noch eine leere Hülle zurücklässt. Ich halte ihn noch einen kurzen Moment, dann stehe ich auf und gehe auf Lacker zu. Die Polizisten um uns herum stehen nur da und starren sie an.

„Danke", sage ich und versuche ihren Blick einzufangen.

Sie nickt kaum merklich. „Ich habe noch nie einen Menschen getötet."

„Sie haben ein Leben gerettet. Vielleicht sogar zwei." Mit diesen Worten wende ich mich ab und renne los. Renne zum Container. Bleibe an der Tür stehen. Die Sanitäter versuchen gerade die Blutung zu stoppen. Überall ist Blut. Tücher voller Blut.

„Wir haben einen Hubschrauber gerufen. Der Arzt ist jeden Moment hier", sagt ein Polizist, der neben mir auftaucht. Ich starre einfach nur auf Lydias Körper. Auf das, was Kaschrek übriggelassen hat. Und ein Teil in mir hasst mich dafür, dass ich ihm noch diese Worte geschenkt habe. Aber auch, wenn er es nicht verdient hat. Die Menschen, die er verletzt hat, die er getötet hat – sie haben es verdient. Verdient, dass auch er mit dem Wissen stirbt, dass sie unschuldig waren. Dass Kat es war. Kevin, der nie wieder glücklich werden wird. Und auch Mic, der einen toten Freund finden musste und dafür verurteilt werden sollte. Wir alle haben es verdient, dass er mit dem Wissen gestorben ist, dass nichts so war, wie er es sich eingebildet hat.

23

SEVERIN

Die Tage ziehen an mir vorbei. Ich halte ihre Hand. Halte sie selbst dann noch, wenn ich vor Erschöpfung einschlafe. Ich halte sie. Versuche, ihr all meine Kraft zu geben. Versuche, sie am Leben zu halten. Ich hätte mein Leben für sie gegeben. Hätte ihr alles gegeben. Ich würde noch jetzt alles geben, nur damit sie ihre Augen wieder öffnet.

„Ich bin da", flüstere ich immer wieder. Wieder und wieder. Sie darf nicht gehen.

Ich sehe dabei zu, wie Ärzte an ihr herumdoktern, wie Schwestern sie versorgen und mich immer wieder rausschicken, um sie waschen zu können. Ich sehe das erste Mal ihren Vater, der stundenlang in seinem Rollstuhl neben ihr sitzt und mit ihr redet. Ich sehe Eintracht-Leute, die ich nicht kenne. Ich sehe das alles, nehme es aber kaum wahr. Vielleicht will ich es auch gar nicht wahrnehmen. Ja, vielleicht gibt mir dieser Zustand das Gefühl, dass das hier nicht real ist. Und vielleicht ist das der einzige Ausweg.

„Herr Klemm, kann ich Sie kurz sprechen?"

Monika Lacker steht in der Tür. Ich hebe den Kopf und sehe zu Lydia hoch, deren Gesicht immer noch von blauen Flecken übersät ist. Ich nicke, drücke noch einmal ihre Hand und verlasse dann den Raum. Die Kommissarin führt mich in einen Aufenthaltsraum und bittet mich, Platz zu nehmen. Ich lasse mich unendlich müde in den Stuhl fallen. Wie eine Marionette, deren Fäden gerissen sind.

„Es tut uns sehr leid, dass wir nicht wussten, wie tief Kaschrek in der Geschichte von damals drinhing", beginnt sie das Gespräch unsicher. „Natürlich wurden die Anschuldigungen gegen Michael Lampert und Kevin Müller fallen gelassen."

„Fallen gelassen", wiederhole ich matt. „Sie werden lange daran zu beißen haben. Mehr als das."

Lacker nickt und legt dann ihre Hand auf mein Bein. „Sie haben richtig gehandelt, Herr Klemm. Es war gut, dass Sie uns informiert haben. Ich habe daraufhin mit Hamburg und Rostock telefoniert und herausgefunden, was wirklich hinter seiner Versetzung nach Frankfurt steckte. All diese Fehler. Das hätte nicht passieren dürfen."

„Schön", gebe ich zurück und starre auf die Zeitungen auf einem kleinen Tischchen.

„Mittlerweile wissen wir, dass Kaschrek auch hinter den Drohbriefen und der Bombenattrappe steckte. Er hat die Beweise offensichtlich während der Durchsuchungen bei Herrn Müller und Herrn Lampert deponiert." Sie macht eine kurze Pause. „Und so wie es aussieht, hat er Bernd Schmalenberg mit seiner Mutter erpresst. Er war es auch, der Michael Lampert eine Nachricht schickte, damit er zum Tatort kommt."

Ich beiße unruhig die Zähne zusammen. „War's das?"

Sie nickt widerwillig und hält mich nicht auf, als ich ohne Verabschiedung zuruck zu Lydıa gehe.

„Du musst leben, verstehst du?", sage ich zu ihrem leblosen Körper, als ich die Tür hinter mir geschlossen habe. „Es waren meine Fehler. Meine Vergangenheit. Das hier darf dir nicht das Leben nehmen!" Ich greife wieder nach ihrer Hand. „Du musst leben! Entscheide dich zu leben und ich verspreche dir, dass ich niemals wieder auch nur einen Fuß in dein Leben setzen werde. Ich werde mich von dir fernhalten, Lydia Heller. Damit du das Leben bekommst, das du verdient hast. Und wir alle wissen … das hast du!"

Meine Beine geben nach und zwingen mich in den Stuhl. Ich lege meinen Kopf auf unsere ineinander verschränkten Hände und weine stumm. Es sind kaum noch Tränen übrig. Es ist einfach nichts mehr übrig.

Ein leises Geräusch lässt mich zusammenschrecken. Ich hebe meinen Kopf und treffe Lydias Blick. Sie blinzelt und sieht mich irritiert an. „Was … was ist passiert?"

Ich öffne meinen Mund und weitere Tränen verlassen meine Augen. „Lydia!", stoße ich hervor, stehe auf und fahre sanft über ihr Gesicht.

„Kaschrek, er …" Sie hebt schwach ihre Hand. „Sind Papa und Jens hier?"

Ich beiße die Zähne zusammen und versuche das schreckliche Gefühl in mir zu unterdrücken. Ein grausames, bestialisches Gefühl, das meine Eingeweide zerfetzt.

„Soweit ich weiß, ist er auf dem Weg von Spanien hierher", presse ich dann heraus und lasse ihre Hand los.

„Gut", flüstert sie und schließt wieder ihre Augen. „Danke, dass du da bist."

Und in diesem Moment entscheide ich mich, mein Versprechen zu erfüllen.

Mit bebenden Lippen beuge ich mich ein letztes Mal über sie und küsse sie ganz vorsichtig auf ihre Stirn. „Eines Tages wird alles wieder gut sein, Lydia. Ich verspreche es dir", flüstere ich und küsse sie noch einmal. „Ohne mich wird es dir gutgehen." Mit diesen Worten hole ich tief Luft und entferne mich ganz langsam von ihr. „Eines Tages …"

EPILOG

10 MONATE SPÄTER

LYDIA

Ich tippe auf meinem Handy herum, während sich Staudinger mal wieder in einer wundervollen Rede selbst beweihräuchert. Nicht gerade etwas, das meine Aufmerksamkeit auf sich zieht.

Eine Nachricht wird oben an meinem Display eingeblendet. *Wann bist du zu Hause?* Mit einem Kuss-Smiley.

Ein Lächeln bildet sich auf meinen Lippen, während ich auf *Antworten* tippe und Jens Bescheid gebe, dass die Vorbereitungen für das Spiel länger dauern könnten.

„Herr Maier, das ist jetzt nun wirklich beinahe ein Jahr her, und die Spieler werden Ihnen dazu wohl kaum etwas sagen können", tönt Staudingers Stimme durch die Lautsprecher. Ich sehe auf und unterdrucke das seltsame Gefühl in meiner Brust. Ich habe sofort begriffen, wonach Maier mal wieder gefragt hat. Eigentlich war alles ziemlich ruhig, bis Severin vor einem halben Jahr die gesamte Story an eines der großen deutschen Magazine verkauft hat. Natürlich hat sich die Presse danach wie Aasgeier auf uns gestürzt und das, obwohl Severin kein Wort über die Drohbriefe verloren hat. Dennoch war diese Story sein Durchbruch und jetzt ist er genau das geworden, was er immer sein wollte: Reporter, der im Ausland seinen Storys hinterherjagt.

Aber von ihm weiß ich das natürlich nicht. Er hatte vor zehn Monaten nichts Besseres zu tun, als tagelang an meinem Krankenbett zu sitzen, nur um dann wieder einmal unterzutauchen. Das ist wohl seine Masche. Bei den Eagles, bei mir ... und wieder bei mir.

Seitdem habe ich rein gar nichts von ihm gehört und mich zwischenzeitig selbst dafür gehasst, dass ich jeden seiner dummen Artikel lese wie eine Stalkerin.

„Ich brauche diesen Idioten nicht", raune ich mir selbst zu und ernte einen merkwürdigen Blick von Tim.

„Schon wieder?"

„Psst!", mache ich und schaue vorwurfsvoll nach vorne, als würde ich ihn ermahnen, zuzuhören.

Tim ist der Einzige, der weiß, wie sehr Severin mir erneut wehgetan hat. Als ich damals begriffen habe, dass er sich wirklich von mir abgewendet hat, habe ich mich eine Woche bei Tim eingenistet, geweint, gejammert und Fastfood gefuttert, bis ich wieder zu Jens gegangen bin und wir entschieden haben, uns noch einmal eine Chance zu geben. Die beste Entscheidung meines Lebens. Zumindest rede ich mir das ein und tue mein Stalking als reines Interesse an einem alten Freund ab.

„Lili!" Ich schüttle den Kopf und starre Tim an, weil seine Stimme klingt, als würde er meinen dummen Spitznamen nur als letzte Möglichkeit sehen, zu mir durchzudringen.

„Dein Handy! Es brummt!", zischt er. Meine Augen weiten sich. Wieder in der Realität angekommen, spüre ich plötzlich einige der Blicke auf mir, stehe sofort auf und gehe aus dem Raum.

Meine Augen wandern auf das Display. Was? Ich blinzle. Das ist unmöglich.

Aber auch nach sekundenlangem Starren steht da immer noch sein Name. *Severin.*

Ich straffe meine Haltung, räuspere mich und nehme das Gespräch mit einer selbstsicheren Miene an. „Was willst du?!"

„Lydia?" Severins Stimme klingt panisch, trotzdem verfliegt mein Zorn nicht.

„Nein, der Weihnachtsmann", gebe ich eine zynische Antwort à la Severin zurück.

„Ich … ich brauche deine Hilfe, Lyd. Ich kann nicht lange telefonieren." Er räuspert sich und spricht kurz in einer anderen Sprache mit jemandem. Seine Stimme ist so verzerrt, dass ich nicht erkenne, welche es ist. „Ich muss Schluss machen. Aber …" Er stockt.

„Was ist los, Severin?", frage ich, weil er mir nun doch wirklich Angst macht.

„Ich werde gerade festgenommen. Ich muss auflegen."

„Wo? Wo wirst du festgenommen, Sev? Wo bist du?", schiebe ich noch schnell und hektisch hinterher, während ich mir seit Monaten das erste Mal wieder auf meiner Lippe herumbeiße.

„Ich …" Er schweigt wieder, kurz bevor ich einen Knall und lautes Geschrei im Hintergrund höre. „Du musst mich hier rausholen. Ich hab Scheiße gebaut."

DANKSAGUNG

Zuallererst bedanken wir uns bei Iris Müller-Braun, die uns als echte Krimi-Kennerin und Mutter/Frau unterstützt und alles immer wieder gelesen hat. Vielen Dank.

Ein weiterer Dank gilt Vivien Summer, die sich als keine ausgesprochene Krimi-Kennerin dennoch an unseren Text gewagt hat.

An den Verlag, vor allem Felix von Keitz, Andrea Silberstein und natürlich Dr. René Heinen. Danke für die Unterstützung.

Danke an unsere Familie, weil sie unsere abendfüllenden Diskussionen während des Schreibprozesses ertragen hat.

Danke an Axel Hellmann für die Ermunterung, unsere Idee umzusetzen und die Hilfe bei der Recherche.

Danke an Lukas, den Raucher im Geiste, und Marie, die Recherchehelferin.

Dana: Danke an dich, Papa, weil wir das hier zusammen gemacht haben und immer einen Weg zu gemeinsamen Lösungen gefunden haben. Danke, dass wir etwas zusammen gemacht haben, was unser beider Leidenschaft ist und für immer bleibt.

Uli: Danke an dich, Dana, für die Erkenntnis, dass es keine Niederlage ist, seine Kinder an sich vorbeiziehen zu lassen und ihnen zu folgen.

Und: Danke an alle, die wir hier nicht namentlich nennen können.

DIE AUTOREN

Dana Müller-Braun wurde Silvester '89 in Bad Soden am Taunus geboren. Geschichten erfunden hat sie schon immer – mit 14 Jahren fing sie schließlich an, ihre Fantasie in Worte zu fassen. Als das Schreiben immer mehr zur Leidenschaft wurde, begann sie Germanistik, Geschichte und Philosophie zu studieren und veröffentlichte schließlich 2017 ihren Debütroman, auf den weitere Bücher folgten.

Ulrich Müller-Braun, Jahrgang 1956. Nach seinem Studium volontierte er bei der Frankfurter Neuen Presse. Eine seiner Leidenschaften – den Sport – lebt er seitdem nicht nur bei mehreren Stationen als Redaktionsleiter und Sportchef aus, sondern auch in sportlichen Funktionen. Er war Presse- und Marketingleiter des Handball-Bundesligisten SG Wallau/Massenheim und Pressesprecher bei Eintracht Frankfurt e. V. 1999 machte sich der leidenschaftliche Frankfurter selbständig und verantwortet seither unterschiedliche Projekte im Verlagswesen.

Hendrik „Henni" Nachtsheim, Michael Apitz
Adlerträger

Die beliebte Eintracht-Chronik ist zurück! Mit herrlichen Comic-Zeichnungen und kurzweiligen Texten blicken Henni Nachtsheim und Michael Apitz auf die bewegte Geschichte ihres Herzensvereins zurück. Und natürlich dürfen auch die jüngsten Erfolge in Berlin und ganz Europa nicht fehlen! Ein ideales Geschenk – nicht nur für junge Fans.

176 Seiten
Klappenbroschur
ISBN 978-3-95542-350-6
16,– Euro

**ERHÄLTLICH IM BUCHHANDEL ODER
AUF WWW.SOCIETAETS-VERLAG.DE**

Maria Knissel
Letzte Meile

Der furchtbare Verlust ihres gemeinsamen Kindes entzweit Marlene und Samuel voneinander. Samuel, der Vogelkundler, vergräbt sich daraufhin hinter den Bildern der Tochter, während Marlene, die erfolgreiche Windkraftingenieurin, ohne Vorbereitung zu Fuß über die Alpen läuft. Bewegend erzählt Maria Knissel die Geschichte zweier Menschen, die über Grenzen gehen müssen, um sich als Paar neu zu finden.

304 Seiten · Broschur
ISBN 978-3-95542-345-2
14,– Euro

ERHÄLTLICH IM BUCHHANDEL ODER

Sonja Rudorf
Stromaufwärts

Jona Hagen hatte sich eigentlich geschworen, nie mehr auf eigene Faust zu ermitteln. Doch als sie begreift, dass ihre Nichte womöglich in Gefahr ist, steckt sie plötzlich mitten in ihrem zweiten Fall. Wie immer versteht Sonja Rudorf packend zu erzählen – ein Frankfurt-Krimi, spannend und unvorhersehbar bis zum Schluss!

320 Seiten · Broschur
ISBN 978-3-95542-332-2
14,– Euro

Pete Smith
Fliegen lernen

David und Lu(cia) lernen sich in einem Bus nach Rom kennen und außer ihrer Kinoleidenschaft, scheint es, verbindet sie nichts. Doch sie kommen sich näher und offenbaren sich schließlich den wahren Grund ihrer Reise: David hofft in Rom seine Mutter zu finden, die vor 13 Jahren unter rätselhaften Umständen verschwand. Lu dagegen versucht sich aus der Umklammerung der ihren verzweifelt zu befreien.

448 Seiten · Broschur
ISBN 978-3-95542-355-1
18,– Euro

**ERHÄLTLICH IM BUCHHANDEL ODER
AUF WWW.SOCIETAETS-VERLAG.DE**